L'AUTRICE

Kate Pearsall vit aux États-Unis. Elle a commencé à raconter des histoires pleines de magie et d'aventure à ses sœurs quand elles étaient encore enfants. Quand elle n'est pas en train d'écrire, on peut la trouver en train d'arpenter les couloirs de divers musées, ou autres terrains inconnus.

Retrouvez tout l'univers de
KATE PEARSALL
Sur Instagram :
@katepearsall
et sur les réseaux de la collection R

COLLECTION R

Kate Pearsall

DANS LA FORÊT PROFONDE

Traduit de l'anglais
par Madeleine Nasalik

Éditrice : Elsa Whyte

Titre original : *Bittersweet in the Hollow*

Design Jessica Jenkins

First published in the United States of America
by G. P. Putnam's Sons,
an imprint of Penguin Random House LLC

ISBN : 978-2-221-27502-3
ISSN : 2258-2932
Dépôt légal : septembre 2024

Loi n° 49-956 du 16 juillet 1949 sur les publications
destinées à la jeunesse et aux jeunes adultes

Éditions Robert Laffont – 92, avenue de France, 75013 Paris
serviceclients@lisez.com

Pour Ava

Et pour tous ceux à qui l'on a voulu faire croire un jour qu'ils ressentaient trop et trop profondément.

Juin

Lune des fraises

En juin, la pleine lune coïncide avec l'arrivée à maturité des fraises des bois. Les émotions sont à leur paroxysme les nuits de pleine lune, la chaleur estivale s'accompagnant d'une énergie bouillonnante qui exacerbe notre intuition. Méfiez-vous des tempéraments volcaniques, des passions débridées et des trahisons qui avancent masquées, ne prenez pas non plus de risques inutiles. C'est la période idéale pour activer divers sortilèges – protection, volonté, force, amour et fertilité.

Récolte

Au potager : asperges, betteraves, brocolis, choux, carottes, cerises, légumes verts, oignons jeunes, herbes aromatiques, petits pois, radis, rhubarbe, fraises et piments doux.

Cueillette en pleine nature : fraises des bois, baies d'amélanchier (à prélever sur les arbustes au sommet de la montagne, là où les chenilles n'osent s'aventurer), ortie, pissenlit, polypores soufrés, carottes sauvages, pattes-d'oie, racines de *Nuphar advena*.

Une corde d'ortie en guise de talisman

Filez les longues fibres de la grande ortie sous l'œil de la pleine lune, prenez trois fils ainsi obtenus et tressez-les pour en faire une corde. Si vous souhaitez assurer la protection d'un lieu, nouez cette corde autour de la poignée de la porte qui sert d'accès principal et, si c'est la sécurité d'une personne qui vous tient à cœur, nouez-la autour de son poignet. La menace passée, brûlez aussitôt la corde, sous peine de voir de nouveaux soucis s'inviter chez vous.

Au potager, un bocal rempli de bière tiendra à distance les escargots et les chenilles, mais pas le fils aîné de la famille installée sur le versant de la colline, sur lequel l'alcool exercera un attrait irrésistible. Il suffira de placer au préalable une limace au fond du bocal pour empêcher les importuns de venir étancher leur soif, si l'on en croit le récital de haut-le-cœur et de crachats entendu la nuit dernière.

Elora James, 1935

CHAPITRE PREMIER

Non, je n'en démordrai pas : une poêle en fonte doit être chemisée avec du saindoux ; conserves et bocaux se préparent de préférence en lune décroissante ; et les secrets qu'on souhaiterait voir éternellement enterrés ne restent jamais enfouis très longtemps.

Plantée devant la bouche de ventilation encastrée dans le carreau de la fenêtre, je soulève le bas de mon T-shirt et je laisse l'air me caresser la peau. Il y a bien longtemps, notre restaurant, La Lune des Moissons, un authentique *diner*, était un simple moulin dont les murs épais, taillés dans une roche calcaire, conservaient la fraîcheur à l'intérieur. Mais nous avons deux services à assurer, le premier le matin, le second à midi, six jours sur sept, et c'est là que la cuisine se transforme en une véritable fournaise.

Mamie me jette un regard noir qui traverse la petite salle dans toute sa longueur. Elle est plongée dans les préparatifs des plats que nous allons proposer demain soir, à l'occasion du festival. Je la vois trancher une poitrine de porc que les Thompson lui ont donnée pour la remercier d'avoir guéri leur bébé qui souffrait de coliques. Elle désosse et débite le lard d'une main adroite, sans la moindre hésitation, tout en gardant les yeux braqués sur moi, puis elle jette des lamelles de viande dans une marinade épicée dont les ingrédients sont tenus secrets, et les os, qui serviront à parfumer un bouillon, dans une poêle à frire. Chez nous, rien ne se perd jamais.

Cette cuisine nous a vues grandir, mes sœurs et moi. Ses surfaces en inox, ses murs blancs et cette odeur omniprésente de désinfectant composent un décor plus que familier. Depuis que nous sommes hautes comme trois pommes, nous pétrissons de la pâte à biscuit, nous récurons les casseroles avec du gros sel et nous nous servons en douce dans les pots de confiture aux fraises maison. Je sais ce que pense Mamie : elle croit que je me suis plantée devant la bouche d'aération pour me tourner les pouces, et, se tourner les pouces, c'est le péché ultime à ses yeux. Qu'on soit au mois de juin et que le mercure indique déjà plus de trente degrés à l'ombre, elle s'en moque royalement.

Une goutte de sueur s'écoule le long de ma nuque, comme attirée sur ma peau par l'humidité qui forme des nappes au pied des montagnes depuis des semaines. J'ai lu un jour qu'il existait un lien entre la montée des températures et celle de l'agressivité ambiante. Les passions se déchaînent durant les épisodes de canicule. J'ignore si l'article disait vrai, mais ici, à force de macérer dans cet air lourd et moite, tout le monde semble à deux doigts d'exploser.

Au fond de la cuisine, Rowan, ma grande sœur, plus âgée de onze mois, soulève la poignée métallique du lave-vaisselle et libère un nuage de vapeur qui plaque ses cheveux sur son charmant minois. Nous avons toutes les quatre une longue chevelure noire, des yeux myosotis et des lèvres roses et charnues, mais il faut être lucide, c'est Rowan qui a remporté la loterie génétique. Sa beauté, elle la porte à la façon d'une armure, ce qui incite les autres à ne pas empiéter sur ses plates-bandes. Qui s'y frotte s'y pique.

Elle range des verres sur une étagère, le bras tendu, et son T-shirt se relève, exhibant le tatouage qui ondule et s'enroule autour de sa hanche. Lorsque Maman a découvert que Rowan s'était fait tatouer un serpent, elle a décidé de la reléguer à la plonge jusqu'à la fin de l'été. Et même si je déteste assurer le service en salle, je ne l'envie pas du tout. Elle doit crever de chaud, la pauvre.

Sorrel, l'aînée de la fratrie, déboule par la porte battante, un plateau en équilibre sur l'épaule – elle rapporte des assiettes sales. Elle se présente devant le lave-vaisselle à l'instant où Rowan, qui ne l'a pas entendue arriver, sans doute assourdie par le vacarme du cycle de nettoyage haute pression, se retourne. Elles se percutent dans un grand fracas de vaisselle et il s'en faut de peu pour que le plateau se retrouve au sol. Des assiettes et des verres s'entrechoquent sous mon regard impuissant. Dieu sait comment, Sorrel réussit à éviter la catastrophe *in extremis.*

Elle lâche un soupir de soulagement tandis qu'un couteau à steak, vacillant au bord du plateau, décide de faire le saut de l'ange. Pointe en bas, il se fiche avec un bruit mat entre les lames du parquet.

Maman délaisse un instant la tomate verte qu'elle est en train de couper.

— Un couteau par terre, lance-t-elle en manière d'avertissement.

— Des ennuis à l'horizon, complète Mamie.

Elle jette un coup d'œil par la fenêtre. Le ciel a pris une teinte verdâtre et des nuages s'amoncellent au-dessus de la montagne, annonçant l'orage.

Certains y verront des superstitions d'un autre âge, mais c'est ce que nous nous transmettons de mère en fille dans la famille James. D'aussi loin que remontent mes souvenirs, nous attendions que le soir tombe et que le dernier client s'en aille pour inscrire nos vœux à l'encre blanche sur des feuilles de laurier que nous écrasions entre nos doigts pour confier les fragments au vent, jusqu'à ce que l'air embaume un parfum amer. Nous avons mémorisé des mots précis qu'il nous était interdit de garder par écrit et qui devaient être chuchotés à toute vitesse. Nous avons vu Mamie faire disparaître en un claquement de doigts une brûlure causée par une casserole, simplement en murmurant la formule appropriée.

Sorrel décide de s'attaquer à Rowan.

— Fais gaffe un peu, au lieu de rester les bras ballants.

Elle pose le plateau sur une table, puis elle s'occupe de mon cas.

— Et toi, merci d'être restée plantée là sans rien faire. Pour changer.

Ses paroles claquent comme un coup de fouet, et, le temps que la douleur me parvienne au cerveau, elle m'a déjà tourné le dos.

Nous avons toujours été proches ; difficile de faire autrement, pour quatre filles conçues dans une fenêtre de tir de quatre ans. Le souci, c'est que l'ambiance n'est plus la même depuis que Sorrel est revenue de la fac. Elle est la première de la famille à aller à l'université, et on a l'impression qu'elle ne rentre plus dans la case qu'elle occupait il y a encore quelques mois.

Maman s'essuie les mains avec le torchon accroché aux cordons de son tablier et place deux assiettes sur un plateau.

— Les clients ne vont pas se servir tout seuls, me dit-elle en me désignant la porte de la tête.

J'aurais beau inscrire le vœu d'arrêter de faire la serveuse sur toutes les feuilles de laurier du monde, malheureusement, je ne peux pas y couper. J'examine une dernière fois le couteau, que personne n'a pris le temps de ramasser, je me saisis du plateau sous les yeux de Sorrel et je quitte la cuisine ainsi chargée.

J'atteins la table que je dois servir et chaque assiette rejoint le client qui l'a commandée. Un sandwich BLT aux tomates vertes frites pour le monsieur barbu ; pour l'adolescent au col troué, des toasts au babeurre nappés de sauce ; du poulet frit enrobé de miel garni de haricots pour la femme à lunettes ; quant au petit garçon qui s'essuie sans cesse la morve sur sa manche, il a réclamé un hot-dog accompagné de coleslaw et d'épaisses chips maison. Lui, il aura droit à des serviettes en papier supplémentaires.

— Faites-moi signe si vous avez besoin de quoi que ce soit, dis-je pendant que la tablée s'attaque à son repas.

À cet instant un goût sucré et piquant, qui rappelle les piments jalapeños confits que Mamie prépare à la fin de l'été, envahit ma bouche. Je relève vivement la tête et je m'aperçois que l'adolescent mange la femme des yeux tandis que le barbu est occupé ailleurs.

Je récupère mon plateau, puis je me dirige vers la cuisine, dépositaire malgré moi d'un secret qui ne m'appartient pas, et c'est là que je percute quelqu'un. De plein fouet. Je me prends le coin du plateau en plein dans le menton et je me mords la langue. Titubant, trébuchant, je me prépare psychologiquement à m'étaler par terre sous les yeux des clients ébahis quand une main me rattrape par l'épaule. Mon regard remonte le long d'un bras musculeux avant de s'arrêter sur un visage qui frôle la perfection. Là, c'est mon estomac qui fait un looping.

Cole Spencer. L'enfant chéri de notre petite ville, à en croire les commérages qui font le tour du *diner* de l'heure d'ouverture à la fermeture. Délégué de sa classe, major de promo, quarterback vedette de l'équipe de football américain, un mètre quatre-vingts, athlétique, la peau hâlée, la coqueluche de Caball Hollow pour résumer. Encore un peu et certains vont lui élever une statue, sous prétexte que ses cheveux blondis par le soleil évoquent une auréole.

Il me lâche le bras et fourre les mains dans ses poches.

— Attention où tu mets les pieds, James.

Ce *James*, il me l'a lancé comme s'il n'arrivait pas à me distinguer de mes sœurs. Comme si notre amitié n'était plus qu'un lointain, un très lointain souvenir. Comme si tout ce que nous avions vécu ensemble, je l'avais simplement rêvé.

Il n'a fait que de brèves apparitions au *diner* depuis l'année dernière, j'ai entendu dire, cependant, qu'il s'occupe des enfants inscrits au stage de football cet été et, traditionnellement, les petits stagiaires viennent à La Lune des Moissons après leurs séances d'entraînement. Une tradition établie par Cole lui-même et qui remonte à l'époque où son père et le mien squattaient la table du coin entre deux services. Une autre époque.

Je hoche lentement la tête, la langue en feu.

— Désolée, monseigneur. Je ne suis qu'une pauvre gueuse qui ne mérite pas de respirer le même air que vous.

Je vois Cole plisser les yeux et bander les muscles sous son T-shirt gris au tissu élimé. Je ne me serais rendu compte de rien si je n'étais pas restée sur le qui-vive. Même si

Caball Hollow considère les membres de sa famille comme des demi-dieux, Cole n'a jamais été à l'aise avec l'engouement qu'il déclenche parmi ses congénères, ni avec la pression que cet enthousiasme fait peser sur ses épaules. Car les Spencer ont leurs secrets, eux aussi.

J'ai crié victoire trop vite. Un goût d'ail sauvage s'infiltre sous ma langue, son mordant traduisant une peur mêlée de dégoût. Je fronce le nez et, la gorge nouée, je lutte contre des émotions qui ne sont pas les miennes. Ce sont celles de Cole. Si j'ai le malheur de baisser la garde, elles peuvent s'immiscer sous mon crâne, m'envahir et m'étouffer complètement.

C'est déjà assez pénible de se retrouver témoin, contre son gré, des sentiments les plus intimes de la personne qu'on a face à soi, mais, pour couronner le tout, je viens de me reprendre en pleine figure le mépris que Cole éprouve quand il me voit. Le pire, c'est que je ne peux même pas lui en vouloir.

C'est le moment que Bryson Ivers, porte-flingue et coéquipier de Cole (il occupe le poste de kicker), choisit pour enrouler un bras autour des épaules de son ami et lui montrer une table restée libre près de la porte. Son apparition soudaine me fait sursauter.

— On peut s'asseoir ici, ou bien... ? Ah, pardon, je ne voulais pas interrompre votre petite, euh... discussion, s'esclaffe Bryson.

Les doigts crispés sur le bord du plateau, je sens que je deviens toute rouge. Une expression s'affiche brièvement sur les traits de Cole, trop furtive pour que j'aie le temps de l'identifier. Un sourire narquois étire alors ses lèvres et je me rends compte que je le dévisage depuis un bon moment. Je cligne des paupières et détourne le regard.

Bryson entraîne Cole vers la table.

— C'était quoi, ce délire ? s'étonne-t-il, sans se rendre compte que j'entends tout ce qu'il dit – peut-être qu'il s'en fiche, d'ailleurs.

— Tu sais comment elle est, répond Cole avec un haussement d'épaules.

Il se met à parler à voix basse et le reste m'échappe, mais Bryson, lui, commence à glousser.

Je pousse la porte battante avec, dans la bouche, l'amertume des racines de chicorée. Je suis prête à parier que Cole m'aura oubliée d'ici la fin du déjeuner. Moi, je vais rejouer des dizaines de fois cet échange dans ma tête et m'en vouloir à mort de l'avoir laissé m'atteindre en plein cœur.

— Un problème ? s'inquiète Rowan lorsqu'elle voit que je me réfugie au fond de la cuisine.

Je jette un coup d'œil en direction de Maman et de Mamie.

— Je ne peux pas m'occuper de la table qui vient d'arriver, dis-je dans un chuchotis insistant. Sorrel, tu veux bien t'en charger ?

Ma sœur ne se donne même pas la peine de me regarder.

— Je suis débordée, Linden. J'ai déjà mes tables à gérer, rétorque-t-elle.

— Hé, tu t'es levée du pied gauche ou quoi ? s'indigne Rowan, les bras croisés et la hanche appuyée au plan de travail. Tu sais que Linden se plierait en quatre pour toi.

Sorrel grommelle et me fait face.

— Il va falloir que tu apprennes à livrer tes propres batailles, Linden, me sermonne-t-elle. Plus tôt tu retiendras cette leçon, mieux ça vaudra. Voilà, c'est ça, ma façon de t'aider.

Elle jette sur Rowan un œil noir, fourre son bloc-notes dans la poche de son tablier et me murmure à l'oreille :

— Bon sang, arrête de te comporter comme une gamine.

— C'est la table de Cole, lui dis-je à voix basse, les yeux rivés sur mes mains.

Poussant un soupir exaspéré, Rowan se détache du plan de travail et troque son tablier sale, qui retrouvera facilement sa blancheur après un passage à l'eau de Javel, contre un autre, propre et brodé, pendu à un crochet près de la porte.

Sorrel secoue déjà la tête.

— Maman t'a mise à la plonge jusqu'à la fin du mois – pas de contact avec les clients, pas de pourboires. Elle va péter un câble si elle te voit faire le service.

Je m'assure d'un rapide coup d'œil que Maman n'a pas conscience de ce qui se trame dans sa cuisine. Elle nous tourne le dos et griffonne dans un calepin, le téléphone calé contre l'oreille. Soit elle prend une commande, soit elle passe un coup de fil à l'un de ses fournisseurs. Quoi qu'il en soit, il faut agir vite.

Avant que je puise en moi le courage de l'en empêcher, Rowan franchit la porte battante.

— Je reviens, annonce-t-elle par-dessus son épaule.

Sorrel la suit du regard, la désapprobation imprimée sur ses traits. J'hésite un instant, puis, à mon tour, je quitte la cuisine et me poste derrière le comptoir. Rowan trace vers la table où Cole s'est installé, entouré de sa clique, et prend leur commande. Bryson lui demande s'il peut choisir un autre accompagnement, elle le rembarre sèchement. Elle regagne la cuisine et, avec un clin d'œil, elle me tend la feuille arrachée à son bloc-notes. Si je la suspends moi-même au rail d'affichage, Maman ne se rendra compte de rien.

À l'instant où je m'autorise à me détendre un peu, le *diner* est plongé dans les ténèbres. Les conversations s'éteignent et le ciel se teinte d'un noir d'encre. Derrière la vitrine, le bus allume ses phares et quitte l'arrêt au coin de la rue. L'été, des orages peuvent s'abattre sans sommation sur Cabal Hollow et provoquer de gros dégâts. Celui-ci, personne ne l'a vu venir.

La porte vole sur ses gonds avec une violence telle qu'elle cogne le mur et une bourrasque s'engouffre dans la salle, apportant de la poussière et des débris divers et variés, en même temps qu'un léger parfum, fleur d'asphodèle et poivre mêlés. Enfin, la porte se referme.

Un visage que je n'ai pas vu depuis très longtemps se matérialise de l'autre côté du comptoir. Ma bouche s'assèche soudain.

— Dahlia. Je ne savais pas que tu étais rentrée.

Dahlia Calhoun a quitté le lycée en même temps que Sorrel, elle est partie étudier à « la grande ville » et elle n'a jamais regardé en arrière. À l'époque où nous étions amies, nous formions un tandem improbable car son côté extraverti et sa popularité contrastaient avec mon propre caractère : j'étais la fille bizarre, celle qui reste dans son coin, celle qui ne parle pas. J'ai bien failli ne pas la reconnaître, parce qu'elle arbore à présent une crinière d'un rouge flamboyant – on dirait qu'elle a laissé tremper ses cheveux, d'un brun terne au naturel, dans du soda à la cerise.

— Salut Linden.

Elle s'appuie à la surface en stratifié et me serre dans ses bras. La morsure du citron assaille mes papilles gustatives.

— Tu sais comment ça se passe, ajoute-t-elle. La Reine des Papillons de Nuit doit transmettre son titre à celle qui lui succède, alors me voici de retour au bercail.

Une étincelle enflamme son regard.

— Dis-moi, tu vas te présenter l'année prochaine, pas vrai ? me demande-t-elle.

Tous les ans, dans le cadre du Festival des Papillons de Nuit, toute fille inscrite en terminale présente un projet individuel qui met en avant un aspect de l'histoire de Caball Hollow dans l'espoir d'être sacrée Reine. Cette couronne s'accompagne d'une bourse couvrant ses frais d'études. Dahlia avait enregistré un podcast qui traitait de la légende de l'Homme-Papillon, celle-là même qui a inspiré les fondateurs du festival. En ce moment, elle suit un cursus en journalisme radiophonique, et ce n'est pas une surprise pour ceux qui connaissent sa voix veloutée et onctueuse évoquant le miel de myrtillier. Par ailleurs, elle a toujours une question dans son escarcelle. La perspective que je devienne un jour Reine des Papillons de Nuit est proprement risible, pour un tas de raisons.

— Je ne suis pas sûre que ce soit une bonne idée, Dahlia.

— Tu te moques de moi ? Avec ton recueil de recettes, tu remporterais l'élection haut la main. Ma mémé était aux anges quand tu lui as demandé de te montrer comment elle cuisinait ses spécialités. De son vivant, elle adorait se rappeler les bons moments qu'elle avait passés avec toi.

La grand-mère de Dahlia. Au début, c'est la curiosité pure et simple qui m'a poussée à faire le tour du voisinage et à m'adresser aux anciens pour qu'ils me confient les recettes transmises de génération en génération dans leur famille. Je me suis rendu compte à leur contact qu'un plat préféré comporte autant de souvenirs que d'ingrédients et que les gens sont ravis de partager leurs traditions avec une personne qui leur accorde son attention pleine et entière.

Parlee Wilkerson, la grand-mère de Dahlia, m'a promis de m'apprendre à cuire son célèbre pain à base d'eau de pommes de terre fermentées. Une recette mise au point par les courageux pionniers qui se sont établis dans les Appalaches, revisitée au fil du temps par chaque famille de Caball Hollow, mais tombée peu à peu dans l'oubli car elle exigeait du temps et de l'énergie. À l'époque, Dahlia vivait chez sa grand-mère et nous avons appris à nous connaître au cours des deux jours que durait la cuisson du pain. Mrs Wilkerson m'a par la suite réinvitée afin de me montrer d'autres spécialités de la région : la tarte au vinaigre perfectionnée par sa grand-tante, les chaussons fourrés à la mûre préparés à partir d'un reste de pâte sablée – la douceur préférée de sa propre mère –, le gâteau aux pommes et à la cannelle auquel elle ajoutait une lichette de l'eau-de-vie que distillait son mari. J'en ai profité pour me rapprocher de Dahlia si bien que notre amitié a fini par franchir la porte de la cuisine pour s'épanouir dans la cour de récréation et plus loin encore.

Malheureusement, les bons moments passés ensemble ne sont plus qu'un souvenir. Le pain des Appalaches est notoirement capricieux et, d'après la croyance populaire, une pâte qui refuse de lever porte malheur. Ce jour-là, dans la cuisine de Mrs Wilkerson, notre pain a été une réussite éclatante, mais, depuis cette date, je rate la recette chaque fois que je la tente.

— J'ai un peu laissé tomber le projet des spécialités des Appalaches, dis-je, la nuque en feu et le bout des doigts frigorifié. Depuis l'été dernier, à vrai dire.

Dahlia fronce les sourcils, compatissante, et je devine qu'elle est parvenue à la mauvaise conclusion.

— Si tu as peur que les juges retiennent contre toi ce qui s'est produit, ne t'inquiète pas. Tout le monde sait qu'il s'agit d'un tragique accident.

— Un accident, c'est ça.

Je hausse les épaules et je détourne les yeux. Un accident ? Un scandale qui a secoué toute la ville, plutôt.

Lorsque nos regards se croisent de nouveau, elle me sourit et se rapproche.

— Tu ne te souviens vraiment de rien ? s'étonne-t-elle.

Le sang se glace dans mes veines et je ferme les paupières. C'est précisément pour cette raison que j'évite comme la peste quiconque se trouvait dans les parages la nuit où j'ai disparu. J'ai passé les douze derniers mois à tenter d'effacer de ma mémoire le peu de souvenirs que j'ai gardés de cette soirée et il suffit de quelques mots pour me renvoyer dans la forêt. L'obscurité qui pèse de tout son poids sur mes épaules, les branches que je ne réussis pas à voir en courant, qui m'arrachent les cheveux et me tailladent la peau. Vite. Plus vite. Aussi vite que le permettent mes jambes. Ma poitrine se soulève, je suis hors d'haleine.

— Ça me revient par bribes, lui dis-je, les mains tremblantes. Rien n'a vraiment de sens. C'est de l'amnésie post-traumatique, à en croire les médecins.

Dehors, un klaxon retentit et Dahlia pivote sur ses talons.

— Il faut que j'y aille, mais j'aimerais bien te parler de quelque chose. Tu seras au festival demain, hein ?

Je réprime la vague de peur brûlante qui menace de me submerger et parviens à confirmer de la tête. Dahlia me décoche un grand sourire et me serre la main avant de se diriger vers la sortie. En chemin, elle met une petite tape sur l'épaule de Cole et adresse un signe à Bryson. Un type que je ne reconnais pas dans un polo aux couleurs de l'équipe d'athlétisme du lycée lui tient la porte, et elle disparaît.

Je laisse mon esprit vagabonder jusqu'à la lisière de la mémoire, comme s'il explorait les lèvres d'une plaie. L'ennui, c'est que j'ai l'impression de tirer sur les fils d'un tissu mangé aux mites.

Autrefois reliée aux Highlands, en Écosse, la chaîne des Appalaches compte parmi les montagnes les plus anciennes de la planète. Ses reliefs et ses encaissements sont le théâtre de légendes qui remontent à la nuit des temps. Mon histoire à moi raconte la nuit d'horreur que j'ai vécue, perdue dans l'immensité de la Forêt nationale, épouvantée par ce qui se tapissait dans ces ténèbres impénétrables. N'allez pas croire que c'est le dernier mystère que contemplent ces sommets. Loin de là.

J'ai beau vouloir oublier, je sais que les secrets sont des graines qui attendent les conditions idéales pour germer. Plus on les enterre profond, plus ils se renforcent.

CHAPITRE DEUX

Au beau milieu de la nuit, je rejette d'un coup de pied le drap qui s'est pris dans mes jambes et j'étudie les motifs que dessine le lambris au plafond. Les nuages se sont dissipés, l'orage a passé son chemin et l'air est si moite qu'il en paraît poisseux. La maison tout entière semble s'affaisser sous le poids de l'humidité.

À la Ferme du Bout du Monde, nous n'avons pas de climatiseur. Mamie prétend que la maison est trop vieille, trop lunatique, pour accepter l'air conditionné, mais je la soupçonne de se servir de ce prétexte pour nous empêcher de faire la grasse matinée en été et nous forcer à effectuer diverses corvées.

Je me tourne de l'autre côté, en quête de fraîcheur, quand un bruit retentit dans le lointain. Les cloches de l'église. Pas la sonnerie consciencieuse qui annonce la messe dominicale, ni le carillon enjoué qui célèbre un mariage. Ces cloches-là disent tout autre chose. Lentes et lugubres, elles sonnent le glas.

Le silence revient peu à peu, troublé par la respiration de Juniper, ma sœur cadette, qui dort dans le lit voisin.

Dérivant lentement vers le sommeil, je sursaute lorsqu'on frappe à la porte. À la Ferme du Bout du Monde, il n'est pas inhabituel de recevoir des visiteurs nocturnes. C'est à l'heure où s'allume l'unique lampadaire de la ville que ceux qui ont besoin de nos compétences particulières s'adressent à nous.

Ils attendent que le ciel se pare de nuances violacées, que le clair de lune illumine le sentier gravillonné qui mène à la cuisine d'été, derrière le bâtiment principal. Certains ne peuvent s'endormir, ils bercent un enfant fiévreux ou un nourrisson qui a une otite, et l'inquiétude leur interdit de prendre leur mal en patience jusqu'au lever du jour. Enfin, ils sont prêts à donner une chance à des méthodes ancestrales qu'ils prennent de haut le reste du temps. Tellement archaïques, ricanent-ils, jusqu'au moment où ils réclament notre aide. Et là, bizarrement, ils veulent croire que les rumeurs sont vraies, que les remèdes de grand-mère et les formules qu'on marmonne pourront accomplir des miracles.

D'autres patientent plus longtemps encore, ils attendent que l'obscurité s'installe, avant de puiser en eux le courage de frapper à notre porte. Ce sont les cas désespérés, ceux qui courent après l'amour ou l'argent, ou qui parfois réclament la vengeance et la violence. Nous refusons catégoriquement de mettre nos méthodes à leur service. Mamie nous défend toujours d'exercer une influence trop importante sur la vie d'autrui. Nous en avons fait notre règle numéro un.

Je quitte discrètement mon lit, descends l'escalier à pas de loup en évitant la marche qui grince et m'assieds derrière le coin du mur, la planque idéale qui m'offre une vue imprenable sur le rez-de-chaussée.

Mamie ouvre la porte d'entrée.

— Odette, va chercher les bougies et le bol de sel, chuchote-t-elle.

Un homme se tient sur le perron. Je me penche au maximum vers l'avant pour essayer de voir de qui il s'agit, au risque de me faire repérer.

— Pardon de vous déranger en pleine nuit, lâche-t-il d'une voix qui évoque une vieille route sèche et usée. Elle vient de rendre son dernier soupir. Elle était encore parmi nous cet après-midi.

Mamie prend la main de l'homme dans la sienne.

— Toutes mes condoléances, Amos.

— Si ce n'est pas trop vous demander, M'dame, vous voulez bien venir la veiller ? Nora puisait du réconfort dans les traditions de nos anciens.

Même les sceptiques les plus indécrottables ont tendance à se réfugier dans la superstition quand la mort leur enlève un être cher et, lorsqu'ils virent de bord, c'est à Mamie qu'ils s'adressent. Le feu et le sel pour seuls compagnons, elle consacre la dépouille et assure la protection de l'âme lors de son ultime périple, reprenant ainsi le flambeau de sa mère, de sa grand-mère et des femmes qui les ont précédées. Cette forme de bénédiction est un rite hérité de nos ancêtres écossais et irlandais, puis adapté aux besoins et aux mentalités modernes – comme tant d'autres rites qui ont souvent sombré dans l'oubli.

Maman sort de la cuisine et donne à Mamie un sac contenant les bougies et le sel demandés.

— N'oublie pas de mettre un poulet au four, lui rappelle Mamie avant de franchir le seuil et de s'aventurer dans le noir.

Se préoccuper de l'estomac des autres autant que de leur âme. C'est Mamie tout craché.

Un moteur gronde devant la maison et les phares balaient le papier peint de leur faisceau lumineux.

Maman, qui était en train de regarder par le carreau, se retourne. Elle a deviné que je n'ai rien raté de la scène.

— Un thé ? me propose-t-elle à voix basse.

Je la rejoins devant la fenêtre, elle enroule un bras autour de mes épaules et me conduit dans la cuisine. Elle a relevé sa longue chevelure auburn pour se faire une queue-de-cheval et elle embaume la pièce – tous les ans, au printemps, elle confectionne du savon à la violette.

Elle allume la gazinière et pose la bouilloire sur l'un des foyers. Je vais m'asseoir à la table.

— Encore un mauvais rêve ?

— Mmmmoui.

Elle sort une tasse du placard, puis elle se fige. C'est une vieille tasse ébréchée, d'une couleur douteuse, qu'elle a fabriquée de ses mains il y a des années, mais c'était surtout la tasse préférée de mon père. Cela fait des mois qu'il ne vit plus sous notre toit. Je devrais être habituée à son absence, depuis le temps, mais c'est arrivé si vite que je n'ai toujours pas retrouvé mes repères.

Maman décide de remettre la tasse à sa place et elle en prend une verte.

— Le dernier cauchemar remonte à un petit moment, je me trompe ? me demande-t-elle.

— Un bon petit moment, oui.

Mensonge. Les rêves continuent à m'assaillir presque toutes les nuits et je me réveille en nage, pantelante. Accoudée à la table, je trace des dessins sur la surface usée.

— Dahlia est passée au *diner* aujourd'hui. Elle est revenue assister au festival.

Maman s'adosse au plan de travail.

— Ah, lâche-t-elle.

Elle me dévisage, je le sens, mais pour autant je ne relève pas la tête.

— De ce que j'ai compris, elle a quelque chose à me dire.

— Peut-être que c'est une bonne idée. Je sais que tu préférerais mettre cet épisode derrière toi, mais ça pourrait te faire du bien d'en parler avec une personne qui se trouvait sur place…

— Maman, arrête ! Elle peut dire tout ce qu'elle veut, ça ne va rien changer à l'épreuve que j'ai traversée. Quel intérêt à remâcher le pire jour de ma vie ?

— Loin de moi l'envie d'en remettre une couche, ma puce, mais j'ai bien remarqué que tu t'enfermes dans ta bulle. Je m'inquiète pour toi, voilà tout.

La bouilloire se met à siffler, Maman se retourne pour éteindre la plaque.

— Excuse-moi, lui dis-je en me fourrant la tête entre les mains. J'aimerais seulement…

Pas le courage de finir ma phrase. Il y a tant de choses que j'aimerais changer, je ne sais même pas par quoi commencer. Je sens le sommeil me gagner, mais, dès que je ferme les paupières, je me retrouve dans la forêt, paniquée, courant à perdre haleine. Complètement perdue.

Lorsque les secouristes m'ont retrouvée au petit matin, à quelques mètres seulement de l'endroit où j'avais disparu la veille, je souffrais d'une commotion cérébrale qui avait effacé tous mes souvenirs. Un rapport officiel a conclu que j'avais fait une mauvaise chute – personne n'est jamais à l'abri d'une chute en montagne –, à la suite de quoi j'avais dû errer, déboussolée. C'est bien joli, mais cela n'explique pas pourquoi je fais des cauchemars à répétition. Cela n'explique pas non plus pourquoi mon cœur s'emballe quand les arbres projettent leur ombre sur les murs de ma chambre la nuit, pourquoi la peur me glace les tripes chaque fois que je m'aventure un peu trop près de la forêt.

Il n'est pas impossible que notre corps garde la mémoire des événements, qu'il la grave à la surface de nos os, qu'il la tisse dans la trame de nos tendons, la dissimule sous notre peau. Du bout des doigts, j'explore la cicatrice qui me barre le cou, unique séquelle physique de cette nuit d'épouvante. La culpabilité pèse aussi lourd qu'une brique au creux de ma poitrine. Je chuchote :

— Si seulement rien de tout cela ne s'était produit.

Aujourd'hui, mes proches paient le prix de mon imprudence et de ma stupidité. Maman, en particulier. Longtemps, elle a refusé de me lâcher des yeux. Elle dormait par terre à côté de mon lit, tendait la main vers moi dans son sommeil. Encore maintenant, il lui arrive de venir la nuit jeter un coup d'œil dans ma chambre. Il faut croire que nous sommes deux à souffrir de terreurs nocturnes.

Maman attrape la boîte de tisane derrière la gazinière. Un mélange de plantes aux vertus somnifères dont Mamie détient le secret. Elle ne prononce pas un mot, mais, lorsqu'elle pose la tasse devant moi, elle me passe une main réconfortante dans le dos.

— Linden, ce serait sans doute une bonne idée de discuter avec Dahlia, pour revisiter votre amitié. Cette nuit, c'est une seule et unique page dans un roman beaucoup plus long.

Je réprime les émotions qui bouillonnent en moi.

— Tu sais pourquoi je t'ai appelée Linden ? Pourquoi je t'ai donné un nom d'arbre ? me demande-t-elle.

Je lui réponds oui de la tête. Cette histoire, je l'ai déjà entendue des centaines de fois.

— Dans la tradition populaire, le tilleul apporte la protection, la chance et l'amour. Je voulais que tu bénéficies de ces caractéristiques. Et tu les possèdes, Linden, à foison. Tu es unique en ton genre. Et il n'y a rien de mal à exprimer son individualité, pleinement et librement.

Maman me serre l'épaule une dernière fois, puis elle remonte se coucher. Je la trouve naïve. Moi, je connais pas mal de gens à Caball Hollow qui verraient beaucoup à y redire. Je plonge le regard au fond de ma tasse et, les joues caressées par la vapeur qui s'en élève, j'étudie le liquide rosâtre qu'elle contient.

J'avale la première gorgée, remplie d'espoir, l'espoir d'obtenir le pardon des personnes que j'ai fait souffrir.

Lorsque l'aube effleure la cime des montagnes, je laisse le sommeil me fausser compagnie pour de bon. Cela ne me dérange pas de me lever avec les poules. Le soleil qui darde ses premiers rayons suffit à guérir ma déprime, même si le répit n'est que de courte durée. J'admire la rosée qui forme un tapis scintillant sur l'herbe.

D'une main j'ouvre la porte-moustiquaire, j'enfile une paire de baskets en piteux état sans prendre la peine de nouer les lacets et je descends les marches du perron, à l'arrière de la galerie qui s'enroule autour de la maison.

Cette vieille bâtisse à l'architecture anarchique héberge depuis des générations les femmes de la famille James. La cabane en rondins construite au XVIIIe siècle s'est agrandie, d'abord avec une extension revêtue de bardeaux, puis avec un bâtiment en pierre. La propriété est délimitée par un célastre, dont le nom vernaculaire est « bourreau des arbres », qui a jailli spontanément au pied de la clôture. Voilà pourquoi la Ferme du Bout du Monde est parfois appelée la Ferme du Bourreau.

Il flotte autour des femmes James une aura de mystère et d'étrangeté. D'après la légende, la fondatrice de notre lignée aurait surgi un beau jour de la forêt. À l'époque, Caball Hollow se résumait à quelques exploitations agricoles blotties au creux de la vallée. Personne ne savait d'où elle venait. Certains villageois la trouvaient bizarre, et distante. Une femme bizarre et distante, cela n'avait rien d'inhabituel en Virginie-Occidentale, même si celle-là avait le don de rendre fertile le sol le plus ingrat.

J'ignore si la légende s'appuie sur des faits, mais, ce que je sais, c'est que les James détiennent dès la naissance une aptitude particulière. Sorrel, qui partage avec les chauves-souris leurs mœurs nocturnes, exerce sur les abeilles un charme qui leur permet de produire un miel cimentant les promesses et décuplant la puissance de certains sortilèges. Rowan peut dire, rien qu'en reniflant votre haleine, si c'est un mensonge ou la vérité qui sort de votre bouche, elle sait aussi inverser d'un mot le processus de fermentation du lait. Quant à Juniper, elle a repris le flambeau de Sudie, notre arrière-grand-mère : elle perçoit les manifestations de l'au-delà.

Nous ne parlons jamais de nos dons en dehors du cercle familial. En général, les gens craignent ce qui échappe à leur compréhension, la peur les rend dangereux. Cette leçon, ce sont nos aïeules qui nous l'ont transmise, et les traces de brûlure sur les murs de la cabane nous la rappellent chaque jour qui passe.

Je remonte le sentier boueux qui mène à la grange. Petites, nous passions tout l'été sans chaussures et la plante de nos pieds se couvrait d'une épaisse couche de corne. Nous galopions à travers les digitaires, nous dévalions des sentiers de montagne rocailleux, nous explorions les anfractuosités où se cachaient les écrevisses dans le ruisseau et nous nous régalions des framboises chauffées par le soleil dans les ronces. Nous accrochions une corde à une poutre dans la grange et, pendues à cette liane, nous nous laissions tomber sur un tas de sciure fraîche. Un beau jour, Rowan a voulu exécuter une figure en plein vol et elle a atterri à côté du tas. Elle s'est peut-être cassé le bras, mais c'est un miracle si nous nous en sommes tirées sans nous briser une vertèbre.

Je contourne l'échelle qui conduit au grenier à foin et je retrouve ma vieille bicyclette peinte en rose, le rose tacheté d'une fraise pas encore mûre. Cette bicyclette, Sorrel l'avait achetée d'occasion, elle l'a donnée à Rowan et nous en avons hérité, Juniper et moi. Sorrel et Rowan ne s'en servent plus, elles ont toutes les deux passé leur permis contrairement à moi, même si j'ai l'âge depuis plus d'un an.

À l'instant où je sors de la grange, une motte de terre me frôle et s'écrase sur le mur derrière moi. Postée sur le perron, une main plongée dans une jardinière, Rowan braque son index sur Hadrian Fitch qui se tient, éberlué, devant la barrière de l'enclos à moutons.

— Si ça t'arrache la langue de dire la vérité, hurle-t-elle, ne viens pas me gâcher le petit déjeuner avec tes mensonges puants !

Unique présence masculine dans un environnement exclusivement féminin, Hadrian est arrivé à la ferme l'année dernière, à la période des moissons, avec ses lunettes d'aviateur, son jean troué aux genoux et son étui à violon fourré sous le bras. Il cherchait du travail. Autant dire qu'il tombait à pic.

Il contraste fortement avec l'image de l'ouvrier agricole tel qu'on se l'imagine. D'abord, il est couvert de tatouages ; l'encre s'enroule autour de ses bras, sur ses mains et jusqu'au bout de ses doigts, dépasse du col de son T-shirt et va se perdre dans sa barbe laissée en friche et couronnée d'une indomptable tignasse noire.

Il nous avait raconté l'histoire de sa vie : c'était un enfant placé, il avait quitté sa famille d'accueil deux ou trois ans plus tôt, il s'était lancé en quête d'un frère perdu de vue et il avait dépensé son dernier sou aux environs de la ville de Rawbone. Rowan avait très vite rendu son verdict, il mentait comme un arracheur de dents, mais on peut mentir pour mille raisons différentes, parfois sans penser à mal. Or, pour ma sœur, tous les mensonges ont la même odeur. Nous avions désespérément besoin d'aide, Hadrian était prêt à travailler en échange du gîte et du couvert, et Mamie l'a autorisé à chercher des petits boulots dans la région en parallèle. Depuis son arrivée, il a prouvé mille fois que c'est un gros bosseur, et un taiseux. Rowan aura beau protester, jamais Mamie ne voudra le laisser partir.

Le voilà qui hausse un sourcil aussi noir que sa barbe.

— C'est quoi ton problème, ce coup-ci ?

— Tu as dit à Mamie que tu avais besoin de la fourgonnette pour aller acheter du grain, lâche Rowan, la mâchoire serrée.

Elle balance une nouvelle motte de terre à la figure d'Hadrian, rate sa cible d'à peine quelques centimètres, puis descend du perron d'un pas décidé.

— Mais on sait toi et moi, poursuit-elle, que tu lui as raconté n'importe quoi. Alors, tu vas où avec la fourgonnette ?

Je lâche mon vélo, j'attrape ma sœur par le poignet et je chuchote à son oreille :

— Rowan, arrête. Rappelle-toi ce qu'a dit Mamie.

Elle me regarde d'un sale œil. Une autre voix se fait entendre. Mamie a surgi sur le balcon.

— Rowan Perséphone. Je t'ai déjà demandé de laisser ce garçon tranquille. Rentre tout de suite, s'il te plaît. J'ai de quoi t'occuper à la cuisine.

Rowan laisse échapper un grognement contrarié et lance un regard noir à Hadrian.

— J'en ai pas fini avec toi, grommelle-t-elle sur un ton menaçant, puis elle s'essuie les mains sur son jean et disparaît à l'intérieur.

— Tu n'en as jamais fini avec moi, souffle Hadrian.

Je jette un coup d'œil par-dessus mon épaule, mais il s'est déjà éclipsé. C'est alors que je remarque la femme qui est apparue dans l'allée. Bottes noires, blouson de motard. Rien qu'à la regarder je me mets à suer à grosses gouttes, mais elle n'a pas l'air de souffrir de la chaleur. Elle rejette en arrière sa longue chevelure sombre, retire ses lunettes de soleil et révèle des yeux étincelants, couleur de fumée, soulignés par un trait d'eye-liner impeccable. Un sourire étire lentement ses lèvres couleur cerise, comme une flaque de sirop de sorgo poisseux.

Un pouffement amusé fuse sur le perron. Mamie se tient près de la porte.

— Le couteau n'a pas menti. Ennuis à l'horizon. La tornade Salomé vient de débarquer en ville.

— Bonjour Maman. Je t'ai manqué ?

C'est donc Tante Salomé. Elle se poste devant moi, pose les mains sur mes épaules et m'examine des pieds à la tête.

— Ne me dites pas que j'ai sous les yeux l'adorable petite Linden. Qu'est-ce que tu as grandi depuis la dernière fois.

— Tu serais moins choquée par ses poussées de croissance si tu revenais nous voir plus souvent, la réprimande Mamie.

Tante Sissy a toujours eu la bougeotte, elle se sentait trop à l'étroit dans notre bourgade. Elle a largué les amarres dès que l'occasion s'est présentée. Elle est tout le temps en virée, mais elle garde des attaches à Caball Hollow, situé à deux heures de voiture de la civilisation, dont l'unique accès est une route sinueuse inondée plusieurs fois par an. Mamie prétend que l'électricité est arrivée l'année de ses dix ans, pas avant.

Lorsque j'ai disparu l'été dernier, Salomé n'a pas attendu pour revenir à Caball Hollow, cependant, depuis, elle est aux abonnés absents. Un an en vadrouille, cela me paraît extrêmement long. D'après Mamie et Maman, cela n'a rien d'inhabituel pour Salomé.

— Bienvenue à la maison, Tante Sissy, dis-je d'une voix chargée d'émotion – on adore se donner des surnoms à Caball Hollow, car ils agissent comme des raccourcis vers une histoire commune ou une autre époque.

Ma tante se penche pour m'embrasser sur la joue et, une fraction de seconde, j'ai l'impression qu'une ombre traverse son visage. Une ride se creuse entre ses sourcils, son sourire s'efface et un goût de sardines à l'huile vient enrober ma langue. Le goût de la culpabilité. Je ne saurais dire si c'est elle qui ressent cette émotion, ou si c'est moi, mais je me sens soudain submergée par une vague de honte.

Je m'écarte pour laisser Mamie accueillir Sissy et ramasse ma bicyclette que j'enfourche précipitamment.

— Il ne faut pas que je traîne, sinon Maman va m'étriper.

Je m'élance sur la route en terre battue qui remonte la colline, les yeux braqués devant moi.

Le chemin qui relie notre ferme à La Lune, le plus court, longe le cimetière. À l'époque où nous nous jetions dans le foin, Rowan nous conseillait de retenir notre respiration quand nous passions devant, de peur que les esprits nous volent notre souffle et nous tuent dans la foulée. Sa théorie est parvenue aux oreilles de Mamie, qui ne s'est pas gênée pour la qualifier de « tas de fariboles ». D'ailleurs, quel fantôme serait assez idiot pour rôder dans les parages d'un cimetière ?

Certains jours, comme aujourd'hui – juste avant le solstice, quand l'atmosphère est dense, oppressante –, j'avale une grande goulée d'air que je bloque dans mes poumons. Mieux vaut prévenir que guérir. Je pédale à toute vitesse le long du mur quand une camionnette d'un blanc malpropre jaillit du portail sans marquer l'arrêt. Encore un peu et elle me roulera dessus.

Je fais une embardée en freinant de toutes mes forces. Je perds le contrôle de la bicyclette, je me jette par terre et elle va percuter l'un des poiriers décoratifs plantés sur le trottoir.

Je me redresse péniblement et, du pied, j'envoie des gravillons en direction de la camionnette, qui a pris le large. Je me penche pour ramasser mon vélo et une douleur fulgurante me vrille le coude. Tandis que j'inspecte la blessure, je suis attirée par une scène surprenante. Près de la rivière, dans l'ombre de l'imposant gommier qui se dresse près du mausolée, une pelleteuse surplombe la gueule béante d'une tombe fraîchement creusée.

L'odeur limoneuse, cuite au soleil, de la terre, flotte jusqu'à mes narines, portée par la brise matinale. Deux gaillards vêtus de salopettes se tiennent à côté de l'engin dans une posture empreinte de gravité. L'un tient une bêche ; l'autre serre sa casquette entre ses mains. Mais c'est l'homme qui se dresse au-dessus du trou qui retient toute mon attention. Les épaules voûtées, les cheveux blancs en bataille, il porte un costume qui le serre au niveau du ventre, dont l'étoffe élimée et mangée aux mites me dit qu'il n'a pas été sorti de l'armoire depuis un paquet d'années. L'homme tire de sa poche un mouchoir qu'il porte à son visage, les épaules secouées par un sanglot silencieux.

Lorsqu'il laisse tomber une poignée de terre dans le trou, un bruit semblable au chant des cigales ou au chuintement d'une ligne à haute tension fend l'air et file le long de ma colonne vertébrale. Je devrais respecter sa douleur, mais une force qui monte de mes tripes me donne l'ordre d'approcher. Son visage m'est familier, je m'aperçois qu'il s'agit de l'homme qui a frappé à notre porte la nuit dernière.

Curieux. Des obsèques organisées le lendemain du décès ? Une seule personne qui vient faire ses adieux à la défunte ? Lorsque j'arrive à la hauteur du mausolée, la saveur des betteraves marinées que prépare Maman me chatouille les papilles et je comprends que j'ai laissé ma curiosité prendre le pas sur le bon sens. J'ai commis une erreur stupide, d'autant plus stupide que j'avais déjà baissé ma garde tout à l'heure avec Tante Sissy. Cette fois, c'est mille fois pire. Il faudrait être aveugle pour ne pas voir que cet homme a le cœur brisé, mais il n'y a pas que le chagrin qui émane de lui : je perçois aussi le côté visqueux et saumâtre de la mauvaise conscience, l'acidité corrosive de la colère, la bouffée âcre et malodorante du désespoir.

Je suis entrée par effraction dans les sentiments les plus profonds de cet homme et je m'en veux terriblement. J'ai l'impression d'avoir écouté aux portes, d'avoir lu un journal intime. Il n'y a aucune fierté à fureter dans les zones d'ombre des gens sans leur avoir d'abord demandé la permission. Je recule d'un pas mal assuré, espérant mettre un maximum de distance entre ce malheureux et moi-même, je chasse les larmes en clignant furieusement des paupières tout en me dirigeant vers ma pauvre bicyclette, laissée en plan au pied du poirier, en me faisant aussi discrète que possible. Ce n'est qu'à mi-chemin que le déclic se produit : j'ai oublié de retenir ma respiration devant le cimetière.

CHAPITRE TROIS

Cette journée marque l'anniversaire de ma disparition. Lorsque Maman suspend l'affichette FERMÉ à la porte du *diner*, mon déodorant m'a laissée tomber depuis belle lurette et mes nerfs ne vont pas tarder à lâcher. Les messes basses et les regards inquisiteurs lancés dans ma direction tout au long de mon service prouvent que personne n'a rien oublié, mais la journée est encore loin d'être finie. Le Festival des Papillons de Nuit, les habitants de Caball Hollow ne le rateraient sous aucun prétexte.

En un sens, cette fête célèbre le croque-mitaine de notre bourgade. Elle tire ses origines de la légende de l'Homme-Papillon, qui se chuchote autour d'un feu de camp et à l'oreille des enfants passé l'heure du coucher, avec une balancelle qui grince ou le *tap-tap* de la pluie sur un toit en tôle pour compléter l'ambiance. Il s'agit d'une créature mystérieuse qui hante la forêt et chevauche des rayons de lune. Celui qui a le malheur de le croiser regarde sa propre mort en face.

Nul ne sait qui a eu l'idée d'organiser ce festival, mais il coïncide toujours avec le solstice d'été et, par conséquent, la journée la plus longue de l'année. Une façon de se protéger contre l'Homme-Papillon, qui ne sort que la nuit, peut-être. Ou pour une tout autre raison, qui sait ? La croyance populaire nous enseigne que le solstice est une zone d'entre-deux, une période où la magie imprègne l'univers, où la frontière entre l'ici et l'au-delà se brouille.

Il se dit aussi que les papillons blancs qui apparaissent cette nuit-là sont les esprits des êtres chers qui nous ont quittés et qui reviennent nous saluer. On apprend cette comptine dans l'enfance : *Papillon d'amour / aux ailes d'ange / Papillon de mort / aux ailes de sang.* L'Homme-Papillon prend parfois l'apparence d'un papillon rouge qui s'introduit dans les maisons par une fenêtre restée ouverte et qui se pose sur la personne condamnée. Il lui arrive également, et c'est encore pire, de se manifester sous la forme d'un homme ailé. Là, il annonce une mort violente et tragique. Possible que le festival revienne d'une année sur l'autre parce que les villageois le considèrent comme une offrande à un dieu justicier.

Nous nous apprêtons à quitter le *diner* par la porte de service. Maman m'attrape par la main et il me suffit d'un coup d'œil pour savoir ce qu'elle va me dire.

— Tu peux rentrer à la maison si tu veux. Rien ne t'oblige à travailler durant le festival. Tout le monde comprendra.

Je pose sur elle un regard sombre. Ce que je veux éviter coûte que coûte, c'est qu'on remarque mon absence et qu'on me prenne en pitié, et c'est précisément pour cela que je vais travailler ce soir.

— Non, ça ne me dérange pas. Et je te rappelle qu'il faut que je retrouve Dahlia.

Maman m'étudie un long moment et, une fraction de seconde, je me dis qu'elle va me donner l'ordre de rentrer quand même. Elle finit par me serrer la main.

— Si c'est ce que tu as décidé, conclut-elle.

Notre stand est situé en plein centre du village : nous avons dressé une petite tente au-dessus de tables pliantes couvertes de nappes blanches et accroché une guirlande de rameaux de cèdre et d'eucalyptus, des répulsifs naturels, au-dessus de l'entrée. D'autres commerçants se sont installés sur les trottoirs de la rue principale éclairée par des lampions. Des groupes locaux vont se succéder un peu plus tard sur une scène.

— Hé, il y a des toilettes par ici ? me demande un type coiffé de plumes géantes censées représenter des antennes de papillon.

Je lui montre le parking de l'école, tout au bout. Caball Hollow n'est pas assez grand pour attirer les touristes en dehors de cet événement annuel, et ceux qui viennent arrivent le soir. Tout ça parce qu'il y a vingt ans, des personnes ont prétendu avoir aperçu l'Homme-Papillon. Leur témoignage a fait la une des journaux de la région et, soudain, notre petite ville a accédé à une certaine forme de notoriété. Cette vieille histoire appâte encore quelques rares curieux qui veulent croire qu'il existe autre chose, ailleurs, même si ceux qui racontent qu'ils ont croisé l'Homme-Papillon au détour d'un chemin s'attirent les mêmes moqueries que les illuminés qui affirment avoir pris le yéti en photo.

La rue principale de Caball Hollow débouche sur un cul-de-sac où a été montée la scène de concert. Au-delà, la Forêt nationale se déploie sur près d'un million d'acres et nous encercle à la façon d'un prédateur qui resserre son étau sur sa proie. Les Appalaches en sont la colonne vertébrale. Les crevasses creusées dans la roche, les bosquets compacts, les broussailles impénétrables, ce sont ses muscles et ses tendons. En son centre, un cœur palpite, mystérieux et inconstant.

C'est là, dans les profondeurs les plus obscures et les endroits les plus secrets, que l'Homme-Papillon a élu domicile. Quand j'étais petite, Rowan tirait un plaisir malsain à me raconter des histoires qui le mettaient en scène et qui me terrorisaient. Je n'ai pas cette fascination qu'ont certains pour l'inconnu, ce goût pour le gore et l'épouvante qui les émoustillerait presque. Elle me taquinait sans répit, cachait des papillons morts sous mon oreiller et venait me chatouiller la nuque avec un brin d'herbe en me bourrant le crâne d'anecdotes macabres tout droit sorties de son imagination, jusqu'au moment où je courais me réfugier, en larmes, dans les jupes de Maman.

En parlant de Rowan, je me tourne vers elle et je la surprends, qui m'observe, les sourcils froncés.

— Et si tu étais en charge du téléphone ce soir ? suggère-t-elle. Tu pourrais nous transmettre les commandes.

Pas de blagues de mauvais goût cette année, je présume.

— Bien sûr, dis-je avec un léger sourire qui ne parvient sûrement pas à cacher mon malaise.

Mon esprit se détache d'elle et va se perdre plus loin, dans la forêt. Lorsqu'une illusion d'optique tente de me convaincre que des branches et des ombres s'agitent, je me détourne, le cœur battant.

Disposés sur la table, des infusions, des remontants, des teintures mères, des thés et des baumes, mais aussi des recettes transmises de mère en fille au sein de notre famille, comme ces conserves de tomates vertes et ces condiments maison. Les étiquettes collées sur les flacons décrivent les ingrédients et leurs vertus. Mamie désigne les plantes utilisées par leur nom vernaculaire, tombé en désuétude, afin de perpétuer nos traditions. Sans oublier qu'elle a un flair infaillible pour le marketing. L'actée à grappes noires, que l'on surnomme plante-hochet, ou crécelle (elle soulage les douleurs menstruelles), l'érythrone d'Amérique, plus communément appelée ail des ours (utilisée en cataplasme sur les peaux en souffrance), le géranium tacheté, aussi qualifié de herbe-à-Robert (dont les vertus anti-inflammatoires ne sont plus à démontrer), la moutarde noire (qui apaise les symptômes du rhume), tous ces végétaux peuvent être utilisés dans des potions et des élixirs.

Sous la tente, Mamie est à la manœuvre devant le gril portatif et Maman sert des hot-dogs, des sandwiches au rôti de porc et des petits gâteaux dits « du solstice », aromatisés avec du zeste de citron, une pointe de gingembre et une dose du miel récolté par Sorrel, que j'ai confectionnés de mes blanches mains ce matin avant l'ouverture du *diner*. Mamie cache sous la table des produits réservés à certains clients privilégiés : du vin de pissenlit, qui permet aux vœux de se réaliser, et une liqueur au goût de tarte aux pommes, capable à la fois d'éclaircir l'esprit ou, au contraire, de l'obscurcir complètement, en fonction de la dose consommée.

Au bout de quelques heures, durant lesquelles nous avons servi un cortège ininterrompu de personnes affamées, Juniper pose sur ma tête une couronne de cèdre avant de se diriger vers la scène en compagnie de Rowan, les bras chargés de couronnes qu'elles espèrent vendre. L'Homme-Papillon n'est peut-être qu'une légende, mais nos grigris de protection – pochons remplis d'achillée millefeuille, tourmalines noires, bracelets en œil-de-tigre – partent comme des petits pains. Après tout, pourquoi tenter le diable ?

Wavelene Edgar traverse la rue et s'approche du stand comme contrainte et forcée, une grimace de dégoût sur son visage qui m'évoque toujours une boule de pâte crue.

— Il vous reste de cet onguent à base d'écorce de saule ? aboie-t-elle. Je ne sais pas comment vous vous débrouillez, mais il n'y a que ça qui soulage mes articulations.

Sous le compliment se dissimulent des relents rances et aigres qui rappellent le lait caillé.

— Bien sûr, lui répond Sorrel.

Ma sœur va chercher un pot parmi les produits présentés sur la table tandis que j'enregistre la vente sur la tablette.

Wavelene prend bien soin d'éviter tout contact avec elle lorsqu'elle lui prend le pot des mains. Elle se dirige ensuite vers un vendeur de T-shirts un peu plus loin dans la rue. Indignée, j'explose :

— Si elle nous déteste autant, pourquoi elle ne va pas acheter ses médicaments à la pharmacie ?

Au coup d'œil qu'échangent Sorrel et Maman, je comprends que ma réaction est excessive. Et la moutarde me monte encore plus au nez.

— Moi, je n'ai rien remarqué, rétorque Sorrel avec un haussement d'épaules.

J'enlève mon tablier. La boucle a la bonne idée de se coincer dans mes cheveux et ça m'énerve encore plus.

— C'était le dernier pot d'onguent. Je vais prendre un autre carton dans la fourgonnette.

L'espace d'un instant, on dirait que Maman va m'arrêter, mais elle finit par acquiescer.

— D'accord, mais ne traîne pas.

Malheureusement, Wavelene, ce n'est pas la pire. J'ai l'impression d'être la seule à remarquer cette façon étrange qu'ont les gens de nous scruter, ces coups d'œil en coin qu'ils nous lancent parfois. Ou la voix qu'ils prennent quand ils nous réclament un remontant ou une eau florale, un remède quelconque, cette voix qui révèle, bien malgré eux, la peur et le dégoût qu'ils essaient d'étouffer. C'est à cause de gens comme Wavelene que nous prenons soin de cacher l'étendue de nos dons.

Quel sentiment étrange que de naître dans un endroit, d'y passer toute sa vie, et de ne pas s'y sentir à sa place parce que le regard de l'autre vous bannit de la terre de vos ancêtres. C'est à Caball Hollow que nous avons nos racines et, pourtant, nous sommes toujours traitées comme des étrangères. Il n'est pas exclu que la fondatrice de notre lignée, la toute première des femmes James, ne se soit pas mise à l'écart de son propre chef ; il n'est pas exclu que les villageois l'aient rejetée. Peut-être est-ce cela, notre héritage.

Autrefois je rêvais d'ouvrir un jour ma propre pâtisserie – je comptais commencer modestement en vendant mes gâteaux au *diner*, derrière un comptoir dédié. C'était avant que je comprenne que les gens avaient peut-être raison d'avoir peur de moi. Avant que je comprenne combien mon don pouvait violer l'intimité d'autrui.

En chemin vers la fourgonnette, je surprends la conversation de deux vieilles commères qui me passent devant en jetant des regards furtifs par-dessus leur épaule.

— C'est Amos McCoy. Je n'arrive pas à croire qu'il ait osé remettre les pieds ici ! s'étrangle l'une. S'il croit qu'on a oublié, il se fourre le doigt dans l'œil.

— Assassin, crache l'autre, visiblement déterminée à être entendue de loin. Quel culot, quand même, de montrer sa sale trogne en ville et nous imposer sa personne. Nous, nous avons la conscience tranquille.

Quand elle me dépasse, je me rends compte qu'elles parlent de l'homme que j'ai aperçu au cimetière. Il s'est engagé dans la ruelle qui mène au Cochon Grillé, le pub du village. Il n'a pas quitté son costume et il marche les épaules voûtées. Je mets un moment avant de digérer le fiel contenu dans ces paroles et d'assembler les pièces du puzzle. McCoy, c'est le nom que portait le petit garçon qui s'est volatilisé dans la forêt il y a une vingtaine d'années. À la même époque, certains ont commencé à dire que l'Homme-Papillon traînait dans les parages.

Ceux qui prétendaient s'être retrouvés nez à nez avec la créature monstrueuse auraient fini par admettre qu'ils l'avaient hallucinée après une soirée bien arrosée si Elam McCoy n'avait pas disparu pendant une sortie de pêche en famille dans la vallée de la Teays. La jeunesse insouciante de Caball Hollow s'est emparée de ce fait divers, elle l'a modifié et enjolivé au point d'en faire une légende urbaine. Elam n'a jamais été retrouvé, l'affaire, jamais résolue par les autorités. Le tribunal de l'opinion publique, lui, a déclaré coupable le père, pour l'unique raison qu'il avait été le dernier à voir son fils vivant. Cette tragédie a nourri les on-dit et les médisances pendant des années.

Une voix jaillit des haut-parleurs grésillants à l'instant où je m'approche de la scène. Le directeur de l'école, un chauve qui s'enorgueillit d'une épaisse moustache, prononce le discours annonçant le sacre de la Reine des Papillons de Nuit.

— Caball Hollow est une localité qui rend hommage à son histoire. Comme nos ancêtres avant nous, nous nous rassemblons aujourd'hui à l'occasion du Festival des Papillons de Nuit et nous décernons une bourse afin de nous assurer que les générations futures garderont un pan de cette histoire en mémoire. Et même si les projets présentés nous ont tous frappés par leur grande qualité, l'un d'eux s'est démarqué des autres. Alors, sans plus attendre…

Le batteur exécute un roulement de tambour.

— Je vous demande d'acclamer la nouvelle Reine, Maude Parrish !

Sur scène, Dahlia domine la foule, vêtue d'une vaporeuse robe blanche. Maude reçoit sa couronne, le genou fléchi, et je me sens gagnée par le doute. J'ai promis à Maman d'aller parler à Dahlia. Quel intérêt de souffler sur les braises mourantes d'une amitié quand il vaudrait mieux pour tout le monde que je garde mes distances ?

Maude se tourne, radieuse, vers le public et je repère Cole au milieu d'une mer de visages familiers. Des gens que je considérais, jadis, comme mes amis. Il fourre deux doigts dans sa bouche et émet un sifflement strident tandis que ses voisins applaudissent. Étrange de nous voir tous réunis ici, comme l'été dernier, alors que nos vies ont été irrémédiablement bouleversées. Une version déformée des personnes que nous étions par le passé, abîmée, presque méconnaissable, et je ne réussis plus à distinguer la réalité de ce que je me suis imaginé.

Derrière Maude et Dahlia, les aspirantes au titre battent poliment des mains, chacune vêtue d'une lourde robe, en sueur, le visage scintillant sous les projecteurs. Dahlia adresse un grand sourire à Maude, puis les membres du comité d'attribution des bourses viennent les entourer, distribuant risettes et poignées de main. Cole et Bryson, qui sont montés sur scène, s'approchent eux aussi et Cole prend la nouvelle Reine dans ses bras. Je me détourne et je vais chercher le carton qui contient les pots d'onguent au fond de la camionnette.

Je pivote, lourdement chargée, et me fraye difficilement un chemin à travers la foule massée au pied de la scène. Un groupe se prépare à jouer ; les musiciens branchent les instruments et s'accordent. Je parviens à couvrir quelques mètres lorsqu'une main m'agrippe par l'épaule.

— Te voilà.

Dahlia jette un coup d'œil derrière elle avant de m'attirer un peu plus loin, à l'écart de la foule. Elle m'a l'air nerveuse, presque fébrile. Sans doute l'excitation, même si elle est plus agitée qu'à l'ordinaire. Elle croise les bras, les décroise, triture son pendentif. Impossible de rester immobile deux secondes.

— Je te cherchais. Tu as assisté à la cérémonie ?

— En partie, dis-je en calant le carton contre ma hanche.

— Personne ne s'attendait à ce que Maude Parrish soit choisie. Attention, ne me fais pas dire ce que je n'ai pas dit, elle est géniale, mais à peu près aussi intéressante qu'un verre de lait tiède.

Je laisse échapper un petit rire incrédule. J'avais oublié que Dahlia n'a aucun filtre, elle dit tout ce qui lui passe par la tête comme si c'était la chose la plus naturelle du monde.

— J'espère que tu vas changer d'avis et te présenter l'année prochaine, enchaîne-t-elle. Sans cette bourse, j'aurais continué à moisir ici, et ce serait dommage que tu restes à Caball Hollow avec le potentiel que tu as. Tu te souviens de la fois où tu as fait ce gâteau à la liqueur de pomme avec Mamie, et qu'elle nous a raconté la crise qu'elle a piquée quand Papy a creusé un trou dans la cuisine pour y planquer son eau-de-vie maison ?

Ce souvenir fait s'étirer mes lèvres. Je nous revois dans cette cuisine exiguë si accueillante qui embaumait la cannelle et la pomme et que la grand-mère de Dahlia remplissait de ses anecdotes.

— Comment oublier ? Elle avait invité le shérif et sa femme à dîner et elle leur avait servi ce gâteau, rien que pour foutre la trouille à ton grand-père.

— Tu vois ? C'est de ça que je parle. Ces histoires-là, elles sont inestimables. Elles devraient demeurer gravées dans la mémoire collective.

Les yeux de mon amie donnent l'impression de se voiler de larmes sous la lumière des lampions et elle tourne la tête.

— Je veux bien, Dahlia, mais je ne sais même pas si j'ai envie de partir. Je vois beaucoup de raisons de rester ici.

Même si Caball Hollow, c'est loin d'être le paradis, ça reste mon chez-moi. Ces montagnes font partie de moi, au même titre que mon ombre, ou mon reflet.

Dahlia semble se perdre quelques instants dans ses pensées, puis elle secoue doucement la tête.

— Tu as beaucoup de chance, alors. Ce n'est pas le cas pour tout le monde.

Et elle me serre affectueusement le poignet.

Ce contact déclenche en moi un tsunami d'émotions. Baissant les yeux, je découvre une meurtrissure écarlate qui barre son avant-bras. La forme m'évoque quelque chose, mais je dois me débattre avec un afflux de tristesse, d'impatience et d'appréhension qui me prend à la gorge de sorte que j'ai le plus grand mal à me concentrer.

— Une question me turlupine, chuchote Dahlia. Tu as déjà réfléchi à la possibilité que tu n'étais pas seule dans cette forêt, la nuit où tu as disparu ?

Pas le temps d'encaisser complètement ce qu'elle vient de suggérer. Une voix retentit dans mon dos.

— Linden James !

Je me retourne et je fouille la foule du regard jusqu'à ce que je repère Malcolm Spencer, maire de Caball Hollow et, accessoirement, père de Cole. Il me salue d'un geste et sourit d'une oreille à l'autre ; on dirait un gamin, alors qu'il a cinquante ans bien sonnés.

— J'espérais te croiser au festival. Comment vas-tu ? me demande-t-il, les sourcils froncés pour me témoigner sa sollicitude. Écoute, j'ai beaucoup réfléchi à ce qui s'est passé l'été dernier et je te dois des excuses. Tôt ou tard, cette tradition stupide qui veut que nos jeunes aillent camper en pleine nature devait déboucher sur une catastrophe. J'aurais dû y mettre un terme au lieu de suggérer à Cole de t'inviter. Vous étiez tellement mignons quand vous étiez enfants, inséparables, et quand vous vous êtes rapprochés l'année dernière…

Il m'observe d'un air penaud et poursuit :

— De toute évidence, je n'avais aucun moyen de prévenir ce drame, mais je dois prendre mes responsabilités. J'ai commis une grave erreur en donnant mon feu vert à cette sortie en forêt. J'espère que tu réussiras à me pardonner. J'ai demandé que tous nos effectifs soient sur le terrain cette année pour nous assurer que cela ne se reproduise pas.

J'ai la sensation que tous les muscles de mon visage se contractent n'importe comment. Je dois faire une de ces mines… pourtant, je réussis à hocher la tête.

Un couple âgé me sauve de l'embarras. Ils s'approchent du maire pour échanger une poignée de main avec lui et l'entraînent un peu plus loin.

Je me retourne vers Dahlia, encore secouée, mais la foule l'a avalée. Je cherche mon amie des yeux, la vision brouillée par le crépuscule et par les arbres qui projettent leur ombre sur les fêtards, et je laisse échapper un long soupir, la main appuyée sur mon front. Je ne sais pas ce qui m'embarrasse le plus : que j'aie l'air tellement malheureuse que même le père de Cole l'a remarqué, ou qu'il semble croire que son fils m'avait invitée à me joindre au groupe de campeurs le soir de ma disparition. Au contraire, il m'avait conseillé de ne pas imposer ma présence, il ne voulait pas que je gâche la fête. Cela ne m'avait pas découragée.

Le soir du Festival des Papillons de Nuit, les élèves de terminale et leurs amis s'enfoncent dans cette zone de la forêt où Elam McCoy a connu, d'après la rumeur, une fin tragique. Là, ils invoquent l'Homme-Papillon en l'appelant par trois fois. La légende prétend qu'il peut exaucer votre souhait le plus cher. Il peut aussi apposer sur vous un sceau, celui de la mort. C'est devenu un rite de passage pour la jeunesse de Caball Hollow. Les uns et les autres se mettent au défi de faire venir l'Homme-Papillon, mais personne n'est assez stupide pour le relever. Personne sauf moi.

L'ÉTÉ DERNIER, la nuit du solstice, 21 h 22

Je m'amuse toujours comme une petite folle pendant le Festival des Papillons de Nuit. Les lumières, les bruits, la magie. L'odeur des plats frits et de la limonade qui flotte dans l'air, les éclats de rire.

Papa et Juniper reviennent au stand, chargés de ce que nous appelons des queues de castor, des beignets saupoudrés de sucre et de cannelle. Ils transpirent à grosses gouttes. Rowan s'est confectionné une paire d'ailes avec du tulle blanc. Elle rend la monnaie à Mrs Boggs qui a acheté un sachet de sucettes à la fleur de sureau.

Maman a déjà commencé à démonter le stand.

— Lyon, tu veux bien ranger ces ustensiles dans la fourgonnette ? demande-t-elle en montrant à Papa un carton sous la table.

Il attrape un beignet, le plonge dans une coupelle de confiture de fraises et le présente à Maman, qui ouvre grand la bouche. Il lui donne la becquée et, lorsqu'une grosse goutte de confiture atterrit sur sa lèvre inférieure, il lui prend la figure entre les mains et l'embrasse à pleine bouche. Elle s'esclaffe.

— Délicieux, lâche-t-il.

— Beurk, réplique Rowan en détournant les yeux.

Juniper glousse tandis que Papa fait pleuvoir une pluie de baisers sur le visage de Maman.

— Vous nous foutez la honte, sérieux, les sermonne Sorrel.

Elle vérifie d'un regard qu'aucun de ses amis n'a été témoin de la scène.

Une main se glisse dans la mienne, une voix me chuchote à l'oreille. Cole.

— Linden, tu peux venir une minute ?

Il me conduit un peu plus loin dans la rue. Je ne l'ai pas vu depuis plusieurs jours. Il vient de quitter le lycée et, son diplôme en poche, il va partir faire ses études à Georgetown l'année prochaine. Ce soir, nous avons prévu de camper dans la forêt avec une bande de potes, comme l'ont fait avant nous tant de jeunes qui habitent Caball Hollow.

Personne ne compte vraiment sur l'Homme-Papillon pour concrétiser ses vœux les plus fous, mais, sous les lampions multicolores, avec la promesse de l'été qui se déploie devant nous, nous avons la sensation que même l'impossible peut devenir possible.

CHAPITRE QUATRE

Les cauchemars ne me laissent aucun répit. Peut-être aurais-je dû écouter Maman et rester à la maison. Je ne sais pas si c'est dû à cette conversation bizarre que j'ai eue avec Dahlia, ou simplement au solstice, mais ce soir j'ai l'impression que les souvenirs effacés par l'amnésie s'enfoncent comme des échardes sous ma peau, me picotent et me démangent sans que je puisse trouver le moindre remède.

Je pose la bouilloire sur la gazinière, je gratte une allumette et j'allume le foyer. Un silence de cimetière règne dans la maison, le silence d'une profonde nuit – à cette heure, les grillons dorment depuis longtemps et les oiseaux n'accueillent pas encore l'aube dans un grand concert de pépiements. Le tic-tac de l'horloge et le ronronnement du réfrigérateur m'assourdissent. Les esprits superstitieux prétendent que le dernier bruit entendu avant minuit, la nuit du solstice, donne le *la* des mois qui suivront. Il reste encore une demi-heure et tout est calme, sauf mon esprit en surchauffe.

J'attends que l'eau bouille en me tapotant distraitement la bouche avec la petite cuillère et je me repasse en boucle les rares souvenirs que je garde de l'été dernier. Je me rappelle que je me suis aventurée seule dans la forêt. Je me rappelle que j'ai répété l'invocation trois fois. *Homme-Papillon. Homme-Papillon. Homme-Papillon.* D'abord forte, ma voix s'était réduite à un murmure et je m'étais imaginé les abominations qui se tapissaient dans les ténèbres, les poils sur ma nuque tout hérissés. Je m'étais retournée, pensant être épiée. Un éclat de lumière, et puis plus rien, avant le choc de l'eau glacée. Un autre blanc et je me revois courir, échevelée, à travers les arbres. Un liquide coule sur mon front et j'ai un voile rouge devant les yeux.

Le sifflement de la bouilloire me fait sursauter. Je la retire du feu d'une main malhabile pour éviter qu'elle ne réveille toute la maison. Je verse l'eau sur le thym séché, qui m'apportera force et courage, et j'ajoute une cuillerée de miel.

À l'instant où je vais m'attabler, la porte de derrière s'ouvre à la volée – tante Salomé fait son entrée dans la cuisine.

— Bonjour bonjour, ma petite Linden. Tu n'étais pas obligée de m'attendre, plaisante-t-elle.

— Tu m'as fichu une de ces trouilles. Tu rentres tard, dis donc.

— Oh, je me suis baladée par-ci, par-là, me répond-elle en prenant place sur une chaise. J'ai poussé jusqu'à l'Arbre-Squelette.

Je suis tellement choquée que j'en renverse ma tisane. À l'instar du solstice, l'Arbre-Squelette fonctionne comme un espace de transition, une passerelle entre ce monde et l'au-delà, le connu et l'inconnu. Il enjambe la rivière, il ne porte aucune feuille, son écorce blanche donne l'impression de rayonner au clair de lune. Il paraît mort et, pourtant, il est bien vivant, avec ses cinq branches robustes qui jaillissent de terre et tentent d'atteindre la rive opposée, à la façon d'une main géante, celle d'un squelette au plus profond de la Forêt nationale.

Cela fait près de deux siècles que nous nous rendons à l'Arbre-Squelette pour y pratiquer des rituels de divination, méditer et entrer en contact avec les esprits. Lorsque Mamie sent que l'une de ses potions réclame un petit coup de boost, nous montons chercher les ingrédients, parce qu'elle affirme que les plantes qui poussent autour sont particulièrement puissantes. Le secret, bien gardé, se transmet de mère en fille dans notre famille.

La dernière fois que j'y suis allée, c'était il y a plus d'un an, car j'ai été incapable de remettre les pieds dans la forêt après ce que j'ai vécu l'été dernier. Rien que de penser à l'Arbre-Squelette, j'ai la peau qui me tiraille. Aux environs de cet arbre, la réalité donne l'impression de se déformer, le temps lui-même se comporte différemment. C'est une zone à risques : le voile qui sépare notre monde de la dimension supraterrestre peut à tout instant se déchirer et offrir l'opportunité à des entités peu recommandables de franchir une barrière habituellement fermée.

J'éponge la tisane que j'ai renversée avec une feuille de papier absorbant.

— Qu'est-ce qui t'a pris d'aller là-bas ?

Sissy hausse l'épaule, une expression rusée sur les traits.

— Je voulais me recueillir, tirer les cartes, demander conseil. Comment te sens-tu, ma puce ? La journée n'a pas dû être de tout repos pour toi.

Elle demeure évasive, cela ne veut pas dire pour autant qu'elle me cache quelque chose. D'après Maman, Sissy a toujours fait des cachotteries. Je suis trop fatiguée pour m'en formaliser.

— Je suis contente que minuit ait presque sonné. Et je serai encore plus contente quand tout le monde aura zappé ce qui s'est passé l'année dernière.

Et je ponctue ma réponse en avalant une gorgée de tisane.

— Navrée d'avoir à te le révéler, mais Caball Hollow n'oublie jamais rien, rétorque ma tante avec une grimace attristée.

Je repense aux vieilles femmes croisées tout à l'heure, aux horreurs qu'elles ont énoncées au sujet d'Amos McCoy. Et, pour la première fois, je prends conscience que cette tragédie s'est produite à une époque pas si lointaine. Étonnant que cela ne m'ait pas frappée avant ce soir.

— Dis, Tante Sissy, je peux te poser une question ?

— Bien sûr.

Une fraction de seconde, son regard est attiré par une notification qui fait vibrer son téléphone.

— Tu vivais encore à la ferme quand Elam McCoy a disparu, non ?

— Oui, répond-elle en s'adossant à sa chaise, visiblement surprise par ce changement de sujet. Pourquoi donc ?

— Tu crois qu'il y a du vrai dans la rumeur ? Que c'est son père qui l'a tué ?

— Eh bien, je crois que si les preuves allaient dans ce sens, son père aurait été arrêté, souffle Sissy en haussant les épaules – et puis elle se penche vers moi. C'est de la tisane que tu bois ? Parfait, je vais pouvoir lire ton avenir. Allez, cul sec.

J'approche la tasse de ma bouche et elle l'y pousse sans ménagement, me forçant à avaler du liquide brûlant. Je recrache, toussote.

— Aïe ! Ça va pas la tête ! T'as failli me noyer !

Sissy me prend la tasse des mains, va chercher une soucoupe sur l'égouttoir à côté de l'évier et s'en sert pour couvrir la tasse qu'elle retourne avant de la remettre à l'endroit. Elle étudie l'intérieur en commençant par l'anse, puis elle monte dans le sens des aiguilles d'une montre, lentement, à la recherche de symboles. Le présent est représenté près du bord, l'avenir, tout au fond de la tasse.

Je la dévisage pendant qu'elle se concentre, les pupilles assombries par la pénombre. Depuis toujours les gens se permettent des commentaires sur le style qu'elle se donne, ils vont jusqu'à poser des questions sur ses origines comme s'ils ne l'avaient pas vue grandir à Caball Hollow. Dès qu'ils tournent le dos, Sissy lève des yeux au ciel et enfourche sa moto, pour disparaître des mois durant. Mais elle finit toujours par revenir. Caball Hollow, elle l'a dans le sang, comme nous toutes.

— Je te vois prise dans une grande tourmente, annonce-t-elle avec un filet de voix, le regard fixé sur la porcelaine. Une découverte inattendue va te mettre en position périlleuse.

Elle croise mon regard par-dessus la tasse.

— J'ai bien peur que tu ne sois pas au bout de tes peines, ma petite. D'autres soucis se profilent à l'horizon. (Son regard glisse de nouveau vers la tasse.) N'accorde pas ta confiance à la légère. Des amis montreront leur vrai visage, mais des alliés inattendus veilleront sur toi. Je vois un affrontement. Je vois aussi que tu t'épanouis, que tu prends conscience de ta valeur, que tu assumes ton pouvoir.

Soudain muette, ma tante étudie méticuleusement la tasse. À un moment, elle lâche un petit cri et, d'un bond, elle quitte sa chaise qui bascule par terre. Elle va jeter tasse et soucoupe au fond de l'évier, où elles se brisent en mille morceaux.

— Qu'est-ce qui te prend, Sissy ?

À mon tour je me mets debout et je tends l'oreille. Espérons que ce vacarme n'a pas réveillé les dormeuses.

Faisant celle qui n'a rien entendu, elle tourne le robinet à fond, noie les feuilles séchées dans le siphon et met les tessons à la poubelle, comme si de rien n'était. Lorsqu'elle me refait face, elle s'affaisse contre l'évier, les yeux écarquillés et la respiration sifflante.

— Mais qu'est-ce qu'il y a ?

Agrippée au dossier de ma chaise, je n'ai plus peur qu'elle ait mis la maison sens dessus dessous – j'ai peur tout court. C'est bien la première fois que je la vois réagir aussi violemment pendant une séance de divination. La terreur, acide et caustique, me perfore la langue. Sissy est paniquée, elle aussi.

— Qu'est-ce que tu as vu ?

— Peu importe ce que j'ai vu. Tu as le pouvoir d'agir sur ton avenir, Linden.

Elle se rue sur moi, m'attrape par les épaules et plante son regard dans le mien.

— Ne l'oublie jamais, assène-t-elle.

— Dis-moi au moins ce que tu as vu.

Je tends le bras vers elle, mais trop tard : elle se dirige déjà vers la porte.

— Ne m'attends pas, j'ai une affaire à régler.

Elle tourne la poignée, puis s'immobilise afin de m'adresser un dernier conseil à la sauvette.

— Juste… reste à bonne distance de la forêt, Linden. Et de Cole Spencer.

La porte se referme derrière elle et je me précipite à sa suite.

— Ne pars pas !

Je déboule sur le perron. Le moteur de la fourgonnette rugit et l'éclat des phares m'aveugle un instant. Quand j'ouvre les yeux, Sissy a pris la poudre d'escampette.

Comment trouver le sommeil dans ces conditions ? En quoi Cole Spencer est-il concerné par ces prédictions sibyllines ? J'ai du mal à croire que l'ami qui porte un masque, ce soit lui. Cela fait belle lurette que ce n'est plus mon ami…

Un nouveau coup d'œil à l'horloge. Presque minuit.

Je lance le compte à rebours à voix basse.

— Cinq, quatre, trois deux… un.

Un hurlement transperce la nuit. Une femme.

Le cœur pris dans une gangue de glace, je retiens ma respiration et j'attends qu'un second cri retentisse, rassurant mon cerveau. Ce que j'ai pris pour une femme n'est en définitive qu'un renard. Difficile, malgré tout, d'y voir un bon présage.

Je suis réveillée par un doigt qui me tapote le front au rythme familier d'une vieille comptine. J'entrouvre les paupières, encore vaseuse.

— C'est « Frère Jacques » ?

Je me suis assoupie alors que le soleil se levait et j'ai l'impression qu'on m'a passé un rouleau compresseur dessus. Le contrecoup de la veille, sans doute, et de l'effort fourni pour dresser un mur entre moi et les autres, éviter d'absorber leurs émotions. Sans oublier le numéro que Sissy m'a sorti.

— Dormez-vous ? Dormez-vous ? fredonne Juniper, qui a collé son visage contre le mien.

Elle affiche un grand sourire. Je lui mords le doigt, ce qui lui arrache un cri strident. Elle retire vivement sa main et se laisse tomber du lit comme un poids mort.

— Pas cool. T'es censée être la sœur sympa, proteste-t-elle.

Elle me pique mon oreiller, puis elle me le balance en pleine figure.

Juniper est venue au monde durant la pire tempête de neige qu'ait connue Caball Hollow. Encore aujourd'hui, quand les gens du coin en parlent, ils l'appellent « la tempête », comme s'il n'y en avait eu qu'une, alors qu'elle s'est abattue sur la région il y a seize ans. Les bourrasques ont décroché l'enseigne du Cochon Grillé et poussé les habitants à chercher refuge dans leur cellier, au milieu des patates douces, des bocaux de poireaux sauvages marinés et des conserves de maïs aigre-doux.

Maman dit que Juniper est sortie parce qu'elle a entendu le coup de tonnerre. Ou répondu à l'appel d'une force tapie dans la tourmente. Quoi qu'il en soit, Juniper est née prématurée d'un mois, à peine plus grande qu'un chaton, sur la banquette arrière d'un véhicule de police bloqué dans les congères devant la porte de la ferme.

Malgré les températures polaires, elle est arrivée avec des yeux d'un bleu éclatant, le bleu du ciel en été, et sa pupille gauche est traversée d'une bande brune qui accentue sa ressemblance avec un petit félin. Il a suffi d'un regard à Mamie pour prédire que Juniper serait capable de communiquer avec le monde occulte. Plus tard, nous nous sommes rendu compte que cela allait dans les deux sens : les choses qu'elle voit peuvent la voir en retour. Les morts ont faim de vie, eux aussi, et un rien les rassasie.

— Debout, Maman a dit. Même une sorcière ne peut échapper au rush de midi.

— Tu sais que Mamie déteste qu'on se qualifie de sorcières.

Juniper lève les yeux au plafond. Je me redresse sur un coude et je me frotte les paupières.

— Attends, tu as dit midi ou j'ai rêvé ?

— Maman a préféré te laisser dormir et Sissy t'a remplacée ce matin. Ne traîne pas.

Les jours qui précèdent et qui suivent le solstice d'été, Juniper est dispensée de travailler au *diner*. Comme il s'agit d'une période de forte activité surnaturelle, il y a beaucoup à parier qu'elle servirait des clients invisibles, ce qui ne manquerait pas de faire jaser les vivants. Déjà que les commères de Caball Hollow ne se gênent pas pour la traiter de simple d'esprit et faire courir la rumeur qu'elle parle à des amis imaginaires…

Je me prépare à toute vitesse, puis j'enfourche ma bicyclette et je file au *diner*. Les vallons retiennent l'humidité et la chaleur et c'est dans cette soupe que mijotent le chèvrefeuille, les carottes sauvages et les pissenlits, parfumant l'atmosphère d'une odeur de fleurs et d'humus, agrémentée d'une pointe d'amertume que je suis seule à distinguer.

Arrivée devant La Lune, j'appuie ma fidèle monture contre le mur du vieux bâtiment en pierre, je pousse la porte de service et j'entre dans la cuisine. Un vrai sauna.

— Bonjour tout le monde !

— Tiens donc, la Belle au bois dormant a enfin décidé de nous faire l'honneur de sa présence, me taquine Mamie, occupée à émincer un oignon.

— Oh, Dieu soit loué, lâche Tante Sissy. Je peux officiellement rendre mon tablier.

Elle me confie son bloc-notes, chipe un biscuit encore chaud sur la grille du four et le trempe dans un pot de beurre de pomme.

Maman m'accueille avec un geste tendre. Je noue mon tablier et je glisse le bloc-notes dans la poche de devant. Pas le temps de me tourner les pouces : la sonnette annonce l'arrivée d'un nouveau client.

Je comprends le soulagement de Sissy à l'instant où je pousse la porte battante. Toutes les chaises, toutes les banquettes, tous les tabourets sont occupés. Le festival attire chaque année beaucoup de monde, mais jamais à ce point. De nombreux clients se retournent et braquent leurs yeux sur moi, je deviens rouge comme une pivoine.

Hillard Been occupe sa table habituelle, à l'avant du *diner*. C'est l'ancien postier de Caball Hollow, il est parti en retraite le mois dernier, mais il déjeune tous les jours avec Buck Garland, le stagiaire qui l'a remplacé à son poste. Il arrive à l'ouverture, de peur qu'un autre client ne lui vole sa place, lit le journal, vide tasse de café sur tasse de café – à ce rythme, il va nous ruiner. C'est justement Buck qui vient de passer la porte.

— Quoi de neuf, jeune homme ? lui lance Hillard.

— Oh, pas grand-chose.

Buck s'installe et je lui apporte son verre de thé sucré. Hillard tambourine sur le menu d'un index noueux.

— Alors, fillette, qu'est-ce que tu nous proposes de bon aujourd'hui ?

— La tourte aux tomates, délicieuse. J'ai fait la pâte moi-même.

Une rumeur s'élève dans un coin de la salle, enfle et parvient à mes oreilles. Je jette un coup d'œil par-dessus mon épaule, mais je ne remarque rien qui sorte de l'ordinaire. Hillard grimace et me regarde avec méfiance.

— C'est parti pour la tourte, dit-il.

— Moi aussi, renchérit Buck. Avec une part de gombo frit.

Hochant la tête, je note leur commande avant de regagner la cuisine au pas de course. Une voix m'interpelle sur ma droite :

— Linden, ma petiote.

Je me retourne. Mrs Hinkle, la tante de Dahlia, vient de passer la tête par la porte du *diner*. Nettie Hinkle travaillait à la cantine quand j'étais en primaire, elle était du genre à retenir le nom de tous les enfants qu'elle croisait en semaine.

— Pardon de t'embêter, je vois bien que tu ne sais plus où donner de la tête, mais tu as parlé à Dahlia aujourd'hui ?

— Non, désolée.

— Oh, très bien, dit-elle en souriant, comme si ça n'avait pas la moindre importance.

Elle fait mine de se diriger vers la sortie, puis s'arrête.

— Simplement, elle n'est pas rentrée hier soir et j'ai essayé de la joindre ce matin, sans succès, m'explique-t-elle. Mr Hinkle me dit de ne pas me mettre la rate au court-bouillon, elle a l'habitude de passer la nuit dehors pendant le festival, mais si tu la croises, tu veux bien lui demander de m'appeler ? Tu seras gentille.

— Bien sûr, Mrs Hinkle.

Aussitôt la porte refermée, Lorena Boggs, notre cancanière en chef, révèle à ses voisines de table :

— Il paraît que la petite Dahlia fréquente un jeune homme qui vit à Rawbone. Espérons qu'elle ne marche pas sur les traces de sa mère.

Beulah Fordham, qui siège au conseil d'administration de l'école, s'adresse à moi :

— Je t'ai vue discuter avec elle au festival. Elle n'aurait pas eu la bêtise de mettre les pieds dans la forêt, au moins ? Je pensais que le shérif tiendrait ces jeunes idiots à l'œil après ce qui s'est passé l'année dernière.

— Je... je ne...

Dreama Kinnaird, qui est allée à l'école avec Mamie, intervient.

— Laisse donc la petite tranquille, Beulah. Pas la peine de s'inquiéter. Dahlia est à l'université. Elle est grande. À mon avis, elle sera rentrée avant le dîner.

Dreama a sans doute raison ; je sais que Dahlia a la tête sur les épaules, pourtant, un malaise indéfinissable me gagne. Je sens mon estomac se nouer. Je retourne dans la cuisine. Là, je dois m'y reprendre à deux fois avant de réussir à accrocher la feuille au rail d'affichage.

Maman vient lire la commande.

— Deux autres parts de tourte à la tomate. Ça fait six au total.

— Terminé pour aujourd'hui alors, on n'en aura pas plus. Barrez la tourte, les filles, lance Mamie à la cantonade.

Elle l'efface des plats du jour inscrits sur le tableau blanc fixé au mur, je modifie ma liste sur mon bloc-notes. Ensuite, je vais au lave-mains m'asperger le visage d'eau froide et j'applique mes doigts sur ma nuque.

— Il y a un souci ? demande Rowan en me menaçant du jet de sa douchette haute pression. Cole Spencer est revenu ?

— Non, ça va.

Elle sort du lave-vaisselle un panier rempli de verres et s'essuie les mains avec son tablier.

— Très bien, garde tes petits secrets. Mais si tu veux échanger ta place contre la mienne aujourd'hui, je suis sûre qu'on peut arriver à convaincre Maman.

— Merci, je vais m'en sortir.

Je ne sais pas si elle a de la peine pour moi, ou si elle est prête à tout pour échapper à la plonge. Moi, je veux assurer le service en salle, au cas où quelqu'un viendrait nous donner des nouvelles de Dahlia.

Je retourne me servir une tasse de café au comptoir. J'ai dormi tard, mais ces dernières nuits ont été désastreuses et je n'ai à mon actif que quelques heures de sommeil. Après cette décharge d'adrénaline, je sens que mon corps va lâcher.

La sonnette, encore. Cette fois-ci, c'est Hadrian qui fait son apparition sur le seuil. Il se dirige vers le comptoir et prend place sur le tabouret qui n'a pas encore trouvé preneur, glissant ses lunettes noires dans le col de son T-shirt. Je lui présente un menu.

— Salut, Hadrian. Ça m'étonne de te voir ici, c'est ton jour de congé.

Le pauvre, il n'a pas le temps de me répondre : Rowan a jailli comme une furie de la cuisine. Elle pose un plateau de verres propres sur le comptoir et elle arrache le menu des mains de son ennemi juré.

— Pas question que tu bouffes ici. Va au Cochon Grillé, c'est à même pas cinq cents mètres.

— Rowan !

J'ai l'habitude de leurs chamailleries, mais je n'ai pas envie qu'ils se donnent en spectacle. Et voilà qu'elle lui manque de respect devant les clients. Certains se frottent déjà les mains.

Détendu, Hadrian croise ses bras couverts de tatouages.

— Ce matin, j'ai découvert que mon shampoing a été remplacé par du lait fermenté. Tu saurais expliquer ce phénomène, par hasard ?

Je n'en crois pas mes oreilles. Rowan le toise, puis elle fronce le nez et elle se retourne pour ranger les verres.

— Non, mais maintenant que tu en parles, c'est vrai que tu as l'air un peu… caillé.

J'essaie de désamorcer la situation.

— Tu veux boire quelque chose, Hadrian ?

Il se tourne vers moi, ses yeux vert mousse luisant comme de l'ophite polie.

— De l'eau, si tu as ?

Rowan attrape un verre qu'elle remplit de glaçons, le pose devant lui, va prendre une carafe et le sert.

— C'est une question ? Oui, on a l'eau courante à Caball Hollow.

— Merci, je sais, d'ailleurs j'en ai utilisé pas mal pour me rincer les cheveux ce matin, ils étaient pleins de lait. Ça fait des mois que je travaille à la ferme. Est-ce que tu peux me dire quand cette petite guéguerre va s'arrêter ?

— Tu sais quoi, tu as raison, rétorque Rowan. Remettons les compteurs à zéro. Bienvenue à la Ferme du Bout du Monde.

Elle a, au fond des yeux, une étincelle dont j'ai appris à me méfier. Elle tend le bras comme si elle voulait échanger une poignée de main avec Hadrian et elle répand sur ses genoux le contenu du verre qu'elle vient de remplir. D'un bond il quitte son tabouret, mais il n'est pas assez rapide. Son jean est trempé.

— Rowan !

Je donne un torchon à Hadrian et j'en attrape un autre pour essuyer la flaque qui s'étale sur le comptoir. La colère laisse un goût de brûlé sur ma langue.

— Oups, lâche Rowan.

Elle pivote sur ses talons et foudroie Hadrian du regard avant de retourner à la cuisine.

— Désolée, Hadrian. Je ne sais pas comment tu fais pour la supporter.

Haussant les épaules, il contemple l'étendue du désastre et me rend le torchon imbibé d'eau.

— Facile. Ce boulot, j'en ai besoin. Elle ne fait pas les choses à moitié, je dois le reconnaître.

Je lui adresse une grimace compatissante.

— Allez, on t'offre le déjeuner.

— Merci, mais je crois que je vais aller faire un tour.

Il remet ses lunettes de soleil et quitte le *diner.* À cet instant, la clochette de la cuisine tinte, annonçant qu'une nouvelle commande est prête.

D'un signe de tête, Maman me montre un plateau et reporte son attention sur la commande suivante. Rowan m'attrape par le bras et m'attire au fond de la cuisine. Je n'essaie même pas de cacher mon agacement.

— Tu me trouves vache avec lui, je le sais. Mais il nous raconte des salades, et j'ai bien l'intention de découvrir ce qu'il nous cache. J'aurais mieux fait de me couper sur le bord de son verre au lieu de renverser de l'eau partout, grommelle-t-elle.

Nous étions petites le jour où nous avons découvert que le sang de Rowan agit comme un sérum de vérité, et c'est un peu ma faute. J'en garde un souvenir très flou, mais j'ai entendu cette histoire si souvent que j'ai l'impression d'en avoir enregistré le moindre détail. J'avais trois ans, Rowan, quatre, et nous nous disputions à cause d'un jouet. Je l'ai mordue jusqu'au sang et je me suis immédiatement dénoncée lorsque Maman a exigé une explication. Rowan conserve de cet incident une minuscule cicatrice, l'empreinte laissée par ma dent de lait sur l'index de sa main droite. Mais c'est un don qu'il faut savoir utiliser à bon escient, d'autant plus qu'il enfreint la règle numéro un, celle que chaque membre de la famille doit respecter.

— Tu ne penses pas que les gens ont le droit d'avoir des secrets ?

— Non, rétorque-t-elle, surtout s'ils mettent mes proches en danger.

— Franchement, avec tout ce qu'on doit cacher aux autres, c'est de l'hypocrisie pure et simple. Tu crois vraiment que Maman et Mamie refuseraient de t'écouter si elles ne jugeaient pas Hadrian digne de confiance ?

— Non, bien sûr que non, murmure Rowan. Je ne sais pas quelle sensation provoque ton don, mais moi, j'ai une crise d'urticaire chaque fois qu'il ouvre sa grande bouche de mytho. Et ça va continuer à me démanger tant qu'il n'aura pas débarrassé le plancher, ou tant que je n'aurai pas découvert la vérité.

Je la fixe du regard, interdite. Comment expliquer que je ne me sois jamais rendu compte qu'elle souffre à ce point ? Depuis toujours je considère mon don comme un fardeau, comme une croix à porter, mais je ne suis peut-être pas la seule à mal le vivre.

Mamie s'impatiente.

— Linden, il y a des plats qui refroidissent sur le comptoir pendant que tu jacasses.

Je presse la main de Rowan, puis je prends la direction de la table trois, chargée de mon plateau. Hillard et Buck sont engagés dans un débat enfiévré.

— Et combien de verres de tord-boyaux ils se sont envoyés avant de raconter à la terre entière qu'ils ont vu ce monstre, hein ? s'exclame Hillard, sa moustache broussailleuse frémissant d'indignation.

— Bon, je veux bien t'accorder ce point, tempère Buck. Mais ce n'étaient pas les premiers, tu le sais mieux que moi. Le fils de Vern, quand il est parti camper avec ses potes, ce truc a survolé leur bagnole. C'était aussi gros qu'un homme, qu'il a dit, avec deux paires d'ailes, comme un papillon de nuit, et une envergure de deux mètres, deux mètres cinquante.

Il écarte brusquement les bras, encore un peu et il envoie valser mon plateau.

— Pardon, Linden. Je ne t'avais pas vue arriver.

Buck tend la main, comme s'il voulait m'aider à retrouver l'équilibre, mais je suis tétanisée.

— Ça va, ma petite ? me demande Hillard avec un coup d'œil qui sous-entend que j'ai une araignée au plafond.

J'ai l'impression que sa voix me parvient de loin, depuis l'autre bout d'un long tunnel. Un courant d'air me frôle les oreilles. Je pose prudemment les assiettes sur la table, puis je me dirige vers la porte d'entrée.

— Tu vois ? reprend Buck. Il se passe quelque chose de pas net. Et mon vieux chien de chasse n'a pas arrêté d'aboyer hier soir, pile au moment où ma télé s'est mise à déconner.

— Ta télé déconne tous les soirs parce que tu t'es raccordé à l'antenne de ton voisin, rigole Hillard.

Je sors sur le trottoir et la porte se referme derrière moi. J'ai l'impression de pénétrer dans un four. L'air brûlant me suffoque, impitoyable. Je m'appuie au rebord d'une fenêtre condamnée à l'aide de planches tout en essayant de calmer mon cœur qui galope dans ma poitrine.

Ça vient de faire tilt dans mon cerveau. C'est de les entendre parler de ceux qui avaient soi-disant aperçu l'Homme-Papillon, comme le soir où Elam McCoy a disparu il y a des années, qui m'a mis la puce à l'oreille. Peut-être que je me trompe, mais la boule que j'ai au ventre ressemble beaucoup à de la terreur. Je sais désormais pourquoi la marque rouge sur l'avant-bras de Dahlia me paraissait familière.

Elle était en forme de papillon.

CHAPITRE CINQ

À la maison, l'atmosphère est irrespirable. On a l'impression que la bâtisse elle-même est soucieuse, voire un peu fébrile. Toute la soirée les portes claquent et se rouvrent lentement, en grinçant à qui mieux mieux.

Maman sort une assiette du placard. Elle va couper des parts de tarte sur la table.

— Rappelez-moi de demander à Hadrian de lubrifier ces fichus gonds, soupire-t-elle.

Sissy lave la vaisselle dans l'évier.

— Alors, quand est-ce que je rencontre ce mystérieux ouvrier agricole qui a su se rendre indispensable ? demande-t-elle.

— On ne te l'a pas présenté ? s'étonne Maman d'un air absent, suçotant son doigt poisseux.

— Vous ne devez pas lui laisser une minute de répit, le pauvre.

— Eh bien, tu ne le verras pas aujourd'hui non plus. Il a emmené le tracteur chez le réparateur.

Maman me donne une part de tarte fraise-rhubarbe. Les principaux ingrédients ont poussé dans notre potager, il est bien possible que je les aie cueillis de mes propres mains, mais je ne sais pas si je vais arriver à en avaler ne serait-ce qu'une bouchée.

— Tu veux qu'on en parle ? me demande-t-elle, une immense douceur dans la voix.

L'astuce, pour une pâte à tarte parfaite, c'est d'ajouter du beurre froid et de la laisser tranquille un bon moment. Celle-là s'effrite sous la fourchette – une vraie réussite. Les fraises sont gorgées de sucre et de soleil, la rhubarbe ajoute une touche végétale et acide. Étonnamment, la rhubarbe et l'inquiétude ont le même goût. J'appuie les pointes de ma fourchette sur les miettes qui traînent dans l'assiette et je les regarde s'agglomérer.

Après la fermeture du *diner*, j'ai téléphoné à Mrs Hinkle. Dahlia n'avait toujours pas donné signe de vie et son angoisse grandissait de minute en minute.

— Elle a toujours été autonome, mais elle sait que je suis d'un naturel inquiet. Mr Hinkle me dit de la laisser respirer, mais si je n'ai pas de ses nouvelles d'ici la tombée de la nuit, j'appelle le shérif.

Quelque chose sent mauvais dans cette histoire, mais je ne sais pas si je peux me fier à mon instinct. Quelles sont les probabilités de voir une autre personne disparaître un an tout pile après ma propre disparition ? Peut-être mes propres peurs brouillent-elles mon discernement. Et je me repasse en boucle la question que Dahlia m'a posée lors du festival. *Tu as déjà réfléchi à la possibilité que tu n'étais pas seule cette nuit-là ?* Qu'a-t-elle voulu insinuer ? La plupart des élèves de terminale, entourés de toute leur clique, étaient partis camper eux aussi, donc non, je n'étais pas seule.

Pour la première fois, je me surprends à souhaiter me souvenir de ce qu'il s'est vraiment passé dans la forêt.

La voix de Tante Sissy me tire soudain de ma rêverie.

— Arrête de l'enquiquiner, Odette. Elle parlera quand elle se sentira prête.

Elle m'adresse un clin d'œil tout en plaçant des assiettes mouillées sur l'égouttoir.

— Au fait, chère frangine, intervient Maman depuis l'autre bout de la cuisine, tu ne nous as pas encore dit ce qui t'avait ramenée à Caball Hollow. Ton retour nous a prises de court.

Sissy s'essuie les mains à l'aide d'un torchon.

— Tu sais comment ça se passe. Je réponds à l'appel du sel, plaisante-t-elle.

Je reconnais bien Sissy dans cette réponse. Elle fait allusion aux mines de sel de la région. Bien avant le charbon, c'est le sel, déposé par un océan que la chaîne des Appalaches a résorbé, que nos aïeux sortaient de terre. Le sol en est encore imprégné et fonctionne comme une barrière contre le mal, les femmes de la famille James le savent toutes. Mais le mal qui se trouve déjà parmi nous, la barrière peut-elle l'empêcher de sortir ?

Exaspérée, Maman se retourne pour fouetter Sissy de son torchon. Je repousse mon assiette et je vais dehors. Tandis que je longe le balcon, Mamie passe la tête par la porte entrouverte de la cuisine d'été et me fait signe d'approcher.

Je remonte le sentier qui mène au petit bâtiment en pierre dont la construction date de plus d'un siècle. Jadis, on y cuisinait et on y préparait les bocaux, sur un poêle à bois, pour que la maison reste bien fraîche durant les mois les plus chauds et que les risques d'incendie soient limités. Il fait à présent office d'atelier ; c'est là que Mamie et Maman confectionnent et entreposent les infusions, les teintures mères et les baumes qu'elles proposent à la vente.

Le parfum de la lavande, de la sauge et des autres plantes aromatiques qui sèchent par bouquets pendus tête en bas me submerge. Éblouis toute la journée par le soleil d'été, mes yeux doivent s'habituer à la pénombre. Avec ses lunettes de lecture perchées sur le bout du nez, Mamie se tient devant une vieille table en bois encombrée de fioles et d'herbes médicinales. Un livre se détache d'une étagère, atterrit sur la table déjà ouvert à la bonne page et lui présente une recette de sirop aux fleurs de sureau. Elle parcourt le descriptif, l'index courant sur le papier.

— Oui, voilà, murmure-t-elle. La fille cadette des Boggs se sentait patraque aujourd'hui. Je vais lui préparer un petit remontant.

C'est ainsi que cela se passe à la Ferme du Bout du Monde. Nous vivons au quotidien, entourées de l'héritage de celles qui nous ont précédées. Certaines nous ont transmis une sagesse contenue dans ces ouvrages qui font ployer les étagères, d'autres se manifestent de façon plus tangible. Il m'arrive d'entrer dans une pièce et de me sentir enveloppée par le parfum de Mémé Sudie, ou de voir se balancer tout seul la chaise à bascule offerte à Philomène, la grand-tante de Mamie, à l'occasion de ses noces, et dont elle n'a jamais profité, ou encore de découvrir éparpillés par terre des vêtements que j'ai mis la veille dans le panier à linge sale.

Mamie m'observe en train d'admirer sa collection de vieux grimoires.

— Cette ferme aura vu beaucoup de nos sœurs.

Reportant son attention sur le sirop, elle semble abandonner le sujet. Mais je la connais et j'attends qu'elle reprenne la parole.

— Tu pourras planter des graines à la même période, Linden, elles germeront à leur propre rythme et s'épanouiront en temps et en heure. Cela ne veut pas dire que l'une vaut mieux que l'autre, non. Cela veut simplement dire que tu ne peux pas exiger d'un pied de maïs qu'il devienne potiron ou haricot. Pourtant, on les plante ensemble parce qu'ils développent une coopération. La tige servira de tuteur à la plante grimpante, les grandes feuilles de la courge donneront de l'ombre aux racines et étoufferont les mauvaises herbes.

Il arrive que des sœurs s'éloignent, se chamaillent, tombent en désaccord. Mais, dans notre famille, nous avons besoin les unes des autres, sans doute plus que chez les personnes lambda. Nous venons de traverser une année difficile, je n'ai pas besoin de te le rappeler. Avec l'épreuve que tu as vécue l'été dernier, Sorrel qui est partie à l'université, et maintenant Rowan qui a pris Hadrian en grippe. Aucune famille n'est parfaite. L'important, c'est de ne pas laisser la situation pourrir. Je ne veux pas qu'il vous arrive ce qui nous est arrivé, à Zéphyrine et à moi.

Elle débouche un flacon qui contient un liquide sombre qu'elle transvase dans une petite fiole au moyen d'un entonnoir. Puis elle m'étudie par-dessus ses lunettes, sa façon à elle de s'assurer que j'ai retenu la leçon, et nos regards se croisent.

J'ai bien compris où elle veut en venir. Mamie parle de Zéphyrine, sa petite sœur, et donc ma grand-tante. Elles se sont brouillées bien avant que je vienne au monde et Zéphyrine a quitté Caball Hollow. Mon regard se porte sur le tiroir du milieu, fermé à clef, où se cache le livre qui est sans doute à l'origine de leur brouille.

Ce recueil de sortilèges recèle une magie différente de celle que nous pratiquons, un art dangereux et controversé, ce qui explique pourquoi Mamie refuse qu'elle tombe entre nos mains. Ce recueil, je n'ai jamais posé les yeux dessus. Ce que je comprends, c'est qu'habituellement la magie s'appuie sur l'intention qui nous anime. Nous demandons un service à l'univers sans lui forcer la main pour autant. Les enchantements que Mamie a mis hors la loi dans notre famille fonctionnent sur un mode différent. Ils ont recours à la brutalité, à une forme de contrainte – et, pour celles et ceux qui en font usage, il y a un prix à payer. Zéphyrine était d'avis que nous devions toutes avoir accès à ce recueil et exercer notre libre arbitre. Mamie, elle, croyait que nous serions incapables de résister à certaines tentations, qu'utiliser les formules interdites ne pouvait que nous entraîner sur une pente périlleuse.

Elle marque un temps d'arrêt, prend un crayon, ajoute un ingrédient à la liste griffonnée sur du papier brouillon. Enfin, elle se tourne vers moi.

— J'ai préparé un somnifère pour Vivian Spencer. J'aimerais que tu ailles le lui porter.

Du crayon, elle me montre une fiole en verre. Mamie a l'aptitude étonnante de deviner qui a un besoin désespéré de ses remèdes. Ce qui n'est pas toujours agréable pour celles d'entre nous qui se retrouvent à jouer les postières.

Mon estomac se noue.

— Pour la mère de Cole ? Personne d'autre ne peut se charger de la livraison ?

Mamie me lance un regard éloquent qui n'accepte aucune contestation.

— Allez, ouste. Et dépêche-toi, rentre avant la nuit.

Lorsque je m'apprête à refermer la porte derrière moi, elle m'interpelle une dernière fois.

— Ne traîne pas en chemin, compris ?

— Compris.

De toute façon, j'ai vraiment envie de me débarrasser de cette corvée au plus vite. Je connais un raccourci – il faut passer derrière la propriété, longer les ruches de Sorrel et son jardin qui ne fleurit que la nuit, puis traverser le potager – et c'est là que mes pas m'entraînent.

Les Spencer occupent l'une des plus imposantes et des plus anciennes demeures de Caball Hollow, en plein quartier résidentiel. Cette bâtisse en pierre calcaire a été édifiée en 1789, sur les hauteurs qui dominent la ville, par Bowen Spencer, l'un de nos illustres fondateurs.

Je me présente dégoulinante de sueur devant la majestueuse porte d'entrée coiffée d'un imposant vitrail qui représente un trèfle à quatre feuilles, clin d'œil aux racines écossaises et irlandaises de la famille.

Une voix de femme un peu éraillée m'accueille depuis une fenêtre à l'étage.

— Bonjour bonjour. Entrez donc.

Soupir de soulagement. Cole n'est pas venu m'ouvrir. Je pousse la lourde porte en bois et je m'aventure sur le parquet poli du vestibule. Pas de réponse.

— Bonjour ?

Il est loin, le temps où les Spencer nous invitaient chez eux pour des barbecues estivaux. À l'époque, Malcolm Spencer n'occupait pas encore le poste de maire et il travaillait avec Papa. Mrs Spencer ne quittait pas souvent la maison. Maman m'a raconté une fois qu'elle avait beaucoup changé après la naissance de Cole. Elle s'était repliée sur elle-même. Certaines jeunes mamans réagissent ainsi à la venue de leur petit. Bébé, Cole tombait souvent malade et cela n'avait étonné personne qu'elle le garde à l'intérieur jusqu'à ce qu'il fête son premier anniversaire. Les années passant, Cole avait gagné en vigueur et renforcé son système immunitaire – de son côté, Vivian Spencer s'était transformée en véritable recluse.

Un escalier en colimaçon s'enroule autour d'une colonne imposante. Je repense aux parties de cache-cache endiablées que ces murs ont vues lorsque nous étions enfants, Cole, et moi. Cela me gêne de gagner l'étage sans y être invitée, même si sa mère n'a pas l'air pressée de descendre. Je préfère emprunter le couloir principal qui mène à la cuisine, au fond de la maison, espérant la croiser au pied de l'escalier de service.

Je ralentis devant le bureau, qui s'apparente à une vraie bibliothèque. L'année dernière, j'étais venue rapporter une tarte du *diner*, oubliant que Cole était à son entraînement. Sa mère m'avait laissée entrer avant de disparaître et j'avais attendu son retour dans le bureau. J'avais exploré la pièce jusqu'au moment où Mr Spencer avait débarqué, surpris de me trouver là. Sur le moment, je ne m'étais pas rendu compte que cela ne se faisait pas, de déambuler dans l'antre du maire fraîchement élu. Ce n'était plus l'endroit où nous jouions à cache-cache, Cole et moi.

Soudain, un bruit sourd résonne au-dessus de ma tête.

— Il y a quelqu'un ?

Toujours pas de réponse. Je distingue un autre bruit, on dirait des griffes qui raclent un panneau en bois, suivi d'un choc assourdissant et du fracas du verre qui se brise. Un frisson d'effroi me parcourt l'échine.

Alors que j'entre dans la cuisine en marbre luisant, des pas précipités se font entendre dans l'escalier de service et un petit bout de femme manque de perdre l'équilibre sur la dernière marche avant de se rétablir. Elle rejette sa longue chevelure blonde, révélant un rouge à lèvres mal appliqué et du mascara qui bave sous un œil, et sursaute à l'instant où elle me remarque. La dernière fois que j'ai vu la mère de Cole, c'était il y a des lustres, mais je reconnais cette beauté intemporelle, très semblable à celle de son fils, malgré le brouillard mental et les relents acides de l'alcool qui m'arrivent par bouffées.

— Oh, Linden, j'ai cru que c'était quelqu'un d'autre.

Elle se fige, puis elle voit la fiole que j'ai entre les mains et se précipite vers moi.

— Quelle coïncidence, lâche-t-elle, j'ai cassé le seul flacon qu'il me restait.

Elle s'interrompt. Le goût aigre mais puissant du lait fermenté roule sur ma langue, furtivement, et elle le recouvre aussitôt d'un grand sourire.

— Je ne sais pas comment ta grand-mère se débrouille pour tout savoir à l'avance, mais tu la remercieras de ma part.

Elle tend le bras. À peine ai-je déposé la fiole au creux de sa paume qu'elle la débouche, la porte à ses lèvres et avale plusieurs gorgées.

— Tu réussiras à trouver la sortie toute seule, n'est-ce pas ? lâche-t-elle.

Elle bâille, pivote sur ses talons et regagne l'escalier.

J'ai testé le somnifère de Mamie une fois, l'été dernier, à mon retour de l'hôpital. Il est d'une efficacité redoutable. J'ai dormi d'un sommeil si profond que j'ai cru que les cauchemars étaient réels et que j'étais prise au piège de cette réalité horrifique.

L'idée de laisser Vivian seule dans cette grande maison, et dans cet état, me met terriblement mal à l'aise. De sorte que je puise en moi la force de lui poser la question la plus pénible qui soit.

— Attendez, Mrs Spencer. Est-ce que Cole est là ?

Elle esquisse un rictus, un rictus de pitié, et je sens le rouge me monter aux joues.

— Non, ma puce.

— Très bien. Non, je ne voulais pas… J'avoue que ça m'embête de vous abandonner alors que vous n'allez pas très bien, voilà tout.

Une risette fugace s'imprime sur son visage. On dirait presque une contraction involontaire des muscles, une image qui persiste sur la rétine.

— C'est très gentil de ta part, Linden. Mais ne t'inquiète pas, à la seconde où je vais poser ma tête sur l'oreiller je vais partir au pays des songes.

Elle me montre la fiole, puis elle bâille à nouveau, à s'en décrocher la mâchoire, et elle repart en direction de l'escalier.

Je me précipite vers le vestibule tout en essayant de me convaincre que j'ai conservé ma dignité. Je ne m'enfuis pas, non ; je vide simplement les lieux.

Une fois dehors, je m'adosse à la lourde porte et je laisse aller ma tête en arrière, désemparée. Il ne manquerait plus que Mrs Spencer aille raconter à Cole comment je me suis humiliée et qu'il s'imagine que je suis amoureuse de lui…

— C'est quoi ton problème, Linden, espèce d'idiote ?

Pas le temps de m'apitoyer sur mon sort. Le soleil frôle déjà la cime des montagnes. Il faut que je presse le pas si je ne veux pas tomber dans l'embuscade que la nuit risque de me tendre.

CHAPITRE SIX

La terre nue du sentier est rendue poudreuse par la sécheresse et il s'en élève, à chaque pas, une odeur de pain rassis qui finit par me remplir la bouche. Des ombres s'étirent devant moi et s'allongent démesurément. Le soleil couché, l'obscurité prend rapidement d'assaut les vallons et les ravins.

La stridulation des sauterelles me remplit les oreilles. J'accélère et je ne m'en aperçois que lorsque j'ai le souffle court. Je respire si fort que le bruit étouffe presque le grondement d'un moteur en arrière-plan. Qui peut s'aventurer jusqu'ici avec un véhicule ? Il n'y a pas de route. Pourtant, le grondement semble se rapprocher et enfle jusqu'au rugissement.

Je progresse au milieu du sentier sinueux, aussi loin que possible des broussailles qui mordent sur les bords, et je m'engage à l'aveugle sur une piste plus étroite qui me permettra de récupérer la route en coupant à travers bois. Là, je ralentis. Cela va me prendre plus de temps, mais il vaut mieux perdre quelques minutes que de me retrouver nez à nez avec un fou furieux.

À l'instant où j'atteins la vieille cabane qui tombe en ruine, une moto surgit, comme lancée à mes trousses. Je m'écarte d'un bond et elle s'arrête à ma hauteur. Le motard porte un casque intégral d'un noir brillant, un jean et des bottes poussiéreuses. Je recule de quelques pas et j'accroche mon T-shirt à une écharde qui jaillit d'une des planches de la bicoque.

Cette moto-là ne ressemble pas du tout aux engins que j'ai déjà vus devant le Cochon Grillé, des monstres trapus, revêtus de chrome. Celle-là est une antiquité équipée d'un unique phare à l'avant. Le motard coupe le moteur, secoue lentement la tête et retire son casque d'un geste brusque.

Cole.

Une fraction de seconde, je me dis que j'aurais préféré croiser un parfait inconnu.

— Tu t'es vraiment mis en tête d'éventer tous mes secrets, pas vrai, James ? gronde-t-il.

Il descend de la moto, la fait rouler jusqu'à l'intérieur de la cabane et la couvre d'une bâche. Lorsqu'il revient dehors, je passe en mode attaque.

— Désolée, c'est interdit aux filles, ta villa tout confort ?

Pas envie qu'il pense que je l'espionne. C'est presque toujours le hasard qui me met sur la piste de ce qu'il essaie de cacher.

Il lâche un énorme soupir et se passe une main dans les cheveux, auxquels les rayons du soleil mourant donnent des reflets cuivrés. Malgré le casque il est parfaitement coiffé, ce qui m'agace au plus haut point. Un bourdonnement près de mon oreille me fait sursauter, je chasse un moustique et, les yeux fixés sur l'horizon qui se teinte d'un camaïeu de rose et d'orange, je demande :

— Depuis quand tu as une bécane, d'ailleurs ?

— Elle appartenait à mon grand-oncle. Quand il est mort je l'ai trouvée sous un drap dans la grange et je l'ai retapée. Une Triumph Bonneville de 1978, m'informe Cole, de la fierté dans la voix. Et, James, je ne vais pas le répéter deux fois. Motus et bouche cousue.

— Tu t'attends à quoi ? Tu crois que je vais galoper ventre à terre jusqu'à Caball Hollow pour leur balancer le scoop du siècle ? Spencer, je ne vais pas le répéter deux fois, tes secrets, je m'en tape.

— Pourtant, on dirait que tu les collectionnes.

Cole s'approche de moi. Son sous-entendu me met en rogne et je rétorque :

— Ton père va péter un câble s'il apprend que tu fais de la moto.

Plus jeune, Malcolm Spencer a été impliqué dans un accident qui a failli lui coûter la vie et, depuis, il n'a de cesse de parler des dangers d'un usage incontrôlé des deux-roues. Oui, c'est sans doute un coup en dessous de la ceinture, mais quelques minutes en compagnie de Cole Spencer ont suffi à me mettre à bout de nerfs.

— Pourquoi tu crois que je roule sur ces vieilles pistes au lieu de rester sur la route ? me demande-t-il.

— Parce que tu es un crétin. À quoi bon prendre tous ces risques ?

— Allons, tu connais déjà la raison, répond-il à voix basse. Oh, j'avais oublié que tu t'en tapes, de mes secrets.

Je lève les yeux au ciel. La raison, je crois la connaître, en effet. Cole est le fils du maire. Il est essentiel pour lui de sauver les apparences, de porter le masque du fils parfait et de tenir les gens à distance respectable de sa mère, la recluse. La moto doit lui offrir une échappatoire. Je décide de rediriger la conversation sur un terrain moins miné.

— Alors comme ça, tu l'as retapée tout seul ?

— Avec l'aide de quelques manuels. Et de tutoriels sur YouTube. J'ai pas mal tâtonné. Je me suis souvent trompé.

Un petit sourire d'autodérision passe sur ses lèvres, si furtif que j'ai l'impression de l'avoir imaginé.

— Je suis quelqu'un de très manuel, ajoute-t-il.

— Oui, je me souviens de ça, dis-je sans réfléchir en chassant un autre moustique

Je pourrais me flanquer des baffes. Tous ces mois à jouer la comédie de l'indifférence, et voilà que ça m'a échappé. Mes doigts s'attardent sur la petite cicatrice que j'ai à la gorge. C'est tout ce qu'il me reste du collier dont Cole m'a fait cadeau le jour de ma disparition. Un collier que personne n'a jamais retrouvé et qui semble avoir été avalé par la montagne.

Je regarde Cole à la dérobée et je suis à peu près certaine de le voir tressaillir.

— Qu'est-ce que tu fabriques ici, au juste ? me demande-t-il.

Sa question sonne comme une accusation. Je me suis aventurée sur son territoire sans y être invitée.

— Mamie m'a chargée de faire une livraison à ta mère.

— Tu es allée à la maison ? s'étrangle Cole. Tu as parlé à Maman ?

— Non, je ne…

Je n'arrive pas à trouver les mots, ma langue s'emmêle. Est-ce dû à la peur ou à la contrariété ? Je proteste.

— Je lui ai donné un flacon de somnifère. Je l'ai à peine vue.

Cole pousse un soupir, le regard dans le vague.

— Elle n'a pas la grande forme dernièrement. Le somnifère, c'est toujours mieux que les pilules qui la mettent

K.-O. des journées entières, ou les autres méthodes qu'elle pourrait choisir. Alors, merci.

— Pas de souci. Bon, il faut que j'y aille. À bientôt.

Je dois rentrer avant que Mamie ne commence à se ronger les sangs. Par ailleurs, j'ai eu ma dose de Cole Spencer pour un petit moment.

— Je te raccompagne, lâche-t-il.

Je fais la sourde oreille et je repars sur le sentier, mais un vrombissement attire mon attention. Impossible que ce soit un moustique, ce coup-ci. Un moustique ne ferait pas autant de bruit. Un je-ne-sais-quoi de saumâtre envahit ma bouche.

— Tu as entendu ?

Je jette un coup d'œil en arrière. Cole ébauche un mouvement brusque de la tête, comme pris de court.

— Entendu quoi ? veut-il savoir.

Je laisse le bruit me guider et je m'éloigne de la piste. J'ai l'impression d'avoir une corde qui me tire par la colonne vertébrale. Il y a quelque chose qui cloche, je le sens. J'avance plus vite.

— Non, attends…

Je m'enfonce entre les arbres, la voix de Cole loin derrière moi. Je m'arrête et je tends l'oreille. Ce bruit, c'est comme si on me faisait signe d'approcher, comme si on me poussait dans le dos. Comme ce que j'ai ressenti l'autre jour au cimetière, en mille fois plus fort.

Le vrombissement s'intensifie à mesure que les ténèbres gagnent la vallée. Il semble provenir d'une zone encore indéfinie derrière la colline près du terrain de football, sur ma gauche. Glissant la main dans ma poche, je referme le poing sur mon œil-de-tigre et lui demande de me donner du courage. Des papillons de nuit aux ailes blanches volettent à la périphérie de mon champ de vision et j'hésite. J'ai l'impression d'avoir un essaim d'abeilles sous le crâne. Une force que je suis incapable de nommer m'entraîne irrésistiblement.

J'esquisse un autre pas et je suis prise d'une crampe d'estomac. Un goût métallique me remplit la bouche, je vacille. On dirait du cuivre. Du sang. J'ai le souffle coupé. Ceux qui ont grandi dans cet environnement savent que le danger se tapit partout. Ours, pumas, coyotes, les bêtes sauvages sont légion. Sans oublier les serpents venimeux – crotales, mocassins à tête cuivrée – et les prédateurs de la variété bipède. Ces collines reculées constituent une planque idéale pour toutes sortes d'activités illégales.

Je sors mon portable de ma poche afin de le mettre en mode lampe torche et constate que j'ai raté plusieurs appels. Ma famille se fait du souci pour moi. Dévalant la colline, je me dirige vers le ruisseau.

— James !

Je pivote sur moi-même en entendant mon nom, aveuglant la personne qui m'a appelée. Cole lève vivement un bras qu'il met en visière pour se protéger les yeux. Je l'avais oublié, celui-là.

— Qu'est-ce que tu fabriques ? exige-t-il de savoir.

Comme aucune réponse ne me vient, j'ignore sa question. Ce dont je suis sûre, c'est que je me rapproche inexorablement. Encore deux pas, et j'ai l'impression de percuter un mur fait de terreur et de panique. Ma gorge se serre. J'ai du mal à respirer et je lâche mon téléphone en agrippant mon cou à deux mains, crachant, m'étouffant à moitié.

Cole me rattrape, me saisit par les poignets et me remet debout de force.

— Arrête, rugit-il. Qu'est-ce qui se passe ? Qu'est-ce qui t'arrive ?

Une tornade d'émotions se déchaîne en moi. Je résiste de toutes mes forces tandis qu'elles me submergent, me traversent de part en part, tentent de m'avaler comme des vagues. Je respire par à-coups et mon souffle produit un vacarme qui contraste avec ce silence inhabituel. Lorsque j'essaie de me libérer de la poigne de Cole, mon pied entre en contact avec le téléphone et l'envoie à mi-versant. Le faisceau capte une forme sur la rive du ruisseau.

Une femme. La joue appuyée à la racine mousseuse d'un saule pleureur, le corps enveloppé d'une robe blanche qui évoque un linceul. Elle est immobile, trop immobile, et ses yeux ne cillent pas.

Derrière elle, flottant au milieu des galets polis par l'eau, se déploie une chevelure couleur soda à la cerise. J'ai trouvé Dahlia Calhoun.

CHAPITRE SEPT

Je m'arrache à l'étreinte de Cole, je cours, je me jette à genoux dans la boue et j'appuie mes doigts sur le cou de mon amie, même s'il est évident que plus personne ne pourra l'aider. Son corps est rigide, ses yeux, couverts d'un voile opaque… Désespérée, je tends le bras pour presser un peu plus fort, à la recherche du pouls, et elle roule dans l'eau, me donnant à voir l'arrière de sa tête. Des rubans couleur de rouille s'écoulent de la masse poisseuse de ses cheveux emmêlés.

— Putain de merde.

Cole me ceinture. Je glisse dans la boue tandis qu'il me traîne jusqu'au sentier. Je plaque la main sur ma bouche et j'appuie, attendant que la douleur me rassure, me dise que je suis bel et bien vivante. Même si j'ai capté, Dieu sait par quel miracle, l'écho de sa terreur et de sa détresse, des émotions si fortes qu'elles continuent à hanter le monde des vivants à la façon d'un fantôme et qui appartenaient à Dahlia. Pas à moi.

— On ne peut plus rien faire pour elle, chuchote Cole. Viens, il faut qu'on s'en aille.

Il me secoue comme s'il voulait m'arracher à un cauchemar. Je le regarde ; la mâchoire crispée, il balaie les environs du regard. Malgré la chaleur je suis frigorifiée, et toute crispée.

Cole doit le sentir.

— Tu es en état de choc.

Il enroule un bras autour de mes épaules, me colle contre lui et m'emporte vers le parking du lycée, au sommet de la colline. Durant la montée, il ramasse mon portable et se sert du faisceau de la lampe torche pour éclairer le chemin.

Une branche craque, ça claque dans l'air comme un coup de feu. Je fais un bond de deux mètres et je risque un regard par-dessus mon épaule, dans cette obscurité impénétrable. Un goût particulier me picote la langue, celui de la peur que ressent Cole, et en parallèle je comprends qu'il n'est pas à exclure que le meurtrier de Dahlia traîne encore dans les parages. Je me mets à claquer des dents et Cole me serre plus fort contre lui, pressant le pas. Je suis certaine qu'on nous épie dans les ténèbres.

Lorsque nous atteignons la lisière de la forêt, l'éclairage du parking m'éblouit et, guidée par un réflexe, j'enfouis mon visage dans le T-shirt de Cole. Il émane de lui le parfum des grands espaces – cèdre, air pur, terre fertile et odorante – mêlé à l'arôme du clou de girofle. Je me rends compte que je suis comme ventousée à lui au moment où il se détache de moi.

— Hé ! s'exclame-t-il. On peut avoir de l'aide ?

Mais personne ne se gare là à cette période de l'année, et, le soir, il n'y a pas âme qui vive. C'est alors que j'aperçois ce que Cole a dû voir. Une personne se tient sur le seuil des vestiaires, sa silhouette se découpant en ombre chinoise dans le cadre de la porte.

Cette personne se rue vers nous et son polo blanc aux couleurs des Diables de Caball Hollow m'aveugle comme un phare.

— Cole ? Qu'est-ce que tu fiches ici à la tombée de la nuit ? Tu es blessé ?

— Coach, c'est Dahlia Calhoun. Elle est morte.

Au poste de police, le bras que Maman a enroulé autour de mes épaules me serre à la façon d'un étau. Elle se presse contre moi dans ces chaises inconfortables en plastique moulé. La lumière crue des néons est si vive qu'elle semble traquer les mensonges dans les moindres recoins. Un mal de crâne me vrille les tempes.

Après avoir bouclé la scène de crime, les adjoints ont interrogé Cole et l'ont ramené chez lui en voiture. Les ambulanciers se sont occupés de moi, puis j'ai été conduite ici.

Ethan Miranda, adjoint de son état, rapproche sa chaise du bureau qui nous sépare. Les roulettes couinent sur le linoléum. Miranda a intégré les rangs des forces de police il y a peu, il est sorti diplômé du lycée de Caball Hollow trois ans avant Sorrel. Avec ses boucles noir de jais et ses fossettes, difficile de le prendre au sérieux. Son regard s'égare vers la salle de réunion, où ses collègues semblent engagés dans un débat enflammé.

De son stylo, il tapote son bloc-notes et reporte sur moi ses yeux aussi sombres que le cœur d'une fleur de magnolia.

— Tu veux bien me raconter une fois encore comment tu as trouvé le cadavre ?

L'état de choc semble avoir reflué – je ne claque plus des dents et je n'ai plus l'impression d'être sous anesthésie, en tout cas –, sauf que j'ai les nerfs à fleur de peau. Chaque fois que je cligne des yeux, je revois la peau blafarde, le regard vide, le ruban de sang dans le ruisseau. Je laisse échapper un long soupir et j'essuie mes paumes moites sur mes cuisses. J'ai déjà donné ma version plusieurs fois, mais il insiste sur certains points.

— Ethan, intervient Maman, elle t'a raconté tout ce qu'elle sait, et il est presque minuit. Je ne peux pas la ramener à la maison ?

— Madame, avec tout le respect que je vous dois, j'essaie simplement de faire mon travail. Et je vous rappelle que, quand je suis en uniforme, vous êtes priée de m'appeler « adjoint Miranda ».

Maman hausse un sourcil. Elle arbore l'expression d'une ourse qui protège son petit. Ethan Miranda, elle s'apprête à en faire de la charpie.

— Eh bien, Ethan, quand tu étais bébé et que je faisais du baby-sitting chez tes parents…

— Laisse tomber, Maman. Comme je l'ai dit tout à l'heure, j'étais en train de rentrer chez moi quand j'ai senti une… une sorte de force qui m'a attirée vers l'endroit où j'ai trouvé Dahlia. Je ne sais pas comment l'expliquer autrement.

— Oui, j'ai bien entendu, mais tu n'espères quand même pas me convaincre avec cette histoire bidon ? réplique l'adjoint, agacé. Tu crois vraiment que je vais inscrire dans un rapport officiel qu'une force t'a aimantée vers le cadavre ?

Le voilà enfin, ce goût de noix, puissant, celui du soupçon, qui se propage par vagues chaque fois qu'on en revient à cette partie.

Une voix grave l'interrompt.

— Adjoint Miranda.

Je relève la tête et Ethan se met précipitamment debout. Le shérif se dirige vers nous. À côté de moi, Maman se crispe. Avec sa silhouette nerveuse, ses cheveux roux qui grisonnent et cette mine austère rarement égayée par un sourire, le shérif Chapman est un personnage qui en impose. Accessoirement, c'est aussi mon père.

Il assène une tape amicale sur l'épaule d'Ethan.

— Tu veux bien nous laisser une minute ?

Il ne demande pas une faveur à un compagnon, il donne un ordre à un subalterne. Le jeune adjoint rassemble ses papiers et me jette un regard contrarié avant de s'engouffrer dans la salle de repos.

— Linden.

— Papa, dis-je d'une voix chevrotante.

Il me serre dans ses bras et dépose un baiser sur mon front. En prévision de la longue nuit qui l'attend, il s'est muni de son talkie-walkie, d'une lampe torche, d'un spray au poivre, de menottes et de son arme de service. Il donne l'impression de porter toute la douleur du monde sur ses épaules.

— Je reviens juste de la scène de crime. Il faudra attendre le rapport du médecin légiste pour connaître les détails, mais il est évident qu'on a affaire à un acte criminel. Je suis navré que tu aies vu ton amie dans ce triste état. Comment tu te sens ?

— Pas terrible. Je l'ai croisée au festival hier soir. Et ce matin, sa tante est venue au *diner*, elle la cherchait partout. Des clients disaient qu'elle se trouvait peut-être chez son petit copain.

Papa sort de sa poche un bloc-notes qu'il feuillette.

— Dahlia Calhoun avait demandé une injonction d'éloignement contre un ex qui ne vit pas très loin de Caball Hollow.

— Qu'est-ce qui la pousserait à donner rendez-vous à un type qu'elle voulait éviter à tout prix ?

Papa pèse soigneusement ses mots.

— Dans les couples cela se produit souvent, figure-toi. Quand tu aimes quelqu'un, cela lui donne une sorte d'ascendant sur toi.

Maman gigote sur sa chaise et Papa évite de croiser son regard.

— Ce n'est pas forcément quelque chose de mal, poursuit-il, mais certains se servent de cet ascendant pour nuire aux autres, pour les manipuler.

Il me serre l'épaule, puis il se tourne vers Maman.

— Odette, je peux te parler une minute ?

Maman quitte sa chaise et le suit un peu plus loin, dans un coin tranquille.

Ça commence à faire un moment qu'ils sont séparés, même s'ils n'ont jamais pris la peine de se marier en dix-neuf ans de vie commune. D'après la légende familiale, Papa est arrivé en ville peu après avoir été nommé au poste de shérif adjoint. Un beau jour, il a poussé la porte du *diner* et il est tombé nez à nez avec Maman. Elle l'a ébloui, pour reprendre son expression, comme un verre d'eau éblouirait un homme assoiffé. Elle, elle prétend qu'elle était en nage, épuisée, et qu'elle sentait probablement le graillon. Il lui a demandé ce qu'elle préférait dans le menu ; la tarte aux myrtilles, a-t-elle répondu. Alors, chaque jour, il est venu manger une part de tarte. Au bout d'un mois de ce petit manège, il a trouvé en lui le courage de lui proposer un rendez-vous. Il n'a avoué être intolérant au lactose qu'après avoir emménagé ensemble.

Sissy prétend que les femmes de la famille James ne connaissent que deux formes d'amour : l'amour maudit et l'amour à sens unique. Peut-être a-t-elle raison, si l'on prend en compte le fait que le père de Maman a connu une mort brutale alors qu'elle avait à peine deux ans et que Sissy n'a jamais rencontré le sien. Les deux critères sont respectés.

En ce qui concerne mes parents, la vérité est plus simple. Je suis l'unique responsable de leur séparation.

L'année dernière, la nuit du festival, je les ai suppliés de me laisser partir camper dans la forêt. Je voulais pour une fois me sentir normale, être une fille comme les autres, mais ils ont mis leur *veto.* Une dispute violente a éclaté. En proie à une rage inouïe, j'ai dit que je les haïssais, l'un comme l'autre.

Je soupçonnais depuis longtemps que mon don avait un rayon d'action plus vaste que je ne le craignais. Parfois, lorsqu'il m'arrive de ressentir une émotion particulièrement forte, les personnes qui m'entourent semblent contaminées. Je refusais de voir la situation en face, si bien que je l'ai rejetée en bloc, en me persuadant qu'il était normal que les autres se réjouissent quand je leur annonçais une bonne nouvelle, ou que mes sœurs joignent leurs larmes aux miennes quand j'étais triste. Et si j'avais transmis ma propre colère, mon propre chagrin, à mes parents ? Et si leur amour avait été brisé cette nuit-là par ma faute ?

Ils ne m'ont jamais donné les raisons exactes de leur séparation, pas plus que je n'ai confié mes soupçons à mes sœurs. Comment les regarder dans les yeux et leur avouer que j'avais détruit notre famille ? Lorsque Maman et Papa se tiennent dans la même pièce, je parviens à percevoir le fantôme du passé qui laisse une empreinte douce-amère sur ma langue, comme la peau d'une prune.

Vite, je repousse ma chaise et me rapproche d'eux en catimini, dans l'espoir de surprendre des bribes de conversation.

— Je vais être franc, Odette, le fait que Linden ait découvert le cadavre, ça se présente mal pour elle. J'ai déjà certains collègues qui trouvent cela très étrange. Sans parler du timing. Je leur ai demandé de rester aussi discrets que possible, mais tu sais comment ça se passe dans cette ville. Ce n'est qu'une question de temps avant que les gens se mettent à jaser.

Le vertige me gagne. J'ai vécu les douze derniers mois à raser les murs pour ne pas donner de grain à moudre aux commères locales. Je ne veux pas redevenir le centre des ragots.

Une voix rompt le fil de mes pensées. Je sursaute. Ethan Miranda est venu déposer des dossiers sur son bureau.

— Écoute, Linden, il faut que tu saches quelque chose, m'avertit-il. Je veux te dire que, cette fois-ci, je vais m'assurer que tout est fait dans les règles de l'art.

— Navrée, mais je ne vois pas ce que vous insinuez.

— L'été dernier, quand tu t'es volatilisée pendant vingt-quatre heures avant de réapparaître sous un rhododendron, j'ai couvert ton père. Mais, là, on ne joue plus. Une jeune femme a été tuée. Et je compte bien mener cette enquête à son terme, jusqu'au coupable. Personne n'est au-dessus de la loi.

Jetant un coup d'œil à mes parents toujours en grand conciliabule, je sens ma bouche s'assécher.

— Je ne sais pas ce qui s'est passé l'été dernier, Ethan, je ne sais pas non plus ce qui est arrivé à Dahlia, mais, aujourd'hui, j'ai perdu une amie.

Là, le déclic se produit. Après l'horreur de la découverte du corps et le tumulte de l'interrogatoire, j'intègre, enfin, que Dahlia est morte.

Cela me rappelle la fois où, petite, je jouais à chat perché avec mes sœurs et où j'avais trébuché sur une racine. Lancée à pleine vitesse, j'avais atterri comme une masse, et le choc m'avait coupé le souffle. J'avais eu l'impression de me noyer alors que j'étais sur la terre ferme. C'est cette sensation qui remonte à présent.

Les yeux écarquillés, le cœur battant à tout rompre, je m'appuie au bureau le plus proche et je me plie en deux. Mes poumons refusent obstinément de se remplir d'air.

Ethan pose une main sur mon épaule.

— Ça va ? Je peux aller chercher tes parents.

Je l'attrape par la manche afin de l'empêcher de mettre sa menace à exécution. Surtout, ne pas provoquer de scène.

— Non. Ça va très bien, dis-je d'une voix rauque.

Il *faut* que ce soit vrai.

Maman a déjà ouvert la porte, elle m'interpelle depuis le seuil.

— Linden, je vais approcher la voiture. Tu me rejoins dehors ?

Papa la regarde partir, le visage soucieux. Quand il se rend compte que je l'observe, ses traits se détendent et il sourit. Il me rejoint en quelques enjambées et me serre dans ses bras.

— Fais attention, d'accord ? Évite de te balader en forêt la nuit. Promis ?

— Promis.

— Shérif Chapman ? intervient une policière depuis la porte de la salle de réunion. On a trouvé l'info que vous cherchiez.

— Merci, lui répond mon père, j'arrive tout de suite.

— Papa, tu me diras quand tu auras identifié le coupable ?

— Rentre à la maison et dors un peu. On se reparle demain.

Il me serre une dernière fois le bras, puis disparaît dans la salle de réunion, où règne une activité inhabituelle.

La nuit est d'un calme perturbant. Enveloppée de ce silence, j'ai l'impression de me tenir à la frontière entre le rêve et le cauchemar. J'ai une pensée pour ceux qui vont apprendre la triste nouvelle au réveil, qui vont voir leur monde s'effondrer. L'année qui vient de s'écouler m'a enseigné une précieuse leçon : ce n'est pas parce que le soleil se lève que les cauchemars prennent fin.

Juillet

Lune du cerf

Le cœur brûlant de l'été coïncide avec la période de frayure : les cerfs frottent leurs bois contre le tronc des arbres, retirant le velours qui les recouvre, et les affûtent en prévision des duels qu'il leur faudra livrer à la saison des amours. Cela libère une énergie débridée. Vous devrez faire preuve de prudence et de dynamisme. Les émotions mises en sourdine et les secrets enterrés remonteront à la surface, que l'issue en soit positive ou négative. Profitez de cette période pour effectuer un travail de guérison sur vous-même, affiner votre intuition et renforcer votre pouvoir de manifestation.

Récolte

Au potager : abricots, haricots, betteraves, choux, carottes, cerises, concombres, aubergines, salades, nectarines, poivrons, prunes, pommes de terre, radis, framboises, courges d'été, tomates, courgettes.

En pleine nature : framboises noires, mûres, fleurs de sureau, baies de maquereau, groseilles, herbe aux perruches, massettes, herbe à chat, pleurotes et chanterelles (qui abondent dans la mousse au pied des conifères).

Savon apaisant au miel et à l'avoine assurant guérison et protection

L'avoine calme les irritations et vous libère de ce qui ne vous sert plus, le miel a des vertus purifiantes et équilibrantes, le lait de chèvre nourrit et renforce. Mariez donc ces trois ingrédients. En lune décroissante, faites-les chauffer dans de l'huile, incorporez de la soude et mélangez à l'aide d'une cuillère en bois. Insérez des petits morceaux de jais pour repousser le mauvais œil et protéger des énergies hostiles. Une fois le savon prêt, utilisez-le pour jeter vos ennuis avec l'eau du bain, pour ainsi dire.

> Le savon ne suffit pas ? Il vous faudra peut-être faire appel à une magie plus ancienne. Une nuit de pleine lune, apportez à l'Arbre-Squelette une coupelle remplie de sel de montagne, un couteau, des tiges de consoude et de chèvrefeuille et des brindilles de cèdre (consulter le grimoire, à la page 43).

Beatrix James, en l'an de grâce 1883

CHAPITRE HUIT

Au vieux moulin reconverti en *diner*, le plancher se compose d'un parquet aux lames larges qui grincent dès qu'on pose le pied dessus. Il a été poli par des générations de souliers et abrite d'innombrables secrets qui sont tombés au fond de ses interstices. Mais pour chaque vérité chuchotée au-dessus d'un pichet de thé glacé, une dizaine de rumeurs se propagent comme une épaisse mayonnaise sur un sandwich aux tomates vertes frites.

Une semaine s'est écoulée depuis le jour où j'ai découvert le corps de Dahlia et je ne me remets pas de la vitesse supersonique à laquelle les ragots voyagent à Caball Hollow malgré un accès Internet limité et un réseau téléphonique quasi inexistant. Les passions se déchaînent. La dernière fois que le scandale a pris une telle ampleur remonte à la disparition d'Elam McCoy. Personne n'a attendu l'annonce officielle pour arriver à sa propre conclusion : Dalhia Calhoun a été assassinée.

Dès le lendemain matin, la queue s'étirait jusqu'au bout de la rue. Lorsque je suis arrivée pour prendre les commandes, le silence s'est abattu sur la salle bondée et des dizaines d'yeux se sont braqués sur moi. La séance de torture a commencé quand les clients m'ont bombardée de questions indiscrètes et de théories farfelues. Pour une personne qui exprimait une compassion authentique, trois autres me sortaient toutes les platitudes possibles et imaginables, mais leurs yeux trahissaient leur soif de commérages. Ils jubilaient presque, persuadés que leur curiosité morbide leur donnait droit aux détails les plus sordides. Comme si la vie d'une jeune femme qu'ils avaient vue grandir ne valait que pour le divertissement qu'elle leur procurait.

J'ai tourné les talons pour ne plus revenir au *diner* de la semaine, mais, aujourd'hui, mes doigts me démangent. Ils ont envie de puiser du réconfort dans le pétrissage d'une pâte. Je trouve toujours la paix dans cette cuisine, soit en préparant une tarte, soit en testant une nouvelle recette. La Lune ferme le lundi, ce qui va me permettre de jouer tranquillement du fouet, du batteur et du couteau jusqu'à ce que mon esprit s'apaise.

C'est demain qu'est programmé l'enterrement de Dahlia et je veux apporter ma contribution au buffet funéraire. J'allume la radio, je vais chercher un tablier propre dans le placard et des ingrédients dans le garde-manger, puis j'aligne les bocaux sur le plan de travail. Salé, acide, amer, sucré – chacun de mes souvenirs tire son origine des saveurs. Peut-être à cause de mes étranges pouvoirs, ou peut-être simplement parce que j'ai grandi avec Maman et Mamie, toutes deux d'avis qu'un bon repas est un remède universel.

Nos recueils de recettes ne se lisent pas comme des livres classiques. Il s'agit d'un héritage qui vaut plus cher que toute l'argenterie de Virginie-Occidentale. Un matrimoine qui nous sera légué, à mes sœurs et à moi, en même temps que le grimoire, et nous le transmettrons un jour à la génération suivante.

Je prends le recueil sur l'étagère, je le feuillette et je découvre, intercalés entre une recette des biscuits au babeurre et celle du poulet frit nappé de miel, des charmes pour calmer les abeilles et inciter les vaches à produire plus de lait. À côté du célèbre pandowdy aux mûres de Sudie, notre arrière-grand-mère, quelqu'un a griffonné dans la marge : *Cueillir les mûres sous la pleine lune vous garantit une récolte abondante et des bénédictions à foison pour ceux qui en mangeront.* Une somme de connaissances, et pourtant aucun indice sur la source de nos dons.

Je remets le recueil à sa place. Ces mots sont aussi familiers que rassurants, mais je sens un picotement sous ma peau, une nervosité. Je veux tenter quelque chose de nouveau. Peut-être une tarte sablée avec un bon goût de beurre, un soupçon de vanille et le zeste d'un citron, aromatisée à la lavande du jardin.

La tête dans les nuages, je reprends le refrain qui passe à la radio tout en dosant mes ingrédients. Je reconnais la chanson. L'une de mes préférées, « A Love That Will Never Grow Old », d'Emmylou Harris. Un amour qui ne vieillira jamais. Je ne peux m'empêcher de repenser aux paroles de Papa au sujet de l'amour et de l'emprise qu'il exerce sur les gens.

Est-ce qu'aimer vaut la peine de prendre un tel risque ? Et si Sissy avait raison ? Et si les femmes de la famille James ne pouvaient aimer que quand leur amour était maudit ou non réciproque ? Et si Dahlia en avait fait les frais, elle aussi ?

C'est compliqué, les émotions. Parfois une saveur puissante, par exemple la colère ou le chagrin, masque le remords, la peur, l'humiliation, la mélancolie qui frémissent sous la surface. À d'autres moments, elles se mettent mutuellement en valeur, comme le sel met en valeur le caramel ou le café, le chocolat, comme la tristesse amplifie la honte d'avoir laissé une amitié prendre l'eau.

Une larme roule le long de ma joue et tombe dans le cul-de-poule. J'ajoute le beurre pommade et le sucre dans le robot batteur. Maman et Sissy nous ont raconté que, petites, elles fourraient des fleurs à peine écloses sous leur oreiller au moment du solstice d'été pour voir dans leurs rêves l'amour de leur vie. Moi, j'aimerais connaître un enchantement qui éliminerait l'amour. Qui cuirasserait mon cœur, qui le rendrait indestructible. Après tout, qu'est-ce que ça apporte, l'amour, sauf des peines de cœur ?

Du bout des doigts j'explore la fine cicatrice près de ma gorge et mes pensées s'envolent vers Cole. Secouant la tête pour effacer les souvenirs, je casse les œufs d'une main sur le plan de travail et je les verse dans le bol du batteur. Non, je ne rêve pas à l'amour véritable. Au lieu de cela, je prélève le zeste d'un citron que je coupe en deux pour en exprimer le jus dans un verre gradué.

Plus tard, beaucoup plus tard, je suis en train de sortir la dernière plaque du four tout en fredonnant quand quelqu'un se racle la gorge derrière moi. Je sursaute, la plaque me glisse des mains – enveloppées dans une serviette pour ne pas me brûler – et va percuter le bord de la table. J'essaie de la rattraper, mais une autre main jaillit par-derrière et pousse le métal brûlant un peu plus loin.

Je me retourne. Cole.

Mamie n'est pas du genre à facturer ses services, mais les habitants de Caball Hollow refusent la charité. Ils donnent ce qu'ils peuvent – qui des légumes, qui un poulet, qui de la semoule de maïs fraîchement moulue, de la purée de tomates ou de la gelée de piment, des poireaux sauvages ou encore des feuilles de pissenlit mouillés de rosée. Je m'attendais donc à un client venu régler sa dette, et pas à Cole Spencer, sorti tout droit de mes pensées comme par magie.

Je pique un fard, comme si le risque était réel qu'il ait entendu les pensées qui viennent de me traverser la tête. Peut-être se sont-elles inscrites sur ma peau, d'ailleurs. Le sang qui m'est monté aux joues est un indice indiscutable. Oh, et il faudrait que j'arrête de le manger des yeux.

Je ne peux que bafouiller :

— On n'est pas ouverts aujourd'hui.

— Je sais, rétorque Cole, l'ébauche d'un sourire sur ses lèvres.

Sa réponse me retourne l'estomac. Je suis à peu près certaine qu'il se moque de moi. J'ouvre un tiroir au hasard et je remue Dieu sait quoi pour éviter d'avoir à le regarder.

— J'ai toqué, ajoute-t-il. Tu n'as pas dû m'entendre, à cause de ton karaoké.

Je le fusille du regard.

— J'hallucine, Cole Spencer, ou tu viens de faire une blague ? J'espère que tu t'es échauffé avant. Cela m'ennuierait que tu te froisses un zygomatique.

Face à son absence de réaction, je referme le tiroir avec un soupir et me tourne vers lui.

— Qu'est-ce que tu fabriques ici ?

— J'ai aperçu ton vélo dehors. Comme je ne t'ai pas vue au resto ces derniers jours, je viens prendre de tes nouvelles.

— Tu as perdu mon numéro ? dis-je d'une voix si tranchante qu'elle pourrait nous couper un bras ou une jambe.

— C'est surtout que je ne savais pas si tu voulais que je t'appelle, explique Cole, soudain mal à l'aise. Alors, comment tu te sens ?

La gorge nouée, je tente de réprimer les émotions qui affluent et je hausse les épaules.

— Je tiens le choc, j'imagine. Et toi ?

— Je n'arrive pas à croire qu'elle n'est plus là.

Il étudie ses mains et je vois ma mâchoire se crisper. Je dois détourner la tête.

— L'autre jour, poursuit-il, j'aurais pu jurer que tu savais exactement où chercher.

— Oh, par pitié, arrête. Tout le monde me bassine avec ça. Je ne sais pas comment c'est arrivé, et je ne sais pas pourquoi non plus.

— C'est la première fois que ça se produit ?

— Oui !

Énervée, j'ouvre un autre tiroir, j'attrape une spatule et je transfère les biscuits de la plaque à la grille, sur laquelle ils refroidiront doucement, même si je m'y prends trop tôt. Je dois m'occuper les mains, sinon je risque d'étrangler Cole. C'est alors que me revient l'expérience que j'ai vécue au cimetière. Je pensais que j'avais absorbé les émotions exacerbées d'Amos McCoy, mais la force qui m'a entraînée vers Dahlia a tout balayé sur son passage. Était-ce l'écho de son agonie ? Ou y avait-il une autre énergie à l'œuvre ?

— Tu te comportais bizarrement avant qu'on la trouve, chuchote Cole. Au début, j'ai cru que tu étais malade, ou blessée.

— Quoi ?

Je suis habituée de sa part à des réactions méfiantes et moroses ; on est bien loin de la discussion assez intime que nous partageons à présent. Je relève la tête, mais il ne me regarde même pas. Il inspecte sa main, de la tristesse au fond des yeux. Il a dû se brûler quand il a attrapé la plaque tout juste sortie du four. Vite, je lâche la spatule et je m'essuie.

— Oh, non ! Excuse-moi. Je ne t'ai même pas demandé si tu t'es fait mal. Viens, montre-moi.

— Ça va. Ce n'est pas grand-chose, proteste-t-il alors que je tire sur son bras.

Une zébrure écarlate, très vilaine, indique l'endroit précis où la plaque est entrée en contact avec sa peau et, déjà, des cloques se forment. Cela doit lui faire un mal de chien. Je lâche un petit bruit.

— Ça, pas grand-chose ? Tu ne t'es pas raté.

— Mon corps est plus rapide que mon cerveau, il faut croire.

— Tu as de la chance, on est parées à toutes les catastrophes dans cette cuisine.

Je me dirige vers le lave-mains près de la porte et j'ouvre l'armoire à pharmacie. J'aperçois le kit de premiers secours sur l'étagère du haut, hors de ma portée. Quelqu'un de plus grand que moi l'a posé là sans réfléchir, sans doute Rowan. Je les maudis tout bas, elle et ses huit centimètres de plus que moi, et je me hisse sur la pointe des pieds, effleurant la boîte en métal du bout des doigts. Toujours trop haut.

Cole se poste derrière moi. Je sens la chaleur qui émane de son corps, son odeur de cèdre et de clou de girofle. Il atteint l'étagère sans souci et attrape la boîte.

— Tiens.

Son haleine se perd dans mes cheveux. Je me retourne pour récupérer le kit de premiers secours et, immédiatement, je prends conscience de mon erreur. Il me domine de toute sa hauteur et me dévisage. Les taches de rousseur qui criblent ses pommettes et l'arête de son nez dessinent des constellations. J'ai l'impression d'explorer une contrée à la fois familière et inconnue. Malgré nos sentiments actuels, je n'ai pas oublié ce que j'éprouvais il y a bien longtemps, lorsque je me penchais vers lui et que j'effaçais cette distance qui nous sépare aujourd'hui.

— Arrête de frimer, dis-je, soudain enrouée.

— Je suis juste grand, je ne frime pas.

— On voit bien que tu n'as jamais été une demi-portion.

— Pas faux.

Il esquisse un sourire et me tend la boîte.

Je la pose sur le plan de travail et je m'écarte de lui. Il faut que je canalise mes émotions, que je contienne cette tempête qui se déchaîne en moi. Que j'arrête de me ridiculiser, aussi.

Je trouve le petit pot d'onguent jaune pâle qui rappelle un peu le beurre fraîchement baratté, j'attrape la main de Cole et je badigeonne la brûlure. J'applique une couche généreuse et je souffle doucement dessus tout en communiquant à mon haleine l'énergie de la guérison. Je suis loin d'avoir le talent de Mamie, mais le baume saura apaiser la douleur et accélérer la cicatrisation.

— Tu as mis quoi dans cette crème ? murmure Cole.

Soudain, je me sens à découvert. Je lâche sa main, je remets le kit dans l'armoire avec des gestes vifs et précis.

— C'est une recette de famille top-secret (J'aurais voulu que mes mots sortent sur un ton léger, mais on dirait que je n'arrive plus à respirer. Je me racle la gorge.) De l'extrait de lavande, en majorité, avec un chouïa de vinaigre de cidre et du miel.

— Je sens déjà la différence, c'est dingue, dit-il, plus pour lui-même que pour moi, en écartant les doigts.

Puis il montre la table sur laquelle refroidissent les biscuits à la lavande.

— Tu as préparé ça pour les obsèques de Dahlia ? Qu'est-ce que ça sent bon.

J'attire son attention vers la charlotte à la confiture de mûres couronnée de meringue qui attend sur le plan de travail en inox près de la fenêtre.

— Non, ça. Les biscuits, c'était plus pour me détendre.

— C'est vrai que tu as toujours eu tendance à faire de la pâtisserie pour gérer tes émotions.

Prise dans cette conversation, avec lui – une fraction de seconde j'ai l'impression de me projeter dans le passé et mon cœur se serre. Comment ai-je pu perdre autant en une seule nuit ?

Cole prend la direction de la porte.

— Je ferais mieux d'y aller. Si tu as besoin de parler, tu sais où me trouver.

— Bien sûr.

Toujours aussi attentif aux autres, Cole. Entre le fondateur de la dynastie et son propre père, shérif, puis maire de la ville, ce sont au bas mot sept générations de Spencer qui se sont mises au service de Caball Hollow. Qu'il refuse ce statut ou qu'il l'embrasse pleinement, Cole est et restera un pilier de la communauté. J'apprécie qu'il me propose d'enterrer la hache de guerre, mais je sais aussi que la perspective d'un appel où je m'épancherais est probablement peu séduisante.

Lorsque la porte de la cuisine se referme derrière lui, mes doigts retournent explorer la cicatrice à mon cou.

Cette nuit-là je reste couchée dans mon lit, les yeux grands ouverts, à contempler le plafond de la chambre. Chaque fois que je ferme les paupières, je revois Dahlia. Pas la personne qu'elle était de son vivant, souriante, débordant d'énergie, mais le cadavre qui gisait dans le ruisseau. Le néant. La mort n'a rien d'un sommeil paisible, non, elle est glaciale, solitaire. La visite matinale de Cole m'a laissé l'impression que l'été dernier se tient en embuscade, prêt à me bondir dessus à tout moment.

Quelqu'un a tué Dahlia très précisément un an après ma disparition. Ce ne peut être le fruit du hasard, et, pourtant, l'unique suspect, c'est un ancien petit copain qu'elle ne m'a jamais présenté. Quel lien entre sa mort et ma propre épreuve ? Pourquoi ai-je été épargnée et pas elle ? Si seulement je ne souffrais pas d'amnésie, peut-être aurais-je pu la sauver. Il ne s'agit plus simplement de souvenirs effacés, mais d'indices potentiels.

Je laisse le sommeil me fuir définitivement et je descends à la cuisine sur la pointe des pieds. J'ai l'intention de me préparer de la tisane. Le voyant au-dessus de la gazinière est allumé, mais il fait si noir que je manque de percuter une silhouette à demi effacée.

— Ah !

Je soulève la bouilloire à la façon d'un bouclier. Soulagement : ce n'est que Sorrel.

— Sorrel ! Tu m'as foutu une trouille pas possible.

— Désolée.

Elle tient dans ses bras l'un des chats noirs qui quadrillent la ferme la nuit et donnent la chasse aux rongeurs de tout poil. Elle frotte sa joue contre la tête de l'animal et le gratouille sous le menton avant de le reposer par terre.

— C'est bien, ma jolie, remets-toi au boulot.

Lorsqu'elle entrouvre la porte, la cuisine se remplit un instant de la symphonie des criquets et des rainettes. Le chat se glisse dehors et je le suis du regard jusqu'à ce qu'il se confonde avec la nuit.

Sorrel va sortir un bocal de cornichons du réfrigérateur et une fourchette d'un tiroir. D'un bond, elle se perche sur le plan de travail.

— Tu n'arrives pas à dormir ? me demande-t-elle.

Je fais non de la tête, puis je lui chipe sa fourchette et je me sers dans le bocal. La saveur piquante et vinaigrée de la saumure s'accorde au goût de la mélancolie qui semble imprégner chaque pan de ma vie ces derniers temps.

— Moi non plus, déclare-t-elle. J'ai du mal à croire que je vais assister à l'enterrement d'une camarade de classe, pas à son mariage. Ce n'est pas normal.

J'allume la gazinière et je place la bouilloire sur la flamme.

— Tu avais des cours en commun avec Dahlia ?

Ma sœur et mon amie n'étaient pas proches, mais elles ont obtenu leur diplôme la même année, et dans une ville de la taille de Caball Hollow tout le monde se connaît, ne serait-ce que de vue.

Je vais prendre une tasse dans le placard et je la montre à Sorrel. D'un signe, elle m'indique qu'elle ne veut pas d'infusion. Elle aime vivre la nuit, contrairement à moi.

— Oui, deux trois cours, me répond-elle avec un sourire, le regard illuminé par le souvenir. On avait maths ensemble en seconde et on s'ennuyait tellement qu'on se passait des petits mots débiles sur nos calculettes.

— Sur vos calculettes ?

Je pêche un second cornichon, espérant sans grande conviction qu'allié à la tisane, ce casse-croûte étrange déclenchera des rêves différents.

— Tu n'as jamais fait ça, toi ? Tu tapes certains chiffres ou certaines équations, tu retournes la calculatrice et, là, ça fait des mots. On s'envoyait surtout des « hello » et des « LOL ».

Sorrel se laisse tomber du plan de travail et rebouche le bocal. Le silence nous paraît soudain plus pesant, en un sens. J'ajoute une cuillerée de miel à mon infusion. Les cornichons remis au frais, ma sœur s'appuie à la porte du réfrigérateur.

— Ça va être dur pour toi, pas vrai ? Parce que c'était ton amie, mais pas seulement. Tu vas devoir absorber une masse phénoménale d'émotions.

Je hoche la tête, préférant me concentrer sur le liquide qui tourbillonne dans ma tasse plutôt que sur le maelström de pensées sous mon crâne. C'est une autre des inquiétudes qui m'empêchent de trouver le sommeil. Mais il me paraît inconcevable ne pas assister aux funérailles de Dahlia, alors je me contente de hausser les épaules et je rétorque :

— Je ne vois pas ce qui pourrait m'arriver de pire.

L'ÉTÉ DERNIER, la nuit du solstice, 21 h 35

Je crois que je suis un petit peu amoureuse de Cole Spencer. Un jour, je devais avoir six ans, j'ai été prise d'une soif terrible alors qu'on venait de jouer à chat perché. J'ai voulu me désaltérer au tuyau d'arrosage, j'ai eu du mal à le courber et Cole a mis ses mains en coupe pour me permettre de boire au creux de ses paumes. Spontanément, sans que je le lui demande. J'ai compris depuis bien longtemps que tout le monde l'aime à Caball Hollow. Pas étonnant : il se plie en quatre pour les autres.

Pourtant, il m'arrive de distinguer une saveur évoquant les feuilles de pissenlit, terreuse, amère et piquante, qui émane de lui chaque fois qu'il se porte volontaire pour quelque chose. Il m'a fallu un bon moment avant de comprendre qu'il en avait assez de se sacrifier.

Les yeux fermés, je me laisse submerger par les bruits qui montent du festival. L'été, une fête foraine s'installe à flanc de montagne et sur le parking du lycée, les manèges à sensation et la petite baraque de la maison hantée se déployant comme les pétales d'une fleur de liseron. J'entends la musique qui s'élève des attractions et le rire des enfants en train de se courir après, dopés au sucre. J'entends même le comité couronner Dahlia Calhoun sur la scène. Mais tout me parvient assourdi.

Je me tourne vers Cole.

— C'était comment, Georgetown ?

— Eh bien… mon père est déçu que je n'intègre pas l'équipe de foot. Cela aurait fait une bonne publicité pour Caball Hollow.

— Moi, j'en suis ravie.

Ma réponse lui arrache un rire fugace qui me chatouille délicieusement la peau.

— Et pourquoi ça ?

— Parce que tu détestes jouer au foot.

Le football américain, c'est un autre de ses sacrifices pour le bien de la collectivité. Personne n'est au courant, à part moi. Et peut-être qu'en secret, j'apprécie d'être la seule à le savoir.

Cole m'effleure la nuque du bout des doigts et un frisson me parcourt la colonne vertébrale. Il a fixé une chaîne à mon cou.

— Ouvre les yeux, chuchote-t-il.

Je découvre un pendentif qui représente un petit merlebleu tenant une enveloppe dans son bec. De l'index, j'explore la courbe délicate de l'aile.

— Il est magnifique…

Je déglutis et rassemble mon courage pour me confier à Cole comme jamais je ne l'ai fait avec qui que ce soit.

— Tu sais, Cole, tu n'as pas besoin de porter un masque avec moi. Tu n'as pas besoin de cacher ce que tu ressens au plus profond de toi, parce que, de toute façon, je le sais déjà.

Une voix m'interrompt :

— Cole !

Je repère Bryson Ivers près d'un manège. Il assène une tape amicale à la personne qui l'accompagne et nous adresse un signe. Cole remet en place la bretelle de mon débardeur.

— C'est le nouvel adjoint du coach à côté de Bryson, explique-t-il.

Je l'observe. Il s'est rembruni.

— Il y a un souci ?

— Non, aucun. Aucun souci.

Il détourne le regard, la mâchoire crispée. Ses paroles contrastent avec l'intensité des émotions qui livrent bataille en lui – le choc, l'incrédulité et la peur, métallique et austère.

Je me rapproche de lui. C'est le moment ou jamais de lui dire la vérité.

— Cole. Je sais qu'il y a un problème. Ce que j'essaie de te faire comprendre… dans ma famille, tout le monde naît avec un don

spécial. Le mien, c'est que j'arrive à percevoir les émotions des autres parce qu'elles ont chacune une saveur différente.

Je veux lui toucher le bras, mais il a un mouvement de recul. Son regard se détache de moi et va se perdre derrière mon épaule. Bryson approche, et il n'est pas seul. Cole s'écarte d'un pas.

— Mais qu'est-ce que tu racontes ? lâche-t-il d'une voix sourde.

Il parle à voix basse, mais le masque qu'il a pris soin de déposer sur son visage glisse une fraction de seconde, juste assez longtemps pour que j'y lise une horreur pure et simple. Il a du mal à avaler sa salive et l'amertume envahit ma bouche.

— Tu te rends compte que c'est un manque total de respect ?

Il a les dents si serrées que les mots ont du mal à sortir.

Ses paroles me frappent en plein thorax, je ne sais pas comment je réussis à rester debout. J'ai commis une terrible erreur de jugement. J'ai puisé loin en moi le courage de lui révéler mon secret le plus sombre, je me suis fait violence, et je n'ai jamais pris le temps d'envisager son point de vue sur la question. En révélant ce que j'ai de plus personnel, j'ai aussi levé le voile sur ce que lui a de plus personnel.

Ses mains tremblent. Il les glisse dans ses poches.

— Tu ferais mieux de partir, Linden. Rentre chez toi et reste là-bas. Ne viens pas camper. Tout le monde a droit à sa vie privée. Ça vaut pour moi aussi.

Il s'éloigne sans un regard en arrière.

CHAPITRE NEUF

Le jour des funérailles de Dahlia, l'air semble chargé d'une fébrilité peu ordinaire. Les hémérocalles se sont ouvertes au clair de lune, les rossignols gazouillent alors que le soleil est levé et la crème glacée fond dans le congélateur du *diner*.

Assise à mon bureau, j'attends que Juniper finisse de me boucler les cheveux avec un lisseur. Étendue sur le lit, Rowan feuillette un vieux magazine. Elles semblent l'une et l'autre déterminées à ne pas me quitter d'une semelle.

— L'anticerne, ça ne suffira pas à couvrir les valises qu'elle a sous les yeux, affirme Rowan en me les montrant d'un haussement de sourcils.

— Il faudrait carrément du plâtre, murmure Juniper, qui manipule le fer brûlant avec la dextérité d'une professionnelle.

— Je crois que je n'ai pas dormi plus d'une minute cette nuit, dis-je.

Sorrel déboule dans la chambre, chargée d'une robe vintage – manches en dentelle et jupon froufroutant. Je n'ai pris conscience que ce matin que je n'avais rien à me mettre pour l'enterrement. Toute la matinée, ma sœur a cherché une tenue qui ferait l'affaire.

— Et celle-là, vous en pensez quoi ?

— Trop belle ! Essaie-la, Linden, m'encourage Juniper.

Je me mets debout et Sorrel me tend la robe.

— Elle est magnifique ! Tu l'as trouvée où ?

— À ton avis ? Dans le placard secret, répond Sorrel avant de se laisser tomber sur le lit de Juniper.

Au grenier se dresse une armoire pleine à craquer de trésors vestimentaires. Des robes de cocktail dans tous les styles imaginables, des tenues en soie à motif fleuri, des bijoux qui scintillent au fond de leur écrin, des boîtes à chapeau en veux-tu en voilà, des gants et des mouchoirs brodés remplissant un tiroir entier. Petites, nous appelions cette armoire le placard secret et nous passions des heures à nous déguiser avec ce que nous trouvions à l'intérieur. Plus tard, nous avons appris que ces affaires avaient appartenu à Tante Zéphyrine.

— Tu n'as pas peur que ça embête Mamie de me voir habillée avec ça ? dis-je en retirant mon short et mon débardeur.

— Ce n'est pas comme si tu avais le choix, réplique Sorrel. J'ai retourné toute la maison et, pour du noir, c'est soit cette robe, soit des leggings.

— Je suis sûre que les gens croient qu'on se balade tout le temps fringuées comme des veuves siciliennes, déclare Rowan, pince-sans-rire.

Juniper m'aide à fermer les petits boutons garnis de tissu qui s'alignent dans le dos et j'étudie mon reflet dans le miroir en pied fixé à la porte. Je défroisse le tissu du plat de la main. La robe me va comme un gant, mais j'ai l'impression de ne plus être moi-même, en un sens.

— Trop canon, me complimente Rowan. Ce qui me fait penser qu'on crève de chaud dans cette chambre. On peut y aller ?

Nous descendons l'escalier en file indienne. Dans la cuisine, Mamie prépare du poulet frit pour le buffet funéraire.

— J'ai fini dans cinq petites minutes, après on pourra partir, annonce-t-elle.

Elle se détache de la gazinière, nous fait face et blêmit.

— Oh !

Elle replie son tablier et enfouit son visage dedans. Maman se précipite vers elle.

— Qu'est-ce qu'il y a ? Tu t'es brûlée ?

— Non, la rassure Mamie en s'essuyant les yeux. C'est Linden, elle ressemble tellement à Zéphyrine dans cette vieille robe.

— Pardon Mamie ! Je l'enlève tout de suite.

Ma propre voix se brise à la vue de ses larmes. C'est une dure à cuire, ma grand-mère, il en faut beaucoup pour la faire craquer.

— Non, ma puce, non. Ça va, ne t'inquiète pas. Je préfère ça plutôt qu'elle se fasse manger par les mites dans le grenier. Ma petite sœur me manque, c'est tout.

Je passe une main sur le jupon, étourdie par ce sentiment de deuil qui nous oppresse. Nous avons perdu des sœurs, des filles, des fils, des souvenirs. À quel moment disparaîtra ce sentiment de perte ?

La maison funéraire des Heck est bondée. Des gens musardent devant le bâtiment en brique. Une équipe de télévision venue de Charleston a planté sa tente sur le trottoir d'en face et lancé un direct. Je baisse la tête et Mamie fait claquer sa langue afin de montrer qu'elle proteste contre ce voyeurisme.

— C'est une chose d'informer les gens, mais tourner autour du cadavre de cette pauvre gamine comme des vautours, quelle indécence, grommelle-t-elle.

Dans le salon de réception, de grandes tables rondes couvertes de nappes en papier blanc accueillent le buffet froid. Je pose mon gâteau entre le poulet frit de Mamie et la salade qu'a préparée Maman avec des pickles de peau de pastèque.

— Tu ne trouves pas ça ironique qu'un groupe de vautours qui se tapent la cloche, ça s'appelle une curée ? me chuchote Rowan à l'oreille.

Bien évidemment, Mamie l'entend, alors qu'elle se trouve à l'autre bout de la table.

— Range ta langue dans ta poche, Rowan Perséphone. On dirait que tu as été élevée par les loups, ma fille. Ce n'est ni le lieu, ni l'heure pour faire de l'humour. Va plutôt nous trouver un endroit où nous asseoir.

Elle nous chasse du salon et nous gagnons la chapelle. Je presse la main de Rowan pour la remercier – elle essayait juste de me changer les idées. Nous nous laissons glisser sur un banc au bois ciré où Juniper, Sorrel et Sissy nous ont gardé des places. Maman et Mamie nous rejoignent quelques minutes plus tard, juste avant l'arrivée du pasteur, Crawley Boggs.

Posté devant le pupitre, il commence par une prière, puis il enchaîne sur un long soliloque émaillé de versets de la Bible et d'hymnes dirigés par Mrs Boggs, la cheffe de chœur. Je n'écoute qu'à moitié, incapable de détacher les yeux de l'urne en laiton posée sur un piédestal, près d'une copie agrandie de la photo de terminale de Dahlia, avec sa chevelure indomptée et ce grand sourire, l'avenir se déployant devant elle comme une promesse.

Le pasteur finit par quitter le pupitre et un homme de haute taille assis au premier rang prend sa suite. C'est le maire, le père de Cole. Maman se tourne vers Mamie et lui chuchote à l'oreille :

— C'est gentil de la part de Malcolm de lui rendre un petit hommage.

Sissy émet un grognement. Difficile de dire si elle est d'accord ou non avec sa sœur.

— Bonjour à tous, je suis Malcolm Spencer, le maire de Caball Hollow. Mais avant d'être votre maire, je suis votre voisin, et, pour certains, votre ami. Les circonstances qui entourent le décès de Dahlia Calhoun me perturbent tout autant que vous. J'ai exprimé mes condoléances en privé à sa famille et je lui ai aussi demandé la permission de m'adresser à la communauté.

Dahlia était une étoile éblouissante qui s'est éteinte beaucoup trop tôt. Je m'engage publiquement à m'investir dans cette enquête et à présenter le meurtrier à la justice dans les plus brefs délais. Caball Hollow est un endroit sûr et je vais m'assurer qu'il le reste, en particulier pour notre jeunesse.

Papa et plusieurs adjoints sont debout au fond de la chapelle. Il m'adresse ce qu'il s'imagine être un sourire rassurant, mais ses traits se convulsent et cela me donne la chair de poule.

Nettie Hinkle, la tante de Dahlia, se dirige vers le pupitre, les yeux rouges et le visage bouffi, un mouchoir et un morceau de papier plié à la main. Mr Spencer serre dans la sienne sa main restée libre avec une mine solennelle, puis il se penche pour lui chuchoter quelques mots et retourne s'asseoir.

Elle renifle et le goût amer du chagrin, semblable à de la mélasse, me frappe le palais. Je gigote sur le banc, soucieuse. Je ne sais pas si je vais tenir très longtemps.

— La plupart des personnes présentes dans cette salle savent que la vie n'a pas été toute rose pour ma petite Dahlia, déclare Mrs Hinkle d'une voix blanche. Sa mère, ma sœur, qu'elle repose en paix, a lutté contre ses démons et rejoint l'autre rive alors que l'enfant était encore en couches-culottes. Son père s'était volatilisé dans la nature. Dahlia est devenue très proche de ma mère, sa chère mémé, qui nous a quittés l'hiver dernier. Dahlia a eu le plus grand mal à s'en remettre. Malgré ces épreuves, c'était une belle âme, attentive aux autres. Toujours souriante, et plus futée que la moyenne. Et elle débordait de projets.

Elle a travaillé dur pour concrétiser son rêve, faire des études et devenir journaliste. Elle est… elle était…

Mrs Hinkle fond en larmes. Son chagrin s'intensifie, laissant dans ma bouche un goût d'encre et de sel. Les lèvres pincées, elle replie son minuscule papier.

— Pardonnez-moi. Je ne sais pas trop quoi dire. Comment parler au passé d'une jeune personne qui avait encore toute la vie devant elle…

Mrs Boggs la rejoint sur l'estrade, enroule un bras autour de ses épaules et la reconduit à sa place, au premier rang. Le parfum puissant de la mélasse me chatouille la gorge et je suis prise d'une quinte de toux. Juniper me tend un mouchoir.

— Ça va ? s'inquiète-t-elle.

Je la rassure d'un signe de tête, mais la gêne me reprend.

Le pasteur convie les proches de Dahlia à monter prononcer quelques mots et, tandis que les volontaires se mettent debout, leur chagrin visqueux s'épaissit jusqu'à me suffoquer. Au bout du troisième discours, je bondis sur mes pieds, la main plaquée sur la bouche, puis je fonce vers la sortie, suivie par des regards curieux.

Je quitte la chapelle en trombe et je titube dans le couloir avec l'objectif de mettre cette douleur derrière moi et de respirer un peu d'air frais. J'ai la nausée, les oreilles qui sifflent. Mes pieds m'entraînent dans un couloir interminable, près de l'entrée et des toilettes, je commence à voir trouble. Je finis par atteindre une porte sur laquelle il est inscrit RÉSERVÉ AU PERSONNEL. J'appuie mon front dessus : quelque chose en moi veut entrer en contact avec ce qui réside de l'autre côté. Lorsque ma main actionne la poignée, je découvre qu'elle est fermée à clef.

Quelqu'un s'éclaircit la voix derrière moi.

— Un problème, Mademoiselle ?

Je me retourne et m'adosse à la porte, posant les yeux sur l'un des jumeaux Heck : Boyd, ou alors Boone. Dans les vingt ans, les cheveux couleur de blé comme tous les membres de sa famille. Je l'ai déjà vu au *diner* avec ses innombrables frères et sœurs, et leurs parents.

— Tout va bien, j'ai juste besoin d'un instant, dis-je, la gorge nouée. Il faisait un peu plus frais par ici. Excusez-moi.

Il m'a prise en flagrant délit de tentative d'effraction, quand on y réfléchit. Je ne comprends pas moi-même ce qui m'a poussée à agir ainsi.

Son expression soucieuse s'efface, remplacée par un petit sourire. Il tire sur le col de sa chemise écrue.

— Cette porte mène à la cave. Je vous laisserais bien entrer, mais c'est là qu'on trouve la chambre mortuaire, et on vient d'accueillir un, euh… un occupant qui arrive de Rawbone. Vous pouvez aller vous asseoir au secrétariat si vous voulez.

— Linden ?

Je lève la tête. Vêtu d'un costume sombre, Cole se dirige vers moi à grandes enjambées, une bouteille d'eau à la main. L'employé lui tape sur l'épaule.

— Ah, Cole. Ça fait plaisir de te revoir.

— Bonjour Boyd, répond Cole sans même lui accorder un regard.

Il débouche la bouteille et me la donne. J'avale une grande goulée. Boyd reste planté là quelques instants.

— Il faut que je finisse de préparer la salle du buffet, déclare-t-il en constatant que personne ne compte reprendre la parole. Je vous laisse entre les mains de Cole. Il saura s'occuper de vous.

Il m'adresse un signe de tête, tapote à nouveau l'épaule de Cole et s'éloigne à pas pressés.

— Ça va ? Qu'est-ce qui s'est passé ?

— Je me doutais que ça ne serait pas une partie de plaisir. Mais j'ai bien cru que j'allais m'étouffer.

Je me prépare à me prendre une bouffée de dégoût en pleine figure mais elle ne vient pas. Cole garde les yeux braqués sur moi.

— Alors, tu as cherché une cachette ? demande-t-il en montrant la porte de la cave.

— Je ne sais pas, Cole, je…

Je m'apprête à dire que je devais fuir la foule, cependant, ce n'est pas tout à fait exact. Je me suis échappée de la chapelle pour cette raison, je l'avoue, mais j'ai ensuite été attirée par un écho affaibli de ce soir où nous avons découvert Dahlia. La première fois, les émotions intenses ont fonctionné à la façon d'un aimant. Aujourd'hui, c'est l'inverse qui s'est produit : l'affliction des personnes venues faire leurs adieux à Dahlia a agi sur moi comme un repoussoir.

À cet instant, les portes de la chapelle s'ouvrent et la foule s'en déverse. Cole lâche un grognement de contrariété quand il voit son père s'approcher de nous.

— Bonjour, fiston, lui dit Mr Spencer avant de se tourner vers moi. Linden James, incroyable ! J'ai bien failli ne pas te reconnaître. Tu ressembles comme deux gouttes d'eau à ta grand-tante.

— Vous avez connu Tante Zéphyrine ?

Je ne sais pas pourquoi cela m'étonne, étant donné qu'ils ont tous les deux grandi à Caball Hollow, mais je considère Zéphyrine plus comme une légende que comme un membre à part entière de la famille.

Mr Spencer se racle la gorge. Un goût de romarin – vif et frais, le goût de la nostalgie – m'envahit la bouche.

— Mais oui. Et même très bien, en vérité. Lorsqu'elle travaillait encore à la bibliothèque de Caball Hollow, je m'arrangeais toujours pour que mes séances d'études coïncident avec ses horaires. C'était un puits de science, ta grand-tante.

Il lâche un petit rire, puis il grimace, la main sur le ventre.

— Excuse-moi, mais il faut que je t'emprunte mon fils. Je ne me sens pas très bien, je préfère rentrer. Ça m'a fait plaisir de te revoir, Linden. Je regrette que ce soit dans des circonstances aussi tragiques.

Là-dessus, Mr Spencer se dirige vers la sortie. Cole lui emboîte le pas et me lance un regard qui s'éternise. À ses yeux, je représente une énigme qu'il ne parvient pas à élucider.

À ce moment, Papa me rejoint et pose une main rassurante sur mon épaule. Il émane de lui quelque chose de sec et d'éventé qui s'apparente à de la lassitude.

— Comment tu te sens, ma puce ?

— Mieux. Le maire a l'air persuadé que vous allez bientôt mettre le tueur de Dahlia derrière les barreaux.

D'un rapide coup d'œil, mon père vérifie qu'aucune oreille indiscrète ne traîne dans les parages.

— Monsieur le maire va un peu trop vite en besogne, tu sais. Je pense surtout qu'il culpabilise parce que c'était lui, l'adjoint qui s'était occupé de Dahlia quand elle était venue demander une mesure d'éloignement contre son ex. Mais on a localisé ce jeune homme. Cela fait trois semaines qu'il travaille sur une plateforme pétrolière au large de la Floride. Impossible qu'il ait fait l'aller-retour jusqu'ici pour commettre son crime. On doit repartir de zéro.

— Cela veut dire que le tueur pourrait être n'importe qui.

Le vertige me gagne à l'idée de connaître le meurtrier. Bien entendu, il y a des monstres aussi dans les petites villes.

— Ce qu'on veut éviter à tout prix, c'est que l'enquête traîne en longueur, mais on dirait qu'on ne va pas y échapper, soupire Papa. À moins de trouver rapidement une piste.

Je puise en moi le courage de poser la question qui m'a torturée toute la semaine.

— Est-ce qu'elle a souffert, Papa ?

— Je ne vais pas te mentir. Il est impossible de savoir à cent pour cent comment elle a vécu ses derniers instants. Ce qu'on sait, en revanche, c'est que son meurtrier l'a frappée par-derrière et qu'elle n'a très probablement rien vu venir. Son agonie n'a pas duré longtemps.

Je ferme les yeux, secouée par ses explications.

— Écoute, ma puce, je ne veux pas que tu t'inquiètes. Je gère.

Papa me serre dans ses bras. Sa compassion me rappelle les biscuits de Mamie quand ils sont tout juste sortis du four, bien beurrés et encore tièdes. Il me repousse et plante ses yeux dans les miens tandis que j'essaie d'afficher un visage rassurant.

Dans la salle du buffet, c'est l'effervescence. Les gens font la queue pour présenter leurs condoléances à la famille de Dahlia et discutent tout en remplissant leur assiette. Leur chagrin m'accable moins, même si je surprends çà et là des bribes de conversation qui me hérissent le poil.

— La dernière fois qu'on a vu l'Homme-Papillon, c'était le jour où Elam McCoy a disparu, déclare une femme d'une voix si forte qu'elle couvre la rumeur des autres échanges.

— Tu sais ce que j'en pense, rétorque sa voisine, aimable comme une porte de prison.

Lorsqu'elle découvre que je l'observe, elle se tait et elle entraîne l'autre commère dans un coin de la salle où elles pourront cracher leur venin plus tranquillement.

Je croise le regard de quelqu'un, qui détourne vivement la tête. Je sens qu'on m'évite.

Rowan me rejoint. Elle dévore une énorme part de charlotte à la confiture de mûres, indifférente à ce qui se passe autour d'elle.

— C'est une nouvelle recette ?

— Non, pas vraiment. J'ai juste ajouté un peu de clou de girofle et remplacé le nappage au fromage blanc par une meringue.

— Ça n'a pas le même goût, commente Rowan en mâchant lentement la bouchée suivante. Je trouve ça plus complexe, ou plus profond, d'une certaine manière.

Mrs Boggs vient me serrer rapidement dans ses bras.

— Bonjour les filles. Quel plaisir de vous revoir.

Rowan fronce le nez et rapproche l'assiette de son visage pour se cacher derrière. Un mensonge éhonté de la part de Mrs Boggs.

— Justement, enchaîne-t-elle, j'étais en train de demander à Sorrel si ça lui plaisait toujours, cette école dans le Kentucky. Rowan, quels sont tes projets maintenant que tu as quitté le lycée ?

— Vous les avez sous les yeux, réplique Rowan. M'empiffrer de gâteau.

Mrs Boggs lâche un petit rire, mais une lueur d'inquiétude traverse son regard. Elle ne sait pas si Rowan fait de l'humour. Honnêtement, moi non plus. Avec Rowan, on se demande à chaque fois si c'est du lard ou du cochon.

— Ça va, ma petite ? lâche soudain Mrs Boggs.

Je pivote et vois des larmes rouler sur les joues de Rowan.

— C'est tellement triste, bredouille-t-elle. D'avoir perdu Dahlia.

Voilà qui m'étonne. Rowan n'est pas du genre à montrer ses émotions en public. Je me rapproche d'elle pour faire paravent et la protéger des regards curieux tandis qu'une femme éclate en sanglots près des desserts. Derrière nous, un monsieur renifle bruyamment et verse des larmes silencieuses dans son assiette, directement sur sa part de gâteau.

Un soupçon terrible se niche au creux de mon estomac et ma bouche se remplit d'un mélange de saveurs puissantes qui m'écœure – culpabilité, colère, peur. À cela s'ajoutent le chagrin au goût de mélasse et la douleur qui rappelle l'oignon caramélisé, tranchante, douce-amère. Toutes ces émotions que j'ai ressenties si fortement lors de la préparation du gâteau se manifestent chez les personnes qui le mangent. J'ai contaminé une salle entière.

Je me plie en deux pour vomir et je rate de peu les chaussures spécial pieds sensibles de Mrs Boggs.

CHAPITRE DIX

Nous remontons le sentier que j'ai emprunté le jour où j'ai découvert le cadavre de Dahlia. J'essaie d'effacer ce souvenir de mon esprit.

— Ce n'est peut-être pas l'idée du siècle, fait remarquer Rowan tandis que nous traversons le vallon, guidées par le faisceau de la torche qu'elle tient à la main.

— Tu as sans doute raison.

Mamie et Maman me croient endormie, clouée au lit par une gastroentérite. Sorrel m'a dit que les amis de Dahlia ont l'intention de tenir une veillée ce soir. Je veux coûte que coûte y prendre part, alors je suis sortie en catimini avec mes sœurs.

Après le fiasco des obsèques, j'ai l'impression de ne pas avoir dit au revoir à Dahlia comme il se doit. Mais il n'y a pas que ça. Comme son ex-petit ami a été lavé de tout soupçon, il m'est impossible de ne pas relever les similarités entre son décès et ma disparition. Ces événements tragiques se sont tous les deux produits durant le festival. Je suis rentrée avec une commotion cérébrale ; elle n'a pas survécu à sa blessure. Et cette question étrange qu'elle m'a posée lors de notre dernière conversation… avait-elle découvert quelque chose ? Sans mon amnésie, j'aurais peut-être pu empêcher sa mort. Et sans la distance que j'ai établie entre le monde extérieur et moi, je saurais où chercher des réponses.

Rowan me force à m'arrêter en m'attrapant par le poignet.

— Écoute, je sais que c'est ton trip, de refouler tes émotions, mais en réalité tu fais preuve d'égoïsme quand tu ne demandes jamais l'aide de personne.

Je pose sur elle un regard incrédule, abasourdie par sa remarque.

— Tu penses que ça me plaît, de refouler mes émotions ? Tu te rappelles la fois où tu m'as confié que les mensonges des autres déclenchaient des crises d'urticaire qui duraient des plombes ?

De la tête, Rowan m'encourage à poursuivre.

— J'ai toujours eu peur d'en parler parce que je pensais que vous aviez des talents utiles, pratiques, et que le mien était le seul à poser un problème. Désolée si, à cause de ça, j'ai gardé mes distances. Mais je crois que ce don… cette aptitude… c'est de pire en pire. Vous avez vu ce qui s'est passé avec le gâteau au buffet. Je dois contenir mes émotions si je ne veux pas déclencher de catastrophe.

Rowan reste muette un long moment, plongée dans ses pensées. Je sens le découragement me gagner. Nous nous remettons en marche.

— Linden, je pense que ça nous est à toutes arrivé un jour de considérer notre don comme un fardeau.

— Mamie nous rebat les oreilles avec sa règle numéro un. Surtout, ne pas faire d'ingérence dans la vie des autres. Si je la déçois, je m'en voudrais toute ma vie.

Lorsque nous atteignons le terrain près du vieux pont qui enjambe le ruisseau Stillhouse, des dizaines de personnes que j'ai croisées au lycée sont déjà là. Ce pont, plus personne ne l'emprunte depuis la fermeture de la mine de charbon, qui remonte à une quarantaine d'années. À vol d'oiseau, ce n'est pas très loin de l'endroit où j'ai trouvé Dahlia. Quelle angoisse.

— Alors, c'est quoi le plan ? veut savoir Rowan.

Je balaie la foule d'un regard circulaire, identifiant les personnes qui auraient pu avoir gardé contact avec Dahlia depuis son départ pour la fac.

— Il faut qu'on en découvre le plus possible sur la vie de Dahlia ces derniers mois. Ça en fait, du monde.

— On se sépare ?

— D'accord, mais rendez-vous ici dans une heure.

Je confirme d'un hochement de tête et ma sœur va se mêler aux autres.

Je mets le pied sur le pont, couvert d'un tapis de bougies. Un feu a été allumé sur la rive opposée et j'observe les visages qui l'entourent. Harper Farrow, qui a coédité l'album de promotion du lycée l'année derrière avec Dahlia, se tient à la lisière du groupe. Je m'approche d'elle et je la hèle :

— Harper !

Elle fait volte-face, m'aperçoit et détourne les yeux. Son malaise retourne mon estomac, toujours barbouillé après le buffet funéraire.

— Linden, je ne m'attendais pas à te voir ici, dit-elle.

— Pourquoi ça ?

— Avec tout ce qui s'est passé, voyons.

Ses yeux se perdent par-dessus mon épaule. Je sens qu'elle va très vite me fausser compagnie et je décide d'aller droit au but.

— Dis, tu sais si Dahlia est revenue à Caball Hollow ces derniers mois ? La dernière fois que je l'ai vue, c'était à l'enterrement de sa grand-mère.

— Ça m'étonnerait. Elle n'avait qu'un objectif, quitter ce trou paumé. Mais je n'en sais rien, en fait. On n'est pas vraiment restées en contact après le lycée.

Son regard s'éclaire lorsqu'elle aperçoit quelqu'un un peu plus loin.

— Il faut que j'y aille. À un de ces quatre, Linden.

Et elle part sans me laisser le temps d'ajouter un mot. Je la regarde s'insinuer dans un petit groupe de l'autre côté du feu. Maude Parrish la serre dans ses bras, puis se tamponne délicatement les yeux avec un mouchoir. Et adresse un sourire à un garçon qui avance dans la lumière des flammes. Cole. La poitrine me brûle, je regarde ailleurs.

Il ne doit pas y avoir que de la bière premier prix dans la glacière posée à côté de la fourgonnette défoncée de Bryson Ivers. Au bout d'une heure seulement, l'ambiance commence à déraper. Les personnes avec qui j'ai pu échanger ont répété, dans les grandes lignes, ce que m'a dit Harper. Nul n'a pu me renseigner sur les derniers mois de Dahlia et je n'ai eu aucune réponse concrète. Je lâche un soupir contrarié.

— À Dahlia ! s'exclame une voix.

D'autres lui font écho, les gens trinquent avec des gobelets en plastique rouge qui reflètent la lueur du feu dans l'obscurité compacte. Certains pleurent quand d'autres rient et échangent des anecdotes, des souvenirs.

Je rejoins Rowan sur le pont à l'instant où elle refuse une bouteille de whisky que les veilleurs font tourner. J'en avale une rasade pour contenir la migraine qui menace.

Éméché, Bryson se penche vers moi avec des airs de conspirateur.

— Linden, dis-nous franchement. Qu'est-ce qui est vraiment arrivé à Dahlia ? me demande-t-il.

Sa question déclenche chez moi un brusque mouvement de recul. Pour la première fois je m'aperçois que je suis cernée de toutes parts et que des dizaines d'yeux sont fixés sur moi, dans l'attente d'une réponse. Les flammes montent plus haut, étirant les ombres qui dessinent des formes grotesques, et un souvenir de l'été dernier me frappe à la façon d'un éclair, un autre feu, la même forêt, les mêmes visages autour.

— On mérite la vérité, lance Lydia Rucker, une terminale qui était déléguée de classe, comme Dahlia.

— Je n'en sais pas plus que vous, dis-je d'une voix mal assurée.

— Mais tu *es* une sorcière, insiste Bryson. Pas vrai ?

Peut-être, mais cela ne me rend pas omnisciente.

— Autrefois, pour voir si une femme était une sorcière, on la balançait dans la flotte. Si elle ne coulait pas, c'était bon, ajoute Lydia sur un ton calculateur.

— On va voir si ça marche ! s'écrie Bryson en s'approchant, les bras tendus.

Je ne sais pas si c'est censé être une plaisanterie ou s'il a vraiment l'intention de me pousser du pont. Subitement, ma bouche se remplit du goût de la haine, amer et puissant, tandis qu'une silhouette se fraie un chemin à coups de coude à travers la cohue. Une bagarre éclate derrière Bryson. C'est l'effet domino : quelqu'un le cogne, il me bouscule. Je bascule vers l'arrière avec de grands moulinets des bras. Rowan pousse un cri et se rue sur moi comme si elle allait avoir le temps de me rattraper. Je vois sa main se tendre, trop tard. Tandis que l'eau glaciale se referme sur moi, une dernière pensée me vient dans une bouffée de panique : c'est près de ce ruisseau que Dahlia a trouvé la mort.

L'ÉTÉ DERNIER, la nuit du solstice, 23 h 40

L'eau se referme sur moi, si froide qu'elle me force à recracher les derniers centimètres cubes d'oxygène de mes poumons. Je suis prise au piège. Quelque chose m'empêche d'échapper au courant. À tâtons, je cherche une prise sur les rochers glissants, submergée par la panique, jusqu'à ce que je réussisse à glisser mes mains sous mon corps. Les doigts enfoncés dans le limon, je pousse de toutes mes forces.

Ma tête crève la surface et j'émerge, recrachant de l'eau et avalant de grandes goulées d'air qui me raclent les poumons. Les ténèbres m'oppressent et me font perdre mes repères, presque comme une présence. Une personne, ou une entité quelconque, en dehors de mon champ de vision. Je me remets difficilement debout. Là, je reçois un coup à l'arrière du crâne et je perds connaissance.

Je glisse dans la rivière.

CHAPITRE ONZE

Ma tête crève la surface de l'eau et j'avale de grandes goulées d'air tandis que mon cœur bat à tout rompre. Un bras puissant me ceinture. Le souvenir qui s'est réveillé en moi est si réaliste, si immersif que j'ai du mal à m'en détacher. La vue d'un pont noir de monde me ramène à l'instant présent.

Je me frotte les yeux et, graduellement, ma vision se rétablit. Des visages m'observent par-delà le garde-corps, plongés dans l'ombre. Jetant un coup d'œil par-dessus mon épaule, je découvre qui m'a sortie de l'eau noire.

Cole réprime soigneusement sa fureur, dont le piquant perce le goût métallique et limoneux du ruisseau qui a envahi mes narines.

— C'est bon, je te tiens, me dit-il.

Comme son torse est collé contre mon dos, je sens sa voix résonner à l'intérieur de ma cage thoracique et mes muscles se détendent peu à peu. Il ajuste sa prise, me serre encore plus fort et nage tout en me soutenant.

Lorsque nous atteignons le bord du ruisseau, il me hisse sur la terre ferme. Je tombe à genoux et je me vide d'une eau boueuse. Rowan vient m'aider à me remettre debout ; elle enroule un bras autour de mes épaules pour s'assurer que je garde l'équilibre et repousse les cheveux plaqués sur mon visage.

— Tu n'as rien, me rassure-t-elle, puis elle se retourne et elle hurle : Mais t'es complètement taré, c'est quoi, ton problème ?

Le nez en sang, Bryson Ivers s'essuie avec son T-shirt.

— Ça va, c'est pas comme si je l'avais fait exprès, proteste-t-il.

À l'entendre, on dirait que je me suis jetée à l'eau toute seule.

Cole fonce vers lui et Bryson lève les mains en signe de paix.

— C'était un accident, mon pote ! insiste-t-il.

Cole n'a pas quitté ses chaussures et ses vêtements sont trempés. Il retire son T-shirt et la lueur mourante du crépuscule éclaire la cicatrice effacée qui zigzague au milieu de son thorax.

— On peut rentrer ? demandé-je à Rowan d'une voix rauque et hachée.

Pas envie de me donner en spectacle plus que nécessaire. Je garde la tête baissée tandis qu'elle m'entraîne loin de la foule.

Je perçois une vibration contre ma jambe. Je tressaille avant de me rendre compte que c'est mon téléphone. Je le sors en catastrophe de la poche de mon short trempé et j'accepte l'appel sans réfléchir.

— Allô ? Allô, il y a quelqu'un ?

Pour seule réponse, un bourdonnement distant.

La communication est coupée. Je décolle l'appareil de mon oreille. L'écran affiche *numéro inconnu* et il n'y a que six chiffres, 531734. Pas le temps de comprendre ce qui se passe : les chiffres se brouillent, puis des barres de couleur fluo zèbrent l'écran qui devient tout blanc et le portable rend l'âme.

— Merde.

Il ne manquait plus que ça. Je trébuche et Cole me rattrape par le coude.

— Tu t'es fait mal ? s'inquiète-t-il.

— Non, je me suis juste foutu la honte.

Mes jambes choisissent ce moment pour lâcher et Rowan me rattrape, passant une main le long de mon bras. Cole me force à faire halte.

— Arrête de faire ta tête de mule et laisse-moi t'aider, grogne-t-il.

Je voudrais contre-argumenter, lui dire que je peux marcher toute seule. La vérité, c'est que je suis épuisée et si Cole me porte, ce sera toujours moins gênant que de m'effondrer par terre devant tout le monde. J'accepte d'un hochement de tête, il me cueille dans ses bras.

— Je suis garé par là-bas, explique-t-il à Rowan en désignant des voitures le long de la route.

Je commence à claquer des dents. L'adrénaline ne fait plus effet et la mauvaise humeur s'installe.

— Pourquoi tu as sauté après moi de toute façon ?

— Tu crois que j'aurais préféré que tu te noies ? J'aimerais éviter un autre scandale, me répond Cole d'une voix monocorde. D'ailleurs, j'ai passé toute ma vie à sauter après toi, James. Une fois de plus, qu'est-ce que ça change ?

Il se plie en deux et me dépose sur le siège passager de sa Jeep. Il parle tout bas et je distingue les notes épicées de sa colère qui couve.

— Surtout, ne me remercie pas, conclut-il.

Je redresse brusquement le menton pour croiser son regard, mais il s'est déjà détourné. La portière claque et il fait le tour du véhicule pour s'installer au volant.

Plus tard, tandis que j'enfile un pyjama après une bonne douche, une voix m'appelle doucement depuis l'escalier.

— Linden ?

Je me fais un chignon à la va-vite et je descends à la cuisine. Sissy est en train de regarder par la fenêtre. Elle tire le rideau, verrouille la porte et jette son sac sur la table.

— Je savais bien que je t'avais entendue là-haut, me dit-elle. Tu as eu une rude journée. Je commence à croire que tu veux me voler le record de scandales provoqués à Caball Hollow.

Elle se recroqueville sur sa chaise comme un chat, les jambes croisées. Je vais chercher une cruche dans le réfrigérateur, savourant un instant le froid sur ma peau, et je me sers un verre d'eau.

— Tu as vraiment vomi sur Mrs Boggs ? insiste-t-elle.

— Non. Enfin, presque.

— Dommage. Elle m'a virée du catéchisme une fois, j'avais osé demander pourquoi tous les disciples de Jésus étaient des hommes.

Je m'assieds en face de ma tante et elle me pique mon verre. Je repense à cette nuit où nous avons eu une discussion à bâtons rompus dans la cuisine et je lui demande :

— Je peux te poser une question ?

Avalant l'eau à grandes gorgées, elle acquiesce d'un signe.

— Quand tu as lu mon avenir dans les feuilles de tisane l'autre jour et quand tu m'as dit de ne pas m'approcher de la forêt, tu savais ce que j'y trouverais ?

— Non, bien sûr que non. Le message n'est jamais aussi direct. La divination s'appuie sur des symboles, sur des allusions.

— Et pour Cole Spencer, alors ? Tu as vu son visage au fond de la tasse ou quoi ?

Sissy croise les bras, un sourire moqueur aux lèvres.

— Non, grosse maligne, c'est une conclusion tirée de l'expérience. Les Spencer ne nous apportent que de très belles peines de cœur.

— C'est tout ? Tu ne peux pas être plus claire ?

— Ah, c'est la version longue que tu veux.

Elle pousse un soupir et se met à l'aise sur sa chaise.

— Pour te raconter cette histoire, il faut que je commence par le commencement. Il y a bien longtemps, quand j'avais ton âge, Vivian était la plus belle fille de Caball Hollow. Elle était un peu plus vieille que nous, elle était raffinée, incroyablement élégante, à part.

Elle se rendait à Charleston trois fois par semaine pour son cours de ballet. Parfois elle se mettait à faire des entrechats alors qu'on marchait sur le trottoir ou qu'on faisait la queue devant le cinéma. J'étais complètement folle d'elle. Mais elle, elle en aimait un autre.

— Malcolm Spencer.

— Oui, Malcolm Spencer, qui a connu par le passé sa propre histoire d'amour contrariée avec une femme de la famille James.

— Pas Tante Zéphyrine, quand même ? (Je sursaute en me souvenant de ses propos à l'enterrement.) Il m'a dit qu'ils se connaissaient.

— Tu m'étonnes qu'ils se connaissaient. (Elle hoche la tête.) Zéphyrine s'était amourachée de lui et j'imagine qu'elle a quitté la ville parce qu'ils ont rompu, pas parce qu'elle s'était disputée avec ta grand-mère.

— Parfois on se sent vraiment à l'étroit à Caball Hollow.

— La bonne nouvelle, c'est que tu n'es pas obligée de rester ici. Il y a tout un monde à explorer, ma puce.

— Dahlia m'a donné un conseil dans le même goût au festival.

Je n'arrive pas à sortir de ma tête la réaction que Sissy a eue durant la séance. Elle est Scorpion, elle a donc un fort penchant pour le secret, mais cette histoire a bien trop d'importance pour que je lâche l'affaire.

— Sissy, tu m'as appris que les feuilles de thé sont comme les cartes, que certains symboles ont un sens universel, mais que d'autres fonctionnent à un niveau plus personnel. Si tu as vu quelque chose de funeste, je dois savoir de quoi il s'agit.

Les yeux baissés, ma tante passe un doigt sur la table.

— Ce qu'on arrive à entrevoir, ce sont des potentialités qui se modifient en fonction de nos choix. Connaître les différents chemins que peut prendre l'avenir, parfois, c'est l'assurance de lui donner corps.

— S'il te plaît, Sissy.

— Tout ce que je sais, c'est que ce qui s'est passé jusqu'ici, ce n'est que le début et que tu seras impliquée dans ce qui vient après.

Elle conclut sa révélation par un petit sourire qui adoucit ses paroles. Un arrière-goût de peur se coince dans ma gorge.

Elle serre ma main dans la sienne, puis elle monte se coucher. Je croise les bras sur la table et j'appuie la tête dessus, exténuée, la fatigue s'insinuant jusque dans la moelle de mes os.

Un bruit sourd se fait entendre derrière la fenêtre. Encore quelqu'un qui vient réclamer un sirop ou un onguent ? Je quitte ma chaise et je tire sur le voilage en mousseline pour découvrir une paire d'yeux qui me fixe. Je recule avant de me rendre compte que ce ne sont pas des yeux, mais les ocelles qui ornent les ailes postérieures d'un *Automeris io.* Le papillon s'agite contre le carreau.

À cet instant, je repère autre chose dehors. Une ombre qui bouge à côté de la grange. Les yeux plissés, je me rapproche de la fenêtre. Une silhouette élancée semble se matérialiser près de la clôture. Le carreau s'embue au contact de mon haleine et, quand je l'essuie, il n'y a plus personne. Était-ce Hadrian, ou une simple hallucination ?

Je laisse retomber le voilage et je lâche un soupir. Après la journée d'aujourd'hui, pas étonnant que mon imagination batte la campagne. Je gagne l'étage. La salle de bains est fermée au loquet.

— C'est occupé, lance Juniper quand je toque doucement à la porte.

Un bruit d'éclaboussure ponctue sa phrase.

— Juniper James, tu prends un bain ? On est au beau milieu de la nuit.

— C'est le seul moment où l'endroit est dispo.

Je ne peux que donner raison à ma petite sœur. Une salle de bains que se partagent quatre adolescentes, c'est à ne plus savoir où donner de la tête, comme une mite dans des mitaines.

— Planque ce que tu ne veux pas que je voie, parce que je vais entrer.

Je tourne le bouton vers la droite, fort, tout en tirant sur la poignée. Lorsque j'entends le loquet céder, je pousse.

— Tu n'arrives pas à dormir ? me demande Juniper.

Elle est étendue dans la baignoire, de la mousse jusqu'au menton, les cheveux relevés sur le crâne et une pierre violette, une améthyste, en équilibre entre ses sourcils.

L'améthyste présente un tas d'usages – elle augmente la concentration, la mémoire, la sérénité –, mais Juniper s'en sert surtout pour se protéger des mauvais esprits.

Je rétorque :

— Et toi, alors ?

Je trouve ma brosse à dents à sa place habituelle, à l'intérieur du gobelet fixé au-dessus du lavabo. Juniper attrape la pierre précieuse et se redresse.

— Tu peux tout me dire, tu sais. Je veux t'aider.

— Je sais, réponds-je.

Je sais très bien qu'elle veut m'aider, mais c'est ma petite sœur. Je ne veux lui faire courir aucun risque.

Elle pousse un soupir et s'enfonce dans l'eau. La baignoire déborde. C'est une antiquité équipée des fameux pieds pattes de lion, l'émail au fond est tellement usé que la fonte apparaît.

— Cette maison est hantée par les secrets, lâche-t-elle d'une voix blanche.

Lorsque je me retourne, je vois la lumière se refléter sur l'améthyste qu'elle a à la main.

Un autre souvenir s'invite sans crier gare, une autre nuit semblable à celle-ci. Je suis assise dans la baignoire, l'eau a pris une couleur rose et Sorrel s'est agenouillée à côté, l'inquiétude imprimée sur ses traits. Elle me frotte les épaules avec un savon au miel et à l'avoine. Des vêtements boueux et ensanglantés jonchent le carrelage et les larmes tracent des sillons sur mes joues.

Secouée par cette scène, je m'appuie à la porcelaine du lavabo tandis que les battements de mon cœur résonnent au creux de ma gorge comme un froufrou d'ailes.

L'été dernier, le lendemain du solstice, 23 h 55

Les dernières vingt-quatre heures n'ont pas l'air ancrées dans la réalité. Des pans entiers de ma mémoire manquent à l'appel et ce dont j'arrive à me souvenir reste brumeux, comme l'intrigue d'un rêve.

J'en ai parlé à la psychologue de l'hôpital, qui m'a expliqué qu'il s'agissait d'une réaction traumatique, que mon esprit mettait à distance ce qui m'était arrivé. Mon corps, en revanche, est couvert de meurtrissures, comme une carte qui indique ce que j'ai subi ; chaque bleu est une balise, chaque plaie, un virage manqué. À la maison, Sorrel doit quasiment me porter jusqu'en haut de l'escalier et m'installer dans la baignoire. Ensuite, elle ouvre et explore le sac qui contient les vêtements que je portais hier et le reste de mes affaires.

— Où est-ce que je pose ça ? Ils sont foutus, ces habits. Et qu'est-ce que c'est que ce truc qui brille – tu l'as gagné au festival ?

C'est le collier que Cole m'a offert. Ça, je ne l'ai pas oublié.

— Jette tout, lui dis-je d'une voix rauque.

Elle hésite une seconde.

— Pour l'instant, je vais le mettre dans ton placard, au cas où tu changerais d'avis.

Maman et Papa se disputent dans le couloir. Ils ont beau chuchoter, leurs voix m'évoquent des serpents qui sifflent. C'est plus fort que moi, je tends l'oreille.

— Mais qu'est-ce que tu as fait ? demande Papa.

— Ce que je devais faire, rétorque Maman.

— Tu n'aurais pas dû prendre cette décision toute seule.

Je tremble des pieds à la tête et des larmes brûlantes roulent sur mes joues.

— Chut, chut, tu es hors de danger, me murmure Sorrel.

À genoux par terre, elle lave le sang qui a séché sur ma peau.

CHAPITRE DOUZE

Le cauchemar commence comme il commence chaque fois. Des branches s'agrippent à mes cheveux, des ronces m'éraflent la peau, mais le mugissement de la terreur qui circule dans mes veines m'anesthésie. Je cherche désespérément un endroit où me cacher, et je cours, risquant de perdre mes tongs à tout moment. Un bruit de pas résonne derrière moi, au rythme des battements de mon cœur affolé.

Il se rapproche. Plus près. Toujours plus près.

Je me déplace aussi vite que je l'ose. Il fait nuit noire et, de temps en temps, les nuages laissent filtrer le clair de lune à travers les arbres. À un moment, je l'aperçois. Une forme dans le lointain, qui semble onduler et frémir. Je sens un murmure à peine perceptible me frôler, des secrets qui bruissent. Ça, c'est nouveau.

Je me rapproche et je me rends compte que cette silhouette est composée de milliers de papillons de nuit. Je reconnais les taches dorées, bleu marine et mauve, du polyphème d'Amérique, le saturnie cécropia et ses ailes immenses qui se parent d'irisations noires et orange, et même le papillon lune et son corps vert vif qui donne l'impression d'être phosphorescent.

Je lève lentement la main, même si je ne me rappelle pas l'avoir bougée, et je me rapproche sans même faire un pas. Lorsque mes doigts effleurent une paire d'ailes poudreuses, les papillons s'envolent d'un bloc et se dispersent aux quatre vents. Enfin, je découvre ce qu'ils cachaient. Dahlia Calhoun.

Mes paupières s'ouvrent et je me réveille en sursaut, haletant comme si je venais d'échapper à la noyade. La main appuyée sur la poitrine, j'essaie d'apaiser mon pauvre cœur qui tape à grands coups et je me libère des draps imprégnés de sueur.

L'air matinal est déjà chaud et moite. La lavande, plus belle que jamais, confie son parfum à la brise tiède qui fait frémir les voilages. Malheureusement, elle ne parvient pas à masquer la puanteur métallique de la peur qui a pénétré ma peau.

Toujours dans les bras de Morphée, Juniper émet de légers bruits tandis que je cligne des yeux, aveuglée par le soleil qui entre à flots par la fenêtre. Sur la table de chevet se trouve un bol rempli de riz cru dans lequel j'ai enfoui mon téléphone.

Je repense à cet étrange coup de fil que j'ai reçu hier et un léger vent frais me caresse la nuque. Je vais ouvrir le premier tiroir de mon bureau, je fouille dedans et j'y découvre une vieille calculatrice, du genre de celles dont on se sert à l'école.

Je récupère mon téléphone au fond du bol et j'appuie sur le bouton de démarrage, chuchotant un « merci » lorsqu'il revient à la vie. Je consulte la liste d'appels, j'identifie le numéro bizarre que j'avais mis sur le compte d'un bug et je le tape dans la calculatrice, que je retourne pour regarder le petit écran à l'envers, comme Sorrel avec Dahlia en cours de maths.

Ma vision se trouble. Les numéros – 531734 – se sont transformés en six petites lettres : HELIES. La calculatrice me glisse des doigts et tombe par terre avec un bruit de plastique.

Juniper roule sur le flanc et m'étudie, clignant des paupières.

— Tu vas me dire ce qu'il y a ?

Je ramasse la calculette et je la donne à Juniper, puis je vais m'effondrer sur mon lit. Elle jette un coup d'œil à l'écran, se redresse sur un coude et me scrute.

— Je ne comprends pas. Tu m'expliques ?

— Je crois que c'est un message de Dahlia.

— Dahlia t'a envoyé un message… sur ta calculatrice ?

Je lève les yeux au ciel et je lui raconte ce qui s'est passé hier soir.

— C'est ça, son message : *he lies.* Il ment, autrement dit.

— Mais si c'est vraiment Dahlia qui communique avec toi, de qui elle pourrait bien parler ? intervient Sorrel, appuyée au chambranle.

Je ne sais pas depuis combien de temps elle m'écoute, mais, de toute évidence, elle en a entendu assez.

— Aucune idée. Son ex avait un alibi, et personne n'a rien voulu me dire pendant la veillée. Ça pourrait être n'importe qui.

Rowan entre dans la chambre en bâillant à s'en décrocher la mâchoire et en se frottant les yeux.

— C'est quoi, cette petite réunion ? Je vous entends jusque dans ma chambre.

— Mais pourquoi maintenant, une semaine après sa mort ? l'interrompt Sorrel, qui vient s'asseoir à côté de moi. Il s'est passé autre chose ?

— Peut-être. Cette nuit, j'ai fait un cauchemar différent de d'habitude. J'ai vu Dahlia, couverte de papillons de nuit. Et juste avant de monter me coucher, j'ai cru apercevoir quelqu'un dehors, derrière la grange, mais je pense que c'était Hadrian, ou mes yeux qui m'ont joué un tour.

— Eh ben voilà, c'est lui qui ment, déclare Rowan. Je n'arrête pas de le répéter.

— Oui, on sait, souffle Sorrel, exaspérée. Mais tu n'as pas l'air d'avoir une idée très claire de la nature précise de son mensonge.

— La raison de sa présence à Caball Hollow, d'abord. Qui est assez stupide pour venir chercher du travail ici, dans une ville si petite qu'elle n'apparaît sur aucune carte ?

— Il y a une faille dans ta théorie. Dahlia n'a jamais croisé le chemin d'Hadrian. Elle est partie étudier avant qu'il débarque chez nous, alors comment elle pourrait savoir que c'est un menteur ?

— Rowan n'aime pas Hadrian parce qu'elle se reconnaît trop en lui, lâche Juniper en lançant un oreiller sur sa sœur aînée. Ce sont les mêmes.

Ces deux-là aussi sont les mêmes. Dotées d'un tempérament latin et d'une volonté à toute épreuve, Rowan et Juniper sont tour à tour les meilleures amies du monde et les pires ennemies.

— C'est vraiment pas sympa, rétorque Rowan, et elle tire la langue.

— Par ailleurs, reprend Juniper, je vois mal un message de l'au-delà aller droit au but comme ça.

— Et ce n'est pas comme si on avait un moyen de rappeler Dahlia. Le numéro n'est même pas complet. Du coup, on fait quoi maintenant ?

Le silence écrase notre groupe réduit. Juniper reprend la parole d'une voix hésitante :

— J'ai une idée qui me vient. Je me suis plongée dans les vieux sortilèges de Mémé Sudie et je pense à l'un d'eux en particulier, mais je ne l'ai encore jamais pratiqué. Il y a un risque que ça ne marche pas.

— Tu peux nous en dire plus ?

— Il nous faudrait du sel et une bougie chargée de l'énergie de la pleine lune. (Juniper se tait un instant, visiblement mal à l'aise.) Ainsi qu'un objet ayant appartenu à la défunte. Et je pense que le mieux serait de pratiquer le rituel près du ruisseau où tu as trouvé son cadavre, Linden.

— Pas possible, Junie, répond Sorrel, les bras croisés. C'est une scène de crime. Par ailleurs, si quelqu'un nous voit, ça va faire jaser dans tout le village. Papa n'aimerait pas qu'on prenne ce genre de risque.

— C'est notre plus grande chance. La présence de Dahlia était si forte à cet endroit que Linden a perçu ses émotions alors qu'elle était morte. Et elle a reçu cet appel juste après être tombée dans le ruisseau. Le parking du lycée, ça devrait faire l'affaire, d'autant plus que plein de jeunes s'y rendent la nuit pour y faire des trucs pas nets, explique Juniper.

Je m'exclame :

— Junie ! Tu es un peu jeune pour savoir ces choses-là !

— Et comment tu peux croire que personne ne bronchera si on nous surprend à s'adonner à de la sorcellerie sur un parking ? s'étonne Rowan.

— J'ai seulement un an de moins que toi, Linden, rétorque Juniper, les lèvres pincées. Je ne suis pas une gamine naïve. Par ailleurs, si Dahlia essaie de te contacter, c'est que c'est important.

Rowan et Sorrel échangent un regard, puis elles me dévisagent. La décision m'appartient. Juniper a raison. Et les prédictions de Sissy semblent aller dans le même sens. Je hoche la tête, une seule fois.

— Si on réussit à récupérer un objet qui appartenait à Dahlia, je pense qu'on devrait essayer.

— Dans ce cas, il faut se dépêcher, ajoute Juniper. Le rituel ne peut se pratiquer que sous la lune noire. Dès l'arrivée de la nouvelle lune, c'est fichu.

Sorrel consulte sur son téléphone l'application qui suit les phases de la lune.

— Juniper, la lune noire, c'est dans deux jours.

— Alors, espérons qu'une occasion se présente très vite.

Juniper et Rowan descendent à la cuisine. Je retiens Sorrel par le bras.

— Il s'est passé un phénomène étrange cette nuit. Un parmi tant d'autres. J'ai eu un flash et je t'ai revue l'été dernier, tu m'aidais à nettoyer du sang. Ça s'est vraiment produit ?

— Oui. Quand on est rentrés de l'hôpital, tes mains tremblaient si fort que tu ne parvenais pas à tenir le savon. Tu commences à te rappeler ?

— Ça me revient par éclairs, par sensations, rien de tangible. J'ai l'impression qu'il y a des pièces qui manquent, ou qu'elles se trouvent dans le mauvais ordre, et je suis incapable de les démêler.

— Tu étais terrifiée, tu es tombée et tu t'es cogné la tête. Les traumatismes, ça peut altérer la mémoire.

— Papa et Maman se disputaient.

— Oui.

La tristesse de Sorrel, aussi aigre que du lait fermenté, m'effleure la langue, mais elle disparaît à l'instant où ma sœur serre les dents.

— C'est à cause de cette nuit-là qu'ils ont rompu ?

— Peut-être. Mais ne culpabilise pas. J'ai lu dans un article qu'un événement traumatisant peut parfois rebattre complètement les cartes. Les gens remettent toute leur vie en question. Rassure-toi, tu n'es pas responsable des choix que nos parents ont faits.

Elle serre ma main dans la sienne, puis elle me laisse seule.

Je veux dire la vérité à Sorrel. Je veux lui parler des choses terribles que j'ai lancées à Papa et Maman ce soir-là. C'est peut-être ma faute s'ils se sont séparés, en réalité. Mais je la laisse partir.

L'ÉTÉ DERNIER, la nuit du solstice, 22 h 30

Au retour du festival, je m'enferme dans la salle de bains et je laisse couler l'eau dans la douche pour pleurer en paix, les doigts crispés sur le pendentif que je n'ai pas la force d'enlever. Pour la première fois de ma vie, j'ai confié mes sentiments à quelqu'un, je lui ai parlé à cœur ouvert, et cette personne m'a rejetée. J'ai maintenant l'impression d'avoir un trou béant en pleine poitrine.

Pourtant, je ne veux pas mettre mon pyjama ni aller me coucher. Pourquoi les autres s'amuseraient et pas moi ? Pourquoi je devrais rester à la maison ? Parce que Cole Spencer me l'a demandé ? Pour qui il se prend ? Soudain, le chagrin vire à la colère.

Je choisis un short et un débardeur propres, puis je me coiffe et me maquille soigneusement, même si ma main tremble au moment d'appliquer le mascara. Mes baskets à la main, je descends sur la pointe des pieds l'escalier qui conduit à la cuisine, à l'arrière de la maison.

Je m'apprête à tourner la poignée de la porte quand j'entends Maman qui s'éclaircit la voix.

— Et tu comptes aller où comme ça, en pleine nuit ?

Je me retourne. Elle est debout sur le seuil de la cuisine, le couloir dans son dos, éclairée par la lueur bleutée de l'écran du téléviseur.

— Lyon, s'il te plaît, tu veux bien venir ? reprend-elle par-dessus son épaule.

Le front appuyé à la porte, je sens un mélange de tristesse, de fureur et de dégoût tourbillonner au creux de mon estomac. Je ne vais pas réussir à le contenir.

Papa se matérialise à ses côtés tandis qu'elle croise les bras.

— Un problème ? s'enquiert-il.

Sur la défensive, je lui réponds :

— Aucun. J'ai rendez-vous avec des amis.

— Hors de question, s'exclame Maman. Je sais comment ça se déroule, ces soirées, et interdiction que mes filles mettent les pieds dans la forêt en plein solstice. Tu n'ignores pas à quels dangers tu t'exposes à cette période de l'année.

C'est la goutte d'eau qui fait déborder le vase. Je suis comme une Cocotte-Minute, prête à exploser, et je me mets à hurler. Mes cris s'accordent à la violence des émotions qui bouillonnent en moi.

— Pourquoi je ne peux pas être comme les autres, pour une fois ?

Je fais volte-face, bouillonnante d'une colère qui dépasse la tristesse. Une brûlure amère me ravage la langue. La haine monte, une haine déclenchée par cette part de moi qui me met à la marge, qui fait de moi une personne qu'on ne peut aimer. Et cette part vient de ma mère.

— Je te déteste ! Pourquoi tu ne me laisses pas être normale ?

— Linden Tallulah James, ne parle pas à ta mère sur ce ton, gronde Papa. Qu'est-ce qui te prend ? Ça ne te ressemble pas.

Je tourne les talons, monte les marches quatre à quatre, et claque la porte de ma chambre avant de me jeter sur le lit. Là, j'attrape mon oreiller et je hurle dedans jusqu'à avoir l'impression que ma gorge est en sang. Une sensation de vide m'engloutit.

Quand je me tais enfin, j'entends les voix furieuses de mes parents monter à travers les lames du parquet. Ils se disputent.

CHAPITRE TREIZE

Je n'ai pas à attendre longtemps avant qu'une occasion se présente. Un après-midi, je propose à Mamie de livrer un plat à la tante et à l'oncle de Dahlia. Depuis la mort de sa grand-mère, c'est chez eux que Dahlia séjournait lorsqu'elle revenait à Caball Hollow.

Les Hinkle habitent une maisonnette couverte de bardeaux blancs, à un jet de pierre du salon funéraire. Arrivée sur place, j'ouvre la moustiquaire et je toque à la porte. Un chien se met à japper.

Je vois deux filles qui vont au lycée avec moi, dans la classe en dessous, sortir du Cochon Grillé. L'une se fige à la seconde où elle m'aperçoit, attrape sa copine par le bras et lui glisse quelque chose à l'oreille. Elles traversent à pas pressés, passent devant moi en dressant leurs index comme pour esquisser un signe de croix et piquent un sprint lorsqu'elles atteignent le coin de la rue.

Je reste plantée devant la porte, abasourdie. D'habitude j'ai droit à des réactions plus discrètes mais, là, c'est différent. Totalement décomplexé. La répulsion et la méfiance de ces filles sont si intenses que la puanteur qui s'y associe, une odeur rappelant le poisson pourri, m'atteint même à cette distance. Et je repense à la soirée du festival, à ces vieilles femmes qui ont craché sur Amos McCoy.

Mrs Hinkle vient m'ouvrir.

— Linden ! Bonjour, mon enfant.

Je ravale le goût désagréable qui s'attarde dans ma gorge et j'affiche un petit sourire.

— Mamie vous envoie du poulet rôti et des beignets.

— C'est tellement gentil de votre part. Entre donc.

Elle s'écarte pour me laisser passer. Nous traversons la pièce principale et nous entrons dans une cuisine aux dimensions modestes. Mrs Hinkle me prend la casserole des mains, la place au réfrigérateur et sort un pichet de thé glacé.

— Tu resteras bien boire un thé avec moi ?

— Volontiers.

Mrs Hinkle remplit deux verres qu'elle apporte sur la table ronde au centre de la pièce, puis elle s'assied en rajustant son peignoir à fleurs. Je m'installe en face d'elle et je lui demande d'une voix douce :

— Comment allez-vous, Mrs Hinkle ?

— Oh, on fait aller, j'imagine. Je ne sais pas comment nous allons nous en remettre, pour être franche. Dahlia avait tellement de potentiel, et la vie devant elle.

Elle s'interrompt et sort un mouchoir de sa manche pour essuyer les larmes qui perlent au coin de ses yeux.

— C'est difficile de ne pas savoir ce qui lui est arrivé, poursuit-elle. Quand je suis allée récupérer ses affaires au poste du shérif, son trèfle à quatre feuilles avait disparu.

— Celui qu'elle avait toujours au cou ? Pourtant, elle le portait au festival.

Je me rappelle clairement l'avoir vue le tripoter d'un air nerveux.

— Elle ne l'a jamais quitté. Sa mère avait trouvé ce trèfle le jour où elle a accouché et elle l'avait mis sous verre. Après sa mort, Dahlia avait décidé de s'en faire un pendentif. Il n'était pas plus grand qu'un bouton. Sa seule valeur était sentimentale.

— Je suis vraiment désolée, Mrs Hinkle. Peut-être qu'il va réapparaître durant l'enquête.

Je ne crois pas un mot de ce que je viens de dire. Le trèfle a sans doute été entraîné par le courant depuis déjà bien longtemps.

— Je l'espère, Linden. Nous remercions ton père et ses adjoints pour tout le mal qu'ils se donnent, mais l'erreur est humaine. J'ai trouvé un autre collier emballé avec ses affaires. Peut-être que le trèfle a fini dans la mauvaise boîte, voilà tout.

Cela me surprend. Une telle maladresse me paraît impossible. Surtout avec toute l'attention portée à cette affaire.

— Vous êtes sûre que cet autre collier n'était pas à elle ?

— Certaine, répond Mrs Hinkle. C'est une chaîne en or, et Dahlia était allergique. Ça lui provoquait des crises d'eczéma. Encore un mystère… Je ne pense pas qu'on trouvera le repos tant qu'on n'aura pas les réponses à toutes nos questions.

Je me perche sur le bord de ma chaise. Je m'apprête à aborder un sujet épineux.

— Mrs Hinkle, la dernière fois que j'ai vu Dahlia, elle m'a paru un peu tendue. Sur le moment, je n'y ai pas prêté attention, mais avec le recul… vous savez si elle était fâchée contre quelqu'un ? Quelqu'un qu'elle jugeait de mauvaise foi, peut-être ?

Mon hôtesse renifle et passe une main sur la nappe. Le silence s'éternise et j'en suis au point de vouloir dévier la conversation quand elle finit par me répondre.

— Eh bien, pour être honnête avec toi, je la soupçonnais d'avoir repris contact avec son père.

L'inquiétude, amère, parfume ses paroles.

Cette information me prend de court. Jamais Dahlia ne m'a parlé de son père.

— Je ne savais pas qu'elle le connaissait. Elle m'a dit qu'il était parti alors qu'elle était bébé.

— Il venait lui rendre visite de temps en temps. La grand-mère de Dahlia a essayé de limiter leurs contacts au maximum. Ce sale type avait initié ma pauvre sœur aux drogues qui l'ont tuée. Dahlia a vu sa mère mourir, tu sais. Trois ans à peine, la petiote. Mais il y a des années qu'il ne s'est pas montré ici. Je pensais que cela arrangeait aussi Dahlia.

— Dans ce cas, pardonnez mon indiscrétion, mais qu'est-ce qui vous laisse penser qu'elle échangeait avec lui ?

— Elle faisait beaucoup de cachotteries ces derniers temps, explique Mrs Hinkle. Dès qu'elle recevait un appel ou un texto, elle courait se planquer dans la chambre d'à côté. Cela ne lui ressemblait pas. Elle était impulsive, peut-être, mais pas dissimulatrice.

— Est-ce qu'elle a spécifiquement fait allusion à son père ?

Mrs Hinkle répond non d'un signe de tête.

— Au début, j'ai cru qu'elle avait encore des soucis avec sa bourse d'études, puisqu'elle ne la touchait plus, or elle m'a dit qu'elle avait réglé cette histoire. Franchement, je ne vois rien d'autre.

— Dahlia traversait une mauvaise passe au niveau financier ?

Les gens qui connaissaient Dahlia savaient que rien ne comptait plus pour elle que ses études.

— L'année dernière, ses frais étaient couverts par les aides, par la bourse de la Reine des Papillons et par sa grand-mère, qui mettait la main à la poche. Cette année, elle allait devoir combler la différence toute seule, m'explique Mrs Hinkle.

Elle laisse s'écouler quelques secondes, perdue dans ses souvenirs, puis elle reprend :

— Elle était au pied du mur et elle nous a même demandé un coup de pouce, alors qu'elle savait qu'on a beaucoup de mal à joindre les deux bouts avec la maladie de Mr Hinkle. Mr Hinkle lui a remonté les bretelles, d'ailleurs. Il lui a dit qu'elle devait se montrer reconnaissante, sans son aide jamais elle n'aurait obtenu la bourse.

— Mr Hinkle l'a aidée à obtenir la bourse ? Comment ?

Mrs Hinkle coule un regard vers la porte au bout du couloir, derrière laquelle quelqu'un ronfle à faire trembler les murs.

— Lorsqu'elle a commencé les recherches pour le podcast qui lui a valu la bourse de Reine des Papillons, elle comptait parler de la disparition d'Elam McCoy, me dit-elle, la voix réduite à un chuchotis.

— Oh, mais… je croyais que son podcast traitait des légendes autour de l'Homme-Papillon ?

— Au départ, oui. Mais Mr Hinkle l'a persuadée que le comité d'attribution des bourses serait plus enclin à la choisir si son projet montrait Caball Hollow sous un jour positif.

Mrs Hinkle repousse sa chaise et s'affaire dans la cuisine, rinçant les verres, essuyant la toile cirée. Elle se fige en plein geste alors qu'une autre pensée émerge en elle.

— Tu ne trouves pas ça étrange, tout ce monde qui prétend avoir aperçu l'Homme-Papillon récemment ? C'est presque une heureuse coïncidence.

— C'est-à-dire ?

— Dahlia avait mené une véritable enquête sur la question. Je pense qu'elle y voyait un bon sujet pour ses cours de journalisme.

— Quelqu'un d'autre savait qu'elle s'était replongée dans cette affaire ?

Un frisson glacé me parcourt l'échine. Et si Dahlia avait déterré des éléments qui avaient échappé à des enquêteurs chevronnés ? Dans ce cas, qui aurait intérêt à la tuer pour éviter qu'elle évente son secret ?

— Je ne pense pas qu'elle en ait parlé autour d'elle, mais tu sais comment elle était. Elle n'a jamais eu peur de poser des questions.

Le ronflement assourdissant se transforme en toux humide. L'attention de Mrs Hinkle se fixe sur la chambre à coucher.

— Oh, mon mari est réveillé. Il faut que j'aille l'aider à se lever. Tu remercieras ta grand-mère de ma part.

— Bien sûr.

Une fraction de seconde, j'hésite. J'avais l'intention de lui demander un objet qui avait appartenu à Dahlia sans détour, cependant, les mots restent coincés dans ma gorge. J'imagine l'adorable Mrs Hinkle qui me regarde avec dégoût, scandalisée que j'envisage de communiquer avec sa nièce décédée.

— Ça vous dérange si je vais au petit coin avant de partir, Mrs Hinkle ?

— Bien sûr que non. Tu sais où se trouve la porte, tu n'as pas besoin que je te raccompagne. Reviens me voir bien vite.

Elle quitte la cuisine. J'attends que le battant se referme derrière elle ; mon objectif, c'est de m'introduire dans la seconde chambre à coucher de cette maison minuscule, celle qu'occupait Dahlia. À l'instant où mes doigts s'enroulent autour de la poignée, un jappement furieux explose derrière la porte. Je préfère reculer.

— Trésor ? appelle Mrs Hinkle.

Au bruit de ses pas, je devine qu'elle rebrousse chemin pour venir voir ce que traficote son petit chien. Prise de panique, je me réfugie dans la salle de bains. Il était temps : Mrs Hinkle est revenue à la cuisine.

— Trésor, chut. Pas de bêtises.

Adossée à la porte, j'enfouis mon visage entre mes mains. Ce maudit chien va m'empêcher de rentrer dans la chambre et il me faudra un miracle pour me munir du nécessaire à temps pour le rituel. Avec un grognement contrarié, je m'appuie au lavabo. Là, mon regard se pose sur une brosse, mais, surtout, sur les mèches prises dans les picots de la brosse. Personne d'autre que Dahlia n'a les cheveux teints en rouge à Caball Hollow.

Je récupère quelques brins et les fourre dans ma poche, puis j'appuie mon oreille à la porte. J'entends Mrs Hinkle soupirer et regagner l'autre chambre, puis le battant claquer derrière elle. Vite, je jaillis de la salle de bains et je traverse la cuisine en quelques enjambées. À l'instant où je veux franchir le seuil, mon œil est attiré par le logo du shérif imprimé sur une grande enveloppe en kraft posée au milieu du plan de travail.

Je m'arrête, j'attrape l'enveloppe et je dénoue la ficelle rouge. Je découvre un bric-à-brac à l'intérieur : le permis de conduire de Dahlia, de la monnaie, un élastique à cheveux et, au fond, un sachet en plastique qui contient une chaîne en or emmêlée. Je sors le sachet de l'enveloppe, je le secoue un peu et je le pose à plat sur ma paume. Il est écrit sur l'étiquette que la chaîne a été trouvée sur le cadavre de Dahlia, mais ma vision se trouble tandis que j'étudie de plus près ce que je tiens au creux de ma main. Un pendentif, qui représente un minuscule merlebleu tenant une lettre dans son bec.

Mon sang se glace et, du bout des doigts, j'effleure la cicatrice à mon cou. Mrs Hinkle ne sait pas d'où vient ce bijou, mais moi, si. C'est celui que m'a offert Cole.

J'ai la tête qui tourne lorsque je quitte la maison des Hinkle. Le collier est réapparu de la façon la plus improbable et la plus perturbante qui soit : un an après ma disparition, sur le corps de mon amie assassinée.

Je gagne le bâtiment en coupant par le verger au fond de notre propriété, une zone envahie de ronces. Mes pensées ne cessent de remonter au printemps dernier, j'étais venue là avec Cole. Une époque où nous étions encore inséparables, où j'avais l'impression que nous allions devenir plus que des amis. Mais tout a changé, et pas pour le mieux.

Je m'étais débarrassée de mes sandales pour cavaler pieds nus jusqu'à mon arbre préféré, le vieux pommier qui produit des fruits aussi noirs que l'ombre et donne les tartes les plus délicieuses.

— Je te parie que j'arrive la première !

J'essaie de m'accrocher à la branche la plus basse, mais je me rate. Cole éclate de rire. Il n'a même pas besoin de sauter, lui. Il se hisse sur l'arbre, puis il m'aide à le rejoindre, et nous nous asseyons côte à côte, mon bras collé au sien.

Ce jour-là, Malcolm Spencer organisait une levée de fonds pour la Fondation pour le Patrimoine de Caball Hollow et

Cole s'était éclipsé dès qu'il l'avait pu. Il avait suspendu sa cravate et sa veste à la branche d'un autre arbre.

— Tu crois qu'ils ont remarqué que tu as filé ?

— Franchement, je m'en moque. Je sais que mon père va me passer un savon. Parfois, on dirait que ma vie entière a été planifiée avant ma naissance, j'ai l'impression d'étouffer.

— Et qu'est-ce que tu ferais si tu n'avais pas à te soucier de toujours devoir être à la hauteur et d'agir comme il faut ?

Cole reste silencieux un bon moment. Mes joues commencent à chauffer. J'observe une abeille qui butine une fleur de pommier.

— Personne ne m'a jamais posé la question, finit-il par répondre. Je ne sais pas trop. J'aime travailler de mes mains : construire, fabriquer, réparer. Mais, surtout, je veux voir ce qu'il y a de l'autre côté de ces montagnes.

— Le reste de la Virginie, j'imagine.

— Espèce de petite maligne. De toute façon, ça n'a aucune importance.

— Bien sûr que si.

C'est alors qu'un merlebleu se pose à quelques centimètres de nous. J'attrape Cole par la main et je chuchote :

— Regarde.

Nous nous tenons immobiles – je crois même que j'ai arrêté de respirer. L'oiseau nous gratifie de quelques *cui-cui*, puis il tire sa révérence.

— Mamie dit que les merlebleus portent chance. C'est un heureux présage.

Il me serre la main encore plus fort. Lorsque nos regards se croisent, il sourit.

— Je crois que j'ai déjà beaucoup de chance, souffle-t-il.

Sous l'influence de ce souvenir, je laisse la ferme derrière moi et prends la direction de la vieille cabane, où je trouve

Cole penché au-dessus de sa moto, les mains pleines de cambouis, des outils éparpillés par terre autour de lui. Au début, je ne dis rien, j'attends que mon cerveau enfiévré ralentisse. Je finis par briser le silence.

— Un souci de moteur ?

Il sursaute et se cogne la tête contre le guidon. Je grimace d'un air compatissant, puis me mords la lèvre, pour réprimer un sourire narquois.

— Désolée.

— Tu veux bien me dire si tu comptes en faire une habitude ? lâche-t-il. De débarquer comme ça, à l'improviste ? Histoire que je me prépare psychologiquement.

Il mâchonne un bonbon aromatisé au clou de girofle. Je repère, posé sur une table pliante, un sachet de pastilles roses rayées de rouge. Une drogue dont il ne peut pas se passer.

— Ne va pas te faire de films, lui dis-je.

Il me foudroie du regard.

— Ne le prends pas mal, réplique-t-il, mais tu as une sale tête.

— Toujours aussi charmant.

— Tu dors mal dernièrement ?

— Si par dernièrement, tu veux dire les douze derniers mois, oui, plutôt mal. Dis-moi, tu as gardé contact avec Dahlia quand elle est partie à la fac ?

— Un peu, répond Cole avec un haussement d'épaules, son attention de nouveau dirigée sur la moto.

— Elle t'aurait parlé de son père, par hasard ? Ou d'une personne avec qui elle s'était brouillée à cause de… à cause d'un mensonge, peut-être ?

— Où tu veux en venir exactement ?

Je ne sais pas à quel point je peux me confier. Ou à quel point j'ai envie de lui rappeler que je suis une fille étrange. Je donnerais cher pour savoir pourquoi je me soucie encore de son opinion.

— Dahlia m'a dit quelque chose de bizarre le soir du festival... Écoute, il faut que je te parle du collier que tu m'as offert.

Des émotions fugaces défilent sur ses traits qu'il réarrange en un masque impassible.

— Je croyais que tu souffrais d'amnésie.

Son regard s'attache à mon cou et une flamme jaillit le long de ma colonne vertébrale. Il m'a à peine adressé la parole depuis ce jour-là ; mes cicatrices ne le regardent pas le moins du monde.

— Eh bien, figure-toi que c'était plus facile de te faire croire que j'avais tout oublié, et pas juste la fin de la soirée.

La main sur mon front, je pousse un soupir et je reviens sur mes paroles.

— Pardon, c'était méchant. Je ne le pensais pas.

Cole sourit, d'un sourire sans joie.

— Bien sûr que si, tu le penses.

Je balaie sa réponse d'un revers de main et je passe à un sujet beaucoup plus grave.

— Quand je me suis réveillée à l'hôpital, tout ce qui me restait de ton collier, c'était cette blessure. Le collier avait dû se prendre dans une branche ou être arraché par Dieu sait quoi pendant que je courais. Mais j'ai appris aujourd'hui qu'il a été retrouvé sur le cadavre de Dahlia, Cole. Elle l'avait au cou quand elle a été tuée.

Cole blêmit sous son hâle et je vois au fond de ses yeux couleur d'ambre quelque chose auquel je ne m'attendais pas : de la culpabilité. Une pelote si serrée, si bien enfouie, que je distingue à peine son goût huileux de sardine.

Il se racle la gorge.

— La Forêt nationale a la même superficie que Rhode Island. Comment Dahlia a pu tomber dessus ?

— Je n'en ai pas la moindre idée, mais, ce que je sais, c'est qu'elle était allergique à l'or. Jamais elle ne l'aurait porté. Je n'ai rien qui puisse le démontrer, mais je suis convaincue que ma disparition est liée d'une façon ou d'une autre à son meurtre. Et il faut que je découvre quel est le lien entre ces deux affaires.

Cole braque son regard sur moi, statufié, les muscles bandés.

— Vraiment ? dit-il d'une voix traînante.

Puis il retourne à sa moto et serre un boulon un peu plus fort. J'ai l'impression qu'il s'acharne dessus, mais je ne suis pas experte en mécanique.

— Ce n'est pas toi que j'ai repêchée dans le ruisseau l'autre jour ? Si mes souvenirs sont exacts, la moitié des terminale voulaient te noyer pour démontrer que tu es une sorcière. Et maintenant tu veux fourrer le nez dans une enquête pour meurtre alors que le tueur court toujours.

Il se redresse, pose une clef à cliquet sur la vieille table pliante, attrape un torchon et s'essuie les mains.

— Non, Cole, je ne veux pas du tout le faire. J'y suis obligée.

— Qu'est-ce qui ne va pas bien chez toi ? Pourquoi tu t'obstines à te jeter dans la gueule du loup ? C'est la même chose que l'année dernière. Tu n'en fais qu'à ta tête.

Le sang rugit dans mes tympans.

— L'année dernière ? Tu ne m'as pas caché ce que tu pensais de moi l'année dernière.

— Ce que je pensais de toi ? Tu peux préciser ?

Je lâche un rire pour le moins ironique.

— Tu veux vraiment parler de ça ? Très bien, parlons-en, il serait temps. J'ai vécu un véritable cauchemar et, ensuite, j'ai vu tous mes amis passer allègrement à autre chose et me jeter comme une vieille chaussette. Toi le premier.

— Ne me mets pas ça sur le dos. Tu nous as tous virés de ta vie après cette nuit-là. Que tu tires un trait sur moi, d'accord, je peux le concevoir, mais les autres ne méritaient pas que tu leur tournes le dos.

— Je suis désolée d'avoir trahi ta confiance avec mon don. J'ai mal agi et j'aimerais pouvoir te dire que cela ne se reproduira plus. Je comprends que tu me détestes – moi aussi, la plupart du temps, je déteste cette part de moi. Mais on était amis autrefois, Cole, avant de devenir ce qu'on est devenus, et tu as juste… tu m'as abandonnée.

Je ravale les larmes qui menacent de m'étouffer. Je vois la mâchoire de Cole s'affaisser, puis il serre les dents si fort qu'il a du mal à articuler.

— C'est vraiment ce que tu penses, Linden ?

— Ça fait presque un an que tu m'as rayée de ta vie. Et je te comprends. Je comprends à présent que mon don peut être considéré comme une intrusion dans l'intimité des gens, pourtant… j'avais besoin de toi, dis-je d'une voix mourante.

Cole baisse la tête et se passe une main dans les cheveux, comme vaincu.

— Ce n'était pas… je ne te déteste pas, Linden. Je ne t'ai jamais détestée. Je ne sais pas comment tu peux encore accepter que je t'adresse la parole. Ce que je t'ai dit ce soir-là… j'ai pris peur, et quelqu'un t'a fait du mal parce que je n'ai pas su surmonter cette peur. Je ne t'ai pas protégée alors que tu avais besoin de moi.

Je reste frappée de stupeur. Je ne me serais jamais attendue à pareil aveu.

— Jamais je ne t'ai demandé de me protéger, Cole. Tu ne peux pas endosser mes erreurs.

Il baisse les bras et se retourne pour me faire face.

— Peut-être pas, mais je n'arrive pas non plus à me pardonner les miennes.

Cole détourne le regard et observe sa maison perchée sur le coteau. J'ai l'impression qu'il me claque la porte au nez. Qu'il reconstruit, avec soin et méthode, brique par brique, le mur que nous venons pourtant de détruire.

— Je peux te raccompagner ? me propose-t-il, toujours aussi galant.

Je refuse d'un lent mouvement de tête.

— Je ne t'imaginais pas aussi lâche, Cole Spencer.

La gorge nouée, je laisse Cole derrière moi et je m'engage sur le sentier à pas pressés, espérant qu'il ne me suivra pas.

Si mes yeux picotent, c'est sans doute à cause des grains de pollen qui volettent dans les airs. Et si je cours assez vite, peut-être que je réussirai à faire taire toutes ces émotions qui menacent, une fois encore, de m'engloutir.

CHAPITRE QUATORZE

Je ne m'attendais pas à ce que ce soit aussi facile de faire le mur. Une fois certaines que Maman et Mamie dorment sur leurs deux oreilles, nous gagnons le toit en sortant à la queue leu leu par la fenêtre de la chambre de Sorrel et Rowan. Lorsque je m'accroche à la branche du *Tsuga* et que je détache mon pied des tuiles, je sens mon estomac faire un looping. Je finis par recouvrer l'équilibre et je descends le tronc en rappel, puis je bondis pour couvrir le dernier mètre, lâchant un grognement assourdi.

Sorrel se met au volant du Bronco et abaisse le pare-soleil, faisant tomber les clefs sur ses genoux. Elle met le contact et braque à fond pendant que nous poussons la voiture dans l'allée – elle n'ose pas démarrer avant d'atteindre la route, de peur de réveiller la maisonnée. Le parking du lycée n'est distant que de deux ou trois kilomètres mais Juniper ne pourra pas rentrer à pied car ses tentatives de communication avec l'au-delà l'épuisent au point de l'empêcher de marcher.

— C'est dans ces moments-là que je regrette que la ferme soit tout au fond du vallon, grommelle Rowan.

Enfin, les roues du Bronco touchent l'asphalte. Nous nous engouffrons à l'intérieur, puis Sorrel démarre, pied au plancher. Je glisse un regard inquiet par-dessus mon épaule. Si une fenêtre s'allume, nous sommes fichues. Au bout de quelques secondes, rassurée, je demande à Sorrel :

— Tu fais ça souvent ?

Ma sœur aînée me répond d'un clin d'œil tout en essuyant de l'avant-bras son front luisant de sueur.

Il nous faut très peu de temps pour atteindre le parking qui surplombe le terrain de football. Mon regard s'attarde derrière la piste d'athlétisme, vers cette zone boisée par laquelle nous sommes arrivés, Cole et moi, lors de cette soirée fatidique, et en réaction mon pouls s'accélère. Quelques lampadaires repoussent difficilement les ténèbres à la lisière du parking. L'un d'eux éclaire le ruban qui délimite la scène de crime, pris dans les branches d'un arbre. Au centre, la nuit compacte impose sa présence, comme si nous étions cinq et pas quatre.

— Rappelle-moi pourquoi on est venues ici à cette heure, chuchote Rowan. Cet endroit me file la chair de poule.

— On a besoin de l'obscurité, tu as oublié ? explique Juniper en sortant le sel de son sac. Et on veut éviter de se faire choper, accessoirement.

Elle trace une ligne de sel sur le sol et repasse deux fois dessus. Un sel local, extrait de nos montagnes, un lien à nos racines et à nos ancêtres.

— Qu'on en finisse une bonne fois, souffle Sorrel, et elle pénètre à l'intérieur du cercle protecteur à l'instant où un éclair zèbre le ciel.

— Ce n'était pas du tout de mauvais augure, marmonne Rowan en imitant sa sœur.

Nous nous asseyons côte à côte. Juniper prend la bougie, les cheveux de Dahlia et une petite fiole d'huile qu'elle débouche. De l'index elle oint la bougie, puis son propre front, pour consacrer l'espace. Une brise légère porte le parfum de l'huile dans ma direction. Elle sent l'armoise et la myrrhe, le bois et la terre. Enfin, Juniper place la mèche dans sa paume gauche et la pince entre ses doigts.

— Voilà comment le rituel fonctionne. Une seule question. Et la réponse ne peut comporter qu'un mot ou deux, pas plus, alors il ne faut pas prendre cette question à la légère.

— Il faut qu'on sache qui a tué Dahlia, dit Rowan.

— D'après Papa, il est très probable qu'elle n'ait jamais vu son meurtrier, rétorqué-je. Si on le lui demande et qu'elle ne le sait même pas, on risque de gâcher notre seule cartouche.

— C'est vrai, ça, la mort ne rend pas les gens omniscients, approuve Juniper.

— Alors on devrait lui demander de qui elle parle dans son message, quand elle a accusé quelqu'un de mentir, suggère Rowan.

— Oui, renchérit Sorrel, les yeux posés sur moi, lourds et préoccupés. Il y a forcément une raison qui explique pourquoi elle a contacté Linden.

Je hoche la tête, plongée dans mes pensées. Effectivement, pourquoi moi ? J'étais amie avec elle à une époque, c'est vrai, mais nous nous étions à peine adressé la parole depuis l'été dernier. Avait-elle compris qu'il y avait un rapport entre ma disparition et sa mort ? Voulait-elle m'avertir d'un danger, comme Tante Sissy avec ses feuilles de tisane ?

Et si un menteur rôde parmi nous, en qui puis-je placer ma confiance ?

Juniper ferme les yeux, prend une profonde inspiration et expire lentement.

— Dahlia Calhoun, si tu te trouves parmi nous ce soir, nous avons une question à te poser.

Elle se tait et je vois ses globes oculaires bouger sous ses paupières, on dirait qu'elle cherche quelque chose autour d'elle. Sa respiration s'alourdit, ses traits se relâchent et son expression se modifie. Lorsqu'elle s'apprête à parler, je la saisis par le bras.

— Attends une petite seconde.

Avant sa mort, Dahlia enquêtait sur la disparition d'Elam McCoy et échangeait avec un interlocuteur mystérieux. Et, contre toute logique, elle avait mon collier en sa possession. Peut-être avait-elle découvert un point commun entre moi et le petit Elam. Un indice qui aurait tracé une cible dans son dos. Peut-être avait-elle mis son interlocuteur dans la confidence.

— Demande-lui qui connaît la vérité.

Juniper acquiesce.

— Dahlia Calhoun, qui connaît la vérité ?

Juniper garde les yeux fermés de longues minutes. Lorsqu'elle les rouvre, la ligne noire qui barre la rétine de son œil gauche offre un contraste saisissant avec le bleu de l'iris. Elle se penche, souffle la bougie. La flamme vacille, puis s'éteint.

Dans le halo projeté par les lampadaires nous regardons un ruban de fumée jaillir de la mèche et nous retenons notre respiration. En contrebas, un crapaud émet un coassement funèbre qui ponctue le chant des criquets. Un coyote lâche un cri strident dans la montagne et un congénère jappe un peu plus loin. Un vent frais traverse la vallée dans un chuchotis, laissant dans son sillage un silence qui n'augure rien de bon.

Lentement, très lentement, la fumée dessine des motifs, s'enroule et s'étire jusqu'à former des lettres : L, I, N, D, E, et enfin N, chacune traçant des volutes gracieuses qui se dissipent et s'évaporent dans les airs. Juniper s'affaisse, à bout de forces. Rowan la rattrape par le bras.

— *Linden ?* fait Sorrel, perplexe. Comment tu pourrais savoir ce qui est vraiment arrivé à Dahlia ?

— Elle n'a pas dû exprimer correctement ce qu'elle voulait dire, intervient Rowan.

— Désolée, j'ai dû me tromper quelque part, lance Juniper d'une voix chevrotante.

J'essaie de la réconforter en assumant mes responsabilités.

— Non, c'est ma faute, j'ai posé une question idiote.

Je pousse un énorme soupir. À cet instant, une branche craque derrière moi, aussi assourdissante qu'un coup de tonnerre. Je me retourne vivement.

Mes yeux, qui gardent encore imprimée sur leur rétine la flamme de la bougie, distinguent une silhouette derrière le terrain de football, à l'orée de la forêt – celle d'un homme. Cela ne m'étonnerait pas que ce soit celui que j'ai vu par la fenêtre de la cuisine hier soir. Frappée de stupeur, j'agrippe le poignet de Sorrel et je chuchote :

— Il y a quelqu'un là-bas.

Et je me mets précipitamment debout.

La silhouette se déplace entre les arbres, sans se presser. Impossible de dire si elle s'approche de nous ou si elle s'éloigne, il fait trop sombre. D'instinct, j'esquisse un pas vers l'avant et la bougie revient instantanément à la vie.

— Ne sors pas du cercle, siffle Sorrel.

Elle me force à revenir à l'intérieur du tracé protecteur tandis que Rowan aide Juniper à se relever. Soudain un moteur rugit sur la route et je fais un bond de deux mètres. Une fourgonnette a quitté le parking en quatrième vitesse. Aveuglée un instant par les phares, je détourne la tête et, une fraction de seconde, je vois dans la forêt une paire d'yeux rouges flamboyants me rendre mon regard. Le temps de cligner des paupières, ils ont disparu.

Sorrel attrape le sac de Juniper, puis elle souffle la bougie et brise du pied la ligne de sel.

— Allez, on se magne !

Elle court démarrer la voiture. Rowan et moi, nous installons Juniper sur la banquette arrière en calant sa tête sur mes genoux et nous quittons le parking dans un crissement de pneus. Sorrel n'attend même pas que j'aie bouclé ma ceinture de sécurité.

— C'était quoi, ça ? s'exclame Rowan.

— Tu l'as vu ? C'était un homme ou… une créature ?

— Je n'ai rien vu en dehors d'une ombre.

— Avec la poisse de Linden, c'était sans doute un type venu nous zigouiller, ajoute Sorrel entre ses dents. Je savais que c'était un plan foireux. Déjà que tu es entrée dans cette forêt pour tomber directement sur la scène de crime. Il y a des gens qui donneraient cher pour savoir ce qui t'a mise sur la piste. Et ce que tu pourrais savoir d'incriminant.

Juniper dort déjà profondément, épuisée d'être entrée en contact avec l'au-delà. Je chasse les cheveux plaqués sur son visage.

— Je suis désolée. Je nous ai toutes mises en danger pour rien.

Rowan m'observe dans le rétroviseur.

— Au contraire, suggère-t-elle. Peut-être que ça veut dire que tu connais la vérité, mais que tu ne t'en souviens pas.

— Tu crois que la clef réside dans les événements de l'été dernier ? C'est ce que Dahlia a essayé de me dire au festival.

Si ma mémoire recèle la réponse, je ne sais pas comment y accéder. Et si c'est pour cette raison que Dahlia a été assassinée, je me rends compte que j'ai fourré mes sœurs dans un drôle de pétrin. Dieu seul sait qui était là, dehors, ce soir, à nous espionner.

Quelques minutes plus tard, nous remontons lentement l'allée de la ferme et nous garons le Bronco à sa place habituelle. J'aide Junie à se coucher dans son lit, puis je gagne le bureau de Mamie, situé sous l'escalier, à pas de loup, pour allumer son ordinateur qui n'est plus de première jeunesse. Si Dahlia a rouvert son enquête sur la disparition d'Elam McCoy, est-il possible que des indices lui aient offert une nouvelle perspective ? Après tout, même si les apparitions de l'Homme-Papillon sont légendaires, je ne connais finalement cette affaire que dans les grandes lignes. La disparition d'Elam McCoy remonte à vingt ans et on ne trouve que peu d'informations en ligne sur son destin tragique. Les archives de notre petite gazette municipale ne sont pas numérisées, mais il suffit de tourner quelques pages du moteur de recherche pour tomber sur un site Internet consacré aux affaires non élucidées qui le mentionne rapidement.

Elam McCoy, quatre ans, s'est volatilisé durant une sortie de pêche en famille dans la Forêt nationale près de Caball Hollow, une bourgade de Virginie-Occidentale. Aussitôt sa disparition signalée, les forces de l'ordre locales ont monté une équipe de recherche qui comptait pas loin de cent vingt-cinq volontaires – pompiers, gardes forestiers, randonneurs chevronnés et voisins – se déplaçant à pied, à cheval, et à VTT. Le principal obstacle qui se dressait devant les secouristes, c'était l'étendue de la zone. La Forêt nationale est l'un des territoires qui présentent la plus grande diversité biologique aux États-Unis. Il couvre plus de sept mille kilomètres carrés, culmine à près d'un kilomètre et demi au-dessus du niveau de la mer et présente des vallées profondes d'un kilomètre et demi également. Certains secteurs sont impénétrables, les caméras thermiques étant incapables de traverser la couverture végétale. Avec son mètre vingt et ses vingt-cinq kilos, Elam McCoy représentait une toute petite aiguille dans une immense botte de foin. Des brigades cynophiles ont été mises à contribution – treize chiens spécialisés dans la recherche des personnes disparues, associés plus tard à trois chiens détecteurs de cadavres –, mais aucun animal n'est parvenu à trouver de piste.

Je continue à creuser, mais les rares sites qui font allusion à Elam ressassent les mêmes informations. C'est tout ? Rien d'autre ? Un enfant, une vie entière, réduit à un court paragraphe et à un dossier vite refermé. J'éteins l'ordinateur, le cœur serré par le découragement. Elam, cela aurait pu être moi. Ce ne sera pas Dahlia, je m'y engage.

CHAPITRE QUINZE

Quand je me réveille, je suis debout au beau milieu du jardin, trempée, de l'herbe imprégnée de rosée entre les orteils. Suffoquant sous l'effet de la panique, je cherche un indice qui pourrait m'expliquer comment j'ai atterri ici. J'ai la sensation que mon crâne a dévalé le flanc d'une montagne, heurtant chaque caillou avant d'arriver au bout. Mes paumes et mes genoux sont couverts de terre.

— Tu es bien matinale ce matin.

Je me retourne vivement. C'est Maman. Elle pose un panier de légumes cueillis au potager à l'arrière de la camionnette.

Ce que nous servons au *diner* est en grande partie cultivé sur la ferme. Peut-être que notre terre garde le souvenir de la première matriarche de la famille James. Elle est si fertile qu'une fois, des graines de pastèque recrachées avec nonchalance depuis le porche ont donné du jour au lendemain un carré de fruits délicieusement sucrés. Il y a eu aussi une vigne qui s'est entortillée sur la balustrade, le raisin a poussé jusque dans les chambres au premier étage.

Maman me regarde et son expression se fait soucieuse.

— Tu ne te sens pas bien ?

Je secoue la tête, surtout pour remettre de l'ordre dans mes idées.

Elle ferme le hayon avec des gestes prudents. L'original, rongé par la rouille, s'est détaché tout net il y a quelques années et elle l'a remplacé par un hayon en bois qu'elle a fabriqué à partir de palettes et sur lequel elle a peint un paysage qui montre notre propriété. Elle est comme ça, Maman : elle répare, elle rafistole, elle embellit le quotidien.

Elle s'approche et pose une main sur mon front. Elle sent le potager, la terre fraîche et les tomates réchauffées par le soleil.

— Hmmm. Tu es un peu fiévreuse, murmure-t-elle. Viens, je vais te préparer le petit déjeuner.

Je lui emboîte le pas. Dans la cuisine, elle retire ses bottes tandis que j'essuie mes pieds humides sur le tapis en lirette qui couvre le sol en ardoise. Je n'ai pas très faim, mais je ne veux pas l'inquiéter davantage, alors j'attrape une tranche de pain de maïs que nous avons mangé au dîner hier soir et j'en fais des boulettes que je mets dans un bol avant d'ajouter du lait sucré et une cuillerée du miel d'oseille récolté par Sorrel et réputé pour ses effets calmants.

— Bonjour, ma puce, m'accueille Mamie, qui s'affaire déjà aux fourneaux.

— On va pouvoir cueillir les mûres en haut de la colline dès que la rosée se sera évaporée, dit Maman depuis l'évier, où elle se lave les mains.

— Peut-être qu'il y en aura assez pour mettre une tourte à la carte des desserts demain ? suggère Mamie tout en essuyant une poêle en fonte. Qu'en penses-tu, Linden ?

Le pain de maïs me laisse la même impression qu'un bloc de ciment en travers de la gorge. D'habitude, je serais déjà en train de me demander quels ingrédients associer à ces succulentes mûres sauvages dont la nature est si chiche et d'élaborer de nouvelles recettes, mais aujourd'hui, je suis loin d'être dans mon état normal.

— Une tourte, c'est bien. Des muffins, aussi. Ou… des scones ?

— Ça va dépendre de la quantité qu'on récoltera aujourd'hui, déclare Maman. Avec la chaleur, elles pourraient se détériorer et on aura déjà de la chance d'en récupérer un kilo.

Mamie m'étudie, ses traits brouillés par le soupçon.

— Pourquoi tu fais une tête de six pieds de long ?

J'arrête de réduire les boulettes de pain en bouillie avec le dos de ma cuillère et je pose le bol sur la table. Depuis hier soir, je m'efforce de tisser une toile qui engloberait la disparition d'Elam McCoy, le meurtre de Dahlia et ma propre disparition. Faute d'éléments probants, j'ai l'impression de tourner en rond.

— Vous vous souvenez de ce petit garçon qui a disparu, Elam McCoy ?

Maman et Mamie échangent un regard.

— Qu'est-ce qui t'a mis cette histoire en tête, tout d'un coup ?

— Je ne sais pas trop exactement, mais avec ces gens qui prétendent avoir vu l'Homme-Papillon traîner dans les parages ces derniers temps, je me demande s'il n'y aurait pas un lien avec Dahlia.

De l'ongle je gratte une tache imaginaire sur la table, gênée de leur cacher une partie de la vérité.

— Cela ne me semble pas être une raison valable pour remuer le passé, me répond Mamie.

Elle prend sa tasse de café, se dirige vers la gazinière où un plat qui embaume mijotte dans sa cocotte préférée, attrape un pot d'herbes séchées sur une étagère et en verse au creux de sa paume avant d'en parfumer la cocotte. Mamie n'a pas besoin de balance, ni de minuteur. Elle cuisine à l'expérience, au toucher, au goût et à l'odorat, et ses mouvements familiers me procurent du réconfort.

— Je veux simplement comprendre, dis-je dans un murmure.

Maman vient s'asseoir face à moi. Elle me dévisage quelques instants, comme si elle ne savait pas par quel bout commencer.

— Ça s'est passé l'année où j'étais enceinte de Rowan. Je m'en rappelle parce que j'avais tout le temps la nausée.

— Toujours têtue comme une mule, cette Rowan, lâche Mamie.

— Le petit garçon, Elam, était parti pêcher avec sa famille, et il s'est évaporé dans la nature d'un seul coup, poursuit Maman, esquissant de ses mains un geste d'impuissance. On a organisé des battues et des enquêteurs se sont déplacés jusqu'ici, en vain. Quand les gens sont bouleversés et que leurs questions restent sans réponse, c'est là que les rumeurs prennent forme.

— Quel genre de rumeurs ? demandé-je, en me penchant vers elle.

— Oh, de toutes sortes. L'imagination humaine est sans limite dans ce domaine-là. Et lorsque le pire se produit, les gens ont tendance à vouloir se convaincre que ça ne leur serait jamais arrivé à eux. Ils disent que c'est de la faute de la victime, ils disent que c'est de la faute de la famille, mais ils refusent d'accepter que des tragédies se produisent juste inexplicablement.

Ses yeux se voilent de larmes et je sais qu'elle repense à l'été dernier. Aux épreuves qui se sont abattues sur notre famille. Même si on ne peut pas les comparer à la disparition d'un enfant et au meurtre d'une jeune femme.

— Alors ils n'avaient aucune piste ?

— C'était il y a si longtemps, Linden. Elam avait quoi, quatre ans ?

Maman se tourne vers Mamie, cherchant confirmation. Mamie remet le couvercle sur la cocotte et s'essuie les mains avec son tablier.

— Dans ces eaux-là, oui. Et pas grand, pour son âge. Il s'est comme volatilisé. Il y avait tellement de détails étranges que ça a fait la joie des médisants. Chacun y allait de sa petite théorie, c'était absolument n'importe quoi. Impossible de monter à la boîte aux lettres sans entendre les élucubrations des uns et des autres. Un ours l'avait mangé, quelqu'un l'avait kidnappé, c'était un membre de sa propre famille. Son père a pris ça de plein fouet, le pauvre homme. C'était si horrible que sa femme a fini par retourner vivre parmi les siens, en amont de la rivière.

Bien sûr, ces maudites rumeurs sur l'Homme-Papillon n'ont pas arrangé les choses. Il a fallu qu'on mêle la pire tragédie qu'on puisse imaginer à une vieille histoire traditionnelle pour que Caball Hollow accède à la postérité.

Sorrel fait son entrée dans la cuisine. Elle trace tout droit vers la gazinière, soulève le couvercle de la cocotte et hume le parfum qui s'en dégage.

— Les gens adorent ouvrir leur grande bouche quand c'est trop tard, assène-t-elle.

Mamie lui fouette le bras de son torchon.

— Laisse donc cette casserole tranquille, sinon le rôti va être raté, la sermonne-t-elle. Seule une cuisson à l'étouffée vient à bout des viandes les plus coriaces.

Les clients ne se bousculent pas au *diner* ce matin. J'ai déjà nettoyé toutes les chaises, les tabourets et les tables, lavé les carreaux, préparé une fournée de sablés au thym citronné et resservi Hillard Been si souvent en café que son cardiologue va faire une attaque. Lorsque la clochette retentit, je sursaute et je répands des grains de café décaféiné sur le comptoir.

— Asseyez-vous où vous voulez, dis-je au nouveau venu.

L'éponge à la main, je lève les yeux et je vois Bryson Ivers se diriger vers moi. Il est tout rouge et il transpire, comme s'il venait directement de l'entraînement. Il a aussi le nez qui a doublé de volume et un magnifique coquard. Je me prends ses émotions en pleine figure, aussi ravageuses qu'une déferlante : je reconnais, mêlées à d'autres, l'amertume prononcée du dégoût, le soupçon métallique de la peur… et d'autres parfums encore, inextricables et instables, impossibles à distinguer.

Rowan s'occupe de l'inventaire à l'autre bout du comptoir. Elle lâche un long sifflement et Bryson tressaille.

— C'est un bel œil au beurre noir que tu as là, Bryson. Tu devrais aller manger ailleurs. Je n'ai pas envie que tu fasses peur aux autres clients.

— Je n'avais pas l'intention de rester, répond-il d'un air arrogant. Je suis juste venu présenter mes excuses par rapport à l'autre soir.

— Je t'en prie, rétorque ma sœur. Mais dépêche-toi, parce que j'ai le poing qui me démange.

Bryson esquisse un mouvement de surprise et se met à bafouiller.

— Je ne… (Il se reprend, pivote, et sa frustration me rappelle le goût du bacon brûlé.) Écoute Linden, je suis désolé. Je déconnais, j'ai fait semblant de te pousser du pont. Je ne savais pas que l'autre gars allait me rentrer dedans.

Il croise les bras. Il ne dit pas l'entière vérité. Peut-être qu'il me taquinait, mais il y avait aussi de la méchanceté dans ses plaisanteries, quelque chose de cruel et d'impatient dans ses gestes.

— Donc voilà, excuse-moi, conclut-il. Tu veux bien retirer la malédiction maintenant ?

Mon corps absorbe ses paroles avant que ma conscience les enregistre tout à fait et un frisson court sur mon épiderme. Des murmures se propagent d'une table à l'autre. J'entends des accusations fuser ; on me reproche en vrac mon comportement étrange pendant les funérailles de Dahlia, mon amnésie qui est devenue une excuse commode et la protection que m'assure le shérif. J'ai les joues en feu.

Je jette un coup d'œil à Rowan. D'un petit signe de tête, elle m'indique qu'il ne ment pas. Sincère à cent pour cent.

— Bryson, je ne t'ai lancé aucune malédiction, dis-je, incrédule. (Le simple fait de prononcer ces mots à voix haute me semble absurde.) On ne fait pas ça dans ma famille.

— Très bien, appelle ça comme tu voudras. Ce que je sais, c'est que je me suis réveillé ce matin avec…

Il devient écarlate et baisse la voix, mal à l'aise.

— Avec des boutons. Et chaque fois que je touche un appareil électronique, il tombe en panne. L'ampoule dans ma chambre a lâché quand j'ai appuyé sur l'interrupteur ce matin.

— On dirait plutôt de la malchance.

— Et peut-être des choix de vie en rapport avec un QI négatif, grommelle ma sœur. Pauvre chou.

— Bryson, je t'assure que je n'y suis pour rien.

Il acquiesce et sa colère enfle.

— OK, j'ai compris. Je dois vous acheter un antidote ou un truc dans le genre, c'est ça ?

— C'est bon, tu as dit ce que tu avais à dire, réplique Rowan. Il est temps de débarrasser le plancher.

Frappant le comptoir des mains, Bryson se penche vers moi. Le visage à quelques centimètres du mien, il crache presque ses mots.

— Vous avez peut-être réussi à convaincre les autres que vous êtes devenues sympas mais ma grand-mère les a entendues, les vieilles histoires. Dans ta famille, on ne se gênait pas pour jeter des sorts. Et Dahlia était au courant.

Une flamme au fond des yeux, il serre les dents, pivote sur ses talons et quitte le *diner*. Une fois que la sonnette se tait, un silence gêné s'abat sur la salle.

— Ça va ? me demande Rowan d'une voix douce.

— Oui, ça va. Comme si j'allais m'attarder sur l'opinion de Bryson Ivers. Qu'est-ce qu'il racontait, d'abord ?

— Je crois qu'il n'a pas la lumière à tous les étages, répond Rowan avec un haussement d'épaules. Et maintenant, je ne sais plus où j'en suis à cause de lui.

Elle va ranger des flacons de ketchup. Je me retourne pour essuyer le comptoir autour de la cafetière, et surtout pour ne pas montrer aux clients que j'ai besoin d'une minute pour reprendre mes esprits. La grand-mère de Bryson lui a dit que les femmes de la famille James jetaient des sorts. Est-ce le genre de racontar qui est devenu vérité universelle ?

Je sors mon téléphone de la poche de mon tablier et je cherche le numéro de Cole dans la liste des contacts. L'idée m'est venue de l'effacer environ un millier de fois, mais je n'ai jamais pu passer à l'acte. Je pianote un SMS et je l'envoie sans me laisser le temps de changer d'avis.

On peut se voir ?

Deux heures s'écoulent. Pas de réponse de Cole, aucun client ou presque. Je finis par persuader Maman de me laisser aller au poste du shérif livrer son déjeuner à Papa, pour m'assurer qu'il mange, mais pas seulement. Si je veux en savoir plus sur l'affaire Elam McCoy, autant me rendre à la source.

J'appuie ma bicyclette au mur du bâtiment en brique qui se dresse au cœur de Caball Hollow et dont la forme évoque vaguement un sphinx. Un bras sert de quartier général au service du shérif du comté d'Eldritch, l'autre, de bibliothèque. En son centre trône une tour d'horloge que j'ai toujours vue donner la mauvaise heure.

À l'instant où je franchis l'entrée, j'ai l'impression d'arriver au pôle Nord. La climatisation est réglée au maximum afin de contrer la nappe d'humidité qui s'est installée dans la vallée. Le sergent Glenna Markin m'accueille derrière la lucarne pratiquée dans la paroi qui sépare l'espace de travail des zones interdites au public. La soixantaine bien sonnée, culminant à un mètre quatre-vingts, c'est une force de la nature au teint chocolat et aux cheveux gris acier coupés très court. Elle règne sur le service d'aussi loin que remontent mes souvenirs et elle garde un stock de bonbons de caramel dans le tiroir de son bureau.

— Coucou, ma puce.

— Bonjour, sergent Markin. Je peux vous poser une question ?

Elle délaisse son ordinateur et retire ses lunettes de lecture pour m'accorder toute son attention.

— Bien sûr. Qu'est-ce qui te tracasse ?

— J'espérais avoir des renseignements sur la disparition d'Elam McCoy.

— Tu prépares déjà ton projet pour essayer de remporter la bourse l'année prochaine ? Ton papa m'a dit que tu n'étais pas encore sûre de ton orientation.

J'esquive sa question.

— Je réfléchis encore. Mais j'ai surtout du mal à trouver des infos factuelles sur ce qui s'est passé ce jour-là.

— Si ce qui t'intéresse, ce sont les témoignages de gens qui ont aperçu l'Homme-Papillon dans les heures qui ont précédé le drame, je ne peux malheureusement pas t'aider. Et si tu veux apprendre ce qui est vraiment arrivé au petit Elam, navrée, mais je ne peux pas t'aider non plus. C'est bien triste, mais c'est la nature des affaires non élucidées.

Le sergent marque un temps d'arrêt et tapote le bureau des doigts avant de reprendre :

— Ce que l'on sait, c'est grâce à ton papa, qui est le meilleur pisteur que je connaisse. Il n'était qu'adjoint à l'époque, il avait intégré notre équipe deux ou trois ans plus tôt, mais il était capable de lire les indices aussi facilement qu'une carte.

Il était tombé des cordes la nuit qui a suivi la disparition. La pluie efface les empreintes de pas, elle déplace certains éléments comme les branches repliées et les feuilles retournées. Et elle augmente les risques d'hypothermie, en particulier chez les enfants qui sont plus sensibles au froid que les adultes. Il y a plein d'endroits dans la forêt qui pourraient servir d'abris à un garçonnet. Et il est courant que les enfants perdus se cachent parce que, quand on a très peur, tout a l'air d'une menace, même les secouristes qui sont venus aider.

Le sergent secoue la tête et avale une gorgée de café.

— Les affaires qui impliquent les enfants sont les pires. Ça lui en a mis un coup, à ton papa. Je pense que ça fait du bien de parler des cas difficiles, parfois.

Elle m'adresse un sourire triste et le goût du chagrin, émoussé mais persistant, vient teinter ses paroles. Le téléphone sonne, elle décroche.

— Je vais dire à ton père que tu es là, dit-elle en m'ouvrant.

Je la remercie. La porte se referme derrière moi avec un cliquetis. Papa m'accueille dans son bureau et dépose un baiser sur le haut de mon crâne. Captant une bouffée de café froid, je prends note de sa chemise froissée et de ses cernes. Il se passe une main sur le visage.

— Salut, ma petite. Je meurs de faim, alors j'espère que ce que tu as dans ce sac, c'est pour moi.

Je pose son déjeuner sur son bureau, à côté d'une boîte d'anchois toujours fermée et d'un paquet de biscuits apéritif.

— Ce n'est quand même pas avec ça que tu te nourris, Papa ?

Il hausse les épaules, débarrasse les chaises de la paperasse qui les encombre et m'invite d'un geste à m'asseoir avant de s'installer en face de moi.

— Les gens m'en voudront si je m'accorde une pause et m'offre un repas correct, explique-t-il. C'est un luxe que je ne peux pas me permettre en ce moment.

Je ne sais pas s'il fait allusion de façon détournée au meurtre ou à sa nouvelle vie de célibataire endurci, et je fronce les sourcils, laissant la culpabilité me tordre le ventre.

Le mois dernier nous avons célébré la fête des Pères avec Papa dans la petite maison qu'il loue en bas de la rue, tout près de son bureau. Il nous avait reconduites à la ferme dans sa fourgonnette. Lorsqu'il nous avait déposées, je m'étais rendu compte que j'avais oublié mon livre sur la banquette, j'avais couru jusqu'au véhicule pour le récupérer, j'avais ouvert la portière et c'est là que je l'avais vu essuyer les larmes qui coulaient le long de ses joues.

— Qu'est-ce qui ne va pas ?

Papa était un colosse au tempérament débonnaire qui n'avait pas la larme facile. La saveur de la betterave marinée, terreuse et amère, m'avait pourtant rempli la bouche.

Il s'était essuyé les yeux et il avait reniflé, essayant de tenir ses émotions en bride.

— Je ne me souviens plus de la dernière fois où nous avons été heureux tous ensemble. Vous n'avez aucun secret pour moi, les filles, je vous connais par cœur, comme je me souviens de ce que j'ai vécu avec votre mère, mais cela me paraît abstrait à présent. Mon passé me fait l'effet d'un rêve fossilisé dans un bloc d'ambre. Hors d'atteinte.

Sur le moment, je n'avais pas su quoi lui dire, et je ne suis pas plus avancée à présent, alors je prends soin de lui en lui remplissant l'estomac.

— Je t'ai préparé un sandwich au poulet rôti et au miel avec des petits légumes marinés, et une salade aux trois haricots. Oh, sans oublier un beignet à la cerise pour le dessert.

Je lui tends une serviette en papier, il la prend et la fourre dans le col de sa chemise.

— Je t'ai déjà dit que tu étais ma fille préférée ?

— Tiens, c'est drôle, je jurerais t'avoir entendu dire la même chose à Juniper l'autre jour.

— Vous êtes toutes mes préférées, alors je dis toujours la vérité, assure-t-il m'adressant un sourire tandis qu'il ouvre le sac. Mais merci de penser à nourrir ton vieux père, vraiment. En ce moment, je me ruine en malbouffe et en chips achetées en station-service. On manque déjà de temps, mais cette vague de chaleur réveille les pires pulsions chez les gens. Et avec tous ces énergumènes qui appellent parce qu'ils pensent avoir croisé l'Homme-Papillon pendant leur rando, le standard va exploser. (Il braque sa fourchette dans ma direction.) Si je découvre qu'un crétin a monté un bobard sur les réseaux sociaux, il va regretter le jour où il est né.

— Tu ne crois pas que ça pourrait être lié ? Le meurtre de Dahlia et les gens qui croisent l'Homme-Papillon ?

— Sans doute, lâche-t-il après avoir longuement mâchonné sa première bouchée, mais d'une façon détournée. Une légende locale comme la nôtre ou celle du chat Wampus – et peut-être même celle du yéti, plus au nord des États-Unis – peut virer à la prophétie autoréalisatrice. Maintenant qu'une tragédie s'est produite, les habitants vont se convaincre que l'Homme-Papillon traîne vraiment dans le coin et chaque oiseau, chaque bruit nocturne un peu différent va prendre des proportions de folie.

— Alors, tu es hermétique au folklore, malgré l'arbre généalogique de tes propres filles, qui n'a rien de classique ? Mamie dit que chaque légende pousse à partir d'une graine de vérité.

Je me rends soudain compte que j'ai commencé à frotter mon bras, à l'endroit même où j'ai aperçu un bleu en forme de papillon sur celui de Dahlia.

— Je crois qu'on a assez de monstres dans la réalité et qu'on n'a pas besoin de nous inventer des créatures surnaturelles.

Papa mord dans son sandwich à l'instant où je me mords la joue. Je me demande comment en venir à la véritable raison de ma venue. Mon regard se pose sur une carte de Caball Hollow dépliée sur la table. De l'index, je désigne une zone que je connais bien : c'est là qu'Elam McCoy a été vu pour la dernière fois, et là que je me suis volatilisée dix-sept ans plus tard.

— Papa, tu crois qu'un endroit peut être la scène d'une malédiction ? Qu'il peut être le théâtre de tragédies qui se répètent ?

Avec un long soupir, mon père met son déjeuner de côté.

— Tu ne veux pas me dire ce qui te tracasse vraiment ?

— Je cherche à découvrir ce qui est arrivé à Elam McCoy.

— Linden Tallulah James, est-ce que par hasard je t'aurais embauchée comme adjointe après une nuit d'insomnie ? me répond Papa, soudain sévère.

— Comment quelqu'un peut-il disparaître sans laisser aucune trace ?

Je me concentre sur une tache imaginaire sur mon short, évitant le regard de Papa. Je le sens qui m'observe, sans doute avec ce masque impassible qu'il arbore quand il travaille, mais le goût réconfortant et biscuité de la compassion me frappe la langue. Je sais ce que cela signifie.

— Linden, cela fait presque vingt ans, souffle-t-il en consultant sa montre.

— Ce n'est pas le genre de chose qu'on oublie.

— Non, j'imagine que non. Tu te rappelles ce que je t'ai appris sur le pistage ?

Quand nous étions petites, Papa nous emmenait en promenade des heures entières dans les bois et, là, il nous transmettait le savoir légué par sa grand-mère. Un jour, nous avons suivi un chevreuil qui avait traversé le verger et pris la direction de la montagne. L'animal n'avait laissé aucune empreinte dans la terre compacte et je n'arrivais pas à comprendre comment mon père se repérait. À un moment, je l'ai vu approcher d'un fourré dont il a extirpé une brindille de la taille d'une allumette et de la couleur de l'écorce, gris champignon avec une tache blanche au bout, comme un point qui marque la fin d'une phrase. C'étaient ces petits points qu'il avait cherchés sur le versant de la montagne.

— J'ai vu à quel endroit Elam avait quitté le ruisseau pour s'enfoncer dans les bois. Il avait laissé des signes partout, aussi faciles à lire qu'un livre. Jusqu'ici, me dit-il en montrant la carte. Il y est resté un bon moment. Il était pieds nus, et il avait recroquevillé ses petits orteils dans le sol.

Papa parle lentement, exhumant des mots longtemps enfouis dans le passé. Ils ont le goût des navets conservés dans le cellier.

— Alors, qu'est-ce que tu crois qu'il est arrivé ?

Je préfère chuchoter. C'est mal, en un sens, de parler trop fort de ces choses-là.

— Un ours, un chat sauvage, un loup laisseraient tous des traces. Il n'y a qu'un seul prédateur qui couvre son passage.

Papa demeure silencieux un long moment, puis ravale son chagrin.

— Tu connais cette vieille ville minière abandonnée dans la forêt ? me demande-t-il, la gorge nouée.

Je fais oui de la tête. Tout le monde la connaît.

— Elle était encore habitée il y a une génération, et, depuis, la nature a repris le dessus. Cela arrive aux gens, aussi. La terre les revendique même s'ils n'ont jamais été inhumés. Les années passent et la couche qui les recouvre s'épaissit. Je ne peux rien prouver, mais mon instinct me dit que si Elam McCoy est toujours à Caball Hollow, c'est sous plusieurs centimètres de terre, ou au fond de la rivière.

Soudain, son téléphone fait entendre sa sonnerie, et la magie vole en éclats. Papa répond, échange quelques mots avec la personne qui l'a appelé, puis raccroche.

— Monsieur le maire est là.

C'est ainsi qu'il appelle le père de Cole, désormais, par sa fonction officielle. Sans doute pour ne pas oublier que Malcolm Spencer n'est plus son collègue. Elle est loin, l'époque où c'était un adjoint comme les autres.

— Viens, je vais demander à Miranda de te raccompagner.

— Au fait, pourquoi on a décidé que, pour Elam, c'était une affaire non élucidée ?

— Il n'y avait pas de pistes. Pas de suspects. On n'avait aucune alternative.

Papa ouvre la porte du bureau et adresse un signe à l'adjoint Ethan, qui fait tampon entre le pasteur Boggs et une Beulah Fordham Hayes exaspérée tandis que le maire approche.

— Vous êtes systématiquement dans nos prières, monsieur le maire, dit le pasteur avant de donner une petite tape sur l'épaule à Mr Spencer. Vous faites la fierté de cette ville.

Mr Spencer adresse des sourires et des signes de tête aux personnes qui l'entourent. Lorsque son regard croise celui de Papa, il redevient sérieux. Le pasteur m'aperçoit.

— Oh, Linden, s'exclame-t-il, nous prions aussi pour toi, mon enfant. Avec l'aide de Dieu, tu seras un jour complètement guérie et en possession de tous tes souvenirs.

Je bafouille une réponse tandis que le maire et mon père échangent une poignée de main avant de s'engouffrer dans le bureau.

— Merci beaucoup, pasteur Boggs. La mémoire commence à me revenir par morceaux.

— Eh bien, les voies du Seigneur sont impénétrables.

Ethan m'indique d'un signe qu'il me rejoint d'ici une petite minute, puis il retourne à la rédaction d'un rapport. C'est là que Mrs Fordham Hayes se met à marmonner :

— Vous devriez prier pour son âme immortelle, pasteur. Ou pour délivrer cette ville du mal, ce serait encore mieux.

— Ça fait bien plaisir de vous revoir, Mrs Fordham Hayes, lui dis-je. Qu'est-ce qui vous amène chez le shérif aujourd'hui ?

— Oh, intervient le pasteur, soudain rouge comme une pivoine. Un tout petit accrochage.

— Un tout petit accrochage ? Vous m'avez arraché le pare-chocs, proteste Mrs Fordham Hayes, son brushing impeccable frémissant d'indignation.

Ethan s'adresse à elle, la mine blasée :

— Madame, il va falloir que vous signiez ces documents.

La vieille dame s'approche du bureau et le pasteur en profite pour s'approcher de moi avec un sourire penaud.

— Tu sais, la famille Spencer est un excellent exemple du pouvoir guérisseur de la prière. Je ne peux pas trahir leur secret, je me contenterai de dire qu'ils ont vaincu des obstacles qui auraient pu paraître insurmontables. Toi aussi, tu pourrais avoir droit à ton miracle.

J'imagine que le pasteur fait allusion à l'accident de moto qu'a subi le maire. Ou au problème cardiaque dont Cole souffrait à la naissance. Les médecins ne lui avaient donné que quelques jours. Pourtant, son cœur s'est réparé tout seul, inexplicablement. Ce n'est pas vraiment un secret, malgré ce que semble penser le pasteur, et je me contente de sourire.

— Mr Boggs, dit Ethan, il va me falloir votre signature sur ce formulaire.

Cette affaire réglée, l'adjoint scanne son badge et m'ouvre le tourniquet.

— Surtout pas de bêtises, Linden, me conseille-t-il, et ses épaules s'affaissent lorsqu'il va rejoindre ses collègues.

D'un signe de la main désabusé, je salue le sergent Markin, puis je pousse la porte. Après l'atmosphère polaire du bâtiment climatisé, j'ai l'impression de me présenter à la grille de l'enfer et je fonds comme des feuilles d'épinard dans une poêle. Cet accès de sueur est avant tout provoqué par ce que Papa m'a raconté, la météo n'a rien à voir là-dedans. Ethan le sait bien, parfois on se jette tête la première dans les « bêtises » même si on fait tout pour y échapper.

Cette nuit-là je me réveille alors que la lueur de la lune se déverse par la fenêtre ouverte, un goût de sang dans la bouche. Avec un soupir las, je me dégage des draps et je prends mon téléphone posé sur la table de chevet. Cole n'a toujours pas jugé bon de me répondre.

J'explore du bout des doigts le motif floral du papier peint décoloré du couloir, réconfortée par les bosselures et les accrocs. Une lumière chaude jaillit de la cuisine, c'est vers elle que je me dirige. Je ne dois pas être la seule qui a du mal à dormir.

Lorsque mon pied atterrit sur la première marche de l'escalier, une voix sonore se fait entendre.

— Odette, tu ne crois pas en mes facultés et tu n'y as jamais cru. Or, niveau compétence, je n'ai pas à rougir. Je sais exactement de quoi je parle, alors fais-moi confiance.

J'avance le pied léger, en évitant la septième marche qui grince, et je découvre que Sorrel m'a précédée. Elle épie déjà la conversation, cachée dans l'ombre du mur, les coudes sur les genoux et le menton dans les mains.

— Salomé, je t'ai déjà dit ce que j'ai sur le cœur, je ne vais pas me répéter, répond Maman. Tu me parles de tes facultés, moi je te parle de ton incapacité à entendre raison sur certains sujets, et sur certaines personnes.

Je chuchote au creux de l'oreille de ma sœur :

— Il se passe quoi ?

— Je ne sais pas trop. (Sorrel a la tête dans les genoux et se caresse le menton d'une main.) Apparemment, Sissy n'est pas revenue à Caball Hollow parce que les petits plats de Mamie lui manquaient. Il s'est passé quelque chose et Maman pense qu'il vaut mieux éviter de remuer le couteau dans la plaie, mais elles n'ont pas donné de précisions. On dirait qu'elles savent que les murs ont des oreilles.

Elle me fait de la place, je m'assois à côté d'elle.

— Et donc, pourquoi Sissy est revenue ?

— Aucune idée. Par contre, ce que je sais, c'est que « Sissy », ça rime avec « ennuis ». Au fait, Rowan m'a raconté ce qu'avait fait Bryson. Comment tu te sens ?

— Il se passe tellement de trucs bizarres ces temps-ci que ça glisse un peu sur moi. Mais je n'arrête pas de ruminer ce qu'il a dit et je me demande qui pense la même chose que lui.

Mes yeux se posent sur l'écran de mon téléphone et Sorrel survole du regard le texto que j'ai envoyé à Cole. Un sourire rusé s'affiche sur ses lèvres.

— Tu reparles à Cole Spencer ?

— Parler, c'est un bien grand mot, surtout quand c'est à sens unique.

— Laisse le temps faire son œuvre, sœurette. Après tout, il n'a pas hésité à sauter dans ce ruisseau boueux. Je dirais qu'il n'est pas loin de devenir ton chevalier servant. D'après mes calculs, cela fait deux fois qu'il te sauve la vie.

— Comment ça, deux fois ?

— L'autre jour, quand Bryson t'a jetée à l'eau, mais aussi la nuit où tu t'es perdue dans la forêt et qu'il a donné l'alerte. Il a débarqué chez nous à minuit et il a tapé comme un sourd sur la porte. Sans lui, ta disparition n'aurait pas été signalée avant plusieurs heures. Lorsque Papa et ses adjoints sont arrivés sur place, la plupart des gamins ne s'étaient rendu compte de rien.

— D'accord.

Je revois intérieurement les quelques souvenirs que je garde de cette soirée. Comment se fait-il que Cole ait été le premier à savoir que je m'étais volatilisée ? Il n'était même pas avec moi.

Je me passe une main sur le visage, contrariée.

— Si seulement la mémoire me revenait pour de bon, pas par fragments sans queue ni tête…

— À ce propos… j'ai mis au point une nouvelle recette.

Sorrel ramasse un petit bocal rempli d'un liquide ambré qu'elle a posé près d'elle sur la marche.

— L'idée m'est venue l'été dernier et j'ai attendu que tu sois prête à l'essayer. La récolte n'a pas été abondante, donc il n'y en a pas beaucoup, mais le message de la bougie a été très clair et je pense qu'on ne peut plus temporiser.

— Qu'est-ce que c'est ?

Elle me donne le bocal, dont j'inspecte le contenu à la lumière qui vient de la cuisine. Le miel à l'intérieur brille comme de l'or en fusion. Sorrel adore faire des expériences et, grâce à son don, elle est capable de demander à certaines abeilles de polliniser des plantes précises, pour produire des nectars aux vertus spécifiques.

— Du miel de romarin, m'explique-t-elle. Cela devrait t'aider à recouvrer certains pans de ta mémoire. Attention, il faut que tu sois très prudente. Après ce qui s'est produit à la rivière, on n'est pas sans savoir que les souvenirs que tu as perdus sont puissants et qu'ils ont des répercussions bien concrètes. Bon, on se revoit demain matin.

Sorrel m'ébouriffe les cheveux, puis elle se met debout et elle gagne l'étage.

Je tends l'oreille quelques minutes encore, au cas où Maman et Sissy éventeraient d'autres secrets, mais je n'entends qu'un silence assourdissant. Lorsque j'entre dans la cuisine sur la pointe des pieds, je la trouve vide. L'eau que contient la bouilloire est toujours chaude ; je me prépare une tisane et j'y ajoute une fine dose de miel de romarin.

Tout en avalant mon infusion à petites gorgées, je repense aux paroles de Sorrel. Je ne comprends toujours pas comment Cole a pu savoir que je manquais à l'appel, puisqu'il se trouvait chez lui, à l'autre bout de la ville. Encore un mystère. Est-ce qu'un fêtard s'est rendu compte que je m'étais aventurée trop loin dans les bois et a préféré appeler son pote au lieu d'appeler la police ? Et si c'était Dahlia ?

Regagnant ma chambre, je trébuche dans le noir. Le T-shirt de Juniper, roulé en boule par terre à côté de la penderie, sent le graillon et la sueur. Je le ramasse et j'ouvre la penderie pour le jeter dans le panier à linge sale.

La robe noire que j'ai portée aux funérailles de Dahlia est toujours sur son cintre, l'extravagance du jupon en tulle jurant avec le reste de mes vêtements, plus discrets. Il faut que ce vêtement regagne sa place originelle, le placard du grenier, même si cela m'attriste de l'enfermer là-haut, loin des regards. Je passe une main sur l'étoffe chatoyante et je tire sur le jupon pour l'admirer une dernière fois. Alors je distingue un bruit de papier qu'on froisse.

J'explore le tulle à tâtons jusqu'à ce que je découvre une poche, si bien camouflée que je ne la vois que maintenant. À l'intérieur, un morceau de papier plié en deux que le temps a rendu souple sous les doigts. Je le déplie soigneusement et je prends connaissance du message griffonné dessus :

Nora,
Plus j'en apprends sur le sujet et plus je me demande
si la question à se poser ne porte pas sur ce que je suis,
moi, mais sur ce que nous sommes, toutes, plutôt. 216.3.
Pardonne-moi,
Z.

Peut-être que l'acide des commentaires haineux de Bryson continue à me ronger, mais les quelques lignes que j'ai sous les yeux me paraissent carrément sinistres. Qu'est-ce que Zéphyrine recherchait, exactement ? Parle-t-elle d'un sujet dans le sens philosophique du terme, ou fait-elle allusion à notre famille ? Une autre question me taraude. *Nora.* S'agit-il de Nora McCoy ? Dans quel contexte Zéphyrine l'a-t-elle connue, et pourquoi conclut-elle son message par ce « pardonne-moi » ?

CHAPITRE SEIZE

Le lendemain matin, je trouve Mamie seule dans la cuisine. Assise à la table, elle a placé un seau entre ses pieds et deux saladiers devant elle, l'un rempli de petits pois fraîchement cueillis, le second, de petits pois écossés. Elle ouvre chacun en passant le pouce sur toute la longueur, puis elle en détache les billes vertes et fait tomber la gousse vide dans le seau.

Je m'installe sur la chaise voisine, je plonge ma main dans le seau et je mords dans une cosse sucrée qui croque sous la dent. J'ai toujours préféré ça à la texture molle des petits pois, sauf dans les poêlées de légumes primeurs, mélangés à des pommes de terre nouvelles et de la crème fraîche.

— Ça ne coûte rien d'aider un peu, me gronde gentiment Mamie.

Je me mets à l'écossage, avec des gestes moins fluides que les siens. Elle est deux fois plus rapide que moi et ses mains fonctionnent sur pilote automatique.

— Mamie, je peux te poser une question sur Tante Zéphyrine ?

— J'ai vu que tu avais rangé sa robe. Merci.

— Je suis désolée de t'avoir rendue triste en la portant à l'enterrement.

Un instant, j'envisage de lui parler du mot que j'ai découvert dans le jupon, mais je me ravise. Je ne veux pas la perturber davantage. De toute façon, cela ne fera pas revenir Tante Zéphyrine.

— Ce n'est pas ta faute, ma puce, soupire Mamie. Tu étais magnifique dedans, et c'est idiot de laisser ces vêtements moisir au grenier.

— Pourquoi tu ne les sors pas, alors ?

— Je crois que je me sens coupable, reconnaît-elle, les yeux dans le vague. Zéphyrine faisait toujours les choses à sa façon. Sur ce point-là, Sissy est son portrait craché. Et curieuse de tout, avec une grande soif de connaissance, d'apprendre. C'est pour cela qu'elle travaillait à la bibliothèque.

Mamie change de position sur sa chaise et ses doigts ralentissent.

— Nous avions une grande différence d'âge, nous n'étions pas proches comme tu peux l'être de tes sœurs. Je crois qu'elle me jugeait trop autoritaire, et elle avait sans doute raison. Moi, je considérais qu'elle avait trop la tête dans les nuages, qu'elle refusait de voir la réalité en face. Quand elle s'est entichée de Malcolm Spencer, je l'ai eue mauvaise.

— Oui, Sissy m'a dit qu'ils avaient eu une relation.

— Oh, Zéphyrine était au septième ciel. À l'époque, une moitié de Caball Hollow faisait les yeux doux à Malcolm Spencer et l'autre rêvait de lui piquer sa place. Et Zéphyrine… eh bien, elle était un peu perdue, comme la plupart des jeunes à cet âge. C'est sans doute pour cette raison qu'elle a nourri une obsession pour le grimoire, mais sur le moment je ne m'en suis pas aperçue.

Elle cherchait quelque chose. Elle essayait de découvrir qui elle était. Quand ses recherches ont atteint un point critique, nous avons eu une grosse dispute. Elle m'a traitée d'aigrie parce que j'étais malheureuse en amour. Je pense que Malcolm tenait très certainement à elle, mais pas autant qu'elle tenait à lui.

Mamie lâche un long soupir, puis elle reprend le fil de son histoire :

— Quand Malcolm a eu son accident de moto, par chance elle n'était pas avec lui. Un événement aussi grave peut remettre les pendules à l'heure pour certaines personnes. Zéphyrine s'est rendu compte qu'elle voulait épouser Malcolm. Malcolm, lui, n'avait pas du tout l'intention de lui passer la bague au doigt. Je ne pense pas qu'elle lui ait posé un ultimatum, mais peut-être qu'il l'a pris comme ça.

Je pose une main sur la table. Ses paroles font écho à celles de Sorrel qui m'a dit l'autre jour que les traumatismes débouchent parfois sur des décisions qui s'apparentent à des séismes.

— Avec le recul, je sais que j'aurais dû rester en dehors de leurs affaires. Il faut laisser les gens faire leurs propres choix, leurs propres erreurs. Elle aurait pu se tourner vers moi si elle avait eu besoin d'un avis extérieur. À la fin, elle ne tolérait plus ma présence. Elle a quitté Caball Hollow peu de temps après leur rupture. Un jour, je suis rentrée à la ferme et j'ai vu sur la table un mot dans lequel elle expliquait, sans équivoque possible, que sa vie lui appartenait, qu'elle comptait en faire ce que bon lui semblait et qu'elle avait décidé de couper les ponts avec moi. Depuis, elle n'a pas donné signe de vie.

— Tu crois qu'elle reviendra un jour ?

— Ça fait des dizaines d'années, Linden, mais chaque soir je me couche en espérant qu'elle sera là au réveil.

Mamie me tapote la main, son sourire s'affaisse et l'émotion s'empare d'elle. Elle a le goût de la mélancolie.

Jamais Mamie ne s'est autant confiée à moi. Je ne peux pas lui retirer son chagrin, mais je peux demeurer assise à ses côtés et lui témoigner de la compassion.

Il me reste une question que je ne sais pas vraiment comment aborder.

— Mamie, la femme qui est morte le mois dernier, Nora McCoy – c'était la mère d'Elam McCoy, pas vrai ? Est-ce que Tante Zéphyrine la connaissait ?

Mamie s'adosse à sa chaise et lâche un soupir exaspéré.

— On ne va pas reparler de ça, Linden. Je ne sais pas ce que tu espères découvrir, mon enfant, en te plongeant dans un passé aussi douloureux. Elles devaient avoir à peu près le même âge, alors il y avait des chances qu'elles se connaissent, oui, au moins de vue. Je n'ai pas le souvenir qu'elle ait fait un jour allusion à Nora, mais on ne se parlait plus beaucoup durant les mois qui ont précédé son départ.

Quelqu'un toque à la porte. Hadrian. Il retire sa casquette et s'essuie le front de son avant-bras, laissant une traînée de terre au-dessus des sourcils.

— Bien le bonjour, Mesdames.

— Bonjour à toi, Hadrian. On dirait qu'il va encore faire très chaud aujourd'hui. Je te prépare un petit déjeuner ? propose Mamie. Viens t'asseoir quelques minutes.

— Merci, mais je suis tout sale. Et j'ai de la boue plein les bottes.

Mamie lui tend un verre d'eau froide qu'il vide en deux goulées.

— Tu as réussi à réparer le système d'arrosage ?

— Oui, M'dame. J'ai dû remplacer une partie des tuyaux, ça a pris plus de temps que prévu. Le soleil tape tellement que la laitue au fond du champ est déjà en train de monter en graine. Je vais devoir la récolter aujourd'hui, sinon les feuilles vont devenir amères.

Mamie lui prend le verre des mains et le remplit à nouveau d'eau, puis elle lui donne une tape sur l'épaule, ce qui soulève un nuage de poussière.

— Ne va pas te crever à la tâche. Je sais que tu as un programme chargé mais tu ne pourras pas nous aider si tu as un coup de chaleur.

— C'est sûr, répond Hadrian. Alors, Linden, tu as mis la main sur ce que tu cherchais ?

— Euh… c'est-à-dire ?

— Hier matin, tôt, dans le champ du fond ? Tu m'as dit que tu cherchais quelque chose.

J'étudie mes mains. Cela me revient : elles étaient couvertes de terre au moment où je me suis réveillée, et j'avais totalement oublié comment j'avais atterri là, dans le jardin. J'avais même oublié cet échange avec Hadrian. Une crise de somnambulisme, peut-être ? J'ai l'impression que je ne peux même plus me fier à mon propre corps.

Je sens le regard d'Hadrian et de Mamie peser sur moi, je sens aussi leur curiosité teintée d'inquiétude se répandre sur ma langue. En proie à une légère panique, je me mets debout et je ramasse le seau plein de cosses.

— Euh, eh bien… à vrai dire je n'ai encore rien trouvé. Mamie, j'apporte ça aux poules et je jette un coup d'œil aux mûres au fond du terrain.

Je me précipite dehors avant que l'un d'eux me relance. J'ignore ce que je cherchais hier matin. La seule chose que j'ai perdue récemment, c'est la mémoire, et je doute fort que je remette la main dessus dans le jardin.

Mon téléphone vibre dans ma poche. Je manque de le lâcher quand le nom de Cole s'affiche à l'écran. Il m'a envoyé un texto qui se résume à un seul et unique mot.

Cabane

Pas de ponctuation. Aucune précision. Pas grave, j'ai déjà eu ma dose d'émotions négatives ce matin.

La journée se partage entre les clients au *diner* et les corvées à la ferme. Lorsque j'arrive au point de rendez-vous, fatiguée et mal lunée, je repère la Triumph sous la bâche, mais Cole demeure introuvable, et je sens la moutarde me monter au nez.

— C'est justement pour ça qu'on se met d'accord sur l'heure quand on essaie de se voir. Ça l'aurait tué d'envoyer un SMS ou un mail pour préciser ?

Un sifflement assourdi résonne dans la cabane et je me retourne, les yeux plissés. Je m'aventure à l'intérieur, dans la pénombre, et je le découvre, appuyé à une vieille armoire. Il me regarde tout en s'essuyant les mains avec un chiffon, un sourire lui étirant la commissure des lèvres. Il jette le chiffon derrière lui, puis il s'approche. Son T-shirt blanc m'aveugle comme un phare dans la nuit. Il embaume le cèdre, le clou de girofle et la sciure fraîche.

— Ne t'avise pas de te moquer de moi, Cole Spencer.

— Jamais je n'oserais. Je tiens trop à ma peau.

D'un geste, je désigne les meubles cassés, les caisses et le bric-à-brac au fond de la bicoque.

— Qu'est-ce que tu fabriques là-dedans ?

— C'est de ça que tu voulais me parler quand tu m'as envoyé ce texto ?

— Non, de tout autre chose. Figure-toi que Bryson Ivers a débarqué au *diner* hier avec de vagues excuses par rapport à ce qui s'est passé à la veillée, puis il m'a accusée de lui avoir jeté un sort. Tu es au courant de quelque chose ?

— Bryson Ivers raconte n'importe quoi. Pourquoi tu perds ton temps avec ce type ?

Je lui attrape la main, la droite, et j'étudie ses phalanges couvertes de bleus.

— Je ne sais pas, Cole, raconte-moi. Tu l'as forcé à venir me demander pardon en lui balançant un coup de poing ?

— Il s'est mis en travers quand j'ai essayé de te repêcher dans le ruisseau, répond-il avec un haussement d'épaules.

— Je crois que tu lui as cassé le nez.

— Il a de la chance que ça se limite au nez, marmonne Cole.

Puis il se mord la lèvre, comme s'il se censurait.

— Écoute, James, poursuit-il d'une voix neutre, je n'ai pas envie de me disputer avec toi.

La vérité m'étourdit à la façon d'un seau d'eau glacée : il bride ses émotions pour m'empêcher de lire en lui. Je lui lâche la main et je détourne le regard. Je me suis fait des illusions. Jamais Cole Spencer ne va s'ouvrir à moi, encore moins me confier les secrets qu'il pourrait détenir sur ma disparition. Notre amitié est bel et bien finie, et cette prise de conscience pèse aussi lourd qu'une brique dans mon estomac.

Je le dévisage. Une ride s'est formée entre ses yeux.

— Excuse-moi, lui dis-je. Je n'aurais pas dû venir.

Je pivote sur mes talons et je m'apprête à partir. Je ne me suis pas éloignée de cinq pas qu'il m'interpelle :

— Pose-la, ta question.

Je me retourne, éblouie par le soleil, la main en visière.

— Quoi ?

Il s'approche de moi et fait écran de ses larges épaules.

— Pose-moi la question que tu veux me poser, Linden. Tu as fait tout ce chemin pour me parler de quoi, concrètement ?

Soudain nerveuse, je me rends compte que la question qui me brûle les lèvres n'a rien à voir avec les rumeurs qui circulent sur le compte de ma famille. Et Cole le sait très bien. Pétrifié, crispé, il s'attend à recevoir un uppercut.

Je me jette à l'eau :

— Comment tu l'as su ? Comment tu as su que j'étais en danger, l'année dernière, dans la forêt, alors que tu n'étais même pas avec moi ?

Sa voix s'étrangle dans sa gorge, puis il répond par une autre question dans un chuchotement :

— Comment tu as su où trouver le cadavre de Dahlia ?

— Je te l'ai déjà dit. Je n'en ai aucune idée. Quel rapport ?

— Parce que je suis à peu près certain qu'on est dans le même cas, Linden. (Il s'approche et son regard doré se fait intense.) Toute ma vie, j'ai su dire quand quelqu'un allait mourir – mes grands-parents, mon grand-oncle…

Il s'interrompt et s'écarte de moi, comme si cet aveu lui coûtait. Lorsqu'il reporte son attention sur mon visage, il l'étudie attentivement. Je reste immobile alors que mon cœur s'emballe.

— Tu l'as vue toi aussi, pas vrai ? Cette tache rouge qui apparaît sur leur peau. Je pensais que j'étais le seul à la distinguer.

La poitrine serrée dans un étau, je prends une grande inspiration.

— Oui. Dahlia avait un papillon rouge sur son bras le soir du festival.

— Cette force qui tire dans ton ventre, ce sifflement dans tes oreilles qui t'a menée jusqu'au corps de Dahlia, et jusqu'à la cave à la maison funéraire – je les ai sentis, moi aussi. Je les sens depuis toujours.

— Mais comment ?

— Je n'ai jamais eu de réponse à cette question. Jusqu'au jour où ça t'est arrivé, à toi aussi, explique-t-il en me montrant son torse, là où il garde ses cicatrices. Je n'étais pas destiné à survivre à ma malformation cardiaque. Et l'été dernier, au festival, j'ai repéré un papillon rouge sur ton épaule. Je crois qu'on perçoit la mort qui rôde parce qu'on l'a frôlée l'un et l'autre.

La gorge nouée, je sens mes genoux se dérober sous moi.

— Attends, tu peux répéter ? J'étais censée mourir dans la forêt ?

Je n'ai pas émis plus qu'un murmure, mais ces mots sonnent vrai. Ils viennent compléter les souvenirs de mon corps.

— Ce soir-là, je t'ai dit des trucs horribles pour essayer de te forcer à rester chez toi, ajoute Cole. J'ai cru que ta famille réussirait à te protéger. Mais je n'aurais pas dû tourner autour du pot. Peut-être que si tu avais été consciente du danger, tu n'aurais pas pris de risques.

Il se fourre les mains dans les cheveux. Le dégoût qu'il ressent, âcre et intense, traverse le brouillard du traumatisme.

— Cole, j'ai cru que tu me détestais à cause de mon don, à cause de mon étrangeté.

Des larmes que je n'essaie même pas de cacher sillonnent mon visage. Ce dégoût qu'il ressentait depuis le début, il n'était pas dirigé contre moi. Cole le dirigeait contre lui-même.

Il se fige une fraction de seconde, puis il m'attire vers lui et me prend dans ses bras.

— Je suis désolé, tellement désolé, dit-il avec de la férocité dans la voix. J'avais trop peur de te dire la vérité, et à cause de ça tu as failli mourir. Jamais je ne pourrai me le pardonner, Linden. Je ne suis pas à la hauteur.

Je ne sais que dire. C'est un déferlement de saveurs que je ne parviens pas à décrire. D'émotions que je ne parviens pas à nommer. Je détourne le regard et mes yeux s'égarent sur la droite de son épaule. Un sachet de ces bonbons roses dont il ne se sépare jamais est posé sur la table et le parfum inimitable du clou de girofle me parvient aux narines.

— Ma mère m'a rendu accro à ces bonbons quand j'étais enfant, raconte Cole. Elle en avait toujours un sachet dans son sac à main et elle me soudoyait avec pour que je sois sage. C'est bien plus tard que j'ai compris qu'ils masquaient les relents d'alcool dans son haleine. Ça s'est aggravé dernièrement. Elle quitte à peine la maison. À cause de moi. L'un de mes souvenirs les plus anciens, c'est son expression de terreur pure quand elle a découvert de quoi j'étais capable. Elle m'a interdit d'en parler à qui que ce soit. Et j'ai obéi, jusqu'à aujourd'hui.

Je visualise Cole enfant et mon cœur se serre. J'aimerais lui dire que je suis désolée, mais le moment serait mal choisi.

— On croit tous qu'on se protège les uns les autres alors qu'en réalité on ne fait que détenir des secrets, dis-je. Et ceux de Dahlia l'ont conduite droit dans la tombe.

Cole hoche la tête et lâche un long soupir.

— Je sais, et j'en ai assez. Tu vas au-devant de graves ennuis si tu t'obstines à enquêter sur le meurtre de Dahlia.

— Ne commence pas. J'ai déjà eu droit à un sermon de mon père.

— Laisse-moi t'aider, Linden. Depuis que Mrs Rowsey a pris sa retraite, c'est la mère de Maude qui dirige la bibliothèque. Elle m'a expliqué que les documents en lien avec les projets qui ont remporté une bourse y sont archivés. Si Dahlia s'est renseignée sur la disparition d'Elam McCoy, on peut essayer de demander l'accès aux documents qu'elle a collectés.

— Tu n'es pas obligé de m'aider.

— Linden, je veux être là pour toi, insiste Cole d'une voix rauque. Je t'enverrai même un texto pour préciser l'heure.

Sa plaisanterie m'arrache un petit rire.

— Très bien, comme tu veux.

Un sourire furtif illumine son visage.

— Rendez-vous demain à la bibliothèque, alors.

Je n'ai qu'un pauvre kilomètre à couvrir avant d'atteindre la ferme, mais le crépuscule s'installe déjà et le ciel se pare de reflets corail. Le malaise me gagne et mes poils se hérissent. Je crois entendre un bruit de pas sur une tombe. Peut-être que ce sentier me rappelle trop le soir où nous avons trouvé le cadavre de Dahlia. Je ralentis le pas et je jette un coup d'œil par-dessus mon épaule. La végétation a avalé la cabane. Soudain, je me sens très seule.

Tandis que la lumière décroît, je distingue un éclair lumineux entre les arbres et un frisson me parcourt la colonne vertébrale. Je me retourne vivement, espérant surprendre un mouvement.

— Cole ?

Je suis convaincue d'être épiée. Mais non, personne. Je dégaine mon téléphone et j'active le mode lampe de poche.

Une branche se brise à quelques mètres et je lutte contre l'envie quasi irrépressible de me figer sur place et de tendre l'oreille. Une bête sauvage, sans doute. Et si ce n'est pas une bête sauvage, je dois continuer à avancer. Je braque le faisceau lumineux sur les arbres et les fourrés qui ceinturent la colline, le téléphone déjà brûlant au creux de ma paume. J'entends des pas et je me dis que c'est l'écho des miens. Sauf que je ne marche pas à ce rythme-là.

J'ai un mouvement brusque et le téléphone éclaire des pupilles qui rougeoient à la lisière de la forêt juste avant de rendre l'âme. Les ombres mouvantes du crépuscule s'abattent sur moi, me font perdre mes repères et rendent le paysage parfaitement sinistre.

Mes yeux se voilent de larmes de terreur. Je pianote frénétiquement sur mon téléphone, mais le mode lampe torche ne m'offre qu'une lueur vacillante. Des lignes vertes et violettes strient l'écran qui devient totalement noir. Quand je sens quelque chose froufrouter à côté de moi, je pique un sprint, à deux doigts de la crise cardiaque.

Je ne suis pas assez rapide. Impossible de fuir le passé. Alors que je fends les ténèbres qui se referment sur moi, un souvenir m'engloutit comme l'eau glacée de la Teays.

L'ÉTÉ DERNIER, la nuit du solstice, 23 h 59

Mon T-shirt est trempé, mon cerveau fonctionne au ralenti. Il faut que je reprenne ma respiration. Je m'accroupis à l'abri d'un bosquet. Contrastant avec le noir intense du firmament, les nuages défilent devant la face ronde de la lune. Il règne un calme inhabituel, un calme oppressant. Gare à l'eau qui dort.

Je balaie du regard la forêt qui se déploie aux quatre points cardinaux, et le cri d'un hibou me fait faire un bond de deux mètres. D'après les légendes, les hiboux sont les messagers des sorcières. Le message que celui-ci transporte, je suis incapable de le décrypter, et il arrive trop tard de toute façon.

Je capte un mouvement à la périphérie de mon champ de vision. Je me retourne, mais l'obscurité compacte m'empêche de distinguer quoi que ce soit. À cet instant, un éclair zèbre le ciel et le sang se glace dans mes veines. Cet éclat soudain illumine une paire d'yeux qui rougeoient entre les arbres. Mes muscles se contractent douloureusement sous l'effet de la peur et mes pensées se brouillent comme si j'avais appuyé sur un interrupteur. Je reste pétrifiée.

L'éclair suivant ne révèle rien, à part de l'écorce. Le soulagement s'empare de mes os endoloris et les arbres s'écartent brusquement avec un bruit de papier qu'on déchire. Appuyée à un chêne, je me relève avec des gestes lents. L'écorce s'ouvre à la façon d'un rideau et se transforme en une paire d'ailes au motif camouflage, révélant la silhouette d'un homme caché dans ses replis et blotti au creux d'une obscurité qui ondoie étrangement tout autour de lui. Un papillon de nuit géant.

Il ouvre des yeux embrasés et les braque sur moi. Alors, je fais ce qu'il ne faut surtout pas faire face à un prédateur. Je prends la fuite.

CHAPITRE DIX-SEPT

La ferme surgit à l'horizon et je fonce tout droit. Arrivée au niveau de la fourgonnette, qui est garée entre la maison et la grange, je m'effondre dans l'herbe et j'avale l'air à grandes goulées, le visage humide – de sueur ou de larmes, je suis incapable de le dire.

— Tu étais où ?

Je relève la tête. Debout au-dessus de moi, Sorrel m'observe, les bras croisés. Hors d'haleine, je lui réponds :

— Je suis allée voir Cole.

— Tu as couru jusqu'ici ? s'étonne-t-elle.

— Je me suis fait courser sur une bonne distance.

Je m'allonge sur le dos. Dans le ciel s'installe cette brume estivale qui annonce la nuit.

— Courser par quoi ? Wavelene Edgar a encore oublié d'enfermer ses chiens ?

Maintenant que je suis en sécurité, je ne saurais dire si j'ai été victime de mon imagination hyperactive et si c'est le manque de sommeil qui a provoqué des hallucinations. Mais que penser de cet étrange souvenir ? Il m'a paru étonnamment réel. La tache sur le bras de Dahlia avait l'apparence d'un papillon rouge, Cole a vu la même marque sur la peau de certaines personnes… est-ce la preuve que notre folklore se fonde sur la réalité ? Ou est-ce que je suis en train de succomber à la paranoïa qui s'est emparée d'une grande partie de Caball Hollow ?

Je pousse un interminable soupir. Sorrel m'aide à me remettre debout et je la suis dans la cuisine.

— C'est impossible que l'Homme-Papillon existe en vrai, on est d'accord ?

Ma sœur s'immobilise et je manque de lui rentrer dedans. Quand je relève la tête, elle me dévisage avec inquiétude.

— Je sais que ça paraît absurde, Sorrel, mais…

— Qu'est-ce qui paraît absurde ?

Nous nous retournons de concert. Juniper se tient près de l'évier, un verre d'eau à la main, en équilibre sur un pied et l'autre jambe repliée – la posture du flamant rose.

— J'ai vu quelque chose dans la forêt en rentrant, dis-je, et ça a réveillé un autre souvenir, mais cette fois-ci… (J'hésite et ferme les yeux très fort pour éviter de penser combien les mots qui me viennent semblent ridicules.) Je crois que j'ai croisé l'Homme-Papillon.

Un silence accueille mes paroles. Lorsque j'ouvre les yeux, Sorrel et Juniper sont en train d'échanger des regards soucieux.

— Qu'est-ce qu'il y a ?

— Tu as dit la même chose juste après que les secouristes t'ont retrouvée, m'explique Juniper. Je précise que tu étais dans une sorte de délire, tu racontais à peu près n'importe quoi.

— La psy a mis ça sur le compte du traumatisme, m'informe Sorrel. Quand tu étais enfant, tu avais une peur bleue de l'Homme-Papillon et quand tu t'es retrouvée seule au milieu de la forêt avec une blessure à la tête, tu l'as halluciné. Peut-être qu'aujourd'hui, tu t'es souvenue de cette hallucination.

Je me laisse tomber sur l'une des chaises. À une époque, on les a peintes en blanc, mais la peinture s'est écaillée. Désormais, elles sont très usées, comme tout ce qui se trouve dans cette baraque. J'enfouis mon visage entre les mains, les coudes sur la table, et j'expire longuement. Visions, cauchemars, somnambulisme… je perds peu à peu la boule.

— Hier matin, je me suis réveillée dans le jardin. Impossible de me rappeler à quel moment j'étais sortie du lit, ni ce que je fichais dehors. Hadrian m'a dit qu'il m'avait croisée derrière la maison.

Sorrel vient s'asseoir à côté de moi.

— Linden, ça devient vraiment dangereux.

— Il prétend que je cherchais quelque chose.

Juniper va remplir son verre au robinet et le pose devant moi.

— Le sommeil fonctionne comme une porte, contrairement à l'état de veille, m'apprend-elle d'une voix chantante. On est plus réceptif aux rêves, à l'intuition, aux messages de l'au-delà. Peut-être que Dahlia essaie encore de communiquer avec toi. Allez, bonne nuit, conclut-elle en me tapotant l'épaule.

Sorrel hausse les sourcils.

— C'est censé nous rassurer ?

Elle monte se coucher à son tour. Je fais les cent pas dans la cuisine tout en vidant mon verre, puis je me poste à la fenêtre pour vérifier que personne ne rôde autour de la maison et je m'assure que chaque porte est fermée à clef. Encore quelque chose dont on n'avait jamais eu à se soucier jusqu'à présent.

Mon rythme cardiaque enfin revenu à la normale, je gagne ma chambre. À l'instant où j'atteins le palier, la voix de Sissy flotte jusqu'à mes oreilles.

— Linden, c'est toi ?

J'avance d'un pas traînant sur le parquet à la peinture blanche éraflée et je me rends dans sa chambre, à l'opposé de la trappe du grenier. Ma tante est assise au milieu du lit, des cartes de tarot étalées autour d'elle.

— Qu'est-ce que c'est que ça, Tante Sissy ?

— Tu me connais. Toujours à demander conseil aux forces surnaturelles.

Sissy ramasse les cartes, puis elle m'invite à m'asseoir en face d'elle. Je me laisse lourdement tomber, je m'allonge sur le dos et je fixe le plafond. Au lycée, Sissy a séché les cours pendant six mois pour protester contre les coupes pratiquées dans le budget du département artistique et profité de ce semestre de liberté pour peindre au plafond de sa chambre une fresque qui représente le ciel nocturne de Caball Hollow. C'est si réaliste qu'on a l'impression que le toit de la maison s'est envolé.

— Qu'est-ce qui te rend si pensive ? me demande-t-elle.

— Tu trouves ça étonnant, que je me perde dans mes pensées ? Je souffre d'amnésie et je n'arrive pas à me remettre de mes traumatismes. Mon amie s'est fait assassiner et la ville tout entière pense que je suis impliquée dans sa mort. Ah oui, et depuis ce soir, je ne suis même plus sûre de pouvoir me fier aux quelques bribes de souvenirs qui me restent.

Sissy ne répond pas. Je tourne la tête, certaine de trouver sur ses traits la même expression de pitié qui s'affiche si souvent sur le visage de Maman. Mais non, elle se mord la lèvre, comme en proie à un dilemme.

Je me redresse sur mes coudes.

— Qu'est-ce qu'il y a ? Salomé James, qu'est-ce que tu me caches ?

— Je t'ai entendue discuter avec tes sœurs en bas et je pense qu'il faut que je te montre quelque chose. Linden, ce que tu t'apprêtes à voir peut se révéler dangereux. Tu dois me promettre que tu n'en feras pas usage à la légère.

— Tu ne sais pas que Papa nous a appris à manier une arme en toute sécurité quand j'avais dix ans ?

— Je l'ignorais, grosse maligne.

Sissy saute au bas du lit, se dirige vers le couloir et m'invite à la suivre d'un signe de la main. Elle me conduit au grenier et, là, elle ouvre l'armoire qui contient les affaires de Zéphyrine.

— Ouh, des vêtements, dis-je d'un air sceptique. Tu as raison, ça a l'air vraiment très risqué.

— Chut, attends un peu.

Sissy ouvre le tiroir qui contient des écharpes et des gants, le retire entièrement du meuble pour le mettre de côté, puis elle glisse la main dans l'ouverture et actionne un mécanisme. Une partie de la moulure décorative se détache brusquement et révèle un compartiment secret. À l'intérieur, nichée dans un velours rouge passé, une clef ancienne qui porte l'initiale de notre nom de famille et des enjolivures à motifs végétaux. Sissy la saisit et me conduit en bas de l'escalier. Un doigt sur la bouche, elle m'exhorte à mettre mes chaussures.

Je l'attrape par le bras pour l'empêcher d'ouvrir la porte trop vite, je tire le rideau et j'explore les ténèbres du regard. Quelque chose s'agite dans la distance, aussitôt mon cœur s'emballe. Ce n'est qu'une branche. Ouf.

Lentement nous nous aventurons dehors. Lorsque Sissy se dirige vers la cuisine d'été, je comprends à quoi sert la clef, et une boule de nervosité mêlée d'impatience se forme dans ma gorge.

Ma tante allume la lampe qui éclaire la table de travail et projette des ombres anguleuses dans les recoins. Puis elle tend le bras et insère la clef dans la serrure du tiroir du milieu.

Je proteste faiblement.

— Peut-être qu'on ne devrait pas…

Le tiroir se déverrouille avec un léger déclic. Sissy en sort un paquet emballé dans un carré de soie, le pose sur la vieille table en bois et me dévoile ce qui ressemble à un livre ancien relié de cuir. Le grimoire. Elle me fait signe d'approcher et je m'avance dans la lumière.

Un message en caractères minuscules, imprimé à l'encre dorée, sert d'en-tête à la première page :

Toi qui as entre les mains cet ouvrage,
jamais ne seras en mesure de lire ces pages
ni d'entendre goutte à ces mots
qui entre tes doigts couleront comme de l'eau.
Toi qui espères cet ouvrage dérober
jamais à la malédiction ne pourra échapper.
À ce sort nul remède, nulle cure.
Pauvre fou qui trouve à notre magie belle allure,
sache que de ce recueil les enchantements
répondent aux seules femmes de notre clan.

— Une incantation, dis-je sans oser hausser le ton, pour que les sorts restent éternellement au sein de notre famille.

— Ce grimoire est le plus ancien en notre possession. Ta grand-mère est opposée à la pratique de ce type de magie, même si nos aïeules n'avaient pas la même répugnance. Elles recueillaient des secrets, des secrets terribles qu'elles devaient protéger. Je ne plaisantais pas quand je t'ai parlé des dangers tout à l'heure.

— Dans ce cas, qui serait assez stupide pour la pratiquer ?

— Dangereux n'est pas forcément synonyme de nuisible. Le grimoire a permis d'accomplir d'innombrables bonnes actions par l'intermédiaire des femmes de la famille, à commencer par la fondatrice, Caorunn James. Tante Zéphyrine pensait qu'il fallait l'étudier et s'en inspirer.

J'étudie le volume avec un intérêt nouveau. C'est peut-être dans ces pages que Tante Zéphyrine a appris ce qui l'a poussée à voir le monde sous un jour nouveau.

— Pourquoi elle ne l'a pas pris quand elle est partie, puisqu'elle savait que Mamie le laisserait dans son tiroir ?

— Elle a dû estimer qu'il ne devait pas quitter la ferme, que les générations à venir en auraient besoin. Mais elle a pris la seconde clef qui ouvre le tiroir. C'est peut-être la preuve qu'elle a l'intention de revenir un jour.

Sissy feuillette le grimoire.

— Voilà ce que je voulais te montrer, me dit-elle.

Un courant électrique me parcourt et déclenche des chatouillis à l'extrémité de mes membres. Là, sur la page, un dessin représente l'Homme-Papillon. Pas un de ces schémas simplistes qu'on voit dans les vieux livres de contes et légendes pour enfants, ni le portrait-robot accompagnant les témoignages publiés dans les journaux, les yeux qui flamboient au milieu d'un torse. C'est bien l'apparence qu'il avait dans mon souvenir. Un corps humain et deux immenses paires d'ailes diaphanes déployées dans son dos, comme la cape d'un guerrier terrifiant.

Ce n'est pas le dessin qui me coupe le souffle, mais ce qui est écrit à côté en caractères gras : **Sortilège d'invocation**.

— On peut vraiment invoquer l'Homme-Papillon ? Ce n'est pas une légende urbaine que racontent les gamins à l'école ? Attends un peu… c'est moi qui l'ai fait venir à Caball Hollow ? C'est moi qui ai provoqué ces tragédies ?

— L'Homme-Papillon existe réellement, mais, rassure-toi, tu n'y es pour rien. Tu penses vraiment qu'il suffit de prononcer son nom trois fois à minuit ? Les femmes qui ont rédigé ce grimoire voyaient en lui une personnification de la mort, ou une divinité de second ordre. Des variations de la légende de l'Homme-Papillon apparaissent dans le folklore breton, celtique et même gallois ; certains ressemblent plus à des hiboux, d'autres, à des corbeaux, mais on trouve aussi des squelettes drapés dans de longues capes. On les appelle les Gardiens et ils ont pour charge de protéger les âmes des mortels lors de leur procession sacrée vers l'au-delà.

Je lis le descriptif en suivant les lignes de l'index, comme si cela pouvait m'aider à absorber son contenu.

— Parmi les esprits bienveillants qui arpentent les collines, les Gardiens sont considérés comme les augures de la mort et de la calamité. Si vous en croisez un au détour d'un chemin, cela signifie qu'il a une tâche à accomplir non loin et qu'un pauvre malheureux va connaître un destin tragique. Chaque Gardien a jadis appartenu à la communauté locale et sa vie a été prématurément fauchée. Il accomplit son mandat avant de passer le relais à son successeur.

Je plante mon regard dans celui de Sissy.

— À supposer que tout cela soit vrai, que l'Homme-Papillon ne soit là que pour accompagner une âme dans son dernier voyage, quel intérêt à le faire venir dans notre monde ?

— Parce que son rôle ne se limite pas à ça. Tu as déjà entendu l'expression « signer un pacte avec le diable » ?

— Bien sûr.

Sissy lève le livre pour que je me retrouve nez à nez avec l'illustration.

— Le voici, le diable. Enfin, l'une des formes qu'il prend, en tout cas. Pense à la légende. Cela fait des générations que la jeunesse de Caball Hollow invoque l'Homme-Papillon parce qu'elle pense qu'il peut réaliser ses rêves les plus fous.

— Et, Mamie le dit toujours, chaque légende pousse à partir d'une graine de vérité.

— Précisément. Le souci, c'est que l'Homme-Papillon n'apparaît que dans le but de guider les âmes défuntes. Sauf si tu es une James, et si tu maîtrises ce sort. Là, tu peux sceller un pacte avec lui. Il faut simplement en payer le prix, et c'est un prix élevé. L'Homme-Papillon peut être invoqué si une James lui fait l'offrande de son sang là où a été enterré le premier Gardien de Caball Hollow.

— Et comment on est censé savoir où se trouve cet endroit, au juste ?

— Il y règne une énergie puissante.

Sissy passe quelques pages et me montre une autre illustration. Un arbre blanc et trapu dont le tronc se divise en cinq branches massives. On dirait une main squelettique qui jaillit du sol.

Je le reconnais aussitôt.

— L'Arbre-Squelette… soufflé-je.

Sissy confirme d'un signe de tête.

— Tu vois, on peut évoquer l'Homme-Papillon, mais il faut respecter des critères très précis.

— L'Homme-Papillon est venu guider Dahlia vers l'au-delà, alors ? C'est pour ça que plusieurs personnes l'auraient vu ?

— Possible.

Ma tante m'offre un sourire triste, referme le grimoire qu'elle replace soigneusement dans son linceul de soie et le remet dans son tiroir.

— À moins que ces personnes, poursuit-elle, ne souffrent d'un excès de bière et d'un déficit en neurones.

Elle verrouille le tiroir et glisse la clef dans sa poche, puis nous regagnons la maison. J'ai le cerveau en surchauffe. Sissy s'en rend compte et elle me serre dans ses bras une fois passé la porte de la cuisine.

— Cela ne change rien à la situation. La différence, c'est que, maintenant, tu sais à quoi t'en tenir. Comme au collège quand on apprend que les nuages sont constitués de vapeur d'eau. Les choses vont rester telles qu'elles sont. Toi, tu comprends un peu mieux le monde.

— Oui, sauf que subitement on trouve les nuages moins magiques alors que là… il y a de la magie partout, dis-je en me frottant les paupières.

— Tu as eu une longue journée, Linden. Va dormir un peu, on pourra en reparler plus tard. Garde cela pour toi, tu veux bien ? Mamie refuse que le grimoire quitte le tiroir ne serait-ce qu'une minute, et je n'ai pas besoin de donner à ta mère une autre raison de se crêper le chignon avec moi.

Elle me serre à nouveau contre elle et, dans la lueur de l'halogène au-dessus de l'évier, j'aperçois le bourrelet argenté d'une cicatrice aussi fine qu'une lame de rasoir sur la face interne de son avant-bras. C'est la première fois que je la vois. Mais déjà Sissy gravit l'escalier, elle a disparu avant que je puisse lui en toucher un mot.

Étendue dans mon lit, je me repasse en boucle le souvenir que je garde de l'été dernier. Si le grimoire dit vrai, si l'Homme-Papillon sert réellement de guide aux morts, si ce n'est ni un monstre, ni une hallucination, pourquoi me poursuivait-il à travers la forêt ? Et qu'est-ce qui m'épiait, tapi dans les fourrés, pendant que je rentrais chez moi ce soir ?

CHAPITRE DIX-HUIT

C'est le grincement de la septième marche de l'escalier qui me réveille. Je roule sur le flanc et, avec un bâillement, j'allume mon téléphone pour vérifier l'heure. Comment ça, neuf heures ?! Cela signifie deux choses : quelqu'un a éteint mon alarme et je suis en retard au boulot. Maman avait pris cette habitude afin de me laisser dormir plus longtemps l'année derrière, à l'époque où je souffrais d'insomnies. Je pensais avoir gagné en discrétion depuis, or elle a vu clair dans mon jeu et elle a décidé de m'accorder une grasse matinée.

Je traverse le couloir à pas lourds et je vais prendre une douche express dans la salle de bains, puis je reviens m'habiller dans ma chambre. Deux tiroirs de la commode sont restés ouverts ; un T-shirt pendouille, déplié sans le moindre soin, ce qui me fait fulminer. Juniper m'a encore emprunté des vêtements et elle s'est bien gardée de me demander la permission. Je n'ai pas l'énergie de m'énerver pour de bon, je prends le haut et je l'enfile.

Tandis que je descends à la cuisine, les gonds d'une porte couinent à l'étage.

— Coucou ? Tante Sissy ?

Pas de réponse.

Maman a laissé un petit mot à mon intention sur le réfrigérateur. J'en prends connaissance tout en mélangeant une cuillerée de miel de romarin à mon thé.

Sissy te remplace ce matin.
Essaie de dormir, je vais faire des courses
et je reviendrai te chercher pour le rush de midi.

Un bruit de pas étouffé se fait entendre au-dessus de ma tête. Je lâche ma cuillère, qui rate la soucoupe et tombe avec un grand fracas sur la table. Si toute la famille travaille au *diner*, qui est à la maison ?

— Juniper ?

Je me mets lentement debout. Maintenant que j'y pense, il y a eu aussi le grincement qui m'a tirée du sommeil tout à l'heure… Personne dans ma famille ne poserait le pied sur la septième marche, par crainte de me réveiller.

Cette fois, je n'attends pas de réponse ; j'ai déjà franchi la porte de derrière, toujours pieds nus, et je fonce vers la remise au-dessus de laquelle Hadrian occupe un modeste logement. Un mouvement attire mon attention et je me fige, soulevant un nuage de poussière.

Hadrian sort de la cuisine d'été. Je le vois glisser un objet brillant dans sa poche. Il m'aperçoit, se rend compte à mon expression qu'il y a quelque chose qui cloche et, immédiatement, se met en alerte.

— Qu'est-ce qui se passe, Linden ?

— Tu es entré chez nous ?

La logique veut qu'il n'ait pas pu être dehors avant moi, néanmoins, j'espère vraiment qu'il a été plus rapide.

— Linden, il y a un intrus dans la maison ? me demande-t-il d'une voix neutre.

— Je… j'ai entendu un bruit. La marche a grincé. Et je crois qu'il y a quelqu'un qui marche à l'étage.

Hadrian attrape un long bâton dans le tas de bois empilé près de la cuisine d'été.

— Reste ici, m'ordonne-t-il.

Il s'éloigne à grandes enjambées. Je décide de le suivre, à bonne distance pour éviter de me prendre un coup de massue. Lorsque nous entrons dans la cuisine, il me regarde et je lui montre le plafond. Nous montons l'escalier en demeurant aussi discrets que possible et en évitant la marche numéro sept. Je m'efforce de contrôler les battements de mon cœur tandis que nous passons chaque pièce au peigne fin.

— Personne, déclare Hadrian, la branche posée sur l'épaule. Tu remarques qu'il manque quelque chose, un objet a été déplacé ?

— On vit à sept là-dedans. Il y a toujours des trucs qui disparaissent ou qui sont mal rangés.

Ma remarque lui arrache un rire bref et amusé.

— Pas faux. La porte de devant n'est pas fermée à clef, mais, s'il y avait quelqu'un, il y a bien longtemps qu'il est parti.

— Merci d'avoir vérifié, en tout cas.

Je me masse la tempe, en me sentant un peu bête. Je sais que j'ai verrouillé les portes hier soir et tout le monde passe par celle de la cuisine le matin, donc je ne comprends pas comment celle de devant a pu s'ouvrir.

Hadrian retourne à ses tâches et je me retrouve seule, en proie à un profond malaise. J'ai toujours l'impression qu'un rôdeur me souffle dans la nuque et je retiens ma respiration dès que la maison émet un craquement. Lorsque je suis surprise par mon propre reflet dans un miroir, j'explose et j'envoie à Cole un texto pour lui proposer de me retrouver à la bibliothèque dans la matinée, sans attendre l'après-midi.

J'appuie mon vélo au mur de la bibliothèque qui occupe une aile du bâtiment municipal et je tamponne la sueur accumulée à la racine de mes cheveux. Cole s'est installé dans la salle d'étude, tout au fond, où il explore un carton qui contient les documents collectés par Dahlia. J'ai essayé d'écouter le podcast de Dahlia un peu plus tôt, toujours posté sur son SoundCloud, mais je n'ai pas réussi à aller au bout et j'ai préféré lire les transcriptions des interviews. Cela me perturbe trop d'entendre sa voix, malgré ses accents veloutés et apaisants.

Ce n'est même pas le chagrin qui me fait le plus souffrir. C'est la culpabilité. Dahlia a quitté Caball Hollow, je le reconnais, mais je dois aussi reconnaître que j'ai laissé notre amitié prendre l'eau, parce que j'avais honte de mes étranges capacités. Plus j'y pense et plus j'ai envie de rentrer cent pieds sous terre. Le goût intense et familier du pain au sel, ce sera à jamais le goût du deuil associé à la mort de Dahlia.

— Salut, me lance Cole, et il se met debout pour me dire bonjour.

Il arrive directement de sa séance d'entraînement, il a encore les cheveux mouillés après la douche dans les vestiaires. Une sensation de chaleur se répand sur ma nuque et mes lèvres esquissent un demi-sourire. J'évite de croiser son regard et je m'affaire en vidant le carton.

— On commence ? On n'a pas beaucoup de temps. On a le droit d'étudier ces documents pendant une heure, pas plus.

Mais après nous être farci des tonnes de notes écrites, plus des photocopies d'articles et d'interviews, nous devons nous rendre à l'évidence : les réponses que nous cherchons ne figurent pas là-dedans. La disparition d'Elam McCoy est à peine mentionnée, et uniquement dans le cadre des manifestations de l'Homme-Papillon. Dahlia avait choisi de se concentrer sur l'aspect folklorique, pas sur le factuel.

— Il n'y a rien là-dedans. Rien d'exploitable, en tout cas.

— L'heure est quasiment écoulée, fait remarquer Cole.

Il s'étire, son T-shirt se relève et j'essaie de faire abstraction de la bande de peau hâlée au-dessus de sa ceinture. Je commence à remettre de l'ordre dans les documents que nous avons étalés sur la table quand un détail étrange attire mon regard.

— Cole, jette un coup d'œil là-dessus.

Il s'approche de moi et son parfum de cèdre mêlé au clou de girofle me monte à la tête. Je lui montre l'erreur que j'ai repérée sur la feuille d'inventaire.

— On aurait dû trouver la retranscription d'une interview avec un certain Wyatt McCoy, mais pour ma part je n'ai rien vu de ce genre.

— Revérifions. Peut-être que c'est mal étiqueté.

Notre second passage ne donne rien. Aucune trace de cette interview.

— Qui c'est, ce Wyatt, et quel lien il a avec Amos et Elam McCoy ?

— On peut imaginer que c'est une erreur d'inattention, suggère Cole. Le seul McCoy sur la liste des interviewés, c'est Amos.

— Peut-être. Mais il y a une ligne à part dans l'inventaire pour l'interview d'Amos McCoy.

Une interview d'une concision étonnante, d'ailleurs, dans laquelle Amos disait qu'il ne croyait pas du tout en l'Homme-Papillon.

— Si ce n'est pas une faute de frappe, il est arrivé quoi à la transcription manquante ?

Et si cette interview contenait des informations que quelqu'un voulait garder à tout prix cachées ?

— Possible, aussi, qu'elle n'ait jamais été archivée. Tu m'as dit que Dahlia avait changé d'angle pour son projet. Peut-être qu'elle a mis cette interview de côté parce qu'elle n'allait pas dans la direction souhaitée et elle a oublié de l'effacer de l'inventaire.

— Mais si une personne l'a volée dans les archives, elle aurait d'abord dû demander le carton à la bibliothécaire, non, comme tout le monde ? Je vais voir si on peut consulter la liste des gens qui y ont eu accès ces derniers mois.

Je repousse la chaise et les pieds font un tel bruit lorsqu'ils raclent le sol que je ne peux réprimer une grimace.

— Linden, attends, je viens avec toi.

À son tour Cole se met debout, mais j'ai déjà quitté la salle. Je me dirige vers le bureau d'accueil, où officie Opal Parrish, la mère de Maude. Ses cheveux blancs sont coupés en un carré impeccable. Elle me salue.

— Bonjour Linden. Cela fait plaisir de te revoir. Cole m'a dit que vous travaillez sur un projet commun.

— C'est bien ça, Madame. D'ailleurs, on a remarqué qu'un des documents listés dans l'inventaire a disparu du carton. Est-ce que les cartons qui sortent des archives sont vérifiés avant d'être rangés ?

Mrs Parrish griffonne quelques mots sur un Post-it.

— Tu sais, j'aimerais qu'une vérification approfondie soit possible à chaque fois, mais nous ne sommes pas assez nombreux. Le couronnement de la Reine des Papillons provoque chaque année un regain d'intérêt pour l'histoire de Caball Hollow. Les gens qui ont demandé à consulter nos archives dernièrement sont tellement nombreux qu'il n'est pas impossible que des documents aient été rangés dans le mauvais carton.

— Ce serait faisable de voir qui a réclamé ce carton spécifiquement ?

— Navrée, répond-elle avant d'ajuster ses lunettes en forme d'œil de chat et de faire cliqueter la chaîne en or qui les retient à son cou. Nous avons des règles très strictes en ce qui concerne la confidentialité. C'est une information que nous ne pouvons même pas donner au shérif, à moins qu'il ait un mandat.

L'excitation que j'ai ressentie à la possibilité d'être sur une piste s'évapore. Mrs Parrish remarque sans doute que mes traits s'affaissent, car elle s'empresse de me proposer un plan B.

— Je vais voir si je peux retrouver la trace du document qui te manque, d'accord ? Laisse-moi ton numéro, je te ferai signe s'il réapparaît.

Elle m'adresse un petit sourire conciliant, mais son regard s'illumine à l'instant où un parfum boisé m'enveloppe.

— Ou je peux en informer Cole. Il vient ici assez souvent.

Pas besoin de préciser qu'il est alors en compagnie de Maude, c'est sous-entendu. J'ai vu Cole et Maude au festival, puis à la veillée, et je sais qu'ils sont devenus très proches. Je me demande jusqu'à quel point.

Cole pose le carton sur la table. Mrs Parrish le remercie et scanne le code-barres, puis elle descend à la salle des archives.

— Désolé que ça n'ait débouché sur rien, déclare Cole en se penchant en avant, un bras sur le comptoir, de façon à voir mon visage. Je peux te raccompagner, si tu veux ?

J'épaule mon sac à dos et je m'écarte, troublée par son parfum et par la chaleur qui émane de lui.

— Je ne rentre pas chez moi. Merci pour ton aide, en tout cas.

Avant que j'aie pu faire un pas de plus, il m'attrape par le bras, m'entraîne dans le rayon « Histoire et patrimoine » et pose son regard sur moi.

— Tu m'en veux pour quelque chose ? me demande-t-il avec, dans la voix, une pointe de doute. Parce que tu es devenue bizarre, brusquement.

J'ouvre la bouche avec la ferme intention de faire comme si tout allait bien.

— Vous êtes ensemble, Maude et toi ? lâché-je à la place, tandis que mes yeux s'écarquillent sous l'effet de la surprise.

Il lève les yeux au ciel et secoue la tête, le doute prenant des saveurs plus fumées, plus complexes.

— Non, Linden. Pas du tout. Tu as vraiment besoin que je te le dise ?

Mon téléphone vibre dans ma poche et je sursaute. Le charme est rompu.

— C'est ma mère. Elle me récupère devant la bibliothèque et on retourne au *diner*.

Cole me lâche le bras. Je capte un mélange subtil, entre contrariété et confusion, qui laisse aussi la place à une autre émotion, profonde et indéfinissable.

— Si tu penses à autre chose, dit-il, envoie-moi un SMS.

Il me tourne le dos. Je l'attrape par le T-shirt et j'attends que ses yeux croisent les miens.

— Hé, Cole. Je ne t'en veux pas du tout, je t'assure.

Un sourire étire lentement la commissure de ses lèvres, beau et dangereux à la fois.

Quand Cole est parti, j'appuie ma tête à une étagère et je fixe mon regard au plafond, me forçant à inspirer, puis expirer lentement.

Quelque chose me turlupine. Je passe un doigt sur le bord du rayonnage. Chaque livre porte un autocollant blanc sur lequel est imprimée une série de chiffres spécifiques, qu'on appelle une cote. Tante Zéphyrine a travaillé à la bibliothèque avant de quitter Caball Hollow. Sans doute maîtrisait-elle sur le bout des doigts la classification décimale de Dewey.

J'ouvre mon sac et j'en sors mon portefeuille. C'est là que je conserve précieusement le petit papier découvert dans la poche de la robe de Zéphyrine. Je le déplie et je retrouve le numéro griffonné en conclusion du message : *216.3.*

Me voilà de retour à l'accueil.

— Mrs Parrish ? Vous pourriez m'aider à trouver un livre ?

Je lui donne la cote qu'elle tape sur le clavier de son ordinateur.

— Oui, on l'a, en effet. Il n'intéresse pas grand monde, alors on le garde au sous-sol.

Elle fait défiler la page et lâche un :

— Tiens donc.

— Un problème ?

— Non. C'est juste qu'il n'a pas été emprunté depuis un bon moment.

Mrs Parrish rajuste ses lunettes et je me penche vers l'avant pour consulter son ordinateur, dont l'écran affiche l'historique des emprunts. Un seul nom apparaît : Zéphyrine James. Mon cœur s'emballe. Enfin une piste.

— Vous étiez déjà là quand ma tante travaillait à la bibliothèque ?

— Oh non. On m'a embauchée lorsque son poste s'est libéré, répond-elle en choisissant ses mots avec un tact pudique.

Je la remercie et j'emprunte l'escalier qui mène au sous-sol. Un détecteur de mouvement allume et éteint les lampes en fonction de mes déplacements. Les livres sont entreposés dans des rayonnages mobiles guidés sur des rails, un système qui permet d'optimiser l'espace. Si je veux accéder à une armoire, je dois tourner une roue et la faire coulisser pour ouvrir un passage. J'étudie les numéros imprimés sur le côté de la structure jusqu'à ce que je repère la cote qui m'intéresse et que j'arrive au bon rayonnage.

Lorsque je m'introduis dans l'ouverture, la lumière du plafonnier vacille et décline. Je lève les yeux et elle se remet à clignoter à une vitesse folle, si bien que je ne comprends pas tout de suite ce que j'ai devant les yeux. Là, piégés dans le cache en verre, deux papillons de nuit battent des ailes. Les cheveux dressés sur la tête, je me force à me calmer en respirant bien à fond, lentement. Parfois, un papillon de nuit n'est rien d'autre qu'un papillon de nuit.

La lumière se stabilise et j'explore les étagères. Je finis par mettre la main sur ce que je cherche. *La Philosophie du bien et du mal.* Surprise : la reliure ne dissimule pas le texte théorique imprimé en petits caractères auquel je m'attendais. Il s'agit d'un journal intime, et son rédacteur a une écriture étonnamment similaire à celle du petit mot que je tiens à la main. Qu'est-ce qui pousserait Zéphyrine à cacher cela ici ? Je balaie les environs d'un regard rapide, puis je glisse le livre dans mon sac et je sors rejoindre Maman.

La cuisine d'un restaurant, c'est un endroit qui ne connaît jamais le repos, et surtout pas lors du rush du déjeuner : entre le vacarme des assiettes qui s'entrechoquent, le vrombissement de la hotte de ventilation, le grésillement du gril et le fracas métallique des spatules, les voix des serveurs qui lancent les commandes et les chefs – Maman et Mamie, en général – qui répondent sur le même ton, il y a de quoi devenir sourd. À cela s'ajoute le chant des soupes et des sauces qui mijotent dans leur casserole. Pourtant, c'est un silence de mort qui nous accueille à notre arrivée.

Maman pose sur la table de travail en inox les tabliers propres qu'elle est allée chercher au pressing.

— Il y a quelqu'un ? appelle-t-elle.

Nous échangeons un regard, nous traversons la cuisine et nous arrivons dans la salle, où nous découvrons Mamie et Salomé en pleine partie de cartes à la table qui fait le coin, une carafe de thé glacé à côté d'elles. Mamie a un flair incroyable pour savoir quand infuser du thé glacé. Le seul client, c'est Hillard Been qui déguste son café et ses biscuits au comptoir. Tout seul, sans Buck Garland, son ancien stagiaire.

Maman croise les bras. Elle a oublié de boutonner les poignets de son chemisier – c'est pourtant son préféré – et elle dort tellement mal qu'elle a des cernes violets.

— On a eu du monde ?

— Personne, répond Sissy sans détacher les yeux de ses cartes.

— Comment ça, personne ?

— Sissy exagère, comme d'habitude, dit Mamie avant de déployer son jeu devant elle. Gin.

— À peine, clarifie ma tante. On a eu peut-être deux ou trois clients ce matin. Dont Wavelene Edgar, qui est venue partager une nouvelle perturbante…

— La pause, c'est pour le suspense ? s'agace Mamie.

— Bon sang, Maman, je ne peux pas reprendre haleine ? rétorque Sissy.

— Ne nous fais pas languir comme ça, c'était quoi, cette nouvelle ? insiste Maman.

— Apparemment, ses chiens ont repéré quelque chose derrière sa maison l'autre soir et ils lui ont donné la chasse. Ils ne sont jamais revenus. Elle a scotché une affiche, puis commandé les fleurs de pissenlit en friture.

— Après quoi ils ont couru, cette fois ? soupire Maman.

Mon regard croise celui de Sorrel, elle hausse les sourcils.

— Oh, Wavelene nous a tout raconté dans les moindres détails, déclare Mamie. Les chiens ont complètement perdu la boule et ni une ni deux, ils ont sauté la clôture et ils se sont lancés à la poursuite d'une silhouette. Elle est persuadée qu'elle ne les reverra plus.

Je tends l'oreille lorsque j'entends le mot « silhouette ». Peut-être que ce n'était pas l'Homme-Papillon qui m'a suivie hier soir, mais la personne qui nous a espionnées sur le parking du lycée. Et peut-être que cette personne a eu l'audace de s'introduire dans la maison ce matin. Un frisson me parcourt l'échine et laisse dans son sillage une détermination nerveuse. Si on essaie de me faire peur, c'est l'inverse qui se produit.

— Personne à Caball Hollow n'est pas assez stupide pour kidnapper les chiens de Wavelene Edgar. Et ce n'était pas l'Homme-Papillon non plus, intervient Hillard depuis le comptoir. Ces clébards répondront à l'appel de leur gamelle, comme d'habitude. Allez, à demain.

Une idée me traverse l'esprit. Je glisse dans un sachet en papier quelques cookies chocolat-éclats d'amande, les biscuits préférés de Hillard, je sors dans la rue et je le repère à quelques dizaines de mètres, devant le drugstore.

— Mr Been !

Je le rattrape et lui donne les cookies.

— Un cadeau pour notre meilleur client.

— C'est drôlement gentil de ta part, me dit Mr Been, ravi.

— Mr Been, est-ce que vous sauriez par hasard où habite Amos McCoy ?

— Je lui ai livré son courrier pendant près de trente ans, non ? rétorque-t-il, le torse bombé.

Après le dîner, c'est mon tour de faire la vaisselle. Rowan est de corvée de séchage et elle s'en acquitte avec une moue boudeuse. Elle prétend qu'être reléguée à la plonge au *diner* devrait l'exempter de s'occuper de la vaisselle à la maison. Maman répond à son argument en levant les yeux au ciel et en quittant la pièce. Tandis que mes mains s'affairent, je fixe la fenêtre d'un air absent et j'essaie de mettre de l'ordre dans mes idées.

J'ai jeté un coup d'œil au journal de Zéphyrine au retour du travail en ne comprenant toujours pas pourquoi elle a éprouvé le besoin de le cacher. Elle y parle surtout de l'histoire familiale – la légende de la fondatrice de notre clan, par exemple – et du folklore en général – j'ignorais qu'au départ, on touchait du bois afin d'invoquer les esprits qui vivent dans les arbres pour réclamer leur protection. Un passage explore même les origines de Caball Hollow et explique comment les Spencer, qui appartiennent aux cinq ou six familles ayant signé la charte originale il y a plus d'un siècle, ont encore pignon sur rue quand d'autres lignées ont sombré dans l'anonymat ou se sont carrément éteintes.

Je passe un verre mouillé à Rowan qui me donne un petit coup de coude tout en l'essuyant avant de le ranger dans le placard.

— Qu'est-ce que tu as ce soir ? veut-elle savoir.

Clignant des paupières, je détache mon esprit de la fenêtre.

— J'ai déniché le journal intime de Tante Zéphyrine à la bibliothèque. Elle l'avait planqué dans un bouquin de philosophie.

— Drôle d'idée.

— C'est aussi mon avis. Elle se disputait beaucoup avec Mamie à l'époque. Peut-être qu'elle ne voulait pas que sa sœur tombe dessus. Or je n'arrête pas de me dire qu'il y a autre chose, forcément. Et il s'est passé un truc bizarre ce matin.

Juniper, qui fait un puzzle sur la table de la cuisine, n'a pas raté une miette de notre échange.

— Ah bon ? Il s'est passé quoi ? intervient-elle.

— Peut-être rien, mais c'est bizarre quand même.

Je leur parle des bruits inexplicables que j'ai entendus alors que tout le monde était au *diner*, même s'il est fort possible que j'aie été le jouet de mon imagination.

— Un cambrioleur ne remarquerait rien d'intéressant chez nous. Les seuls bijoux de famille, ce sont nos pieds de tomate, dit Rowan.

— J'ai remarqué une très forte activité surnaturelle ces derniers temps, renchérit Juniper, songeuse. Et les portes qui grincent, les bruits de pas, une marche qui couine, ce sont des bruits qu'on associe aux esprits qui essaient de se faire entendre.

— Ce n'est pas forcément plus rassurant, lui dit Rowan. Moi, j'aimerais bien savoir ce qu'Hadrian traficotait dans la cuisine d'été.

Je la dévisage, surprise.

— Ce n'était pas du tout le sujet.

— Il n'a aucune raison d'y mettre les pieds. Il n'y a pas d'outils là-dedans, pas d'équipement agricole, rien.

— Peut-être que Mamie lui a demandé de réparer quelque chose, suggère Juniper.

Bien vu.

— En plus, ce n'est pas comme s'il pouvait se tenir en même temps dans la maison et dehors.

— Peut-être pas, mais ça ne signifie pas non plus qu'il est totalement innocent, insiste Rowan.

Cette nuit-là, impossible de fermer l'œil. Lorsque les premiers doigts de l'aube effleurent la cime des montagnes, je n'ai pas dormi une seule minute. Les paroles de Rowan ne cessent de tournicoter sous mon crâne et même si Hadrian n'éveille pas en moi la même méfiance que chez ma sœur aînée, je sais aussi que la seule chose de valeur détenue dans la cuisine d'été, c'est le grimoire.

CHAPITRE DIX-NEUF

Le lendemain matin, je vois Rowan dans le carré aromatique. Au lieu d'arracher les mauvaises herbes, elle reste plantée là, les mains sur les hanches, et elle regarde en direction de la grange.

— Qu'est-ce que tu mates comme ça ? Ah, j'ai compris.

Torse nu, les muscles saillant sous le soleil implacable, Hadrian répare le moteur du tracteur. C'est cette scène qui captive autant ma sœur.

— J'ai l'impression que ce ne sont pas les mensonges d'Hadrian qui te fascinent, frangine.

Rowan émet un grognement sarcastique et se tourne vers moi.

— Écoute-moi bien, Linden : je vais finir par découvrir ce qu'il cache.

— Il ne cache pas grand-chose en ce moment, lui dis-je en montrant cet étalage de pectoraux et de tatouages.

— Tu es venue vers moi pour quelque chose de précis ? s'agace Rowan, la bouche en cul de poule.

— Oui, figure-toi. J'ai besoin de ton aide. J'aimerais que tu me conduises chez Amos McCoy.

Je lui explique mon plan. Soudain, elle devient grave.

— Linden, la moitié des habitants pensent que c'est un meurtrier. Et peut-être qu'ils ont raison. Il a très bien pu tuer Elam, puis Dahlia quand elle a commencé à remuer le passé.

— Ce que les habitants s'imaginent, j'ai beaucoup de difficultés à le prendre au sérieux. Parce qu'ils colportent aussi pas mal d'idioties à mon sujet. Et tu pourras me dire s'il ment ou s'il dit la vérité.

Nous voyons Hadrian s'approcher discrètement de l'arrivée d'eau et nous faisons silence sans même nous concerter. Il nous salue d'un signe de tête, puis il ouvre le robinet, se lave les mains et s'asperge le visage.

Rowan retire ses gants de jardinage avant de s'éloigner à grands pas.

— Très bien, dit-elle, allons-y. Mais c'est toi qui te tapes la corvée de désherbage au retour.

Lorsque nous nous garons devant l'adresse que m'a fournie Hillard Been, la maison nous donne l'impression d'être abandonnée. Une allée mal entretenue mène à la porte d'entrée et deux voitures, des épaves à vrai dire, sont perchées sur des parpaings dans le jardin.

Ce qui était autrefois une petite ferme couverte de bardeaux est à présent réduit à l'état de squelette et les plantes grimpantes aux lourdes tiges pendouillent sur la façade comme de la peau flasque. Il y a des carreaux cassés, les fenêtres évoquent la bouche béante d'un cadavre édenté.

Les tôles du vieux garage à l'arrière sont rongées par l'humidité et plusieurs engins à moitié désossés rouillent gentiment au milieu des hautes herbes. Je repère le plateau de coupe d'une tondeuse, un moteur de tronçonneuse, et même un VTT qui a perdu ses chambres à air. Une décharge à ciel ouvert.

Rowan abaisse ses lunettes noires sur le bout de son nez pour évaluer l'ampleur du désastre.

— Tu es sûre qu'il vit toujours ici ? s'étonne-t-elle.

— Il n'y a qu'un moyen de le savoir.

Mal à l'aise, je touche la poignée de la portière.

Nous descendons de la fourgonnette. Malgré la chaleur suffocante, un frisson glacé parcourt ma colonne vertébrale. Rowan me jette un coup d'œil méfiant. Elle aussi est sensible à cette ambiance particulière. Cet endroit est hanté. Par le fantôme du petit Elam ou par le spectre de la tragédie, c'est ce que nous allons bientôt découvrir.

Je gravis les blocs en béton servant de marches sur le perron, qui ont presque l'air de pourir sous mes pieds. La peinture écaillée des bardeaux encadre un trêfle sculpté au-dessus de la porte. Un porte-bonheur pour cette famille frappée par le destin, c'est d'une ironie cruelle. Le sort sourit à certains quand d'autres enchaînent les épreuves…

Vite, je toque à la porte, de peur de changer d'avis. Nous patientons quelques instants, mais l'endroit semble désert. Je me tourne vers Rowan, qui hausse les épaules.

Je ne suis pas venue jusqu'ici pour abandonner à la dernière minute. Je cogne la porte du poing, de toutes mes forces, même s'il n'est pas impossible que je défonce le bois, ni que les vibrations détachent les toiles d'araignée qui semblent empêcher la maison de s'effondrer.

Des pas lourds et rapides approchent. Rowan m'attrape par le passant de mon jean et m'attire vers elle à l'instant où le battant s'ouvre à la volée.

Un homme maigre au teint cireux surgit sur le seuil. Deux ou trois chicots en moins, le teint rougeaud, des cheveux gris filandreux, il porte un débardeur blanc maculé de sueur qui semble être devenu une seconde peau crasseuse.

— Qu'est-ce que vous voulez ? aboie-t-il.

— Eh bien, vous êtes drôlement mal embouché, dit Rowan sur un ton monocorde qui contraste avec ses poings serrés et cette énergie constituée de terreur et de détermination émanant d'elle.

L'homme braque sur nous un regard noir, puis il semble se raviser.

— Désolé, les filles, je ne voulais pas vous vexer.

Je m'empresse de répondre avant que Rowan n'envenime la situation.

— Personne n'est vexé, Monsieur. Nous cherchons Mr McCoy. Est-ce qu'il vit ici ?

— Vous l'avez devant vous.

Je jette un regard confus à Rowan. Je n'ai vu Amos McCoy que furtivement, à la ferme, puis au cimetière, et aussi dans la rue. J'ai l'impression qu'il a pris dix ans en l'espace de quelques semaines. On dirait qu'il n'attend qu'une chose, la mort.

— Vous êtes Mr Amos McCoy ?

— Le seul McCoy qui est resté dans le coin, s'agace-t-il – si ça continue, il va nous claquer la porte au nez. Vous vendez des cookies ou quoi ?

— On espérait vous poser quelques questions. Au sujet d'Elam.

Son expression change en un clin d'œil. Son visage donne l'impression de s'affaisser.

— Ah, lâche-t-il. Ça fait belle lurette que je n'ai pas entendu ce nom.

Les mots ont le goût de la tristesse qu'on ressasse, de la saumure. L'homme recule et, d'un geste, nous invite à l'intérieur.

— Entrez. Je ne mords pas.

Sa plaisanterie lui arrache un pauvre rire sans humour.

Je m'apprête à le suivre, et Rowan, qui n'a toujours pas lâché le passant de mon jean, tire dessus pour entrer la première. Par-dessus son épaule, son visage renvoie une expression difficile à décrypter. Je comprends son message lorsque je pénètre dans une pièce aux dimensions modestes et un mélange d'odeurs – les remugles d'un corps mal lavé, le tabac froid et la puanteur sucrée et malsaine de la putréfaction – me frappe à la façon d'une vague. Mon estomac se noue et j'essaie de retenir un haut-le-cœur.

Amos McCoy libère à la va-vite deux chaises près de la table de la cuisine en retirant une pile de courrier. Je remarque des enveloppes de couleur vive sur lesquelles est tamponné MISE EN DEMEURE, des sacs de *fast-food* marqués d'auréoles de graisse. Il froisse le tout et le jette dans un coin de la cuisine, en même temps qu'un cendrier plein à ras bord. Il s'assied, nous invite à l'imiter.

J'essaie de le mettre à l'aise en employant la douceur.

— Désolée d'aborder un sujet aussi douloureux, mais nous avions l'espoir que vous nous parliez un peu d'Elam. Comment était-il ?

— C'était un petit garçon adorable.

Le fait qu'Amos McCoy ne nous demande pas qui nous sommes, ni ce qui nous pousse à l'interroger, me laisse penser qu'il a besoin d'en parler. Même si cela le tourmente.

— Le portrait craché de sa mère, poursuit-il, les mêmes yeux brillants, son grand sourire. Contrairement à son frère, qui a hérité de moi.

— Elam a un frère ?

— Oui, un grand frère, Wyatt. Il est parti avec sa maman après… enfin bref.

Amos McCoy se perd dans la contemplation de ses mains, posées paumes ouvertes sur la table.

Voilà qui résout un mystère. L'interview qui manquait dans le carton des archives concernait le frère aîné du garçon disparu. Un frère dont j'entends parler pour la première fois.

Amos McCoy pousse un profond soupir.

— Ne faisons pas les choses à moitié, suggère-t-il. Reprenons depuis le début.

Il balaie la cuisine du regard, repère une canette de bière sur le rebord de la fenêtre, l'attrape, la secoue, comprend qu'elle est vide, puis s'en débarrasse.

— Tenez.

Rowan sort la dernière canette d'un carton posé au sol. Nos yeux se croisent alors qu'elle tire sur la languette et elle me pose une question muette. Je réponds par l'affirmative d'un signe de tête. Discrètement, elle appuie son pouce sur le bord tranchant de l'orifice, tressaille à peine et verse une goutte de sang, une goutte minuscule qui agira comme un sérum de vérité, dans la bière tiède, puis elle tend la canette à Amos.

— Merci bien.

Il la vide en quelques gorgées, à la façon d'un médicament, puis il reprend :

— La maison n'avait pas cette allure-là à l'époque. J'étais mécanicien et ma femme, Nora, enseignait au lycée. On était heureux. En tout cas, c'est ce que je croyais.

Sa jambe commence à trembler et les tressautements se propagent à la table. Je tends le bras au-dessus de la surface en émail, sur laquelle sont peintes des fleurs que le temps a quasiment effacées, et je pose ma main sur la sienne. Il me regarde avec, au fond des yeux, un sentiment de solitude et un chagrin si profonds qu'ils me contaminent immédiatement. Une note de citron et de sel chatouille mes papilles.

— Vous pouvez me raconter le jour où ça s'est produit ? lui demandé-je doucement.

Il se racle la gorge avant de parler.

— C'était un samedi, un des rares où je ne travaillais pas à l'atelier, et j'avais prévu d'aller pêcher, à l'endroit où le ruisseau rejoint la rivière. J'y avais déjà attrapé une quantité astronomique de sandre. Wyatt a voulu venir et, bien sûr, Elam aussi.

Les garçons ont commencé à s'ennuyer et ils sont partis jouer au bord de l'eau. Je leur ai dit de ne pas trop s'éloigner, et de ne pas se baigner non plus. Lorsque est venue l'heure de rentrer à la maison, seul Wyatt m'a rejoint.

J'ai couru le long de la rivière en appelant Elam, mais je ne l'ai trouvé nulle part. Aucun signe de lui. J'ai tellement crié que ma voix a lâché. La nuit commençait à tomber et Elam avait peur du noir. J'étais certain qu'il n'irait pas s'aventurer trop loin dans les bois, sauf que j'ai vérifié quand même au cas où.

Je jette un coup d'œil à Rowan. Les yeux écarquillés, elle secoue légèrement la tête. Amos McCoy est sans doute bien des choses, mais ce n'est pas un menteur.

— Qu'est-ce que vous avez fait ?

— Les portables n'existaient pas en ce temps-là, si bien que j'ai cavalé jusqu'à la station-service pour demander de l'aide. Croyez-moi, m'éloigner de ce ruisseau sans Elam a été une torture de chaque instant. Après, mes souvenirs sont embrouillés et je ne pourrais même pas vous expliquer comment je suis retourné au ruisseau.

Il garde le silence quelques secondes, plongé dans ses pensées.

— Le shérif a dû me sortir de la forêt quand la pluie a commencé à tomber. Il voulait éviter que je me brise le cou dans le noir et dans la boue comme un imbécile. Pourtant, je savais que si on ne retrouvait pas mon petit garçon cette nuit-là, on ne le retrouverait jamais. Comment aurait-il pu survivre en pleine nature tout seul ? Nora paniquait, elle pensait que quelqu'un l'avait kidnappé. Mais on n'enlève pas les enfants dans notre coin. Pas à l'époque, en tout cas.

— Ça a dû être une terrible épreuve pour toute votre famille. Surtout pour le grand frère d'Elam.

Le goût lourd et acide de la terreur me remplit la bouche et fait courir un éclair de lucidité le long de ma colonne vertébrale. Amos McCoy nous cache quelque chose. Je passe à la question suivante.

— Vous avez traversé tellement d'épreuves. Comment Wyatt s'en est sorti ?

— Le matin, ils s'étaient disputés pour une histoire de céréales, je crois, je ne sais plus trop. Ils se chamaillaient souvent, mais je trouvais ça normal, c'étaient des garçons après tout. Toujours à se chicaner, comme des chiots… Quand je suis rentré à la maison ce soir-là, Wyatt dormait déjà. Il n'était pas très grand, à peine plus âgé que son frère. Il avait les cheveux trempés de sueur même s'il ne faisait pas chaud ce jour-là, pas autant que maintenant. Soudain, il s'est réveillé et il s'est mis à pleurer. Il m'a dit qu'il n'avait pas fait exprès, qu'il n'avait jamais voulu qu'Elam s'en aille. Sans doute un cauchemar, parce qu'il avait mouillé le lit. Ça ne lui était plus arrivé depuis des années.

L'aigreur visqueuse des sardines à l'huile m'emplit la bouche et je dois me faire violence pour ne pas vomir. Il se sent coupable. J'avale plusieurs fois ma salive, en espérant me débarrasser de ce goût infâme.

— Et plus tard, quand l'équipe a arrêté ses recherches, qu'est-ce qui s'est passé ?

— Pas longtemps après, ça a commencé à jaser en ville. Les gens racontaient que j'avais tué Elam. J'ai un cousin qui habite Rawbone, il a entendu dire que je l'avais assassiné, que j'avais donné mon propre fils, la chair de ma chair, aux cochons. Sachant qu'on n'a jamais eu de cochons, précise Amos McCoy en se passant une main noueuse sur les lèvres. Nora n'a pas pu continuer à vivre dans cette baraque. Et elle n'en pouvait plus des rumeurs, non plus.

— Elle est partie quand ? veut savoir Rowan.

— Elle a pris Wyatt et elle a filé chez sa tante à côté de Charleston dès la fin des recherches. Elle m'a dit que si j'atterrissais en enfer, elle s'en moquait bien. J'étais censé le surveiller, vous comprenez. Même si je ne l'ai pas donné à manger aux cochons, c'était ma faute. Très vite, les ragots ont eu raison de moi aussi. Je ne sors plus trop d'ici. Je n'en vois pas l'intérêt.

Je plaque une main sur ma bouche, la gorge nouée. Rowan me touche l'épaule et je chasse mes larmes d'un clignement de paupières. L'esprit dans le vague, Mr McCoy s'est projeté dans un autre lieu, à une autre époque. J'espère que cette conversation lui met du baume au cœur, qu'il la trouve cathartique, et qu'elle ne remue pas trop le couteau dans la plaie.

— Nora est morte il y a quelques semaines. Fauchée par un cancer. Elle est rentrée finir sa vie à la maison. Sa famille possède une concession au cimetière de Caball Hollow, c'est là qu'elle voulait être enterrée. Sans organiser de cérémonie. Elle avait une dent contre les gens du coin, j'imagine. Mais elle tenait à revenir chez elle pour ses derniers jours. Elle n'a jamais abandonné l'espoir qu'on retrouve Elam. Maintenant qu'elle est partie…

Amos McCoy a un haussement d'épaules résigné. Il a accepté son destin, accepté de mariner dans cette douleur oppressante, dans cette solitude qui l'écrase et l'assèche jusqu'à disparition complète.

Je me rends compte que c'est ce qu'il recherche. Il expie ainsi son crime, le crime de n'avoir pu sauver son fils. Et cela le tue à petit feu sous mes yeux. Je repense à l'incident du gâteau pendant les funérailles de Dahlia, à la façon dont mes émotions se transmettent aux autres. Mamie me ferait les gros yeux si elle savait que je m'apprête à m'immiscer dans l'intimité d'Amos McCoy, cependant, je ne vois pas comment je pourrais rester là les bras ballants.

Et si je tentais de lui apporter une forme de paix ? Un court répit au milieu de la tempête ? J'essaie d'engendrer une sensation de réconfort, de générer des images qui évoquent la sérénité : une brise de montagne, le parfum de la terre fraîchement retournée, une sieste au soleil.

Ça n'a pas l'air de marcher. Soudain, je comprends mon erreur. Je ne dois pas demeurer au niveau de l'abstraction, il faut que je fasse travailler ma mémoire gustative. J'imagine des biscuits au beurre tout juste sortis du four, la saveur qu'éveillerait un câlin, et mon ventre se met à gargouiller. Au bout d'un moment, les épaules d'Amos McCoy se relèvent légèrement et la ride qui s'est creusée entre ses sourcils s'efface. Le poids sur ses épaules s'est allégé, il respire un peu mieux.

J'inspire discrètement. Ça a fonctionné, vraiment ?

Rowan se met debout avant que j'aie le temps de constater le résultat de mon expérience.

— On ferait mieux d'y aller.

Avant de la suivre dehors, je m'empresse de poser une dernière question :

— Mr McCoy, est-ce que Nora connaissait Zéphyrine James ?

— Bien sûr qu'elle la connaissait. Zéphyrine l'a aidée à mettre en place la bourse de la Reine des Papillons.

— Pardon ?

Je me tourne vers Rowan qui semble tomber des nues, comme moi. Cette information recoupe certains passages dans le journal intime de Zéphyrine, qui parlait d'un projet qu'elle a mené à bien à l'époque où elle travaillait à la bibliothèque.

— En tant que professeur, Nora a vu les garçons décrocher des bourses *via* le programme de football américain, mais les sports pratiqués par les filles n'ont jamais bénéficié de la même attention, explique Amos McCoy. Elle s'est toujours intéressée à l'histoire de Caball Hollow, et Zéphyrine aussi.

Il nous montre dans la cuisine un mur sur lequel sont fixées de vieilles photos.

— La famille de Nora compte parmi celles qui ont fondé Caball Hollow, déclare-t-il fièrement. Zéphyrine est partie alors qu'elles venaient d'obtenir le financement de la bourse.

— Zéphyrine a donné les raisons de son départ à Nora ?

— Non, je ne pense pas. En revanche, je suis à peu près certain qu'il y a eu un accrochage lorsqu'elles travaillaient ensemble. Cela a bouleversé Nora, elle n'aimait pas revenir dessus. Maintenant que vous en parlez, ça coïncide avec le moment où elle a arrêté ses recherches généalogiques.

J'imagine que quand on creuse un peu trop profond, on déterre des squelettes qu'on aurait préféré laisser sous terre.

— Et votre fils, Wyatt ? demande Rowan. Il a fini où ?

— Pour être franc, je ne sais pas trop. Il paraît qu'il s'est attiré des ennuis parce qu'il a un peu trop joué avec des allumettes et on l'a envoyé dans un centre de détention juvénile. Ça fait un bail que je ne l'ai pas vu.

— Merci de nous avoir parlé d'Elam, dis-je, bien consciente que ces mots sont tout à fait inadaptés.

Amos McCoy m'adresse un hochement de tête.

— C'est agréable de voir du monde, je dois le reconnaître. La plupart des gens feraient n'importe quoi pour m'éviter, mais vous dégagez quelque chose de très apaisant.

— Une dernière chose. Mon amie Dahlia Calhoun est venue vous voir l'année dernière pour discuter de la disparition d'Elam, vous vous souvenez d'elle ?

— Comment l'oublier ? Elle m'a coincé au Cochon Grillé et m'a demandé si j'avais vu l'Homme-Papillon. Ben non, je ne l'ai jamais vu, mais si à tout hasard il se pointe dans le coin, qu'il évite de croiser ma route, déclare Amos McCoy, de la fureur dans la voix. Le barman m'a mis dehors parce que je m'étais un peu trop emporté.

Voilà qui explique pourquoi l'interview a été si courte. Nous le remercions pour le temps qu'il nous a accordé et sortons sur le perron, où le soleil nous aveugle. J'ai du mal à croire que la journée n'est pas finie. J'essaie de chasser ce mélange de chagrin, de culpabilité et de désespoir qui persiste sur ma langue.

Rowan se met au volant.

— Il ment, déclare-t-elle.

Je relève subitement la tête et je contemple la maison qui tombe en ruine, comme si mon esprit pouvait traverser les murs pour observer l'homme brisé qui vit à l'intérieur.

— Comment ça ? Je pensais qu'il ne pouvait pas mentir après avoir absorbé ton sang ?

— Il se ment à lui-même, précise-t-elle. Il soupçonne son fils aîné, il croit qu'il a tué son frère à cause d'une rivalité stupide. Inconsciemment, il préfère sans doute mettre la disparition d'Elam sur le compte d'un accident ou d'un animal sauvage et étouffer ses soupçons.

— Eh bien, ce n'est pas joyeux. Même si j'imagine qu'au bout de dix-huit ans sans la moindre réponse, tu commences à soupçonner tout le monde.

Il fait encore une chaleur infernale, mais j'ai les mains gelées. En fait, je suis frigorifiée, comme si un bloc de glace s'était coincé dans ma poitrine.

Si Wyatt avait réellement assassiné son frère, pourrait-il aussi être impliqué dans la mort de Dahlia ? A-t-elle déniché une preuve incontestable de sa culpabilité ? Et si la réponse résidait dans l'interview qui a disparu ? Je réfléchis à voix haute.

— Si même Amos McCoy ignore où est son propre fils, comment Dahlia a-t-elle remonté la piste de Wyatt ?

— Tout le monde se connaît ici, me répond Rowan. Peut-être que sa grand-mère a gardé contact avec Nora McCoy.

Je pianote sur la portière, plongée dans mes pensées. Comme Parlee Wilkerson et Nora McCoy sont toutes deux décédées, je ne peux pas les interroger. Mais je peux parvenir à mes fins par un autre moyen. Amos McCoy nous a dit qu'il s'était rendu à la station-service à la lisière de la forêt pour réclamer de l'aide. Cette station-service, je la connais bien. J'y suis allée la nuit où j'ai disparu.

L'ÉTÉ DERNIER, la nuit du solstice, 23 h 10

J'entends la porte de derrière se refermer avec un claquement, puis Papa qui descend le perron, démarre la fourgonnette et s'en va en faisant crisser le gravier de l'allée. Maman se prépare une tisane et s'enferme dans leur chambre à coucher. Étendue sur mon lit, les yeux au plafond, je lis le texto que vient de m'envoyer Dahlia.

Tu viens ?? On se retrouve au Relax.

Si je devais sortir en douce, personne ne s'en rendrait compte. Je pèse le pour et le contre, je visualise la réaction de mes parents lorsqu'ils découvriront que je leur ai désobéi et je m'aperçois que je m'en moque royalement. Je sais que je vais en payer le prix tôt ou tard, mais, ce soir, j'ai décidé de profiter de l'instant présent. Je descends donc l'escalier à pas feutrés, j'ouvre discrètement la porte et je m'éclipse.

Je longe prudemment la route. Il règne dans l'air une douceur particulière, une vraie nuit d'été, et la fraîcheur s'enroule comme une volute de fumée autour de mon cou et de mes chevilles. À tout moment, je me dis qu'on va me rattraper, que mon téléphone va sonner ou que les phares de la fourgonnette familiale vont m'éclairer. Mais plus je mets de distance entre moi et la ferme, et plus ces préoccupations s'éloignent. Je me sens invincible.

Lorsque j'atteins le parking de l'unique station-service de la ville, toute la jeunesse de Caball Hollow est déjà là, l'éclairage projetant une lumière crue qui déforme les visages familiers. Je me tiens en retrait tandis que les premiers chuchotis du doute s'insinuent en moi. C'était peut-être une mauvaise idée, après tout.

Une voix grave se fait entendre et mon cœur bondit dans ma poitrine.

— Linden, tu viens ?

Ce n'est pas Cole, bien entendu. C'est le prof assistant qui nous enseigne la littérature, il est diplômé depuis peu et il saute sur la dernière occasion qui se présentera à lui d'affronter l'Homme-Papillon. Je repère plusieurs membres de l'équipe de foot et même quelques délégués.

— Allez, c'est parti, beugle Bryson Ivers.

Il manque de discrétion en règle générale, et ce soir il a l'air particulièrement surexcité, et il me casse littéralement les oreilles. En plus, je remarque au fond de ses yeux une lueur qui n'augure rien de bon pour la suite. C'est la troisième fois ce soir que mon instinct me met en garde, la troisième fois que je refuse de l'écouter.

— Je veux voir au bout de combien de bières Maude se mettra à invoquer l'Homme-Papillon, plaisante Bryson en assenant un coup de coude à son voisin, un type que je ne reconnais pas – les cheveux bruns coupés ras, les yeux si enfoncés qu'il m'est impossible de voir leur couleur.

— Laisse tomber, rétorque Maude. Courageuse, mais pas téméraire… Tiens, salut Linden. Je croyais que Cole venait avec nous. Tu l'as vu ?

Le sang se glace dans mes veines. Je ne sens plus mes lèvres.

— Euh, je crois qu'il a changé d'avis.

— Qui parmi nous a le courage d'appeler le monstre ? beugle Bryson, les bras en V.

— Moi, dis-je en haussant une épaule, faussement désinvolte.

Je pensais m'amuser avec mes amis, or ce n'est pas du plaisir que j'éprouve. C'est quelque chose d'amer et d'acide qui me pousse à agir à l'encontre du bon sens.

Bryson lâche un hurlement de triomphe, jette son bras massif autour de mes épaules et me secoue comme une poupée de chiffon. Dahlia vient me libérer de son étau et me conduit vers un groupe d'amis à elle, tous délégués de classe.

— Il nous reste une place dans la voiture, propose-t-elle.

C'est là que Hillard Been se matérialise parmi nous. Il tente d'atteindre l'entrée du Relax et se fraie un chemin à travers la cohue depuis son vieux pick-up blanc.

— Alors, bande de vauriens, vous jouez à quoi ? Ah, les jeunes d'aujourd'hui, un ramassis de bons à rien. Débarrassez-moi le plancher. Allez, ouste.

C'est le signe que nous attendons tous pour décoller, hilares, en nous entassant dans quelques véhicules. Les moteurs rugissent et les pneus lâchent un bruit strident sur l'asphalte du parking. Direction la rivière, et l'attrait irrésistible du danger.

CHAPITRE VINGT

Avant que l'éclair ne frappe, il y a des signes qui ne trompent pas : un bourdonnement s'installe dans vos oreilles ; un frisson remonte le long de votre nuque et les poils de vos bras se hérissent ; un goût de métal pénètre la langue ; l'odeur fraîche et propre de l'ozone parfume l'air. Ces signes-là indiquent que l'électricité s'accumule autour de vous. À ce moment-là, il est déjà trop tard. Cent millions de volts ont décidé de s'abattre sur votre tête.

Le ciel est dégagé aujourd'hui et, pourtant, l'orage a menacé toute la matinée. Les clients ont déserté le *dîner*, à l'exception notable de Hillard Been, qui ne paraît pas affecté le moins du monde par la situation. Il occupe une place au comptoir, car il semblerait que Buck l'ait abandonné comme une vieille chaussette. Je lui ressers du café.

— Un dessert, Mr Been ? Il y a de la tarte au thé sucré au menu. À vous l'honneur de l'entamer.

Hillard réfléchit un instant.

— Ce ne serait pas raisonnable, Linden. Ce carré au citron la semaine dernière m'a donné une indigestion de tous les diables. L'addition, s'il te plaît.

Je grimace. C'est moi, pas ce pauvre carré au citron, qui suis responsable de ses problèmes intestinaux. En même temps, et pour être tout à fait honnête, Hillard ne s'est pas contenté d'en manger un : il en a engouffré quatre ou cinq. Je sors l'addition de la poche de mon tablier et la pose à côté de lui, puis je me retourne pour nettoyer la zone autour de la machine à café.

Rowan arrive, chargée du tapis tout propre qui va derrière le comptoir. Elle est d'une humeur massacrante parce qu'elle vient de passer une heure à nettoyer les réfrigérateurs, l'une des corvées que Mamie réserve aux jours où l'activité est au ralenti. J'échange un regard amusé avec Juniper qui glisse des couverts dans des serviettes pliées à cet effet à l'autre bout du comptoir.

Rowan s'apprête à regagner la cuisine à l'instant où la vitrine vole en éclats et projette une pluie de verre dans la salle comme une grenade qui explose. Je me rue sur Juniper et je la plaque au sol. Nous restons recroquevillées par terre. Au bout de quelques secondes qui nous paraissent durer une éternité, un dernier morceau de verre tombe avec un tintement et le silence nous enveloppe.

Rowan est la première à réagir. Elle se précipite dehors, des éclats de verre scintillant dans ses cheveux.

— La vache. C'était quoi, ça ?

Je me mets difficilement debout, puis j'aide Juniper à se relever.

— Ça va ?

— Je… oui, je crois.

Elle inspecte ses mains tremblantes. Une petite entaille fait couler un filet de sang sur son bras.

— Mr Been ?

Comme il ne répond pas tout de suite, je me retourne pour vérifier s'il est encore de ce monde. Il n'a pas quitté le comptoir.

— Ma vie tout entière a défilé devant mes yeux, lâche-t-il en approchant la tasse de ses lèvres.

Changeant soudain d'avis, il la repose de nouveau prudemment.

— Tu sais quoi, Linden, je vais prendre une part de tarte, finalement.

La porte de la cuisine vole sur ses gonds. Maman, Mamie et Sorrel déboulent, paniquées.

— Qu'est-ce qui s'est passé ? Juniper !

Maman voit le bras ensanglanté de Juniper et passe à l'action. Elle attrape un torchon propre, en fait un pansement de fortune et contemple la vitrine brisée. Les fragments de verre maintenus par le cadre ne vont plus tenir très longtemps. Des fêlures qui évoquent de la dentelle irradient depuis un trou béant. Des morceaux de toutes tailles, minuscules échardes et tessons terriblement coupants, jonchent le sol.

Nous étudions la scène un long moment, réduites au silence par le choc et par ce déferlement de violence. Rowan revient et franchit la porte d'entrée comme une furie. Le carillon de la clochette nous tire de notre apathie.

— Le temps de sortir, ils étaient déjà loin, fulmine Rowan et, du pied, elle envoie valser un bout de vitre à travers la pièce. L'émotion qui se déverse d'elle me rappelle la sauce pimentée que prépare Mamie avec l'eau-de-vie maison, la brûlure de la colère et le piquant de la trahison. Elle a l'arcade sourcilière gauche fendue.

Je lui tends une serviette en papier et je me dirige ensuite vers le caillou qui a atterri au milieu de la salle. Je m'accroupis devant, et c'est là que je remarque qu'il est enveloppé d'une feuille de papier que je déplie. *Vous creusez votre propre tombe*, déclarent des pattes de mouche à l'encre noire. Ce message me tord l'estomac : il suinte la haine.

— Sorrel, ma puce, donne un coup de fil au bureau du shérif, demande Maman d'une toute petite voix.

Les yeux perpétuellement cernés, elle n'est plus que l'ombre d'elle-même.

Je glisse le papier dans ma poche.

Nous fermons le *diner* pour le reste de la journée – en même temps, ce n'est pas comme si les clients se bousculaient à la porte – et nous renvoyons Hillard chez lui avec la tarte en manière de dédommagement, puis nous nous lançons dans un grand ménage : nous passons un coup de balai minutieux et nous ramassons les éclats de verre logés entre les coussins des banquettes. Lorsque Papa nous rejoint, il nous serre dans ses bras, chacune son tour, et vérifie que nous sommes indemnes. Il referme la plaie de Juniper à l'aide de sutures adhésives et Maman applique du baume dessus.

— Ce n'est qu'un acte de vandalisme, Lyon, murmure-t-elle. Tu n'avais pas besoin de tout lâcher et de venir en courant. Ethan aurait pu s'en charger.

— Comme si j'allais vous abandonner, grommelle Papa.

L'adjoint Miranda recueille nos témoignages séparément. Une fois qu'il a pris ma déposition, je me rends dans la cuisine où je trouve Maman et Mamie en grand conciliabule près de la bouche d'aération, à côté du lave-vaisselle.

Elles n'ont pas l'air de se rendre compte que le bruit des appareils ne couvre pas leurs voix.

— On a fait cette semaine un chiffre d'affaires équivalent à une journée normale, déclare Maman sur un ton las. Avec tout ce qui s'est passé, et ce qui vient de nous tomber dessus, je me demande si on est encore en sécurité. Et les filles se font du souci, même si elles ne le montrent pas.

— Je sais. J'ai dû jeter ces carrés au citron que Linden a préparés l'autre jour parce que les clients qui les ont commandés ont tous eu l'estomac barbouillé, renchérit Mamie.

— Tu crois qu'elle l'a compris ? Qu'elle sait qu'elle est capable d'influer sur les émotions des autres ?

— C'est un terrible fardeau.

— Je sais que la situation est différente, parce qu'elle ne se sert pas du grimoire, mais je ne veux pas qu'elle vive la même chose que toi et Zéphyrine. Qu'elle pense bien faire et qu'elle paie quand même un prix exorbitant.

J'ai l'impression de me prendre une enclume sur le crâne. Si je lis entre les lignes, ma grand-mère a utilisé le grimoire pour exercer une influence sur Zéphyrine – ce qu'elle nous a expressément interdit.

— Allons, répond Mamie, j'ai agi par orgueil, purement et simplement. Je me croyais bien placée pour dicter aux autres leur façon de vivre. Linden ne fonctionne pas comme ça.

— J'ai peur, chuchote Maman. Je ne sais pas ce que je ferais si on la perdait à nouveau.

— Cette gamine a des ressources insoupçonnées, et toi aussi.

— Je préférerais qu'elle n'ait pas à puiser dedans. Qu'elle profite de sa jeunesse.

Rowan m'appelle depuis la salle et je déguerpis avant de me faire repérer. Les goûts combinés de la peur, du chagrin et de la culpabilité suffisent à me donner la nausée.

Maman nous autorise à prendre le Bronco pour rentrer. Elle reste avec Mamie au *diner* pour régler les formalités administratives avec la compagnie d'assurances et remplacer la vitre par un panneau en contreplaqué.

Nous avons à peine quitté notre place de parking que Rowan se tourne vers moi.

— Il dit quoi ?

— De quoi tu parles ?

— Ce petit bout de papier que tu as glissé dans ta poche ?

Je le lui montre.

— *Vous creusez votre propre tombe*, siffle-t-elle.

— Tu crois que c'est parce qu'on est allées voir Amos McCoy hier ?

— C'est ça que quelqu'un a balancé par la vitrine ? demande Sorrel, qui conduit. Si c'est parce que vous posez des questions sur Dahlia, vous jouez avec le feu. Il faut en parler à Papa.

— Et on lui dit quoi, au juste ? rétorque Rowan. On n'a rien en dehors d'une vague menace, et d'une vitrine brisée.

— Ça signifie peut-être qu'on tient une piste ? Le meurtre de Dahlia serait vraiment lié à la disparition d'Elam McCoy ? suggère Juniper.

— On est encore dans le flou. C'est pour ça qu'on ne peut pas abandonner maintenant. La menace ne disparaîtra pas si on arrête d'enquêter. La seule conséquence, c'est qu'on ne saura pas de quelle direction vient le danger, et après il sera trop tard.

Ce qui s'est passé aujourd'hui au *diner* prouve que nous ne pouvons plus faire machine arrière, ni jeter l'éponge. Pourtant, je vois à la mine de Sorrel qu'elle n'est pas convaincue.

— Dans ce cas, il va nous falloir une magie de protection puissante, concède-t-elle. Un bracelet en corde d'ortie, ça ne suffira pas.

— Je connais sans doute un moyen d'assurer notre défense, dis-je.

J'ai en tête le sort que j'ai entrevu dans les pages du grimoire quand Sissy le feuilletait. Et l'échange que j'ai surpris tout à l'heure entre Mamie et Maman me donne le courage nécessaire pour le pratiquer. Mamie s'en est servie un jour, donc ce n'est pas si risqué. Et, honnêtement, je suis prête à tout pour protéger mes sœurs.

Sissy m'a demandé de garder le secret, mais j'éprouve un réel soulagement à pouvoir enfin parler du grimoire à mes sœurs. Malheureusement, lorsque j'arrive sur le seuil de la cuisine d'été, la clef pèse deux tonnes au creux de ma paume.

— On n'est pas obligées, me dit Sorrel sur un ton grave.

— Tu vois une autre solution ? rétorque Rowan. Parfois, il n'y a pas de méthode directe. Il n'y a qu'un carrefour qui propose plusieurs chemins, et il faut en choisir un.

Encouragée par ces paroles, j'introduis la clef dans la serrure du tiroir.

Nous marchons en silence, deux par deux, vers l'entrée du cimetière. Le trottoir réverbère la chaleur et j'ai l'impression qu'on me fait cuire à l'intérieur d'un four.

Un cimetière, c'est un endroit paradoxal. Un pont entre l'au-delà et la dimension des vivants, à la fois lieu de repos et théâtre d'émotions exacerbées. Et, à en croire le grimoire, les esprits des défunts peuvent pratiquer la magie au nom des mortels. Le truc, c'est d'avoir le cran de leur demander de collaborer avec nous.

— On s'embarque dans quelque chose qui nous échappe, marmonne Sorrel.

— Qu'on en finisse au plus vite, s'agace Rowan.

Elle franchit la grille et elle se retourne quand elle remarque que je ne lui ai pas emboîté le pas.

— Un problème, Linden ?

J'hésite. J'ai peur que la mort exerce une nouvelle fois son emprise sur moi, comme pendant la mise en terre de Nora McCoy, et me fasse perdre tous mes moyens. Mais je ne remarque rien d'anormal. Pas de bourdonnement étrange dans mes oreilles. Pourtant, il y a quelque chose qui cloche. Mon regard glisse vers le secteur où repose Nora. Sous le gommier pousse un rhododendron que j'ai l'impression de voir pour la première fois. Ses lourdes fleurs sont d'un rouge sang de toute beauté. L'une des nombreuses leçons de botanique de Mamie me revient en mémoire et je sens mon estomac se tordre sous l'effet d'un malaise soudain. Dans le langage des fleurs, le rhododendron signifie *prends garde*.

— Je me demande s'il était déjà là, ce rhododendron, dis-je en montrant l'arbuste.

— On est en Virginie-Occidentale. Il y a plus de rhododendrons que d'habitants, répond Rowan sans s'inquiéter outre mesure. Trouvons la tombe de Nora McCoy. Je n'ai pas envie de faire de vieux os ici.

J'explore les allées du cimetière. Homer et Hazel Shepherd, Innocent Quick, Myrtle et Clinton Garland, Wes et Kenna Gabbert, Lenora Pruitt... ces gens sont morts il y a des décennies, le temps a effacé les lettres sur les pierres tombales.

— Peut-être qu'on ne cherche pas là où il faut, suggère Juniper.

Enfin, je repère une petite plaque en métal dissimulée en partie par les herbes folles. N.G. MCCOY, et la date correspond. Je me mets à genoux et j'arrache des touffes d'herbe, pour mieux voir. Rowan se laisse tomber par terre à côté de moi, ouvre son sac et en sort des objets hétéroclites : une truelle, un couteau, des petits pochons en mousseline, un flacon du vin de pissenlit de Mamie. Sans oublier le grimoire, que j'ouvre et feuillette. Je remarque alors que quelques pages ont été arrachées du chapitre qui parle de l'Homme-Papillon. Je passe mon pouce sur le papier déchiqueté. Est-ce récent, ou est-ce que cela n'avait pas retenu mon attention l'autre soir ?

— Il y a un souci ? demande Sorrel.

— Non, tout va bien.

Je retrouve le sort de protection. Il réclame la terre de la tombe d'une mère et, comme tout le reste dans le grimoire, un peu de sang.

— Tiens, c'est là.

Je souffle un grand coup et j'approche de mon doigt la lame du couteau. Rowan débouche la bouteille de vin de pissenlit avec les dents, avale une goulée et me la passe. Une longue lampée m'enrobe la langue, laissant une saveur sucrée, chaude et terreuse, et j'enfonce la pointe du couteau dans la pulpe de mon doigt. La terre absorbe plusieurs gouttes de sang. Je ne compte plus le nombre de fois où je me suis coupée dans la cuisine, mais, là, ça fait un mal de chien.

— Pourquoi ça fait toujours plus mal quand on le fait exprès ?

— Peut-être à cause de la nature du rituel, suggère Sorrel. Imposer son intention à l'univers, cela ne devrait pas être un acte anodin.

Juniper me tend un mouchoir, que j'enroule autour de mon doigt, puis je reprends une gorgée de vin avant de reporter mon attention sur le grimoire resté ouvert.

— L'étape suivante, c'est d'appeler l'esprit.

Nos regards se braquent sur Juniper.

— C'est la première fois que je pratique une magie aussi puissante, déclare-t-elle en se mordant la lèvre. Bon, mettons-nous en cercle.

Assises autour de la tombe, nous joignons les mains. Juniper ferme les yeux et sa respiration ralentit.

— Nora McCoy. Nous venons implorer ton aide. Nous voulons découvrir ce qui est arrivé à ton fils, Elam. Si tu es ici, parmi nous, envoie-nous un signe.

À cet instant, une cosse se détache du liquidambar qui nous offre son abri et atterrit pile au milieu du cercle. Je sursaute, Rowan me serre la main et retient un fou rire déclenché par ma réaction. À mon tour je lui serre la main, pour lui signifier de prendre tout cela au sérieux.

Juniper ouvre les yeux et m'adresse un signe de tête. Elle veut que je parle à Nora. Cela me prend de court. Communiquer avec les morts, c'est en dehors de mes compétences.

— Oh, euh. Nous avons apporté du vin de pissenlit en gage de bonne volonté.

D'après le grimoire, il est de bon ton de ne pas venir les mains vides quand on sollicite un esprit. Rowan pose à côté de la plaque mortuaire un bocal que je remplis prudemment d'alcool.

— Quelqu'un veut nous empêcher de découvrir la vérité, et il nous menace. Avec tout le respect que nous te devons, nous voudrions que tu nous protèges pendant que nous cherchons des réponses.

Je marque une pause et, du regard, je consulte Juniper qui hausse les épaules. Manifestement, Nora McCoy n'est pas bavarde. Pourtant, si elle est vraiment parmi nous, ce serait l'occasion de l'interroger au sujet de Zéphyrine.

— Quels secrets as-tu déterrés à l'époque où tu travaillais avec notre tante ?

Je tends l'oreille. Toujours rien.

Sorrel prend connaissance de l'étape suivante dans le grimoire.

— « Prélevez de la terre sur la tombe qui a vu un cycle lunaire arriver à son terme, sans qu'une année entière se soit écoulée depuis l'inhumation. »

Je récolte une petite quantité de terre, celle qui a recueilli mon sang, au moyen de la truelle. Rowan tient un pochon en mousseline et je verse la terre à l'intérieur. Sorrel y ajoute une goutte de miel de laurier, qui décuplera l'efficacité du sort. Juniper met une pincée de sel et noue les cordons du pochon. Nous confectionnons cinq amulettes ; chacune en gardera une sur elle et nous enterrerons la cinquième à la ferme.

Le soleil cogne et je commence à avoir les paupières lourdes. Autour de moi, tout semble ralentir. Une abeille explore les plumettes de l'eupatoire qui pousse à côté de la tombe de Nora McCoy d'un vol alangui et paresseux, comme à vitesse réduite. Il m'est de plus en plus difficile de garder les yeux ouverts. De plus en plus difficile… de plus en plus… difficile.

Le rêve se déroule sous mes yeux, comme projeté sur un écran. Une jeune femme étudie dans la pénombre du sous-sol de la bibliothèque. Elle porte une robe noire au jupon froufroutant et ses longues boucles cascadent dans son dos. Sur son bureau, un stylo-plume en métal et une paire de ciseaux renvoient la lumière vacillante d'une bougie. Elle est plongée dans la lecture d'un livre qui m'est familier. Son journal intime.

— Zéphyrine ?

Zéphyrine se retourne, frappée d'étonnement, à l'instant où une autre femme pénètre dans le sous-sol. Grande, couronnée d'une tresse de cheveux noirs, des yeux verts qui scintillent. Des yeux qu'il me semble avoir déjà vus. Zéphyrine referme son journal et souffle la bougie.

— Nora ! Désolée, je viens tout juste de finir. Les donateurs sont arrivés ?

— Oui, et le séduisant Malcolm Spencer te réclame.

Zéphyrine veut sortir de la pièce, mais Nora l'empêche de franchir la porte. Elle a un papier à la main.

— J'ai bien eu ton message. Par contre, je ne comprends pas ce qu'il veut dire.

Zéphyrine lui arrache le papier des mains, le fourre dans sa poche et vérifie d'un coup d'œil circulaire que le couloir qui mène au sous-sol est bien vide.

— Pas ici, souffle-t-elle.

Soudain, une main s'abat sur mon épaule. J'ouvre les yeux et je découvre le visage de Rowan à quelques centimètres du mien. Elle me secoue, je la repousse.

— Qu'est-ce qui se passe ?

— Qu'est-ce qui se passe ? répète-t-elle. Tu étais assise et ensuite tu étais… on aurait dit que toutes les lumières s'étaient éteintes.

— Désolée, j'ai dû m'endormir.

Je cligne des paupières et j'essaie de chasser cette lourdeur qui s'est installée sous mon crâne.

— Non, tu ne dormais pas, m'informe Juniper avec des accents étranges dans la voix. Linden, regarde par terre.

Je lis, inscrites dans la poussière en lettres nettes et fines, les injonctions : *Sculpte les ossements. Cuis le pain.* Je tiens toujours à la main le bâton dont j'ai dû me servir pour gratter le sol et je le lâche comme s'il avait pris feu.

Sorrel se relève d'un bond et fait les cent pas.

— Je savais que c'était une mauvaise idée. Déconner avec une magie qu'on ne maîtrise pas, c'est de la folie pure.

— Mais qu'est-ce que ça veut dire ? veut savoir Rowan.

— Aucune idée. Je pensais m'être endormie. J'ai rêvé de Tante Zéphyrine, de Nora et de la bourse de la Reine des Papillons.

— Nora essaie sans doute d'entrer en contact avec nous, explique Juniper.

— Je paierais cher pour savoir de quoi elle parle.

Je me masse la tempe, derrière laquelle une douleur sourde a pris racine.

— On en reparlera plus tard, déclare Sorrel. Là, il faut qu'on rentre, et en vitesse, sinon Maman et à Mamie vont nous secouer les puces.

Rowan se met debout et s'étire, puis elle agite son T-shirt dans l'espoir de s'aérer un peu.

— Bon sang, si on continue à crever de chaud comme ça, je vais devoir faire du nudisme au *diner.*

— Je pense que ce serait une grave violation du Code de l'hygiène, retentit une voix masculine derrière le mausolée voisin. Sans oublier les coups de soleil.

Hadrian surgit de sa cachette, un étui à violon à la main, et j'efface discrètement de la pointe de ma basket le message par terre.

— Toi, personne ne t'a sonné, rétorque Rowan. Fais-moi le plaisir de dégager.

— J'aurais une petite question. Quelqu'un sait pourquoi mon lit était rempli de Lucky Charms hier soir ? demande Hadrian.

— Ça ne m'intéresse pas vraiment, comment tu t'éclates au pieu, réplique ma sœur.

— Petite menteuse…

Le murmure d'Hadrian sonne comme une menace.

— Qu'est-ce que tu viens de dire ?! gronde Rowan.

Hadrian se fige et lui rend son regard sans ciller.

— Et toi, qu'est-ce qui t'est arrivé ? demande son ennemi en montrant son arcade sourcilière fendue, puis il croise les bras, exhibant ses phalanges tatouées : HELL d'un côté, BENT de l'autre. *Déterminé.*

Et Rowan cligne des yeux la première.

— Un connard nous a envoyé un message par la vitrine du *diner* ce matin. J'ai hâte de découvrir qui c'est, afin de lui rendre la politesse.

Elle montre l'entaille qu'a laissée un éclat de verre. Hadrian la dévisage un long moment. Sorrel croise mon regard et hausse les sourcils. Comme moi, elle trouve presque indécent d'assister à cet échange. Lorsque Rowan se tourne vers nous, elle est écarlate. Hadrian contemple les objets éparpillés au sol et son regard atterrit sur la bouteille de vin de pissenlit.

— C'est quoi, ce délire ? Vous buvez un coup au cimetière en pleine journée ?

— Et toi donc ? rétorque Rowan. Tu ne devrais pas être en train de bosser ?

Et elle fourre la bouteille au fond de son sac. Il surveille chacun de ses mouvements et il étudie la plaque tombale que j'ai désherbée.

— N.G. McCoy, dit-il à voix basse, comme s'il se parlait à lui-même.

Mes paumes deviennent moites. J'espère que l'idée ne lui viendra pas de vendre la mèche à Maman ou à Mamie.

— Venez, les filles, lance Sorrel. On ferait mieux de mettre les gaz.

Rowan fusille Hadrian du regard une dernière fois et le bouscule lorsqu'elle passe à côté de lui.

— Dégage, branleur.

Il secoue la tête, puis il m'adresse un clin d'œil. Hadrian est passé maître dans l'art de faire des clins d'œil. Contrairement à ce qu'on pourrait penser, ce n'est pas une technique de drague chez lui ; il me montre simplement que nous sommes sur la même longueur d'onde.

— Elle a l'air en pleine forme aujourd'hui, lâche-t-il.

— Commence par fermer la porte de ton studio à clef.

— Tu crois vraiment que ça la découragerait ?

J'attends que les autres s'éloignent pour entrer dans le vif du sujet.

— Tu sais qu'elle est convaincue que tu mens, Hadrian. Ce ne serait pas plus simple de dire la vérité ?

Ses traits se crispent brièvement, puis son sourire espiègle réapparaît.

— Et la laisser gagner ? Pas question.

— Mamie ne t'aurait pas embauché si elle ne te faisait pas confiance. Mais ce n'est plus un jeu, à ce stade.

Le sourire d'Hadrian s'efface.

— Dans ce cas, c'est une question qu'il faut poser à ta grand-mère, me dit-il.

J'ai l'impression que je ne vais rien tirer de lui et je m'apprête à rejoindre mes sœurs quand il me lance une question qui me fait trébucher :

— C'est un livre peu ordinaire que tu es en train de lire. Tu as appris des choses intéressantes ?

Je braque les yeux sur lui.

— Tu es venu faire quoi, précisément, au cimetière ? Tu n'as pas répondu à Sorrel.

Il hausse les épaules et soulève l'étui à violon.

— J'aime venir jouer dans des endroits calmes, explique-t-il, le regard dérivant sur la petite plaque enfouie dans l'herbe. J'ai un peu l'impression d'être chez moi.

Son explication m'évoque les contractions d'un ventre vide, une sensation qui s'apparente à de la faim et de la nostalgie.

Je ne sais pas si Hadrian dit la vérité ou s'il nous a suivies jusqu'au cimetière. Ce que je sais, c'est qu'il cache quelque chose. Rowan n'a cessé de tirer la sonnette d'alarme ces derniers mois et, jusqu'ici, j'étais d'avis que je n'avais pas à m'en mêler. Cependant, après l'attaque du *diner* et le message énigmatique de Nora, cette rencontre au cimetière m'a laissé un arrière-goût amer. Perturbée, je ne retourne pas le grimoire à son tiroir ce soir-là. Il va rejoindre le journal intime de Zéphyrine sous la lame du parquet dans ma chambre.

Je trouve en moi le courage de frapper à la porte de Mamie. Installée sur son lit, elle a ses lunettes de lecture et un livre de poche entre les mains – un roman à l'eau de rose.

— Mamie, je peux te parler ?

Elle m'invite à m'asseoir à côté d'elle en tapotant l'édredon.

— Bien entendu, ma chérie.

— Je vous ai entendues discuter, Maman et toi, au *diner*. Tu t'es vraiment servie du grimoire pour forcer Zéphyrine à rompre avec Malcolm Spencer ?

Mamie retire ses lunettes, ferme les yeux et se pince l'arête du nez.

— Je suis navrée que tu l'aies découvert de cette façon. Je n'avais pas l'intention de dissimuler la vérité, mais j'avais tellement honte… Je sais que rien ne peut excuser mes actions, mais j'ai cru que si Malcolm Spencer tournait la page, Zéphyrine ferait de même. C'est ce qui s'est produit, en un sens. Elle a carrément quitté Caball Hollow.

— Cela explique pourquoi tu penses qu'on ne devrait jamais intervenir dans la vie des autres.

— Je voulais vous épargner cette expérience extrêmement douloureuse, avoue Mamie avant d'essuyer d'un geste impatient la larme qui roule sur sa joue. J'ai caché son mot d'adieu dans la reliure du grimoire, en souvenir, avant de verrouiller le tiroir pour de bon. Le prix à payer pour celles qui pratiquent ce type de magie est exorbitant. Je n'ai pas fini de rembourser ma dette. Et personne ne peut dire combien de temps il nous reste pour nous réconcilier. Quand tu as disparu, j'ai compris que j'en avais assez d'attendre.

Les pièces du puzzle s'assemblent et j'ai comme qui dirait une révélation. J'avais cru qu'Hadrian me suggérait de demander à Mamie pourquoi elle l'avait embauché, mais peut-être qu'il voulait laisser entendre qu'elle avait un secret, et que ce n'était pas à lui de le révéler.

— Hadrian t'aide à chercher Zéphyrine, c'est ça ?

— C'est bien ça. Un jour il m'a parlé des recherches qu'il avait effectuées pour retrouver son frère et j'ai été impressionnée par sa débrouillardise, par l'étendue de ses connaissances. Il a accepté de les mettre à mon service.

— Vous avez trouvé des pistes ?

— Pas encore, mais je me doutais que ce ne serait pas facile. Zéphyrine ne faisait rien à moitié. Mais chaque fausse piste écartée nous rapproche de la vérité.

CHAPITRE VINGT ET UN

Un peu moins de deux kilomètres séparent la ferme de la station-service, mais, dans cette touffeur accablante, chaque coup de pédale m'épuise. Je ne sais même pas ce que j'espère y trouver, mais mon intuition me dit que je suis sur la bonne piste. Lorsque j'arrive sur le parking, mon T-shirt est trempé et mes cheveux ont doublé de volume. J'appuie ma bicyclette au mur du vieux bâtiment en béton.

Les lettres de l'enseigne lumineuse de Relais Express se sont éteintes au fil des années, sans que les ampoules soient remplacées. Seules cinq survivent à ce jour – le R, le E, le L, le A et le X –, ce qui lui a valu d'être renommé le Relax. Un carillon électronique retentit lorsque je pousse la porte et je salue mollement Dreama Kinnaird qui travaille ici, à la caisse, d'aussi loin que remontent mes souvenirs. Comme il est situé à l'opposé du Cochon Grillé, l'endroit propose un choix étonnamment varié au rayon chips et biscuits apéritifs.

— J'ai une fournée fraîche de cacahouètes bouillies, me propose Dreama sans quitter son tabouret, la tête auréolée de cheveux blancs.

Une pointe de fenouil frémit sur ma langue. Je la rends nerveuse.

Je refuse d'un signe de tête poli et je m'apprête à lui expliquer ce qui m'amène, mais un élément du panneau d'affichage retient mon attention. Une feuille de papier jauni, dont les bords s'enroulent. J'ai dû la voir une centaine de fois sans jamais m'attarder dessus. Une affiche qui montre le portrait d'un petit garçon souriant, barrée d'un DISPARU en caractères gras. Je m'approche et, les yeux mi-clos, j'essaie d'identifier le garçonnet qui apparaît sur la photocopie de mauvaise qualité en noir et blanc.

— C'est Elam McCoy, ou je me trompe ?

— J'enlèverai l'affiche seulement quand on aura retrouvé sa trace, déclare Dreama. Je travaillais à la station-service ce jour-là, tu sais, quand Amos McCoy est venu chercher de l'aide.

— Vous avez parlé à Amos McCoy le jour de la disparition d'Elam ?

— Il avait les mains qui tremblaient si fort que j'ai dû composer le numéro des secours pour lui, dit-elle en triturant la croix pendue à une chaîne qui contraste avec le bleu vif de sa robe. Il était couvert de boue, griffé de partout. On a eu l'impression qu'ils n'arriveraient jamais, le temps passait à deux à l'heure. Ton père a été le premier sur les lieux. À l'époque il était adjoint, bien entendu.

Je répète, estomaquée :

— Mon père, le premier sur les lieux ?

Tout ce temps, il s'est bien gardé de me le dire.

— Oui, il a pris les recherches très à cœur. J'ai fini ma journée et j'ai participé à la battue. Lui est resté là jusqu'au bout. À un moment, la pluie s'est mise à tomber, un vrai déluge, et on a dû arrêter car la nuit approchait.

— La battue s'est passée comment ?

— Je me rappelle qu'il faisait un froid de canard et qu'il se mettait à geler dès la tombée du jour. D'après le bulletin météo, c'était l'équinoxe d'automne et les journées raccourcissaient. Les recherches ont duré plus d'une semaine et les secouristes pataugeaient dans la boue du lever au coucher du soleil. L'église méthodiste au coin de la rue a été transformée en QG et Apollonia préparait des pains de maïs géants et du gruau à la poitrine fumée pour nourrir toute une armée, avec le café qui coulait à flots. Mais au bout du compte ça n'a servi à rien, soupire Dreama. Ce pauvre petit chou, perdu dans cette nature hostile.

Je serre sa main dans la mienne. Ses yeux se recentrent sur moi et elle affiche un sourire triste.

— Je n'ai jamais perdu espoir. Quelque chose me dit qu'il est encore là. Quelque part.

— J'espère que vous avez raison. Est-ce que Dahlia Calhoun a cherché à vous rencontrer pour vous poser des questions ?

— Non, en tout cas pas pendant que je m'occupais de la caisse. Quelle tragédie, ce qui est arrivé à Dahlia, déclare Dreama avec une mimique de dégoût. Elle méritait mieux, surtout après ce qu'elle a traversé dernièrement.

— Dernièrement ? Je ne suis pas au courant.

L'histoire familiale de Dahlia est constellée de taches peu reluisantes, à commencer par l'overdose de sa mère, mais c'est la première fois que j'entends parler de soucis plus récents. Dreama hésite, puis elle se penche au-dessus du comptoir.

— Elle a déboulé une fois, il y a bien longtemps, pour acheter un de ces téléphones, explique-t-elle à voix basse en me montrant un présentoir de portables prépayés.

Elle venait de pleurer, ça se voyait comme le nez au milieu de la figure. Elle aurait pu se noyer dans l'océan de ses larmes. Ça s'est passé un peu après la mort de sa grand-mère, si bien que j'ai essayé de la consoler, mais elle s'est confiée à moi et elle n'a omis aucun détail. Apparemment, elle avait un forfait mobile au nom de Parlee, mais elle a voulu changer, l'opérateur a refusé et lui a carrément coupé la ligne. Il s'avère que son bon à rien de père avait usurpé son identité, contracté des emprunts par-ci, par-là sans jamais les rembourser et complètement fichu en l'air son crédit auprès des banques.

— Quelle horreur !

Est-ce pour cette raison que Dahlia avait repris contact avec son paternel ? Je n'en vois pas l'intérêt, puisqu'il était incapable de réparer les dégâts qu'il avait commis. Il n'avait même pas pris la peine d'assister aux obsèques de sa propre fille. Mais si elle l'avait menacé de représailles, est-ce qu'il y aurait là un mobile de meurtre ?

Dreama me tapote la main.

— Tu sais, ta tante a été la première à se porter volontaire le jour de la disparition d'Elam. Elle s'est présentée très vite, juste après ton père, et elle s'est immédiatement jointe à l'équipe. Elle et Vivian Spencer. Elles étaient comme les deux doigts de la main. Ta famille a été d'une aide précieuse durant cette tragédie et je trouve grotesques ces ragots qui circulent sur votre compte.

Sauvée par le gong. Trois hommes d'une vingtaine d'années débarquent dans la boutique de la station-service. Ils dégagent une énergie nerveuse que Dreama capte elle aussi, parce qu'elle se redresse sur son tabouret et pose sur eux un regard pénétrant.

L'un d'eux se dirige vers le rayon des snacks et choisit plusieurs variétés de chips et des sachets de bœuf séché. Les deux autres attrapent des boissons dans le réfrigérateur.

— Vous partez en virée, les gars ? s'enquiert Dreama.

— On part chasser, en fait, explique le brun qui porte un T-shirt motif camouflage floqué du logo d'une bière. On est tout un groupe et on va voir si on peut se débarrasser une bonne fois pour toutes de l'Homme-Papillon.

— À quoi ça servirait ? demande Dreama. On ne peut pas arrêter une tornade en muselant la sirène d'alerte.

L'un des types laisse tomber sa sélection de snacks sur le comptoir de la caisse.

— Hé, je te connais, toi, lâche-t-il. C'est toi qui as dégoté le macchabée dans les bois.

Je le dévisage. C'est le coach adjoint, Hammond, que j'ai croisé avec Cole, le soir où nous avons découvert Dahlia. Il me dit vaguement quelque chose. Il n'est pas beaucoup plus vieux que les joueurs qu'il entraîne, peut-être deux ou trois ans de plus ; il a les cheveux en brosse, des yeux profondément enfoncés dans leurs orbites et une barbe de trois jours. Je suis à peu près certaine qu'il était là l'été dernier, avant qu'on parte tous invoquer l'Homme-Papillon dans la forêt.

Je bafouille.

— Toi aussi, je te reconnais. Tu étais dans la forêt l'année dernière, le soir du festival.

— Tu dois confondre, déclare-t-il, la mâchoire crispée.

— Mais ouais, j'ai entendu parler de toi, balance le troisième en braquant un index sur moi. La sorcière.

Un silence embarrassé s'installe et toute l'attention se porte sur ma personne. Dreama gigote sur son tabouret et se racle la gorge.

— Messieurs, vous avez vu qu'il y a une promo sur les boissons énergisantes ? Une achetée, une gratuite ?

L'attention des trois types se déporte sur la vitrine réfrigérée.

J'en profite pour me glisser dehors et je manque de rentrer dans la portière d'une fourgonnette blanche garée devant la boutique. Je revis cet instant où une camionnette a failli me renverser à la sortie du cimetière. Et si c'était le même véhicule ? Je jette un coup d'œil par-dessus mon épaule.

Il n'y a pas que sur ce parking que j'ai croisé le coach. Il est passé au *diner* le jour où Dahlia est revenue en ville. Il portait son polo aux couleurs du lycée et il lui a tenu la porte. Je me demande s'ils se connaissaient…

Je décide d'abandonner mon vélo à la station-service et je prends un raccourci, le sentier qui serpente sur le versant de la colline. Je suis à peu près certaine que la fourgonnette ne peut pas me suivre. La peur met tous mes sens en alerte, et je serre un peu plus fort l'amulette confectionnée au cimetière (je l'ai mise dans ma poche) afin de me rassurer. Le crissement du gravier sous les roues d'un véhicule qui freine juste derrière moi me fait pivoter sur mes talons. C'est le Bronco familial. Au volant, Rowan qui sort la tête par la vitre, le bras posé sur la portière.

— Salut ! C'est drôle de te croiser là.

Et elle klaxonne. Je sursaute. J'ai les nerfs à fleur de peau.

— Rowan !

— Allez, je t'emmène, me dit-elle avec un grand sourire.

Je grommelle tout en me dirigeant vers la voiture.

— Tu es de bonne humeur, dis donc.

— J'ai un plan génial pour jouer un mauvais tour à Hadrian. Il va détester.

Je lève les yeux au ciel, je monte et je boucle ma ceinture.

— Pourquoi tu m'as klaxonné après ? Pourquoi tu t'obstines à donner aux gens des raisons supplémentaires de nous trouver bizarres ?

— Oh, arrête, me réprimande-t-elle. Il n'y a pas un chat à des kilomètres.

— À ta place, je n'en serais pas si sûre. Je commence à croire qu'on n'arrête pas de nous épier. Et tu as peut-être raison pour Hadrian. Soit il cache un secret, soit il s'intéresse d'un peu trop près aux nôtres.

— Comme je ne cesse de le crier sur tous les toits, il ne nous causera que des ennuis.

— Des ennuis ? Parce que toi, tu n'es pas du genre à attirer les ennuis, peut-être ?

— Je ne vois pas de quoi tu parles, rétorque-t-elle en me tirant la langue, puis elle met le clignotant et s'engage sur la route qui sert d'accès à Caball Hollow. Où est-ce que tu te rendais de si bon matin ?

— Je vais voir Papa.

Rowan conduit, le pouce harponné au volant, le pied gauche sur son siège et le genou appuyé au cadre de la vitre. Pendant ce temps, je lui répète ce que j'ai appris de la bouche de Dreama Kinnaird.

— Elam a disparu à l'équinoxe d'automne. Une période de transition, comme le solstice.

— Ça signifie quoi, à ton avis ?

— J'aimerais bien le savoir. Il y a trop de coïncidences pour que ces événements ne soient pas liés.

Rowan me dépose devant le bureau du shérif et met le cap sur le magasin de bricolage. À l'instant où je touche la poignée de la porte d'entrée, le hurlement d'une sirène fend l'air poisseux, accompagné de l'éclair bleu d'un gyrophare.

L'accueil officiel du shérif du comté d'Eldritch, toujours très couleur locale. La Suburban de Papa parvient à ma hauteur, l'air ondoyant à ras du bitume. Il baisse la vitre.

— Bon sang, gamine, c'est une vraie fournaise. Rentre là-dedans avant de te liquéfier.

J'ouvre la portière du côté passager et je prends un moment pour l'observer avant de m'asseoir. Depuis la dernière fois que je l'ai vu ses cernes ont carrément viré au violet et je remarque la présence de cachets contre les reflux gastriques dans le porte-gobelet à côté de son café. Il m'accueille avec un grand sourire, vérifie les rétroviseurs et repart.

— Tu as dû hériter du sens du timing légendaire de ta grand-mère, me complimente-t-il. Je viens tout juste d'arriver. Tu n'as pas pris ton vélo aujourd'hui ?

— Je l'ai laissé au Relax tout à l'heure. Tu étais où ? Du nouveau dans le meurtre de Dahlia ?

— Tu as oublié ce que je t'ai dit, Sherlock Holmes ? me réprimande-t-il sans la moindre agressivité dans la voix. Le sergent Markin croit que tu prépares un projet pour te porter candidate à la bourse de la Reine des Papillons de Nuit.

— Pourquoi tu ne m'as pas dit que tu as été le premier à te présenter sur les lieux après la disparition d'Elam McCoy ?

Papa demeure silencieux un long moment, le regard vrillé sur le pare-brise, puis il avoue d'une voix qui se brise :

— Parce que ç'a été un échec total.

Je me fige, stupéfaite par cette révélation, craignant qu'il ne se referme comme une huître. Mais il pousse un long soupir et il enchaîne :

— Spencer et moi, nous étions de service ce jour-là. Lui et Vivian venaient de recevoir une nouvelle dramatique au sujet de leur fils. Je lui ai dit de rentrer, de digérer ce qu'il avait appris, d'être là pour sa femme. Mais ce n'était pas réellement de mon ressort. Dans les faits, j'étais son supérieur parce que j'étais entré en fonction deux semaines avant lui. Quand l'appel du père McCoy est tombé… j'étais débordé, et je suis arrivé trop tard. Peut-être que j'aurais pu retrouver Elam avant la pluie.

Le goût terreux d'un regret profondément enraciné enrobe sa confession.

— Tu ne pouvais pas deviner, Papa.

— Il ne s'écoule pas un jour sans que j'y repense. Ça a détruit la famille McCoy.

Quand je revois la façon dont Caball Hollow a tourné le dos à Amos McCoy, le sang bout dans mes veines.

— Comment les gens arrivent-ils encore à se regarder dans la glace alors qu'ils propagent les rumeurs les plus dégueulasses sans apporter la moindre preuve ?

Papa me regarde pour la première fois depuis le début de notre conversation, de la compassion au fond des yeux.

— La tragédie fait tomber les masques, Linden. Il y a ceux qui soutiennent et encouragent les gens pendant les épreuves qu'ils traversent, et ceux qui s'acharnent sur eux en jubilant. Voir ce que l'humanité a de pire, c'est ce que je considère comme le plus difficile dans mon métier.

Je détourne les yeux et j'appuie la tête à la vitre, en proie à un tourbillon de douleur et de tristesse. Ma colère se transforme en rage pure à la pensée que ma famille est elle aussi la cible des commérages.

— Il y a d'autres personnes qui te cherchent des noises ? me demande Papa.

— Rien d'aussi violent que ce caillou qui a traversé la vitre, mais… j'étais au Relax et j'ai croisé le coach adjoint, le type que j'ai vu le soir où on a trouvé Dahlia.

— Il t'a parlé ?

— Pas vraiment. Mais j'étais déjà tombée sur lui avant, et ça m'est revenu. Je crois qu'il connaissait Dahlia. Peut-être qu'il lui avait donné rendez-vous dans les vestiaires. Qu'est-ce qu'il fabriquait au stade à cette heure-là, à ton avis ?

— Linden, je sais mener une enquête. Fais-moi confiance, je gère. Ce que je veux, c'est que tu fasses preuve de prudence. Les gens ont peur, et la peur peut les rendre dangereux. Évite de fourrer ton nez dans certaines affaires.

Je hoche la tête. Je vais rester prudente, promis, mais je refuse d'être naïve.

— Je ne peux pas rentrer dans les détails, me dit Papa, mais Parker Hammond était aux vestiaires ce soir-là parce qu'il est actuellement en charge du nettoyage des tenues de l'équipe. Bon, allons chercher ton vélo.

Nous passons devant le *diner* et je revois Dahlia le jour où elle est revenue en ville pour le festival, aussi clairement que si c'était hier. Elle avait mis un point d'honneur à me rendre visite afin de me parler de sa grand-mère et des recettes qu'elle m'avait transmises. Une façon de recoller les morceaux ? De faire revivre le souvenir de sa Mémé ? Ou était-ce un message codé ?

Je me redresse sur le siège passager. Et si c'était pour cette raison qu'elle avait inscrit mon nom dans la fumée de la bougie ? Parce qu'elle m'avait déjà indiqué à quel endroit précis chercher les réponses ? Chez sa grand-mère, peut-être ?

CHAPITRE VINGT-DEUX

Papa me dépose à la ferme et je communique aussitôt ma théorie à Cole par texto. Sa réponse est quasi instantanée mais prévisible : *Cabane.*

Je le trouve en train de retirer la bâche de la Triumph. D'instinct, j'attrape le casque qu'il me fourre entre les mains.

— Tu ne comptes pas me faire monter là-dessus, quand même ?

— Petite leçon de conduite rapide : accroche-toi à moi et, surtout, ne lâche pas.

Il m'adresse un sourire malicieux, enfourche la moto, met son propre casque, puis appuie sur le démarreur. Je l'observe, les yeux écarquillés, clouée sur place. Il m'invite à m'asseoir derrière lui en donnant des petites tapes sur la selle. On ne va jamais réussir à tenir à deux là-dessus. Je vais devoir me coller contre lui. La gorge nouée, je boucle mon casque, je grimpe sur l'engin et me cramponne au T-shirt de Cole.

Le moteur mugit, je tressaille. Cole m'attrape les mains et me force à le ceinturer en prenant appui de la tête sur son dos, puis nous nous envolons.

Nous évitons la route au maximum, lui préférant les chemins de randonnée et les pistes empruntées par les chasseurs. Nous nous arrêtons dans les bois, à proximité de la maisonnette où vivait Parlee Wilkerson, un héritage familial qui reste vide depuis son décès. Mrs Wilkerson tirait une immense fierté de ses massifs, qu'elle avait plantés de digitales, de delphiniums et de pavots. Je les retrouve envahis par les herbes indésirables, étouffés par le chiendent et les graminées.

Je pose un pied sur le porche laissé à l'abandon.

— Attention, murmure Cole.

La poignée tourne dans ma main sans opposer de résistance, mais le bois de la porte s'est déformé sous l'effet de l'humidité. Je m'écarte.

— Cole, tu veux bien l'ouvrir, s'il te plaît ?

À cet instant, je capte un détail familier. Au-dessus du cadre, un médaillon rond met en relief un trèfle sculpté en son centre. Je suis à peu près certaine d'avoir vu le même chez Amos McCoy.

— Attends une seconde. Tu me fais la courte échelle ?

Cole s'appuie de tout son poids contre le mur et m'aide à monter sur sa cuisse. Du bout des doigts j'explore le trèfle, et, subitement, l'univers semble tournoyer autour de moi. Une flamme jaillit du bois buriné. Des vagues tantôt brûlantes, tantôt glacées me balaient la peau. Cole me rattrape et crie des mots qui me parviennent étouffés, cotonneux, comme s'il me parlait sous l'eau. Cette sensation, je la connais, c'est la réalité qui se modifie et le temps qui s'écoule différemment. C'est l'Arbre-Squelette.

Je repense à l'injonction inscrite dans la terre à côté de la tombe de Nora McCoy et je chuchote :

— *Sculpte les ossements.*

Cole me repose précautionneusement sur le porche sans me quitter une seconde des yeux.

— Tu m'expliques ce que c'était que ce délire ? me demande-t-il.

— Toi aussi, tu as un trèfle au-dessus de ta porte d'entrée. Tu sais ce qu'il représente ?

Cole hausse les épaules.

— Il a toujours été là. Les maisons des fondateurs de Caball Hollow en sont toutes marquées. C'est la raison pour laquelle la Fondation pour le Patrimoine a un trèfle pour emblème. Un vieux symbole de protection, il me semble, quelque chose dans ce goût-là.

J'étudie à nouveau le bois sculpté. Ce trèfle est-il le vestige d'une vieille superstition rapportée de leur terre natale par les fondateurs de la ville ? Ou un bouclier contre une menace beaucoup plus locale ? Une menace liée à l'Arbre-Squelette ?

— Tu veux toujours entrer ? me demande Cole.

J'acquiesce d'un signe de tête et il décoince la porte d'un coup d'épaule. À l'intérieur de la maison, l'unique lumière est fournie par le soleil de cette fin d'après-midi qui s'infiltre par les épais rideaux et qui illumine les nuages de poussière tourbillonnant dans l'air. J'actionne l'interrupteur. Rien. Cole sort son téléphone, qu'il met en mode lampe de poche. Mes espoirs sont alors réduits à néant. Nettie Hinkle, la tante de Dahlia, a déjà vidé la maison. Il ne reste qu'un canapé fleuri avec des napperons au crochet stratégiquement placés pour dissimuler le tissu élimé des accoudoirs, un guéridon cassé et une lampe privée de son abat-jour.

La maison de plain-pied se compose d'une pièce principale qui s'ouvre sur une petite salle à manger et une cuisine.

À l'arrière, on trouve une buanderie et une salle de bains. Un couloir dessert deux chambres à coucher. Nous passons d'abord au peigne fin la chambre qu'occupait Dahlia. J'explore les lames du parquet, cherchant des brèches, des fragilités, pendant que Cole étudie les bouches d'aération et les moulures. Malgré tous nos efforts, nous faisons chou blanc.

Je sens la déception me ronger l'estomac. Dans la cuisine, même le réfrigérateur a disparu. Personne n'est venu aérer la maison, et je suis couverte d'un mélange de sueur et de poussière. De l'avant-bras, je m'essuie le front et me tourne vers Cole.

— J'étais vraiment certaine qu'on dénicherait quelque chose.

Un sourire lui étire les lèvres et il baisse la tête.

— Seriez-vous encore en train de vous moquer de moi, Cole Spencer ?

— Tu t'es mise dans un état, rigole-t-il.

Il se sert du bord de son T-shirt pour me nettoyer la joue. C'est dans la nature de Cole de prendre soin des autres, mais en le regardant là, avec sa chemise relevée, sa peau séparée de la mienne par quelques centimètres à peine, mon souffle se coupe.

Je tente de remettre mon esprit sur les rails en repensant à mes leçons de pâtisserie sous la baguette de Mrs Wilkerson, aux fous rires que nous avons piqués en écoutant ses anecdotes. Et je me souviens de la recette à laquelle Dahlia a fait allusion lors du festival, celle du gâteau aux pommes et à la cannelle relevé d'une larme d'eau-de-vie, l'eau-de-vie distillée par sa grand-mère. Soudain, le déclic se fait.

Je me détache de Cole et me laisse tomber à genoux devant le placard sous l'évier. Tout au fond, je découvre un crochet auquel est pendue une brosse à vaisselle oubliée là depuis des lustres. Je l'écarte un peu et un panneau amovible me donne l'accès à un compartiment secret. Un frisson d'excitation me traverse des pieds à la tête.

Cole me donne son portable, je braque le faisceau à l'intérieur. Là, il y a quelque chose. Je tends le bras et je l'attrape. J'exhume alors une vieille boîte à pique-nique en métal vert. Cole récupère son appareil pour me laisser les mains libres. Bingo : la boîte renferme l'un de ces téléphones bon marché, prépayés et jetables, qui se vendent au Relax. Qu'est-ce qui pousserait Dahlia à prendre autant de précautions pour cacher un objet aussi anodin ? J'appuie sur le bouton d'alimentation et, miracle, le téléphone revient à la vie. Pas d'appels dans l'historique, pas de contacts dans le répertoire, mais quelques textos tous expédiés du même numéro.

Je peux t'aider

Je peux te protéger

Il n'y a que moi

Mon cœur part dans un galop effréné. Qui a pu envoyer des messages pareils ? Dans quel pétrin Dahlia s'est-elle fourrée ? Les deux premiers messages promettent assistance et protection, mais le troisième ne m'inspire rien de bon. Et s'ils étaient signés de son meurtrier ?

— Il y a encore autre chose, m'indique Cole. Des feuilles imprimées. Peut-être l'interview de Wyatt McCoy ?

Je pose le portable de Dahlia par terre et je sors de la boîte une liasse de documents. Lorsque je les déplie, mon sang ne fait qu'un tour. Ce sont les pages arrachées au grimoire. Comment ont-elles pu se retrouver entre les mains de Dahlia ?

La première page parle du pouvoir de l'Arbre-Squelette, et les marges sont noircies d'annotations griffonnées dans une écriture qui correspond à celle de Zéphyrine. Certaines ont été barrées, des flèches redirigent l'attention vers un autre passage. J'ai l'impression d'avoir sous les yeux un de mes carnets de recettes, que je commente en modifiant un ingrédient ou en corrigeant une dose.

— Mais qu'est-ce que ça peut bien vouloir dire ?

J'entends la porte grincer de l'autre côté du mur, puis une voix qui retentit :

— Bureau du shérif du comté d'Eldritch.

Je relève la tête, mais Cole m'a prise de vitesse. Il enroule un bras autour de ma taille et m'entraîne dans la buanderie. Nous nous réfugions à l'intérieur d'un placard où je fourre précipitamment les papiers dans ma poche. Mon cœur cogne si fort qu'il va me rendre sourde.

— C'est Ethan…

Si l'adjoint nous découvre ici, nous sommes fichus.

Blottis l'un contre l'autre dans l'obscurité, nous avons du mal à respirer et l'adrénaline déclenche en moi des frissons incontrôlables. Cole m'attire contre lui et me serre fort afin de contenir mes tremblements.

Ethan se déplace à travers la maison, de pièce en pièce. Son talkie se met à grésiller et une voix à l'autre bout croasse des paroles inintelligibles.

— On a reçu un appel signalant une activité suspecte, répond Ethan. Un voisin de l'autre côté de la rivière a vu deux gamins traverser la forêt dans cette direction.

Ses pas se rapprochent – il doit être dans la salle à manger – et je retiens mon souffle. Cole se raidit.

— Sans doute une fausse alerte, mais quand j'ai entendu l'adresse, j'ai préféré venir vérifier. On n'est jamais trop prudents dans cette affaire… Oui, on essaie de recouper avec d'autres décès suspects où des objets qui n'appartenaient pas à la victime se sont retrouvés à côté de son cadavre. Peut-être que le collier est une carte de visite, en quelque sorte.

Le bruit de pas bifurque dans le couloir et s'éloigne de notre cachette. Pour l'instant. Ethan est peut-être nouveau, cependant, il prend son métier très au sérieux. Il ne partira pas tant qu'il n'aura pas fouillé partout.

— Au moment où il arrive à la chambre de Dahlia, on court vers la sortie, me chuchote Cole. Tiens, mets ça.

Il me fourre quelque chose dans la main. Une cagoule. Je vais crever de chaud, mais cela vaut mieux que d'être reconnue.

Avec des gestes lents et silencieux, Cole retire de son cintre un vieux sweat mangé aux mites, l'enfile et rabat la capuche sur ses yeux pendant que je me bats avec le vêtement. J'ai l'impression de faire une partie de Twister dans une boîte de sardines.

Lorsque Ethan atteint l'arrière de la maison, nous piquons un sprint aussi discrètement que possible. Cole me pousse devant lui au moment où nous tournons le coin qui mène au salon, afin de faire écran de son corps.

Je vois la porte grande ouverte et je fonce.

— Hé ! s'écrie Ethan. Stop !

Je l'entends remonter le couloir à pas lourds à l'instant où je franchis le seuil en boulet de canon. Et si je sautais directement du balcon en évitant le perron ? J'atterris comme une masse dans un massif infesté de pissenlits. Au bout de quelques secondes Cole me rejoint, m'attrape la main et m'entraîne vers les bois. Dès que nous sommes sous le couvert des arbres, je hurle à son adresse :

— Vas-y !

Il n'a pas besoin de se le faire répéter. Il hoche la tête, une fois, puis il accélère, et je vois ses longues jambes avaler la distance. J'entends Ethan qui se rapproche. Nous avions l'effet de surprise de notre côté ainsi que ses dix kilos d'équipement pour le ralentir, mais il n'est pas du genre à abandonner.

Un moteur gronde à quelques mètres et je tiens bon jusqu'à ce que la moto surgisse devant moi entre les arbres. Cole met un pied par terre et fait un dérapage contrôlé, je saute sur la selle et nous nous élançons à travers la forêt.

Lorsque nous arrivons sur le sentier tracé par les cerfs, le soulagement s'empare de moi si bien que je m'affaisse contre le dos de Cole. Ethan va devoir rebrousser chemin et récupérer son véhicule devant la maison de Nettie Hinkle s'il veut ne serait-ce qu'une chance de nous rattraper.

C'est à cet instant que je m'aperçois que j'ai laissé le téléphone de Dahlia par terre, au milieu de la cuisine.

La Bonneville vole, s'enroulant autour de la montagne comme un ruban de fumée, zigzaguant sur des pistes sinueuses. Au bout d'un moment, les arbres, l'herbe et la roche du paysage composent une aquarelle. Ce spectacle me coupe le souffle. Le vent qui nous fouette le visage chasse la chaleur oppressante de l'été.

Cole emprunte un sentier qui escalade le versant de la colline, puis nous dévalons la pente sur quelques kilomètres et il s'arrête au milieu d'une clairière.

— Tu parles d'une aventure.

Je retire mon casque, puis je me laisse tomber dans l'herbe, mon cœur battant la chamade. Nous l'avons échappé belle.

Cole effectue des ajustements sur sa moto tandis que j'observe les muscles de son dos onduler sous le tissu humide de son T-shirt. Les mots me viennent plus facilement quand son attention est ailleurs.

— Un autre détail m'est revenu, lui dis-je. Un autre souvenir de l'été dernier. Je crois que j'ai vu Hammond, le coach adjoint, avec Bryson sur le parking du Relax avant qu'on parte tous camper. Je ne comprends pas ce qu'il pouvait fabriquer là-bas.

La dernière fois que j'ai parlé à Dahlia, elle avait mentionné la présence d'une autre personne la nuit de ma disparition. Peut-être parlait-elle de lui.

Cole me dit par-dessus son épaule :

— La saison dernière, Parker Hammond a été sanctionné pour avoir fraternisé avec certains joueurs. C'est le cousin de Bryson, il a joué dans l'équipe de Mud River il y a deux ou trois ans, en gros, il est pote avec tout le monde. Apparemment, il avait du mal à garder une distance professionnelle, d'après le directeur sportif.

— C'est donc pour ça qu'il était de corvée de linge sale l'autre soir. C'était sa sanction. S'il traînait avec les joueurs, il est possible qu'il ait connu Dahlia.

Cole se redresse et me fait face.

— Bien sûr, mais plein de gens la connaissaient. Ça ne signifie pas qu'il l'a tuée.

— Quel scandale si la ville découvrait qu'un membre du personnel éducatif encourageait les jeunes avec ces histoires d'Homme-Papillon. Peut-être qu'il monnayait son silence.

— Plein de gens l'ont vu dans la forêt, pas seulement Dahlia, rétorque Cole. Et pour être tout à fait franc, je ne pense pas qu'il s'accrocherait à un job aussi pourri.

Je suis d'accord avec son raisonnement, pourtant, il y a toujours quelque chose chez Hammond qui me met mal à l'aise.

Maintenant que mon rythme cardiaque se rapproche de la normale, j'explore les alentours d'un regard circulaire. Nous sommes au milieu de nulle part.

— C'est ici que tu viens te planquer après tes virées à moto ? Pourquoi ? Pourquoi ici ?

Cole vient s'asseoir près de moi.

— Attends une seconde, lâche-t-il.

Il observe l'horizon pendant que le soleil se couche derrière les montagnes. Lorsque le creux du vallon se remplit d'ombres, je remarque la première lumière. Une petite tache qui contraste avec l'obscurité. Puis une autre, à quelques mètres. Enfin, nous sommes cernés de lumières qui clignotent à l'unisson, par centaines, comme une chorégraphie synchronisée.

Je me tourne vers Cole, qui me dévisage déjà.

— Des lucioles.

Je suis envoûtée. Les insectes scintillent autour de nous tandis que le firmament se constelle d'étoiles.

— Cole, dis-je dans un murmure. Merci.

Nos doigts s'entremêlent et le chœur nocturne des criquets et des grenouilles remplace celui des oiseaux et des cigales. Ses yeux deviennent deux flaques dorées et il cale une mèche de cheveux derrière mon oreille, ce qui déclenche un frisson sur ma peau. Il est tellement beau que cela me transperce le cœur. Je ne sais pas trop à quel moment je me suis approchée de lui, mais son haleine m'effleure les lèvres.

— Tu m'as tellement manqué, dit-il à voix basse.

— Tu m'as manqué, toi aussi, murmuré-je contre ses lèvres.

C'est à peine un bisou, mais il a le goût apaisant et familier, synonyme de tranquillité d'âme, dont la douceur évoque le sucre vanillé. Je me détache de Cole pour l'admirer, mais il proteste d'un grognement guttural, enfouit ses doigts dans mes cheveux et m'attire à nouveau vers lui.

Si le baiser de tout à l'heure était une étincelle exquise, celui-ci est un feu dévorant. Un creuset rempli d'un liquide brûlant qui se transforme en caramel. Alors j'oublie tout, les lucioles, les étoiles, sauf celles qui flamboient dans mon cœur.

Je pousse la porte de ma chambre et je découvre Juniper accroupie par terre. Elle a trouvé ma cachette sous le parquet. Je referme en catastrophe.

— Juniper ! Mais qu'est-ce que tu fabriques ?

— Je voulais vérifier un truc par rapport au sort qu'on a pratiqué au cimetière, chuchote-t-elle. Je ne parviens toujours pas à m'expliquer comment tu as pu établir un lien si fort avec l'au-delà, même si tu as donné ton sang en offrande.

Elle tourne quelques pages du grimoire et secoue la tête.

— Attends, j'ai autre chose à te montrer.

Je m'agenouille près d'elle afin de lui montrer les pages récupérées dans la cuisine de Parlee Wilkerson.

— Dahlia les avait planquées dans la cuisine de sa grand-mère.

— Elle avait en sa possession les pages d'un bouquin que Mamie garde sous clef depuis avant notre naissance ?

— Peut-être que Zéphyrine les a prises. C'est son écriture, après tout. Ces pages se sont retrouvées mélangées Dieu sait comment aux documents qu'elle avait rassemblés pour la bourse. Ou elle les a données à Nora, pour être sûre qu'elles ne tombent pas entre de mauvaises mains, avant que Wyatt McCoy ne les transmette à Dahlia.

Je me passe la main dans les cheveux. Ma théorie tient la route, même si je n'ai pas la moindre preuve de ce que j'avance.

À cet instant, la porte s'ouvre à la volée de sorte que nous sursautons l'une et l'autre. Rowan entre à grandes enjambées en tirant Sorrel derrière elle.

— Je ne vous ai donc rien appris, les filles ? Faire des messes basses dans une chambre fermée, il n'y a pas mieux pour éveiller les soupçons.

— Qu'est-ce qui te met dans cet état ?

— J'ai trouvé quelque chose.

Elle glisse une main sous son T-shirt et en sort des feuilles qu'elle me tend. J'ai du mal à en croire mes yeux.

— C'est la transcription qu'il nous manquait, celle de l'interview de Wyatt McCoy. Tu as déniché ça où ?

— Dans la chambre d'Hadrian.

— Tu es allée fouiller dans ses affaires ? s'indigne Juniper, toujours soucieuse de prendre la défense de ceux qu'elle estime lésés.

— À ton avis, ces canulars stupides, à quoi ils servaient ? À l'habituer à mes intrusions, et à brouiller les pistes. Je rentre, je fouine, puis je fais diversion avec une blague immature.

— Tu es un génie du mal, lâché-je distraitement tandis que j'étudie les pages.

— Je n'utilise mes pouvoirs que pour accomplir le bien.

— En fonction de ta propre définition du bien, rétorque Juniper.

— Comme tout le monde, non ?

— Si tu passes le plus clair de ton temps à fouiller sa chambre, comment est-il possible que tu n'aies découvert cette transcription que maintenant ? ironise Sorrel.

— Elle était dans la doublure de son étui à violon. Quand je l'ai vu au cimetière, je me suis rendu compte que je n'avais pas regardé dedans depuis un bon moment.

— Tu crois qu'Hadrian est impliqué dans la mort de Dahlia ? Il ne la connaissait même pas, argumente Juniper.

— Peut-être que si, rétorqué-je dans une illumination. Il aurait très bien pu la rencontrer ailleurs, à Rawbone par exemple. L'ex de Dahlia vivait là-bas, peut-être qu'ils avaient des connaissances en commun. (Soudain, tout s'éclaircit.) Et Amos McCoy nous a dit que son fils, Wyatt, a vécu à Rawbone après la disparition d'Elam. Combien de gens savaient qu'il a donné cette interview ? (J'agite les papiers.) Ce qui est sûr, c'est que la personne avec laquelle Dahlia s'est entretenue le saurait, elle. Et si Hadrian n'était autre que Wyatt McCoy ?

— Hallucinant, souffle Rowan, ouvrant des yeux grands comme des soucoupes.

— Peut-être qu'il en a trop dit. Ou peut-être qu'il savait que Dahlia s'approchait de la vérité.

— Je vois mal Wyatt McCoy tuer son propre frère. Ce n'était qu'un gamin, proteste Juniper.

— On sait qu'Amos McCoy avait des soupçons. Il n'est pas impossible qu'il ait essayé de maquiller en disparition un simple accident.

Je jette un coup d'œil à la transcription. Ce n'est pas la preuve irréfutable de la culpabilité de Wyatt McCoy que j'espérais.

Dahlia : Revenons au début de cette journée, il s'est passé quelque chose d'inhabituel ?
Wyatt : D'inhabituel, non. (Un long soupir.) On s'est chamaillés pour savoir qui récupérerait le jouet vendu avec la boîte de céréales. C'est ça qui m'a frappé. Le dernier jour que j'ai passé avec mon petit frère, j'ai pété un câble parce qu'il a reçu un insigne pourri en plastique, et pas moi. Il l'a même pris quand on est allés pêcher ce jour-là. Je m'en souviens comme si c'était hier. Il y avait écrit « shérif Crunch » dessus. (Petit rire.) Vraiment ridicule.
Dahlia : Vous avez été le dernier à voir Elam vivant. Il s'est passé quoi pendant que votre père pêchait ?
Wyatt : J'en avais marre qu'il me suive partout.
Dahlia : Qu'est-ce que vous avez fait, alors ?
Wyatt : Je ne l'ai pas fait exprès. (Il renifle bruyamment.) Je n'ai pas fait exprès de le laisser tout seul. Je voulais juste jouer tranquillement. (Il se racle la gorge.) C'est ma faute. Je lui ai dit de s'en aller. J'étais son grand frère. J'étais censé le surveiller.
Dahlia : Vous n'étiez qu'un petit garçon.
Wyatt : Oui, eh bien, lui aussi.

— Ça ne sonne pas comme quelqu'un qui maquillerait le meurtre de son frère. Ni comme quelqu'un qui va tuer la personne qui enquête dessus. Il se sent trop coupable.

Rowan pousse un soupir que je distingue à peine, mais son soulagement est si fort qu'il laisse un goût dans ma propre bouche.

— Dans ce cas, quel intérêt de voler l'interview ? Et qu'est-ce qu'elle faisait dans les affaires d'Hadrian ?

— Si Hadrian est effectivement Wyatt, peut-être qu'il voulait cacher son identité réelle et ne pas se retrouver associé à Dahlia après le meurtre.

— Mais pourquoi tant de secrets ? s'étonne Rowan. Pourquoi débarquer à Caball Hollow sous un faux nom ?

— Réfléchis un instant, dit Juniper. Toute sa vie, il a été le frère d'Elam, le garçon qui s'est volatilisé dans la nature. Tu t'imagines rentrer chez toi et découvrir que ta tragédie personnelle est devenue une légende urbaine dont les gosses se servent pour s'effrayer ?

Elle a raison, et ses paroles atteignent leur cible. J'ai honte d'avoir été parmi ceux qui ont pourri la vie de la famille d'Elam McCoy, ceux qui ne se sont jamais donné la peine de chercher la vérité.

— Si ça se trouve, il agit exactement comme nous, dis-je. Il essaie de découvrir qui a tué son frère.

— Alors, on fait quoi maintenant ? veut savoir Juniper. On interroge Hadrian ? On lui demande s'il est Wyatt et Rowan se charge de nous dire s'il ment ?

— Ça va devoir attendre quelques jours, annonce Rowan. Mamie l'a envoyé à Mud River vendre des moutons à la foire aux bestiaux. Ce qui m'a permis d'aller farfouiller dans ses tiroirs, d'ailleurs.

— En attendant, il faut qu'on parle de Dahlia.

J'en viens au téléphone caché sous l'évier, aux textos énigmatiques.

— Le père de Dahlia a foutu en l'air sa solvabilité, alors elle a dû dire adieu aux prêts étudiants, en plus elle n'avait personne pour se porter garant.

— Oui, sa mère et sa grand-mère sont décédées, et Mr et Mrs Hinkle doivent racler les fonds de tiroirs pour couvrir leurs frais médicaux, confirme Sorrel.

— Mrs Hinkle m'a dit que Dahlia avait trouvé une solution à ses galères d'argent. Mais laquelle ? Peut-être qu'elle faisait chanter la personne responsable de la disparition d'Elam.

— Tu crois qu'elle était prête à risquer sa vie pour aller à la fac ? demande Rowan.

— Elle voulait coûte que coûte quitter cette ville. Qui sait jusqu'où le désespoir peut mener…

— Une petite seconde, intervient Sorrel. Wyatt McCoy a bien parlé d'un insigne de shérif en plastique ?

Je parcours la transcription en diagonale.

— Oui, pourquoi ?

Ma sœur m'attrape le bras, le regard grave.

— Linden, quand tu es sortie de l'hôpital, j'ai rangé tes affaires pendant que tu prenais un bain. J'ai vu quelque chose dans le sac que m'avait donné l'infirmière et je t'ai demandé ce que c'était. Tu te rappelles ?

Je me repasse les quelques souvenirs que je garde de cette soirée. Encore sous le choc, j'ai cru que Sorrel avait déniché mon collier dans le sac en question. Or la cicatrice à mon cou prouve que j'ai perdu ce collier dans la forêt, ou qu'on me l'a arraché, pas qu'il a été oublié au fond d'une poche.

— J'avoue, je n'ai pas vu ce que c'était.

— Un insigne en plastique avec le shérif Crunch dessus. J'en mettrais ma main à couper.

Sa révélation me provoque une crampe à l'estomac. Est-ce que l'insigne d'Elam se serait retrouvé, inexplicablement, en ma possession ? La police a bien découvert mon merlebleu sur le cadavre de Dahlia… Stressée comme jamais, j'ouvre mon placard, je le vide et balance tout par terre, y compris une paire de bottines boueuses dont j'ignore comment elles ont atterri là. Rien, toujours rien. J'annonce aux autres :

— Il a disparu.

Sorrel vient s'accroupir à côté de moi et nous retournons une seconde fois toutes mes affaires. Le sac de l'hôpital reste introuvable et, avec lui, l'insigne du shérif Crunch.

Août

Lune de l'Esturgeon Rouge

Lorsque les esturgeons pullulent dans la rivière, des vérités incontournables resurgissent. La fièvre étouffante de la fin de l'été fait naître une brume rouge. L'heure est venue de se préparer aux épreuves qui se profilent à l'horizon, aux leçons douloureuses et aux épilogues qui bouleversent une existence à la saison où les semailles laissent la place aux récoltes. Au seuil de la transformation, pas de retour en arrière possible. Il ne demeure plus qu'une voie sur laquelle s'engager.

Récolte

Au potager : pommes, myrtilles, brocolis, melons, choux-fleurs, céleris, miel, ail, légumes verts, oignons, poires, petits pois, poivrons, prunes, maïs doux, navets, pastèques.
En pleine nature : pommes sauvages, noisettes, sureau, menthe, pissenlit, airelles, pieds-de-mouton, muscadine, raisin, papayes.

Pastilles au sureau pour chasser la maladie et le mauvais sort

Dans une casserole d'eau bouillante, ajoutez un trait de jus de citron, une pincée de zestes, une quantité généreuse de myrtilles et une pointe de racine de guimauve. Passez cette décoction au tamis et ne gardez que le liquide. Un peu de miel, pour le goût. Prolongez la cuisson sur feu doux afin d'obtenir une solution parfaitement fluide que vous verserez dans des moules. Laissez refroidir et durcir, utilisez au premier signe d'irritation.

Le sel que l'on extrait de nos montagnes, c'est le même que celui qui circule dans notre organisme. Le sang, la sueur, les larmes, jusqu'à l'eau de notre utérus, ce cycle qui nous relie perpétuellement à cette terre et renaît de toute éternité au-dedans de nous, à travers nous. Ainsi, partout où nos pas nous portent, nous retrouverons toujours notre foyer.

Eustacia James, en l'an de grâce 1814

CHAPITRE VINGT-TROIS

Le téléphone qui vous réveille avant l'aube ne peut annoncer qu'une catastrophe. Quand celui de la cuisine fait entendre sa sonnerie assourdissante avant le chant du coq, je suis prise de sueurs froides. J'ai l'impression qu'un poignard se plante entre les lames du parquet. Les ennuis frappent à la porte.

— Oh, non ! s'écrie Maman quelques secondes plus tard.

Nous nous rendons à toute vitesse au *diner*. Des véhicules de police encombrent la rue. L'adjoint Miranda se tient près de la porte de service, le portable à l'oreille. Il m'attrape par le bras et, une fraction de seconde, je me dis qu'il m'a reconnue chez Parlee Wilkerson et que je vais passer un mauvais quart d'heure. Mais non, il n'est pas en colère ; il semble triste.

— C'est moche, me dit-il, la mine grave.

« Moche », c'est encore loin de la réalité. Une fois la porte franchie, le choc m'empêche d'absorber la scène. Les images ne m'arrivent que par éclairs, comme une série de photos. Les sacs de farine et de sucre gisent éventrés dans un coin de la réserve, et la cuisine entière est tapissée d'une poudre blanche, comme si une tempête de neige s'était abattue entre ses murs. Le sol, les surfaces de travail et les étagères sont criblés d'œufs, par dizaines ; même les murs ont été éclaboussés et du jaune dégouline sur les appareils électroménagers. Les réfrigérateurs et les congélateurs sont grands ouverts, leur contenu est bon à jeter. Des éclats de porcelaine et de verre jonchent le carrelage. Les tiroirs arrachés ont été vidés par terre.

— Mais qu'est-ce qui passe par la tête des gens ? s'exclame Juniper, accablée.

Mamie a rejoint Papa près de la station de découpe.

— Ils sont entrés comment ?

— Ils ont défoncé le panneau en contreplaqué au pied-de-biche. Ils n'ont rien emporté, ils voulaient causer un maximum de dégâts, mais si tu remarques qu'il manque quelque chose, signale-le-moi.

Je me fraie un chemin entre les enquêteurs qui s'affairent et découvre l'état de la salle. Les vandales ont réduit en miettes la plaque de contreplaqué ainsi que la cafetière, dont les morceaux éparpillés au sol se perdent parmi les grains de café. Le tissu des banquettes a été lacéré avec des couteaux empruntés à la cuisine, un tranchoir est toujours planté dans un coussin. Un vrai carnage.

La haine qui a motivé ces actions s'affiche en lettres de sang, sur le mur de la pièce principale : LES SORCIÈRES AU BÛCHER. La côte de bœuf qui a servi de stylo a été abandonnée sur le carrelage, elle attire déjà les mouches.

Les responsables ont laissé une tache indélébile dans leur sillage, ils ont souillé les souvenirs qui font du *diner* notre chez-nous, autant que la ferme. C'est ici que j'ai appris à préparer une pâte à tarte, j'étais si petite que j'avais du mal à tenir le rouleau à pâtisserie. C'est assis sur cette banquette en lambeaux qui recrache sa mousse que Papa a posé pour la première fois les yeux sur Maman. Et un peu plus loin, le cadre de la porte qui ouvre sur le garde-manger a gardé la trace des étapes de notre croissance, à mes sœurs et à moi. Mais, à présent, l'écriture est brouillée et illisible.

Maman arpente le *diner*, s'arrêtant pour ramasser tantôt un éclat de verre, tantôt une page arrachée à un livre de recettes, le visage baigné de larmes. Les policiers achèvent leur travail de collecte des preuves et, sur l'ordre de Papa, barricadent la vitrine avant leur départ.

— C'est bien gentil, mais ça n'a pas servi à grand-chose cette nuit, grommelle Mamie avant de m'adresser un sourire triste.

Maman éclate en sanglots, poussée à bout.

— Plus personne ne vient manger chez nous, on ne va pas pouvoir payer nos mensualités et on n'a pas non plus de quoi racheter des denrées alimentaires et remplacer l'équipement qui a été détruit.

Elle secoue la tête et le goût brûlé du désespoir m'enduit le palais.

Je sors dans la rue et je m'appuie aux briques du mur. Les yeux fermés, je prends de profondes inspirations pour essayer d'évacuer ces émotions désagréables et puissantes qui me remplissent la bouche et me chamboulent l'estomac.

— Eh bien, ça me désole de voir ça.

Hillard Been étudie cette scène de dévastation par la porte restée ouverte.

— Vous êtes bien le seul en ville à être désolé pour nous, Mr Been, lui dis-je, trop lasse pour m'embarrasser de politesse. Tout le monde a déserté La Lune.

— Je suis sûr que c'est faux.

— Ne racontez pas n'importe quoi. Vous êtes assis dans un restaurant vide à longueur de journée. Même Buck Garland ne vient plus.

— Je ne sais pas pour les autres, mais l'ami Buck a pas mal de soucis en ce moment, ce qui explique pourquoi on ne le voit plus.

La colère et le chagrin refluent un instant parce que sa voix a des accents qui m'incitent à y prêter attention.

— Des soucis ?

— Il préfère rester discret, avec les commères qui traînent dans le coin, mais je suis sûr qu'il aimerait te rassurer.

Mr Been baisse la tête et m'étudie par-dessus ses bésicles avant d'ajouter :

— Je te fais confiance pour ne pas l'ébruiter, bien entendu. La dernière fois qu'on a vu l'Homme-Papillon à Caball Hollow, c'était au moment où le frère de Buck a disparu.

Soudain, toutes les pièces du puzzle s'agencent. L'image est bien différente de ce que j'imaginais.

— Buck et Wyatt McCoy ne sont qu'une seule et même personne.

— Tu ne croyais quand même pas que Buck, c'est son vrai nom ? Ce n'est qu'un sobriquet.

— Mais il ne s'appelle pas McCoy ?

— Il a pris le nom de sa mère, Garland, à l'époque où la disparition de son frère faisait encore les gros titres. Les enfants peuvent être cruels, mais tu le sais mieux que moi.

— Qu'est-ce qui l'a poussé à revenir à Caball Hollow ?

— C'est sa mère qui le lui a demandé. Elle était mourante et elle ne voulait pas que Wyatt se retrouve seul, alors elle l'a poussé à se réconcilier avec son père. Cela fait six mois qu'il travaille à la poste, mais il n'a pas encore trouvé en lui le courage d'aller parler au vieil Amos. On peut imaginer que ça n'a rien de facile.

— Linden !

Je me retourne. Cole jaillit de sa Jeep garée dans une rue parallèle. Il me rejoint en quelques enjambées, attrape mon visage entre ses mains et le fouille du regard, son inquiétude est si forte qu'elle me submerge quelques instants.

— Est-ce que ça va ? me demande-t-il.

— Quelqu'un a saccagé le *diner* cette nuit, lui dis-je en butant sur chaque syllabe.

— J'ai vu les gyrophares, j'ai bien cru que j'allais avoir une crise cardiaque.

Il me serre de toutes ses forces. À cet instant, la portière s'ouvre du côté passager et le maire sort de la Jeep. Il glisse son portable dans sa poche et se masse la tempe, l'air exténué, la bouche pincée et le teint pâle, puis il m'adresse un petit sourire qui efface la fatigue au fond de ses yeux.

— Quelle surprise de vous revoir ensemble. Cela fait vraiment plaisir.

Il tapote Cole dans le dos et franchit le seuil du *diner*. Je le vois serrer la main de Papa et prendre Maman dans ses bras.

— Ton père est malade ?

— Il a été très atteint par le meurtre de Dahlia. Comme il ne dort pas beaucoup ces derniers temps, je l'ai emmené voir le médecin ce matin. Il ira mieux une fois que ça sera derrière nous.

Hillard choisit ce moment pour se rappeler à mon souvenir. Je l'avais oublié, le pauvre.

— Je vais vous laisser, me dit-il. Tenez-moi au courant pour la réouverture.

Il se dirige vers le Cochon Grillé et me laisse avec des questions qui s'apparentent à de vrais casse-tête. Si Buck est en fait Wyatt, quel rôle vient jouer Hadrian, et pourquoi donc avait-il la transcription de l'interview dans son étui à violon ? Est-ce que je me fais des films depuis le début ?

— Alors c'est ça qu'est devenu Caball Hollow, dit Cole, dégoûté. Un ramassis de vandales. Quelqu'un est venu vous embêter à la ferme ?

— Il ne s'est rien produit d'aussi violent. Mais j'ai quand même remarqué quelques bizarreries.

Je mets Cole au fait des rebondissements les plus récents. Il m'écoute, les sourcils froncés, les joues de plus en plus rouges.

— Quelqu'un est entré chez vous par effraction ? répète-t-il d'une voix étranglée.

Je n'ai pas le temps de répondre : son père nous a rejoints, et il enroule un bras autour des épaules de Cole.

— Le devoir m'appelle, malheureusement, déclare-t-il. Mais je me suis engagé à fournir mon aide à tes parents, et cela vaut aussi pour toi, Linden.

— Merci, monsieur le maire.

— Promets-moi d'être prudente, murmure Cole. Pas de balades nocturnes toute seule, compris ?

Je hoche la tête. La seule façon d'être vraiment en sécurité, c'est d'identifier le tueur et de le mettre hors d'état de nuire.

Ce soir-là, Mamie, Maman et Sissy se retirent sur le balcon en emportant un flacon d'élixir médicinal à base de pomme. Malgré la cacophonie des criquets et des rainettes, je distingue des bribes de leur conversation par la fenêtre de la cuisine.

— Toutes nos économies y ont été englouties. Sans un miracle, je ne vois pas de porte de sortie. Et si on perd le *diner*, comment on pourra se permettre de garder la ferme ?

Le goût pénétrant et métallique de la peur couvre ses paroles et je recule de quelques pas, réprimant un haut-le-cœur.

— Tu t'inquiètes trop, dit Mamie. Ce n'est pas la première épreuve qu'on traverse.

À l'étage, je passe devant la chambre de Sorrel et de Rowan, je jette un coup d'œil à l'intérieur et je vois le lit de Sorrel encombré de cartons – ce sont les affaires qu'elle compte emporter à la fac d'ici quelques petites semaines. J'espère de tout mon cœur qu'elle pourra reprendre ses études. Mais Maman a raison. Si nous perdons le *diner*, nous perdons tout.

Résolue à trouver des réponses, je vide la cachette sous le parquet et je dispose par terre le grimoire, le journal intime de Zéphyrine et les feuilles exhumées dans la cuisine de Parlee Wilkerson. Je tombe sur le petit mot que Zéphyrine a laissé à Mamie le jour où elle est partie. Il était coincé entre les toutes dernières pages du grimoire et on dirait qu'il manque le début.

Ma vie M'APPARTIENT. Je ne vous dois rien, ni à toi, ni à personne.
Reste loin de moi. Je ne veux plus JAMAIS te revoir !
Z.

Ce sont les pages du grimoire trouvées sous l'évier qui m'intriguent le plus. Je relis les annotations qui parlent de l'Arbre-Squelette. Mamie a dit que Zéphyrine avait nourri une obsession pour le grimoire durant les mois qui ont précédé son départ, tandis qu'Amos McCoy avait émis l'hypothèse d'une dispute à l'époque où elle et Nora travaillaient sur le projet de bourse. Sans oublier que Nora avait stoppé les recherches sur son arbre généalogique. Et ces trèfles, sans doute sculptés dans un bois prélevé sur l'Arbre-Squelette, au-dessus de l'entrée des maisons des familles fondatrices de Caball Hollow, dont celle des McCoy… cela fait beaucoup.

Bryson prétendait que Dahlia connaissait les secrets de ma propre famille. Avait-elle lu ces pages ? Ou entendu des rumeurs qui auraient tiré leur origine de l'époque lointaine où ces trèfles protecteurs avaient été accrochés au-dessus des portes ? *Sculpte les ossements. Cuis le pain.* Le message que Nora nous avait transmis au cimetière.

Une étincelle de lucidité me traverse. La famille de Dahlia était l'une des dernières à entretenir la tradition si exigeante du pain au sel. Était-ce de ce pain-là que Nora parlait ?

Cela ne m'explique pas comment les pages du grimoire sont entrées en possession de Dahlia. Les avait-elle trouvées par un heureux hasard, quelqu'un les lui avait-il confiées ? Elle avait réussi à remonter la trace de Wyatt McCoy, peut-être avait-elle aussi découvert où se cache Zéphyrine.

Ce n'est pas parce que Zéphyrine n'est pas encore revenue à Caball Hollow qu'elle ne reviendra jamais. Est-ce elle qui se cache derrière ces textos énigmatiques reçus sur le téléphone de Dahlia ? Le journal intime mis en lieu sûr, les pages arrachées, son obsession pour le grimoire et pour une magie malsaine… et si c'était Tante Zéphyrine qui avait quelque chose de terrible à cacher ?

Je pourrais tisser un millier de théories abracadabrantes à partir du moindre détail, mais, sans preuve, ce ne sont que des élucubrations. Je me frotte le visage et je jette les pages sur le tapis. Au même moment, un titre dans le grimoire attire mon attention : ***Sortilège pour mettre les secrets en lumière.***

D'après le descriptif, il suffirait d'une goutte de sang et de la flamme d'une bougie pour révéler les messages cachés. Dans la vision qui s'est imposée à moi lorsque nous essayions d'entrer en contact avec Nora McCoy, Zéphyrine tenait son journal au-dessus d'une bougie. Un peu incongru, dans un bureau équipé de lampes modernes.

Je vais chercher une bougie, une boîte d'allumettes et une aiguille dans mon nécessaire à couture, puis je reprends ma place. Assise en tailleur, je frotte une allumette, j'embrase la mèche de la bougie, j'enfonce la pointe de l'aiguille dans mon doigt et je fais couler une goutte de sang dans la flamme qui fuse, parfaitement blanche. J'ai un mouvement de recul. Lorsque la flamme s'apaise, j'ouvre le journal intime et je chuchote l'incantation.

— *Feu fragile, flamme vacille. Dans l'ombre projetée, le sang dit la vérité.*

Mon souffle effleure le papier et révèle dans la marge des mots écrits à l'encre marron. Je les lis aussi vite que possible, je les avale presque avant qu'ils ne disparaissent. Au début, je ne comprends pas pourquoi Zéphyrine a jugé bon de dissimuler ces notes derrière le voile de la magie. Il est clair qu'elle cherchait quelque chose car, page après page, ses annotations sautent d'un sujet à l'autre et tissent des liens entre eux. Elle enquête sur le passé, sur l'histoire de Caball Hollow et sur notre famille.

Elle parle aussi de Caorunn James et des légendes transmises au sein des autres familles de la région. Caorunn était arrivée seule, enveloppée d'une aura de mystère. À son contact, les gens devenaient calmes et joyeux alors même qu'ils avaient des motifs d'énervement. Certains jugeaient cela agréable et recherchaient sa compagnie, d'autres l'évitaient activement.

Une ligne griffonnée attire mon regard et je me rappelle avoir lu la même phrase dans le grimoire. Je tourne les pages jusqu'à ce que je tombe sur le chapitre consacré à l'Homme-Papillon. On parle de lui comme d'un esprit bienveillant. Dans ses annotations, Zéphyrine se demande « Bénédiction ou malédiction ? » et fait suivre cette question d'une autre que je lis à voix haute.

— *Du sel au sel, du sang au sang, de l'os à l'os, une vie en échange d'une vie – et s'il s'agissait tout simplement d'un vulgaire troc ?*

À la seconde lecture, je ne vois toujours pas ce que cela signifie. L'écriture est presque illisible, comme prise de panique. Qu'y avait-il de si urgent dans un mystère vieux de plusieurs siècles ?

Après plusieurs heures d'insomnie, je me réveille, plantée au milieu de la route. Lentement, je pivote sur moi-même dans la lueur faiblarde projetée par la lune qui me permet de distinguer l'allée menant à la ferme. Je respire par à-coups, mon cœur s'emballe.

— Ça suffit ! hurlé-je. Qu'est-ce que vous voulez de moi ?

Un sifflement assourdi m'arrive par la droite. Hadrian Fitch est appuyé au tronc d'un arbre.

— Hadrian.

Je rougis sous l'effet de l'embarras tout en sentant un frisson de terreur me parcourir. Je n'aime pas la façon dont il se tient là, avec cette immobilité prudente qui évoque un ressort qu'on comprime et qui met en alerte mes instincts les plus profonds. Je recule d'un pas, lentement.

— Tu es déjà rentré de Mud River, Hadrian ?

— Je sais que Rowan a lu l'interview, Linden, me répond-il d'une voix étrange, basse et menaçante.

— Qu'est-ce qu'elle faisait chez toi, cette interview ? Au début, j'ai cru que tu étais Wyatt McCoy, mais je sais que ce n'est pas le cas.

Je jette un coup d'œil vers la ferme. La lumière au-dessus de la grange brille comme un phare, mais elle pourrait tout aussi bien se situer à des kilomètres d'ici.

— En effet, je ne suis pas Wyatt McCoy.

Hadrian secoue presque imperceptiblement la tête, mais il fait trop sombre pour que je parvienne à décrypter son expression.

Brusquement, un éclair de lucidité me foudroie et je me rends compte que les preuves qui pointaient vers Wyatt pouvaient tout aussi bien pointer vers un autre. Le sang se met à crépiter dans mes veines.

— Elam, dis-je dans un souffle.

— Avant, oui, peut-être. Mais ça fait un bon moment que je ne suis plus Elam.

Il se détache de l'arbre, enveloppé d'ombres. Les ténèbres se déplacent autour de lui d'une façon contre-nature, elles glissent et ondulent comme une créature vivante. Ses yeux verts soudain teintés de rouge reflètent le clair de lune et il semble captivé par ma respiration. Il se rapproche. Alors, deux paires d'ailes se déploient dans son dos, immenses, recouvertes d'écailles poudreuses.

Je recule d'un pas trébuchant. Mon cœur bat si fort que j'en ai le tournis. Ma réaction est instinctive, celle d'une proie sous le regard d'un prédateur, même si j'essaie de la réprimer, refusant de laisser la peur m'empêcher d'obtenir enfin les réponses à mes questions. Je me plie en deux, je pose les mains sur les genoux en tâchant de ne pas m'évanouir.

— Par l'enfer. Comment est-ce possible ?

— L'enfer, c'est un peu mon chez-moi, dit Hadrian avec un sourire carnassier qui dénude ses dents.

— C'est toi, pas vrai ? C'est à cause de toi que je suis somnambule. Quelque chose en toi m'attire, seulement quand je dors.

Je repense aux explications de Juniper, à l'inconscient qui serait plus réceptif aux messages de l'au-delà.

— Navré, tu ne peux pas me mettre ton somnambulisme sur le dos. Pour le reste, tu as raison. Les défunts sont comme attirés par moi, et vice versa. Tu as frôlé la mort d'assez près pour qu'elle laisse sa marque sur toi, mais tu en as réchappé. À présent, te voilà engagée dans une relation particulière avec les morts, et avec moi.

Le grimoire dit que l'Homme-Papillon est chargé de guider dans l'autre monde l'âme des personnes qui ont connu une fin tragique. Et que lui-même a fait partie, par le passé, de ces malheureux. Pourtant, Hadrian a beau se tenir devant moi, les ailes déployées, cela défie toute logique.

— Elam McCoy n'avait que quatre ans le jour où il a disparu. Comment est-ce possible ?

Hadrian lève l'épaule, un geste nonchalant qui fait frissonner ses ailes et envoie une onde de choc à travers mon corps.

— Qu'est-ce que tu sais au sujet des Gardiens ? s'enquiert-il.

— Pas grand-chose.

— Quand le Gardien a accompli sa mission, il forme son remplaçant. Pour moi, l'heure avait sonné, même si je n'étais qu'un enfant. On m'a emmené dans l'Outremonde, un monde au-delà du vôtre, et préparé jusqu'à ce que je sois capable d'endosser le costume.

— Mais pourquoi tu es ici, et maintenant ? Il y a presque un an que tu travailles à la ferme et tu n'en as pas dit un traître mot.

— Je suis en quête de réponses, comme toi. L'été dernier, quand je suis venu te chercher dans la forêt, c'était la première fois que je remettais les pieds à Caball Hollow. Je garde très peu de souvenirs de ma courte vie, encore moins de ma mort. Ce retour a été pour moi l'occasion de découvrir qui je suis et ce qui m'est réellement arrivé. Mais je ne vais pas tarder à devoir quitter le monde des vivants. L'appel de l'Outremonde se fait de plus en plus pressant.

Il a raison. Il veut des réponses, moi aussi. En un sens, nous sommes sur la même longueur d'onde.

— Pourquoi tu nous as caché ta véritable identité ?

À peine la question a-t-elle franchi mes lèvres que je comprends qu'il n'avait aucune raison de nous accorder sa confiance. S'il enquête sur sa propre mort, il est probable qu'il se méfie de tous.

— Tu as vraiment oublié ce qui t'est arrivé l'été dernier, hein ? demande-t-il.

— À quelques détails près. Il y a encore beaucoup de trous.

— C'est simplement une question de volonté.

J'en ai ma claque d'entendre les gens me seriner que je ne fais pas assez d'efforts…

— J'aimerais bien, dis-je en marmonnant entre mes dents. C'est vrai que j'ai très envie de me rappeler la pire nuit de ma vie.

— Prends-moi la main, murmure-t-il.

Il referme la distance qui nous sépare et tend le bras. J'étudie sa paume calleuse. Ces cals, il les a gagnés à la dure, en travaillant sans jamais ménager sa peine, en suant sang et eau pour nous. La peur tombe comme une pierre au fond de mon estomac. Chaque fois que j'essaie de raviver mes souvenirs, j'ai l'impression de me brûler sur une plaque de cuisine. Je sais déjà que je vais déguster.

Et je sais aussi que ce n'est pas en ignorant le danger que je serai en sécurité. Alors, je saisis la main d'Hadrian.

L'ÉTÉ DERNIER, la nuit du solstice, 23 h 30

Il y a un peu plus de lumière au bord de la rivière, car l'eau reflète le clair de lune. Les autres ont pris place autour du feu de camp, des éclats de rire me parviennent. Je jette un coup d'œil par-dessus mon épaule. À cette distance, je ne peux pas les voir, de sorte que je m'assieds sur un rocher près de la berge et m'écrie :

— Homme-Papillon !

J'espère qu'ils m'entendent, qu'ils ont compris que je ne me suis pas dégonflée, que je mérite ma place parmi eux.

Alors que j'explore les bois du regard, les arbres alignés au bord de l'eau me donnent l'impression de se rapprocher, des choses innommables se tapissant au sein de l'obscurité inflexible. Cela me donne la chair de poule.

— Homme-Papillon…

Cette fois-ci, je n'ose pas parler trop fort et je commence à me sentir seule. Très seule. Loin des autres, loin du feu. Plus aucun bruit ne parvient jusqu'à moi.

— Homme-Papillon.

Finalement, ma voix est réduite à un murmure. Je fouille les ténèbres des yeux. Je sens qu'on m'épie et je me mets debout, le visage orienté vers la colline où les campeurs s'amusent, derrière le rideau d'arbres. Je n'aurais pas dû exposer mon dos. Des mains puissantes jaillissent du noir, me font tomber à genoux et m'enfoncent le visage dans l'eau glacée qui coule vers l'aval.

Ce n'est pas l'Homme-Papillon. Mon agresseur est humain à cent pour cent.

La rivière s'engouffre dans mes narines et ma bouche. Je veux reprendre mon souffle, mais l'inconnu me retient et pousse ma tête de plus en plus fort au milieu du courant. Essayant de prendre appui sur mes mains, je glisse et reglisse dans le limon jusqu'à ce que je parvienne à passer mes doigts sous mes reins et à pousser de toutes mes forces.

Je me relève en recrachant de l'eau avant d'avaler l'air à grandes goulées. Un appel au secours reste bloqué dans ma gorge lorsqu'on me pousse par-derrière. Ma tête heurte quelque chose et je perds connaissance.

Le courant m'entraîne sur plusieurs mètres avant que je reprenne conscience et j'essaie de me relever. Une masse m'éclabousse. Je me retourne en clignant des yeux et la lune révèle un visage terrifié qui se cache dans les bois. Un visage que je reconnais.

Dahlia Calhoun.

Une silhouette qui me domine de toute sa hauteur se précipite vers moi. Je patine sur les galets et je retombe dans l'eau quand elle m'attrape. La capuche m'empêche de distinguer les traits mangés par l'ombre. Le courant lui fait perdre l'équilibre et elle s'écroule. Je progresse précipitamment à quatre pattes et je me mets debout dès que j'atteins la rive.

Une fois hors de l'eau, je gagne à toutes jambes le couvert des arbres, cherchant désespérément un endroit où me réfugier. Un liquide chaud goutte sur mon front et me coule dans les yeux. Du sang.

Mon T-shirt est plaqué sur ma peau et je réfléchis à deux à l'heure. Je perds toute notion du temps qui s'écoule. Je m'accroupis dans un bosquet en tentant de reprendre haleine. Il fait très noir, les nuages ayant pris d'assaut le ciel et masqué la lune.

La forêt retient son souffle, elle patiente. Le cri soudain d'un hibou me fait sursauter. Je perçois un mouvement à la périphérie de mon champ de vision et je regarde par-dessus mon épaule. La foudre éclate, éclairant la scène brusquement. Une paire d'yeux flamboie entre les arbres, mon cœur se serre d'effroi et mon cerveau refuse de fonctionner plus longtemps.

À l'éclair suivant, plus rien, hormis de l'écorce.

Tandis que mon cœur affolé décide de retrouver un rythme normal, les arbres explosent avec un bruit rappelant du papier qu'on déchire. Je me mets debout et je m'appuie à un tronc tout proche pour ne pas m'effondrer. Ce n'est pas de l'écorce ; c'est une paire d'ailes qui se confond avec la nature environnante et qui s'ouvre pour dévoiler la forme d'un homme. Ses paupières se referment sur ses pupilles rouges et lorsqu'il braque les yeux sur moi, je prends la fuite.

Puis je m'envole.

Je sens mes pieds se détacher du sol et je m'élève dans le firmament étoilé. L'Homme-Papillon ajuste sa prise, enroulant un bras autour de mes épaules, l'autre bras enserrant mes genoux. Ses ailes se déplient et forment un parapluie au-dessus de nos têtes, revêtues d'une myriade d'écailles minuscules qui se parent d'un camaïeu de bruns, de verts, d'or et de crépuscule.

— N'aie pas peur, Linden.

Sa voix gronde dans son torse contre mon oreille. Mais je n'ai pas peur. Je suis comme anesthésiée.

Nous nous élevons à travers l'étendue obscure de la forêt et nous couvrons des distances immenses à une vitesse inconcevable. Il finit par se poser devant l'Arbre-Squelette et il m'aide à tenir debout. Cela fait, il sort un couteau de sa botte, s'entaille la paume et s'approche de l'arbre en chuchotant des mots inintelligibles, puis il presse sa main ensanglantée sur l'écorce. Une ligne lumineuse trace le contour de ses doigts et s'élargit jusqu'à créer une ouverture assez grande pour le laisser passer. Il m'attrape et nous franchissons cette porte du même pas.

Les ténèbres se referment sur moi.

Le lendemain matin, je me réveille étendue près des cendres du feu de camp, en proie à des frissons incontrôlables et à une migraine lancinante. J'entends crier et je me mets péniblement à genoux, puis je me lève sans forcer. Est-ce un homme qui vient à mon secours, ou mon agresseur qui vient finir ce qu'il a commencé ?

J'avance difficilement, mes pieds se prennent dans des racines et je m'écroule par terre, épuisée, prise d'une terrible nausée. Je me vide l'estomac avec une violence telle que j'en ai mal aux abdominaux et que je me sens vidée.

Je finis par trouver refuge sous les branches déployées d'un rhododendron, poussée là par l'instinct, comme une bête blessée qui vient panser ses plaies. Je dois m'évanouir parce que, au bout d'un moment, j'ouvre les yeux et quelle n'est pas ma surprise de découvrir, penché sur moi, le visage d'Ethan Miranda, plus livide que le kaki de son uniforme.

— Elle est là ! s'écrie-t-il. Ça va aller, Linden, tu es hors de danger.

CHAPITRE VINGT-QUATRE

Qu'est-ce que cela veut dire, disparaître ? Se perdre, manquer à l'appel. Les histoires que les adultes nous racontent durant l'enfance ne nous sont d'aucune utilité. On ne part pas en randonnée les poches pleines de miettes à semer sur notre chemin, notre marraine la bonne fée ne va pas surgir pour nous prendre par la main et nous guider jusqu'à la maison. Parfois, on a beau avoir un cœur d'or, on peut faire fausse route et ne jamais rentrer chez soi.

Se perdre, c'est une expérience physique, mais aussi existentielle. Voir ses repères spatiaux brouillés, quitter l'endroit qu'on occupe dans le monde. Sentir que tout est sens dessus dessous, que plus rien ne sera comme avant.

Lorsque j'ouvre les yeux, toujours cramponnée à la main d'Hadrian, j'ai la sensation que la terre sous mes pieds s'est légèrement décalée et ce sont les montagnes russes dans mon estomac. J'ai juste le temps d'atteindre le fossé herbeux le long de la route avant de vomir.

— L'Arbre-Squelette agit comme un portail, dis-je dans un murmure. Où m'as-tu emmenée ? Qu'y a-t-il de l'autre côté ?

— J'ai bien peur que ce soit là des souvenirs que tu ne peux pas conserver, répond Hadrian. L'Outremonde doit rester hors d'atteinte des mortels.

Mais ça ne correspond pas à ce que j'ai lu dans le grimoire.

— Comment est-ce possible ? Comment l'Arbre-Squelette pourrait-il être une quelconque porte ? Je croyais que c'était au pied de l'arbre qu'avait été enterré le premier Gardien de Caball Hollow.

— C'est ce qu'on t'a raconté ? Ce n'est pas une porte, c'est une passerelle. Et on ne peut devenir Gardien qu'*après* être décédé des suites d'une mort violente. Les familles fondatrices de la ville avaient besoin d'établir un lien entre cette dimension et l'Outremonde. C'est à cela que sert l'Arbre-Squelette.

J'essaie de me rappeler ce que mes aïeules ont écrit dans le grimoire au sujet de ceux qui ont jadis été membres de la communauté et qui, une fois morts, facilitent le passage des âmes dans l'au-delà. Ils apparaissent dans le folklore celte, me semble-t-il. Puis une pensée insidieuse me retourne de nouveau l'estomac.

— Est-ce que tu insinues que les fondateurs ont tué l'un des leurs, Hadrian ?

— Le meurtre, c'est une longue tradition à Caball Hollow, me répond-il, les bras croisés. Ensuite, lorsque les anciens ont pris le temps de réfléchir à la situation, ils se sont mis à craindre ce qu'ils avaient libéré, ils ont essayé de se protéger avec le pain au sel et les trèfles gravés au-dessus de leur porte.

— Comment ça, « libéré » ? Qu'est-ce qu'ils ont libéré ?

Mais je pense que je le sais déjà. Mon cœur oublie de battre une fraction de seconde et je retourne en imagination au mot laissé par Zéphyrine : *Ce que nous sommes, toutes,* a-t-elle écrit à Nora.

— L'Arbre-Squelette réagit à mon sang, mais il réagit à ton sang aussi, explique Hadrian. Incroyable, pas vrai ? Une vie en échange d'une vie. Nos fondateurs ont sacrifié l'un d'eux pour donner naissance au premier Gardien de la région. Tu crois vraiment que Caorunn James est sortie du néant par un bel après-midi ? Non, ils l'ont accueillie parmi eux, et ils ont été incapables de dire si elle représentait une bénédiction ou une malédiction.

C'est donc la raison derrière les étranges facultés que se transmettent les femmes du clan James. Notre aïeule était un être proprement surnaturel.

— Une vie en échange d'une vie, au sens littéral ? Une personne doit mourir quand on scelle un pacte avec un Gardien ?

— Parfois, pas toujours. La balance doit s'équilibrer, aucune des deux parties ne doit se sentir lésée. Pour une chose aussi précieuse qu'une vie, il faut donner ce qu'on a de plus cher. La personne qui propose le pacte ne s'engage pas à la légère.

— Dans ce cas, pourquoi m'avoir sauvée l'été dernier ?

— Tu poses les mauvaises questions, se désole Hadrian tandis que ses ailes se replient et que ses yeux retrouvent leur humanité. Nous avons des histoires similaires, toi et moi. Quand on devient Gardien, on change sans espoir de retour. On tourne le dos à son ancienne vie, à son ancien nom. J'étais tellement jeune quand je suis mort, j'avais peu de souvenirs en tant qu'Elam. Mais quand je suis allé te chercher, quand je suis retourné ici, dans cette forêt, près de cette rivière, tout m'est revenu. L'endroit où j'ai été tué, c'était le même que celui où toi, tu as failli connaître le même sort.

Il me faut un moment pour absorber le choc. Hadrian est là, créature de chair et de sang, sans être là. Un petit garçon assassiné, qui a passé plus d'années mort que vivant.

— Il y avait un homme qui pêchait et un enfant plus âgé, raconte-t-il. Lui, je l'ai suivi. Je me rappelle qu'il y avait beaucoup d'eau, et aussi quelque chose qui brillait – une étoile, je crois.

— Un insigne. Celui du shérif Crunch, lâché-je, comprenant soudain.

— Quand je suis tombé dans l'eau, elle était si froide que j'ai oublié comment on respirait. Et après, je n'ai plus du tout respiré… Je suis venu trouver celui qui m'a tué, Linden. Je t'ai observée cet été et je crois que nos objectifs s'alignent.

J'inspire profondément en me souvenant de la conversation que j'ai surprise chez Parlee Wilkerson. L'insigne en plastique d'Elam pourrait tous nous relier les uns aux autres : lui, moi et Dahlia.

— Il faut que j'y aille, dis-je à Hadrian, et je me mets en marche vers la maison.

— Linden, attends. Tant que je n'aurai pas retrouvé mon meurtrier, j'aimerais que tu évites de crier mon identité réelle sur tous les toits.

Hadrian a beau être très calme, je prends ses mots comme un avertissement. Je hoche la tête une fois, et je m'éclipse.

Lorsque je regagne ma chambre, Juniper dort paisiblement dans son lit. Le mien donne l'impression d'avoir été ravagé par une tornade : les draps sont froissés et entortillés, l'oreiller a atterri par terre. Mon téléphone en mode lampe de poche, je m'agenouille et je détache la lame du parquet pour accéder à ma cachette secrète.

Si Dahlia a vu qu'on essayait de me tuer, pourquoi a-t-elle gardé le silence ? J'avais envisagé la possibilité qu'elle fasse chanter le coupable avec les informations qu'elle a déterrées sur Elam McCoy, mais peut-être qu'elle ne s'est jamais intéressée à Elam McCoy. Je suis certaine qu'elle monnaierait cher son silence. Elle en demanderait sans doute un prix exorbitant. Est-ce que le coach Hammond serait prêt à payer ce prix ? Il ne me connaissait même pas. Qu'est-ce qui l'aurait poussé à me faire du mal ?

Mes paupières s'alourdissent pendant que je me plonge dans mes réflexions. J'ai l'impression d'avoir la réponse sous le nez, mais elle m'échappe encore.

Je cligne des yeux et, lorsque je les rouvre, Juniper me secoue et le soleil se déverse par la fenêtre.

— Tu as dormi par terre toute la nuit ? s'étonne-t-elle.

— Mmmmh.

Je me mets en position assise et je me frotte les yeux. Je sens l'épuisement imprégner jusqu'à la moelle de mes os. Je ne peux même pas me confier à mes sœurs, car j'ai promis à Hadrian de garder le silence.

J'ai laissé le mode « lampe » allumé toute la nuit et la batterie de mon téléphone est déchargée. Je branche mon portable, le pose sur ma table de chevet, puis je range le grimoire dans sa cachette et je descends à la cuisine, où je trouve Maman et Mamie qui boivent du café brûlant malgré la fournaise qui a déjà pris la vallée d'assaut.

— Bonjour Linden, me salue Maman. Le programme d'aujourd'hui, c'est d'aller faire du ménage au *diner* et, après, je pense qu'il vaudrait mieux qu'on ne bouge pas trop d'ici. On pourrait travailler au jardin, nous lancer dans ces petits travaux qu'on remet toujours à plus tard aux quatre coins de la ferme.

— Odette, intervient Mamie d'une voix douce mais résolue. Tu ne peux pas empêcher tout le monde de vivre.

— Je sais, Maman. Je veux seulement qu'on se fasse discrètes.

— Je comprends, mais les filles n'ont rien à se reprocher. Ce n'est pas notre genre de garder la tête baissée et de raser les murs à cause de quelques imbéciles. Tu le sais bien.

— Il n'y a pas que ça, Maman. Je ne veux pas qu'elles baissent la tête, mais je ne veux pas non plus qu'un cinglé leur cause du tort, tout ça parce qu'on a voulu montrer que la situation glisse sur nous.

Maman pose sa tasse sur la table si violemment qu'elle renverse du café, puis elle fonce à l'étage. Quelques secondes plus tard, elle ferme la porte de sa chambre si fort que les murs tremblent, ce qui ne lui ressemble pas.

— Elle est un peu nerveuse en ce moment. Elle va finir par se calmer, soupire Mamie.

Elle se met debout et pose les tasses sales dans l'évier. Je sors sur le balcon et je passe la main sur la balustrade qui disparaît sous une couche de pollen. Depuis trois générations, les femmes de la famille James servent du poulet frit, des biscuits maison, du gruau et du pain de maïs à la Lune des Moissons. C'est là que Maman a appris à cuisiner, alors qu'elle était haute comme trois pommes, et que nous avons suivi son exemple. C'est là que, penchée au-dessus du plan de travail, un rouleau à pâtisserie à la main, je peux être moi-même.

Nous passons les heures suivantes à réparer le chaos. Nous récurons, nous trions, nous faisons des tas qui partiront à la déchetterie, nous dressons l'inventaire de ce qui doit être remplacé. La liste n'en finit plus.

Désemparée, Maman n'arrête pas de dégainer la calculette. Tout remettre en état va nous coûter une fortune.

Juniper s'est attelée à la tâche d'enlever la farine prise au piège entre les lames du parquet.

— Si j'attrape les crevures qui ont fait ça… maugrée-t-elle.

Le mur semble avoir absorbé le sang de la côte de bœuf comme de l'encre indélébile. Nous avons beau frotter, ça ne part pas complètement, et une couche fraîche de peinture blanche n'arrive pas à couvrir complètement les lettres qui reviennent nous hanter, comme des fantômes.

Nous regagnons la maison à une heure tardive, essorées et découragées. Je me laisse tomber devant l'entrée, la langue enduite d'un goût de cendres, et je reste assise là quelque temps jusqu'à ce qu'une cacophonie en provenance de la maison me tire de ma torpeur. Mamie déboule sur le balcon en tapant sur une casserole avec une cuillère. Je bondis sur mes pieds et je me bouche les oreilles.

— Mais qu'est-ce qui te prend, Mamie ! Tu vas me percer les tympans !

— C'est l'heure du conseil de famille. Rendez-vous dans la cuisine dans cinq minutes, m'ordonne-t-elle avant de repartir – elle va réveiller les autres.

Dans la cuisine, je prends place sur une chaise à côté de Juniper tandis que Mamie et Maman nous rejoignent.

— Je vous ai convoquées parce que je ne supporte plus de vous voir dans cet état, commence notre matriarche. On ne va pas se terrer ici comme des petites souris apeurées. Hors de question de nous écraser devant les commères de la région.

— On n'en est plus au stade des rumeurs, objecte Maman, et sa voix brise. Quelqu'un a saccagé le *diner*.

— Ne laissons pas la lâcheté et la haine influencer notre comportement. Si nous faisons profil bas de peur de déranger certains esprits étriqués, nous leur offrons la victoire sur un plateau. Une mère veut assurer la sécurité de ses petits, mais elle doit aussi leur apprendre à voler de leurs propres ailes.

Des larmes silencieuses roulent sur les joues de Maman et Sissy serre sa main dans la sienne.

— Laissez-moi vous rafraîchir la mémoire. Et je vais le répéter, pour que ça vous rentre bien dans le crâne, déclare Mamie en mettant des coups d'index rageurs à la table. Nous sommes des femmes fortes, des femmes de la montagne. Nous allons arrêter de prêter l'oreille aux mensonges qui circulent à notre sujet et retrouver notre fierté. Je vous connais, je sais de quoi vous êtes capables, je ne vous ai pas élevées pour que vous ployiez le cou.

Mamie attrape la main de Sissy en la regardant droit dans les yeux.

— Salomé, tu n'es pas abîmée, tu n'es pas bancale non plus. La beauté que tu vois dans le monde, c'est la beauté que tu recèles en toi.

Ensuite, elle fait le tour de la table.

— Odette, tu es une force de la nature et le volcan ne redoute pas quelques gouttes de pluie. Sorrel, tes racines s'enfoncent profondément dans la terre, alors déploie tes branches, mais n'oublie pas d'où tu tires ta puissance. Rowan, tu n'es pas là pour endosser les péchés des autres et leurs affabulations ne te définissent pas. Suis ta propre vérité. Juniper, quand tu contemples la nuit, sache que tu as en toi une multitude d'étoiles. Et du feu dans les veines.

Et toi, Linden. La foi que tu accordes aux autres, trouve le courage de te l'accorder à toi aussi. Crois en toi. C'est l'empathie qui a le pouvoir de changer le monde.

Là-dessus, Mamie se met debout et récupère ses gants de jardinage sur le buffet.

— Si la vie en Virginie-Occidentale nous a appris une chose, c'est que les routes quasi impraticables mènent à des panoramas magnifiques. Bon, je vais au potager plonger les mains dans le sol. À mon retour, nous allons nous asseoir autour de cette table et mettre un plan au point.

La moustiquaire se referme et nous échangeons des regards. Mamie a toujours été la plus pragmatique d'entre nous. Elle a consacré des heures à m'enseigner la même recette jusqu'à ce que mes muscles aient assimilé chaque geste, elle se moquait des sanglots dramatiques provoqués par un genou écorché ou des insultes de bac à sable.

— Bon, vous avez toutes entendu Mamie. Je monte faire un brin de toilette, dis-je à la cantonade.

Je cours jusqu'à ma chambre, je débranche mon téléphone et je découvre que Cole m'a envoyé un message vidéo.

— Linden, tu sais ce que je pense des textos, alors je me suis dit que j'allais tester cette méthode, déclare-t-il, appuyé à la portière de sa Jeep. Je viens juste de finir mon entraînement et je comptais venir vous filer un coup de main au *diner*, mais un truc m'est revenu de l'été dernier. Ce n'est peut-être rien, mais je préfère vérifier. À tout à l'heure.

Un léger bruit à l'arrière-plan, son regard se détourne à la seconde où la vidéo se coupe. J'ai le temps d'apercevoir une marque sur le côté de son cou, en dessous de sa mâchoire.

Un papillon rouge.

CHAPITRE VINGT-CINQ

Affolée, j'essaie de l'appeler, les doigts rendus maladroits par la peur, mais je tombe directement sur le répondeur. Je vérifie quand, précisément, il a envoyé cette vidéo. Il y a plus de deux heures.

Il faut que j'y arrive avant Hadrian.

Si le papillon rouge signale une mort imminente, et si l'Homme-Papillon guide l'âme des défunts vers l'au-delà, peut-être que je peux m'interposer.

Je fourre mon téléphone dans ma poche, je fonce jusqu'à la remise et je martèle la porte du studio qu'occupe Hadrian. Je m'acharne sur la poignée, qui cède sans problème, et la porte s'entrouvre. D'un seul regard j'embrasse le logement : une kitchenette, un coin salon, un lit et une petite salle de bains. Personne. Lorsque je regagne la maison, j'entends depuis le porche la sonnerie grêle du vieux téléphone au mur de la cuisine. Je déboule à l'intérieur et je découvre que Sissy a déjà décroché.

— C'est Vivian, annonce-t-elle.

— Je sais.

Elle me passe le combiné. Je tombe immédiatement sur la pauvre Vivian sans même lui laisser le temps de respirer.

— Il s'est passé quoi ? Il y a un problème ?

— Cole a eu un accident, répond-elle d'une voix chevrotante que les sifflements dans mes oreilles rendent presque inaudible. La Jeep a quitté la route et s'est encastrée dans l'orme devant l'ancienne maison des Miller.

Les yeux fermés, je puise en moi le courage de demander dans un souffle :

— Et Cole ?

— Il a disparu.

Je lâche le téléphone et je m'effondre par terre. Il n'est pas trop tard. Pas encore. Sissy reprend le combiné et discute à voix basse avec Vivian tandis que Maman m'aide à me remettre debout. Ses lèvres bougent mais je n'entends rien. Mon audition revient petit à petit, comme une image floue qu'on remet au point. Il faut que je fasse quelque chose, n'importe quoi, pour retrouver Cole et le ramener. Vivant.

D'une voix rauque j'annonce :

— Il faut qu'on pratique un sort de localisation, compris ?

Tandis que je fouille frénétiquement chaque tiroir à la recherche des objets nécessaires au rituel, Maman et Sissy échangent un regard qui ne m'échappe pas.

— Oh, ma puce, répond ma tante, ce n'est pas si simple.

— Qu'est-ce que tu veux ? me demande Maman en refermant les tiroirs que j'ai laissés ouverts.

— Un plan, vite ! Il faut une carte pour un sort de localisation, non ?

J'essuie d'un geste plein de colère les larmes brûlantes qui coulent sur mon menton, je me tourne vers ma mère en l'implorant :

— Pourquoi tu ne veux pas m'aider à retrouver Cole ?

— Ma chérie, Cole n'est pas une clef qui n'est plus à sa place, m'explique Maman.

— Il faut agir avant qu'il soit trop tard. J'ai vu le papillon rouge.

— Oh mon Dieu, c'était vrai, souffle Sissy avant de se laisser tomber lourdement sur une chaise.

Je me tourne vers elle.

— Comment ça, c'était vrai ?

Tante Zéphyrine n'a pas été la seule à avoir accès au grimoire. Le fait qu'elle en ait annoté certaines pages ne veut pas dire qu'elle les a arrachées. C'est Sissy qui m'a montré où était rangée la clef, laquelle connaissait déjà le contenu de ces pages. Je passe le doigt le long de l'entaille sur mon index, d'où j'ai tiré un peu de sang pour le rituel, et je me souviens de la grosse cicatrice sur le bras de ma tante.

— Sissy, qu'est-ce que tu sais au juste ?

Elle reste muette un long moment, les yeux fixés sur ses mains, puis elle fait signe que non.

— Durant sa grossesse, Vivian a appris que Cole ne survivrait que quelques jours après sa naissance et elle est venue me demander de l'aide. J'ai essayé toutes les solutions qui me sont venues à l'esprit, tous les sorts que je connaissais, rien n'a marché. Vivian sombrait de plus en plus dans le désespoir et j'ai décidé d'employer les grands moyens. J'ai sorti le grimoire de son meuble…

Elle ne réussit pas à finir sa phrase.

— Qu'as-tu fait ? la pressé-je.

Debout derrière moi, Mamie se cramponne d'une main au dossier de ma chaise, l'autre main plaquée sur sa bouche.

— Nous avons conclu un pacte avec le diable, lâche une voix depuis le seuil de la cuisine.

Je me retourne et je découvre que Vivian Spencer nous a rejointes. Si fluette qu'un coup de vent pourrait l'emporter. Sissy s'approche d'elle, la prend dans ses bras. Mamie va mettre la bouilloire à chauffer et invite tout le monde à s'installer autour de la table.

— Cela vous dérangerait de vous expliquer ?

— Si j'avais su que d'autres personnes en souffriraient, peut-être que j'aurais refusé cette option, mais peut-être que non, poursuit Vivian. J'étais prête à tout pour sauver mon fils. Mais personne n'exaucera ton souhait le plus cher de façon désintéressée. Il y a toujours un dessein caché.

— L'incantation exige qu'une femme de la famille James fasse offrande de son sang à l'Arbre-Squelette, enchaîne Sissy. Quand l'Homme-Papillon est sorti des bois, je m'attendais à un monstre, mais il avait tout d'un humain. Tout ou presque. J'étais terrifiée par ces ombres qui se collaient à lui, qui suivaient ses mouvements et l'enveloppaient comme une cape.

Mamie pose une tasse de thé devant Vivian qui sursaute, ligotée par les longs tentacules du souvenir.

— L'Homme-Papillon nous a traitées d'idiotes, poursuit-elle, il a même dit que nous regretterions un jour de l'avoir invoqué, mais je m'en moquais. J'ai répondu que j'étais prête à tout. Que je n'avais pas peur du prix à payer. Il a assuré que mon fils vivrait. Quand nous sommes sorties de la forêt et que nous nous sommes arrêtées pour faire le plein à la station-service, nous avons appris qu'un garçon avait disparu.

Elle avale péniblement une gorgée de thé et reprend, dans un filet de voix :

— Sur le moment, je n'ai pas compris. Puis le FBI a fait venir ces chiens spéciaux et même eux n'ont pas réussi à remonter la trace du petit Elam dans les bois. C'était incompréhensible. Mais moi, je savais ce qui s'était passé. (Vivian acquiesce, les yeux brillants de larmes.) C'est l'Homme-Papillon qui l'avait emporté.

— Une vie pour une vie, chuchote Sissy, en écho à ce qu'Hadrian m'a dit hier soir.

Vivian laisse échapper un sanglot et elle enfouit son visage dans le mouchoir que lui tend Maman. Pendant ce temps, Sissy lui masse gentiment le dos.

— Cole a survécu. Un miracle, d'après les médecins. Il est ce que j'ai fait de mieux dans la vie, après ce que j'avais fait de pire. Et pourtant, même maintenant, chaque fois que je regarde mon fils, je sens la culpabilité me ronger. Quand j'ai découvert qu'il voyait les papillons rouges… j'ai su qu'il était encore relié au monstre et que le jour viendrait où il nous serait enlevé.

— La Mort vient toujours recouvrer ses dettes, murmure Mamie avec tristesse.

Pauvre Cole, ça n'a pas dû être facile de grandir dans ce contexte. Un autre détail me frappe. Cole m'a dit que sa mère l'avait rendu accro aux bonbons parfumés au clou de girofle. Dans la tradition populaire, le clou de girofle sert à protéger l'âme et à repousser les forces hostiles. Et, emploi plus terre à terre, il est utilisé comme barrière aux papillons de nuit.

— C'est à ça que servent les pastilles au clou de girofle. Vous en avez recouvert Cole, en un sens, pour qu'il passe inaperçu aux yeux de l'Homme-Papillon.

Vivian confirme ma théorie d'un hochement de tête et se tamponne le coin des paupières.

— Je me suis assurée qu'il en ait toujours sur lui et j'ai demandé à Salomé de placer des protections supplémentaires autour de la maison, mais ça n'a pas suffi. Et me revoilà ici, à implorer de nouveau ton aide, conclut-elle en s'adressant à ma tante.

— Il existe forcément un moyen de retrouver Cole. Vous m'avez bien trouvée l'été dernier. Comment vous vous êtes débrouillées ?

— Linden, tu sais comment, déclare Sissy. Tu as vu le grimoire.

Maman prend une inspiration subite.

— Salomé, ne me dis pas que tu lui as montré le grimoire.

— Saperlipopette, marmonne Mamie. Ce maudit bouquin n'a apporté que du malheur à cette famille. J'aurais dû le détruire dès que Zéphyrine s'est fait la belle sur cette moto de malheur.

— Puisque c'est comme ça…

Je quitte ma chaise et me dirige vers la porte de la cuisine. Si invoquer l'Homme-Papillon en arrosant l'Arbre-Squelette du sang des James a fonctionné il y a dix-huit ans, cela fonctionnera encore aujourd'hui. Je n'ai qu'à me risquer dans la forêt où j'ai failli perdre la vie.

— Il ne t'aidera pas si tu ne lui proposes pas une chose qu'il convoite, intervient Sissy.

— C'est l'expérience qui parle, dis-je en attrapant son bras et en remontant sa manche pour révéler une rangée de fines cicatrices nacrées.

— Salomé ! s'exclame Maman. Combien de pactes as-tu scellés avec lui ?

— Ce n'est pas ce que tu crois, se défend Sissy. Chacun des sortilèges du grimoire réclame du sang, beaucoup ou quelques gouttes. Je n'ai invoqué l'Homme-Papillon qu'une fois. Et puis ce n'est pas toi qui vas me faire la leçon, Odette.

Soudain, Sissy se plaque la main sur la bouche, comme si elle regrettait ces paroles prononcées sous le coup de l'indignation.

— Pardon, je ne voulais pas…

— Odette ? lance ma grand-mère.

Je jette un coup d'œil aux bras de Maman avant qu'elle ne les croise sur sa poitrine. Oui, il y a bien une cicatrice blanche qui court le long de son avant-bras gauche. D'un regard appuyé je réclame une explication et elle prend une inspiration inquiète.

— J'ai commencé à avoir des prémonitions à votre sujet, les filles, quand Sorrel était bébé. Elles tombaient toujours juste. Mon sixième sens me conseillait de ne pas emprunter telle route si je voulais éviter un terrible accident, ou me réveillait en pleine nuit pour empêcher Rowan de dégringoler du haut de l'escalier.

Elle se met debout et me prend le visage entre les mains.

— L'été dernier, me dit-elle, j'ai vécu le pire jour de ma vie. Avant que Cole n'arrive je savais déjà qu'une tragédie s'était produite et j'étais prête à tout pour te sauver.

— Qu'est-ce que tu as échangé contre moi ? Maman, quel pacte tu as scellé ?

— Une vie pour une vie, murmure-t-elle. J'ai renoncé à la vie que j'ai construite avec ton père. J'ai renoncé à notre amour, à notre famille.

Je sursaute comme si elle m'avait flanqué une gifle, je la repousse et je file dans l'escalier. Maman m'appelle, Mamie lui dit de me laisser tranquille. Mais je n'ai pas l'intention de m'enfermer dans ma chambre et de piquer une crise, non. Je sors le grimoire de sa cachette, je le fourre dans mon sac à dos, puis je gagne la chambre de Sorrel et Rowan, et j'ouvre la fenêtre.

Je bondis sur le toit et me rattrape à la branche du *Tsuga* que je dégringole. À l'instant où mes pieds touchent le sol, je pique un sprint. Un point de côté me transperce le flanc et je ne remarque pas tout de suite les larmes qui me voilent les yeux. Je les chasse d'un revers de main, furieuse d'avoir à ralentir.

C'est là que je vois les fusées de détresse.

CHAPITRE VINGT-SIX

Les balises d'urgence s'alignent sur le bord de la route, leurs lumières stroboscopiques mettant en garde les conducteurs qui arrivent. J'atteins le virage d'où j'aperçois la Jeep de Cole. Le véhicule a franchi le fossé pour s'encastrer dans un arbre. Même si je sais que Cole n'est pas là, je ne peux pas m'empêcher de courir encore plus vite. L'adjoint Miranda jaillit de nulle part, m'attrape par la taille, m'empêchant d'avancer. Je me débats.

— Linden, je ne peux pas te laisser approcher.

— Lâchez-moi, Ethan, hurlé-je, il faut que j'aille voir !

— Calme-toi, compris ? Calme-toi, et je te lâche.

Je prends une profonde inspiration – un, deux, trois – et je force mes muscles à se détendre. Une autre voix se fait entendre derrière nous. Je me retourne à l'instant où Papa descend de sa Suburban.

— Linden ? Qu'est-ce que tu fiches ici ?

Ethan me laisse partir et je trébuche.

— Elle passait par hasard, shérif, et elle a proposé son aide, ment-il.

— Il faut que je voie ça de mes propres yeux, lui dis-je sur un ton que j'espère ferme.

Surtout, ne pas lui montrer que je suis bouleversée, sinon jamais il ne me permettra d'approcher de la Jeep.

Papa me serre contre lui de toutes ses forces et je m'agrippe à lui, la confession de Maman résonnant encore sous mon crâne. Lorsqu'il se détache de moi, il me force à lever la tête et à le regarder dans les yeux.

— Je sais que quand tu as une idée en tête, il est impossible de te faire changer d'avis, alors je veux bien que tu y jettes un coup d'œil, mais tu restes derrière moi, tu ne touches à rien et si je te demande de partir, tu t'en vas sans moufter. Compris ?

Je hoche la tête, la gorge prise en étau. Papa se tourne vers Ethan et l'invite d'un geste à établir son rapport. Ouvrant la voie, l'adjoint descend dans le fossé en balayant les environs de sa lampe torche.

— Je vais vous montrer ce qu'on a découvert pour l'instant, dit-il. Attention où vous mettez les pieds. Ce caillou-là va se détacher.

Papa lui emboîte le pas et me lance un regard éloquent par-dessus son épaule. Je n'ai pas intérêt à lui passer devant. C'est l'heure brumeuse qui précède le crépuscule où l'activité des insectes est à son maximum et ils bourdonnent autour de nous, attirés par ma sueur. Lorsque nous atteignons la Jeep, la portière du côté conducteur est ouverte et le plafonnier, allumé. Les bonbons au clou de girofle n'ont pas quitté le porte-gobelet, mais l'avant du véhicule s'est replié autour du tronc comme un accordéon de papier.

La peur sort de l'habitacle par vagues et je distingue d'autres émotions, plus complexes, le sentiment d'être trompé ou trahi, et la colère.

— Cole n'a pas pu appeler les secours parce que son téléphone portable a été abîmé pendant l'accident, je l'ai retrouvé coincé derrière la pédale d'accélérateur avec l'écran en miettes. Il est blessé, très certainement, ajoute Ethan en mettant en évidence des mouchetures de sang sur le pare-brise fissuré, puis des gouttes et des petites flaques à certains endroits du tableau de bord, du siège et de la portière. Possible qu'il ait pris un mauvais coup à la tête et décidé de repartir à pied.

— Un indice sur ce qui aurait pu provoquer cette sortie de route ?

— Quelques-uns. Regardez.

Ethan retourne sur la voie et nous montre des traces de pneu suspectes.

— On dirait qu'il a écrasé son frein et braqué pour éviter un obstacle. Le plus bizarre, c'est que j'ai relevé d'autres traces de pneus sur le bas-côté, là où la terre est plus meuble. Je dirais que quelqu'un s'est arrêté pour se porter à son secours.

— Personne qui réponde à sa description dans les hôpitaux de la région ?

— Pas encore, mais peut-être qu'il va se présenter aux urgences plus tard. On surveille ça de près.

Papa va s'accroupir à côté de ces traces, puis il sort un stylo de sa poche et s'en sert pour mesurer les empreintes creusées dans le sol, sans rien toucher, avec des gestes minutieux.

— Tiens donc, lâche-t-il, et il me jette un coup d'œil.

— Qu'y a-t-il, shérif ? demande Ethan.

— Linden, tu veux bien aller attendre dans ma voiture ? me dit Papa. Tu as vu tout ce qu'il y avait à voir.

— Je vais découvrir le reste de toute façon.

Il me dévisage quelques instants, puis il acquiesce.

— Il va falloir qu'on demande au labo de se pencher sur la question, mais, d'après le point de départ, le point d'arrivée, l'absence de courbe et la profondeur des traces, ce n'était pas un simple badaud qui s'est arrêté pour porter assistance à Cole. Je dirais que cette voiture roulait à contresens et l'a forcé à se déporter, ce qui suggère deux scénarios. Soit le conducteur roulait sur le mauvais côté de la route par erreur, il a fait halte et il s'est rendu coupable d'un délit de fuite…

— Soit il a délibérément provoqué l'accident, puis il s'est garé alors que Cole était inconscient, ou dans les vapes, achève Ethan.

— Il faut que les techniciens viennent prélever les empreintes digitales et prendre des photos, dit Papa. Je les appelle.

Il retourne à la Suburban et allume sa radio. Je me tourne vers Ethan.

— Vous pensez que quelqu'un l'a kidnappé, pas vrai ?

— Il va falloir d'abord faire parler les indices. Désolé, Linden.

Je ravale mes larmes. Elles ne seront d'aucune aide à Cole.

— Vous pensez que c'est la personne qui a tué Dahlia ?

— Je ne peux pas répondre à cette question. Tout est possible, même s'il n'y a aucune similarité entre les deux affaires. Dahlia a été tuée près de la rivière Teays.

Je le corrige par automatisme :

— Le ruisseau Stillhouse.

— Non. J'imaginais que ton père te le dirait. Je n'ai sans doute pas le droit de t'en parler.

Ethan s'interrompt, mais je le fusille du regard et il poursuit, non sans jeter un coup d'œil inquiet vers la Suburban.

— On a pu déterminer que le crime proprement dit a été commis dans la Teays, puis le courant a entraîné Dahlia vers l'aval et elle a fini là où tu l'as trouvée.

L'analyse des traces de pneus nous aidera à identifier le véhicule qui a été impliqué dans l'accident. Mais, statistiquement, il est plus probable que le ravisseur soit un membre de la famille ou une connaissance de la victime. Et, Linden… – Ethan marque une nouvelle pause ; il semble prendre des pincettes avec moi – Cole a dix-huit ans, c'est un gaillard d'un mètre quatre-vingts, il s'entraîne deux fois par jour avec ses coéquipiers depuis le début de l'été. Il ne correspond pas au profil type d'une victime de kidnapping. Cela me fait plus penser à un vol qui a mal tourné.

— Vous pensez qu'il est mort.

— Ce que je dis, c'est qu'enlever Cole, ça ne se fait pas les doigts dans le nez.

Je me détourne, hantée par des images, par ce sang qui macule l'intérieur de la Jeep. Mon regard se pose sur les tôles froissées et je ferme les yeux. Non, je refuse d'y croire.

Mon père m'interpelle.

— Linden, si tu veux, tu peux m'accompagner au poste pour y attendre les derniers développements.

Je grimpe dans son véhicule et je lance un regard à Ethan au moment de refermer la portière. Le visage grave, il essaie malgré tout de plaquer un petit sourire sur ses traits. J'ignore ce que le sourire de l'adjoint Miranda dit des chances de survie de Cole, mais je préfère ne pas savoir.

Lorsque nous arrivons à son bureau quelques minutes plus tard, Papa est immédiatement entraîné dans la salle de réunion qui a été reconvertie en cellule de crise. Malgré l'heure tardive, l'effervescence règne. Mais s'ils sont tous ici, qui cherche Cole sur le terrain ?

Pendant que je morfonds dans la salle de pause, le sergent Markin m'apporte une tasse de thé et deux caramels mous prélevés sur son stock personnel.

— Tiens, ma belle, un peu de sucre pour te remettre du choc, me dit-elle en me tapotant la main.

— Merci. Des nouvelles ?

— Rien pour l'instant.

Je goûte à la fadeur sans consistance de sa compassion lorsqu'elle referme la porte derrière elle.

Comment ne pas voir une coïncidence dans le fait que Cole m'ait envoyé ce message vidéo juste avant de perdre le contrôle de son véhicule ? Je trouve au fond de ma poche l'amulette confectionnée au cimetière, regrettant de n'avoir pas eu l'idée d'en faire une pour Cole, et je visionne encore une fois son message. Peut-être y ai-je raté un indice qui me permettrait de déterminer à quel endroit il comptait se rendre. Non, rien qui me mette la puce à l'oreille. Je balance mon téléphone sur la table et je me passe les mains dans les cheveux avec un grognement de frustration, puis je relance la vidéo, encore et encore, jusqu'à perdre le compte du nombre de fois où je presse le pouce sur l'icône *Lecture.* Enfin, je remarque un petit reflet derrière Cole, dans le coin inférieur de la vitre de la Jeep.

Le coach Hammond.

Cole m'avait dit qu'il venait de finir sa séance d'entraînement. Je ne sais pas comment j'ai laissé échapper ce détail capital ; je pourrais me mettre une baffe. Au même instant, un bruit sourd de l'autre côté du mur me fait sursauter et le brouhaha d'une discussion enfiévrée me parvient depuis la salle de réunion.

— Je m'en contrefous ! Je veux qu'on retrouve mon fils ! rugit une voix.

Un grand silence s'installe et je m'approche de la porte sur la pointe des pieds pour risquer un regard à l'extérieur. Debout dans le couloir, les mains sur les hanches, le maire domine de toute sa hauteur les gens qui s'entassent dans la salle de réunion. Son regard croise le mien et ma bouche se remplit d'un cocktail brûlant où j'identifie de la colère, de la peur, mais aussi autre chose, un goût de terre. Papa se matérialise à côté de lui et pose une main sur son épaule. Ils échangent quelques mots à voix basse. Le maire hoche la tête et retourne dans la salle.

— Papa !

— Je suis occupé, Linden, répond mon père, visiblement las.

— C'est important.

Je lui montre le message vidéo, pointant de l'index la silhouette floue du coach Hammond.

— Linden, il sortait de l'entraînement. Bien sûr que son coach était là.

Il ne parvient plus à mettre son exaspération en sourdine. Je n'ai que quelques secondes devant moi pour le convaincre qu'il s'agit d'une piste qui vaut la peine d'être explorée.

— Un souvenir m'est revenu de l'été dernier. Le coach était là, dans la forêt, la nuit où j'ai disparu. Dahlia a été témoin de mon agression. Je n'ai pas vu le visage de celui qui a essayé de me tuer mais peut-être qu'elle, si.

— Qu'est-ce qui aurait poussé Hammond à te faire du mal ? me demande Papa sur un ton neutre.

— Je ne sais pas trop. Bryson Ivers, son cousin, m'a fait comprendre que sa famille avait des raisons d'en vouloir à la nôtre.

Papa me lance un regard noir, puis il se passe la main sur le visage.

— Le maire a une autre piste en tête, mais je peux envoyer deux ou trois hommes interroger Hammond.

— Et moi, qu'est-ce que je peux faire ?

— Toi, tu restes ici. Avec un peu de chance, ce sera bientôt réglé.

Il serre ma main dans la sienne, l'insigne épinglé à sa veste reflétant la lumière vive des néons, puis il s'éclipse.

Je me laisse tomber sur ma chaise et j'avale une gorgée de thé froid, mais toujours trop sucré. Dans une atmosphère survoltée, les policiers ramassent leurs affaires et quittent la salle de réunion.

Lorsque le calme revient, c'est mille fois pire. Papa s'attend vraiment à ce que je reste ici et que je me tourne les pouces ? Des décharges électriques, entre peur et adrénaline, parcourent mon corps, mais je me force à rester assise et je laisse s'écouler cinq minutes pour être sûre que je ne risque pas de le croiser sur le parking et éviter qu'il me raccompagne chez moi.

À l'instant où j'attrape mon sac à dos et me précipite vers la porte, Malcolm Spencer franchit le seuil si bien que nous nous rentrons dedans. Il a dans chaque main une tasse de thé brûlant et il écarte les bras pour ne pas s'en renverser dessus.

— Linden, tu t'en vas déjà ? Je pensais qu'on pourrait rester à attendre ensemble, au cas où il y aurait du nouveau, suggère-t-il en me présentant les tasses à la manière d'une offrande avant de les poser sur la table.

La politesse a raison de mes réticences. Monsieur le maire a mauvaise mine, les traits tirés, le teint cireux. Je vais me rasseoir, je le remercie et je bois mon thé. Pas aussi sucré que le thé du sergent Markin, heureusement, mais son amertume m'interpelle.

— Enfants, Cole et toi, vous jouiez dans cette pièce. Et vous galopiez partout en réclamant des pièces pour le distributeur.

Il m'adresse un sourire faiblard en faisant tourner sa tasse entre ses mains, plein d'une énergie nerveuse.

La sonnerie d'un téléphone se fait entendre.

— C'est Vivian. Excuse-moi quelques instants.

Il quitte sa chaise et se dirige vers l'autre porte, celle qui donne sur le parking et qui est censée rester verrouillée vingt-quatre heures sur vingt-quatre – mais les nombreux fumeurs du bureau du shérif en ont décidé autrement. Il sort et prend l'appel. Sa voix me parvient étouffée.

J'ai déjà arrêté d'écouter, car mon cerveau bloque sur un mot. Vivian. Elle m'a avoué il y a quelques heures à peine qu'elle s'était rendue à l'Arbre-Squelette en compagnie de Sissy le jour où Elam McCoy avait disparu, mais Papa, lui, m'a dit qu'il avait laissé Malcolm finir sa journée plus tôt pour retrouver sa femme et la soutenir après l'annonce des médecins. C'est pour cela que Papa a mis plus de temps pour se rendre sur les lieux de la disparition. Or si Malcolm Spencer n'était pas au travail, et s'il n'était pas non plus avec Vivian, où était-il ?

La façon dont l'insigne de Papa a capté la lumière des néons tout à l'heure me revient à l'esprit. L'insigne, c'est l'un des seuls souvenirs qu'Hadrian ait gardés du jour où il s'était fait tuer. Est-ce que le métal avait renvoyé le soleil reflété sur l'eau ? Est-ce qu'il avait aveuglé le petit garçon alors qu'il appelait à l'aide ? Et si Elam ne se rappelait pas l'insigne en plastique du shérif Crunch, celui du paquet de céréales, mais une belle étoile brillante épinglée à un uniforme ? L'uniforme de l'adjoint Spencer ?

Soudain, je me couvre d'une pellicule de sueur et mes paumes deviennent moites. Je me lève et me dirige vers la porte d'une démarche mal assurée. Mes pensées sont comme des guêpes qui me pilonnent le crâne, bruyantes, surexcitées. Le maire se tient au milieu du parking, appuyé à sa voiture, le téléphone collé à l'oreille. Il se rend compte qu'il y a un souci et, aussitôt, il raccroche.

— Pourquoi ?

C'est tout ce que j'arrive à émettre. Ma voix est rauque, ma gorge, nouée par l'émotion, et je puise en moi l'audace de lui parler sur ce ton parce que le bureau du shérif se dresse derrière moi, protecteur. Un diapason vibre tout au fond de moi et je comprends que je connais la réponse à cette question.

— Vous fréquentiez Tante Zéphyrine quand elle travaillait sur son projet de bourse. Elle vous a parlé de ses recherches, pas vrai ? Elle avait découvert la vérité sur l'Arbre-Squelette, et votre fils était en train de mourir…

Malcolm Spencer se passe une main sur la bouche. Il n'essaie même pas de nier.

— J'ai entendu l'appel passer sur le réseau radio de la police pendant que je rentrais chez moi. J'étais dans le coin, alors j'ai pris la route qui mène à la vieille mine et je suis arrivé par-derrière. Ça ne m'a pas pris longtemps de découvrir Elam. Il avait escaladé un arbre, il était monté trop haut et il ne réussissait pas à descendre. Quand il a glissé, il est tombé dans l'eau comme une masse. Pas un cri, à peine une éclaboussure. J'ai pataugé après lui. À cet instant, j'ai pris conscience que je n'avais pas besoin de le sauver. J'avais déjà essayé d'invoquer l'Homme-Papillon en suivant les instructions de Zéphyrine, au pied de l'Arbre-Squelette, mais ça n'avait pas fonctionné.

Je secoue la tête.

— Le sang des James. C'était de ça que vous aviez besoin. Hadrian a dit que la clef, c'est notre sang, parce que nous sommes issues de l'Outremonde, comme l'Homme-Papillon.

Je fixe le père de Cole.

— Mais vous avez trouvé un autre moyen…

— Quand je l'ai pris par les cheveux, au lieu de le sortir de l'eau, je l'ai enfoncé dedans. En un clin d'œil, c'était fini.

Un jet de bile me brûle la gorge.

— Vous étiez adjoint du shérif. Elam pensait que vous étiez venu le sauver, et vous l'avez tué. Tout ça pour appeler l'Homme-Papillon ?

— L'Homme-Papillon, je ne l'ai même pas croisé. Le courant a entraîné le petit et je l'ai perdu de vue. J'ai cru que ça n'avait servi à rien, mais les médecins nous ont appris que le trou dans le cœur de Cole s'était refermé, Dieu sait comment. Un miracle.

Il s'approche et je recule d'un pas.

— Pas plus près. Sinon je crie, et ça suffira à faire venir tous les policiers qui sont dans ce bâtiment.

— Allons, Linden, calme-toi, suggère le maire en levant les mains dans un geste d'apaisement. Il n'y a plus personne. Je les ai tous envoyés sur de fausses pistes.

Un frisson court le long de mon échine, aussi glacé qu'un torrent de montagne. Mes pensées sont lourdes, mon cerveau ralentit. Lorsque je trébuche, il me rattrape.

— J'aurais préféré que tu finisses ton thé, murmure-t-il. Ça aurait pris moins de temps.

Je veux appeler à l'aide, mais ma bouche refuse de s'ouvrir et j'ai du mal à garder les paupières ouvertes. De plus en plus de mal.

Et puis… je les ferme.

CHAPITRE VINGT-SEPT

L'esprit embrumé et les membres engourdis, je cligne des yeux jusqu'à ce que ma vision s'éclaircisse. Je suis avachie sur le siège passager d'une voiture, le cuir collant à ma peau poisseuse, la bouche emplie d'un goût de métal. Nous roulons sur une route criblée de nids-de-poule qui nous secoue de toutes parts et tout me revient en un clin d'œil. Bouleversée, je tourne lentement la tête vers le conducteur.

Malcolm Spencer m'observe déjà.

— Tu ne devais pas te réveiller aussi tôt, commente-t-il d'une voix monocorde.

Envolé, le maire sympathique qui montrait son sourire irrésistible sur les affiches électorales. Ses yeux sont durs, renfoncés dans leurs orbites, cernés. Il nage dans ses vêtements. Ce n'est pas l'inquiétude qui le ronge. Les maux de tête, la nausée aux obsèques de Dahlia, les insomnies, le rendez-vous chez le médecin hier…

— Vous êtes malade, Mr Spencer.

Ma voix râpe ma gorge déjà à vif et la douleur me fait monter les larmes aux yeux.

— J'ai une tumeur au cerveau, confirme-t-il. Détectée après mon accident de moto. J'ai survécu à un crash potentiellement fatal pour apprendre que le danger venait de l'intérieur, et qu'il était inopérable.

Cette révélation me donne le tournis. Malcolm Spencer est au seuil de la mort. Mamie m'a raconté que Zéphyrine partait souvent en virée avec Malcolm et je pensais que c'était sur sa moto à lui. Or, ce soir, j'ai appris que Zéphyrine possédait sa propre machine et Mamie a fait référence à une Bonneville, la moto que Cole a trouvée dans le garage de son grand-oncle. *Une vie en échange d'une vie… et si c'était un vulgaire troc*, avait griffonné Zéphyrine dans son journal intime, comme pressée par le temps. Leur rupture n'était-elle qu'une ruse concoctée par Malcolm Spencer ? Zéphyrine avait-elle fait appel à l'Homme-Papillon pour sauver la vie de son bien-aimé ?

— Zéphyrine n'a jamais quitté Caball Hollow, n'est-ce pas ? Vous l'avez tuée. Le premier meurtre d'une longue série.

— Elle s'est introduite dans l'Arbre-Squelette de son propre gré, elle s'est sacrifiée, insiste le maire. Mais la tumeur est revenue, et elle est encore plus agressive.

— C'est pour cela que vous avez essayé de me tuer l'été dernier, pour échanger ma vie contre la vôtre ? Pourquoi moi ? Vous étiez ami avec mes parents, vous m'avez vue grandir.

Je sens que la drogue que j'ai ingurgitée fait de moins en moins effet et je change de position.

— Absolument pas ! Loin de moi l'intention de te tuer, Linden. J'avais seulement besoin de toi pour ouvrir le portail et le traverser, comme Zéphyrine avant toi.

— Et Dahlia ? Vous aviez prévu de la tuer, elle ?

Le visage du maire s'assombrit.

— Dahlia n'était pas censée mourir. Elle m'apportait son aide.

La trahison se pose comme un poids oppressant sur ma poitrine.

— Mais elle a assisté à toute la scène ! Elle a vu que vous aviez tenté de me noyer dans la rivière ! Et elle aurait accepté de vous aider ?

— Non, corrige Malcolm avec un rire sinistre. Ce n'est pas moi qu'elle a vu. C'est l'Homme-Papillon.

Tout devient clair. Dahlia a assisté à la mort par overdose de sa mère, décès aussi tragique que prématuré. Et si elle avait vu l'Homme-Papillon qui venait chercher l'âme de la défunte ? Et si ce traumatisme, réactivé par la scène de l'été dernier, l'avait poussée à considérer comme crédibles des histoires extravagantes, comme celle qui prétend que l'Homme-Papillon est capable d'exaucer les souhaits les plus intimes ? Il lui fallait une grosse somme d'argent pour poursuivre ses études, et aucun moyen de l'obtenir. Et ces textos sur son téléphone… elle s'était tournée vers la personne qui l'avait soutenue quand elle avait requis une injonction d'éloignement contre son ex.

— Elle est venue vous demander de l'aide, et vous lui avez donné les pages que Zéphyrine avait arrachées au grimoire.

— Au début, je voulais simplement m'assurer qu'elle n'avait pas été témoin de quelque chose de compromettant, mais ensuite j'ai compris qu'on pouvait se porter mutuellement assistance. Ces pages l'ont convaincue que les rumeurs qui couraient sur ta famille, toutes ces vieilles histoires, avaient un fond de vérité.

— C'est pour cela qu'elle a voulu me retrouver au festival, pour m'attirer dans la forêt et vous permettre de conclure un pacte avec l'Homme-Papillon…

— Mais le courage lui a manqué. Elle m'a dit qu'elle refusait de te contraindre à franchir le portail. Sauf que Zéphyrine m'avait parlé des jours seuils, et je ne pouvais pas me permettre d'attendre.

— Ainsi, vous lui avez réservé le même sort qu'à Elam. Vous l'avez tuée, en espérant troquer sa vie contre la vôtre. Et je suis absolument certaine que le fait qu'elle en savait trop à votre sujet n'a pas du tout pesé dans votre décision.

Et je sais qu'il se trompe lourdement. Si Cole a survécu à sa malformation cardiaque, c'est grâce au marché que Vivian et Sissy avaient passé, pas parce que Malcolm avait assassiné Elam.

Le maire frappe le volant du plat de la main.

— Je ne suis pas un monstre ! J'essayais de protéger ma famille. Or ça n'a servi à rien. Le médecin m'a dit que la tumeur était toujours là.

Je tente le tout pour le tout en retournant sa propre logique contre lui.

— Qu'est-ce qui vous fait penser que ça va marcher aujourd'hui ? Toutes les conditions ne sont pas réunies, le solstice est passé.

Il me lance un regard indéchiffrable.

— Je t'ai entendue l'autre jour au bureau du shérif. La mémoire te revient par fragments. Et maintenant, avec Cole… le temps presse.

— Rassurez-moi. Cole est toujours vivant ?

Ma voix se brise tandis qu'un mélange d'adrénaline et d'émotion submerge tout mon être.

— Il devait rester en dehors de ça ! rugit Malcolm Spencer.

Sa voix remplit l'habitacle et me plaque contre la portière. Ce goût de terre que j'ai soupçonné tout à l'heure et que je n'arrivais pas à identifier me terrasse à la façon d'un tsunami. Le *désespoir.*

— Mais s'il doit vivre ou mourir, cette décision t'appartient. Tu n'as qu'à invoquer l'Homme-Papillon, sceller le pacte avec lui et le suivre dans l'Arbre-Squelette.

Malcolm Spencer ne me raconterait pas ça s'il avait l'intention de me relâcher et de me laisser tranquillement retourner chez moi. Glisser sur le bas-côté gravillonné à soixante kilomètres-heure m'apparaît soudain préférable au sort qu'il a prévu pour moi. Le cœur battant la chamade, je me jette sur la poignée de la portière.

Mais il me prend de vitesse. Il déclenche le verrouillage centralisé et je me retrouve prise au piège. Pas de temps à perdre, je passe au plan B : j'ai toujours dans la poche le sachet qui me sert d'amulette. Je défais le nœud, je plonge la main dedans et je saisis une poignée de terre que je lui jette à la figure.

— Sale morveuse ! hurle-t-il, aveuglé.

Son pied ne quitte pas la pédale d'accélérateur. La voiture part dans de terribles embardées et nous faisons une sortie de route rocambolesque. Un cri jaillit de ma gorge, qui envahit l'habitacle. Je pense à Cole, à la terreur qui a dû s'emparer de lui quand sa Jeep a emplafonné l'arbre. Je repars à l'assaut avec une vigueur nouvelle, balançant les poings dans la direction de Malcolm Spencer et frappant de toutes mes forces. Je deviens un animal sauvage, tous crocs et toutes griffes dehors, et je vise les points vulnérables, ainsi que nous l'a appris Papa. Les yeux, le nez, la gorge, tout ce qui est à ma portée.

Mais il est plus fort que moi et ses bras ont un rayon d'action plus étendu que les miens. Impossible de lui échapper. Je me prends ses phalanges en pleine pommette à l'instant où il rate un virage et perd le contrôle du véhicule. Mon crâne percute la vitre et je vois trente-six chandelles.

Le hululement d'un hibou me ranime brusquement. Désorientée, je me frotte les yeux d'une main qui semble peser une tonne. Je remarque un bruit de goutte-à-goutte et une odeur de pneu brûlé qui imprègne l'air. Je tourne la tête en faisant bien attention à la bosse qui s'est formée sur le côté droit.

Malcolm Spencer est affaissé sur son siège. L'airbag dégonflé pendouille sur le volant et il y a une zébrure rouge en travers de la vitre. J'ébauche un mouvement trop rapide, ce qui déclenche sous mon crâne une douleur si vive que je suis à deux doigts de vomir. Mes pieds frappent un objet qui émet un bruit de film plastique qu'on froisse. Je me penche vers l'avant, je glisse ma main sous le siège et je frôle du bout des doigts un sac que j'attrape et que je tire vers moi pour mieux l'examiner. Le sac de l'hôpital, sur lequel mon nom est écrit à l'encre noire. Les vêtements que je portais la nuit de ma disparition sont cartonnés par l'eau de la rivière et je remarque, au fond, une petite étoile en plastique avec la tête du shérif Crunch, ainsi qu'un trousseau de clefs et un porte-clefs qui arbore le logo de la bibliothèque et que je vois pour la première fois.

Ainsi, quelqu'un s'est bien introduit chez nous. Malcolm Spencer est venu voler dans mon placard ces preuves qui l'incriminent, pour éviter que je retrouve l'insigne d'Elam et que je fasse le lien entre sa disparition et mon agression. Peu importent les prétextes qu'il monte de toutes pièces, ou les mensonges qu'il brode à longueur de conversation, quelqu'un qui garde des trophées de ses crimes ou laisse des cartes de visite sur ses victimes, ce n'est pas quelqu'un qui protège sa famille. C'est un psychopathe.

Vite, quitter le véhicule avant qu'il reprenne connaissance. Déverrouillant la portière endommagée par l'impact, je m'arrache au siège, je progresse de quelques pas les jambes flageolantes et je rends tripes et boyaux. J'ai la sensation qu'un coup de hache a fendu mon crâne en deux et je vois flou. Les mains sur mes genoux, j'attends que se dissipent et le vertige et la nausée.

Cole est toujours en vie quelque part.

Le ciel se colore déjà en bleu foncé sur la cime des montagnes. La nuit ne va pas tarder à tomber. Balayant les alentours du regard, j'essaie de trouver des repères, mais ce pourrait être n'importe quelle route secondaire. Malcolm Spencer comptait m'emmener à l'Arbre-Squelette afin d'invoquer l'Homme-Papillon et si Cole servait de monnaie d'échange, j'imagine qu'il doit être quelque part à proximité. Cela restreint considérablement les possibilités, mais je sais par expérience que cette forêt peut très vite se transformer en labyrinthe.

Je choisis de gagner les hauteurs. L'explication que m'a donnée Hadrian hier soir palpite sous mon crâne au même rythme que ma bosse. Je n'étais pas attirée par les défunts et par l'Homme-Papillon parce que j'avais frôlé la mort ; c'est parce que ma mère avait passé un marché avec le Gardien, comme la mère de Cole des années auparavant. Cole était lui aussi sensible à cette énergie. Peut-être sommes-nous également reliés l'un à l'autre.

Mes pas me portent dans une petite clairière et je me laisse tomber au sol. Je replie les jambes et, les yeux fermés, j'essaie de passer outre la douleur qui s'est emparée de mon corps tout entier, de museler mon esprit et de me mettre à l'écoute de cette force. La présence lointaine mais menaçante de Malcolm et la crainte de ne pas retrouver Cole viennent parasiter ma concentration comme le tic-tac d'une horloge. Enfin, sous mon sternum, je sens une vibration. Je m'y cramponne et je me remets péniblement debout.

Un ruisseau gazouille à proximité et de l'eau tombe goutte à goutte sur des galets. Les ténèbres se déploient entre les arbres, compactes, impénétrables. Un peu plus loin, le courant de la rivière chuchote. Je ne suis plus très loin.

Je m'enfonce dans un bosquet dense et je m'ouvre un chemin entre les branches enchevêtrées pour déboucher sur une zone plus dégagée. Là, juste au bord d'un à-pic, se dresse l'Arbre-Squelette dont l'écorce blanche reluit au-dessus de l'eau, ses cinq branches maîtresses projetées vers le firmament.

Sur ma gauche une silhouette sombre remue et un gémissement traverse le silence. Je me fige. Un parfum de clou de girofle flotte vers moi… je pousse un cri de soulagement.

— Cole, lâché-je dans un murmure.

Il est étendu à quelques mètres, sa peau couleur de cendres au clair de lune. Du sang goutte d'une entaille qui lui barre le front. Je passe mes mains sur sa peau moite, aussi délicatement que possible, pour vérifier qu'il ne souffre pas de blessures internes. Il est couvert d'un sang poisseux. Sa respiration et son pouls sont beaucoup trop rapides, une écume rose mousse à l'angle de sa bouche. Il faut le conduire à l'hôpital. Sans perdre une seconde.

— Cole, réveille-toi. Allez, ouvre les yeux.

Il grogne et m'attrape la main.

— Linden, je me suis rappelé… il avait l'insigne dans son bureau le printemps dernier…

Il laisse sa phrase en suspens, puis il me lâche la main. J'essuie les larmes qui coulent librement sur mes joues, la mâchoire contractée par la détermination.

— Cole, je te promets que je vais te sortir d'ici.

C'est alors qu'arrive Malcolm Spencer, du sang plein les cheveux et un couteau à la main.

— J'ai bien peur que non, Linden. Il est trop tard. Je sais que tu tiens à lui. Je l'ai constaté de mes propres yeux. Ouvre le portail si tu veux lui sauver la vie.

Je me relève, en proie à une rage folle.

— Pourquoi l'impliquer là-dedans ?

— Tu n'as qu'à t'en prendre à toi-même ! Tu l'as encouragé à fourrer son nez dans des affaires qui ne le regardaient pas. Ça n'avait rien à voir avec lui !

Cole entrouvre les paupières, toussote. Il se redresse difficilement et je me précipite à son aide.

— Attention.

— Le temps presse, fait remarquer Malcolm sur un ton solennel. Ouvre le portail et appelle l'Homme-Papillon, sinon tu auras sa mort sur la conscience.

— Je suis toute seule, vous ne pouvez pas échanger ma vie contre la vôtre *et* la sienne. S'il fallait ne sauver que l'un des deux, seriez-vous prêt à donner votre vie pour celle de votre fils ?

Malcolm se rue sur moi, me tord le bras et appuie la lame du couteau sur ma peau. Une goutte de sang roule jusqu'au creux de ma paume.

— Arrête d'essayer de gagner du temps, gronde-t-il.

Le problème, c'est que je ne connais pas la formule magique qui me permettrait d'ouvrir l'Arbre-Squelette.

Son attention fixée sur moi, Malcolm ne se rend pas compte tout de suite que son fils s'est mis en mouvement. Cole fonce sur lui et le plaque au sol. La lame s'enfonce encore plus profond dans mon avant-bras et le sang jaillit librement.

— Cours, grogne Cole tout en maintenant son père au sol.

J'ai une seconde d'hésitation. Je ne veux pas le laisser seul dans cet état, mais ce pourrait être notre unique chance d'obtenir de l'aide. Je m'éloigne à toutes jambes.

J'ai couvert à peine quelques mètres quand j'entends des pas qui se rapprochent dangereusement. L'épaisse canopée bloque les rayons de la lune et l'obscurité se referme sur moi, me forçant à ralentir. Pas question de risquer une nouvelle commotion cérébrale.

La voix de Malcolm résonne derrière moi.

— Tu ne m'échapperas pas, Linden. Personne ne viendra à ton secours. Le temps que quelqu'un ait l'idée de te chercher ici, il sera trop tard. Tu vas mourir dans cette forêt, je te le garantis.

Je me mords la lèvre. Si je lui réponds, il me trouvera plus facilement. Focalisée sur la rapidité et la discrétion, je ne remarque pas tout de suite qu'il a arrêté de parler. Au bout d'un moment, je m'arrête et je tends l'oreille.

Un hibou pousse son cri lugubre et fend le ciel nocturne. Je me plie en deux et un poing frappe le tronc de l'arbre qui reçoit le coup à ma place.

— Merde ! hurle Malcolm.

Je pique un sprint, la panique me rend maladroite et je trébuche dans l'obscurité. Des branches s'accrochent à mes cheveux, des ronces me tailladent la peau, mais la terreur qui coule dans mes veines me rend insensible à la douleur. Je foule un tapis d'aiguilles de pin. Je n'entends plus qu'un chuintement dans mes tympans.

Mon cauchemar est devenu réalité. Ce sont ces arbres que je vois chaque nuit et qui s'étirent à l'infini, le noir profond qui marque le rebord de l'à-pic, la même panique dans ma poitrine tandis que j'essaie d'échapper à celui qui me poursuit. Je respire de plus en plus difficilement.

Un papillon de nuit blanc volette devant moi entre les arbres, rejoint par un autre, et encore un autre, jusqu'à ce qu'une dizaine de points lumineux se détachent sur les ténèbres. *Papillon d'amour / aux ailes d'ange.* Peut-être que c'était un avertissement, et pas un cauchemar.

À cet instant, Malcolm se précipite sur moi et me projette au sol. Des cailloux et des brindilles s'incrustent dans mon visage. Le goût puissant et inimitable du sang me remplit la bouche et je le recrache.

— Zéphyrine a franchi le seuil de l'Arbre-Squelette de son plein gré, c'est ça ? (Je lutte pour lui échapper, mais il pèse trop lourd.) Vous étiez en uniforme, comme avec Elam ? Vous l'avez menacée avec votre arme de service ? C'est comme ça qu'elle a fait le choix de vous sauver la vie, avec un pistolet braqué sur la tempe ?

— Elle n'aurait pas découvert le rituel si elle n'était pas disposée au sacrifice ultime, gronde le meurtrier. Je n'y peux rien si j'ai arrêté de l'aimer. Et si elle m'a surpris avec Vivian. Il était trop tard pour faire machine arrière.

— C'est à vous qu'elle a adressé cette lettre d'adieu, hein ? Vous avez déchiré la feuille pour que votre nom n'y apparaisse pas, vous avez pris ses clefs, vous êtes entré chez nous et vous avez laissé la lettre bien en vue pour que Mamie la lise et que les soupçons se détournent de vous.

Son détachement inhumain donne forme à un bloc de glace au creux de ma gorge et je m'étrangle avec. Il me gifle si fort que ma tête percute le sol de la forêt. Je perds connaissance quelques instants et, à mon réveil, je me rends compte qu'il me serre le cou à deux mains.

— Espèce de petite bécasse, dit-il d'une voix sourde. Je crois que je vais prendre un plaisir particulier à te tuer.

Je commence à voir des étoiles devant les yeux. Il desserre sa prise quelques instants et je sens qu'il glisse quelque chose dans ma poche.

— Le trèfle à quatre feuilles de Dahlia. Elle aura eu ton collier, et tu auras eu le sien, raille-t-il, mais j'ai l'impression que sa voix me parvient de très loin.

Mon cerveau en manque d'oxygène me suggère alors une idée. Si j'ai pu donner à Amos McCoy un peu de sérénité en imaginant le goût de ce sentiment, peut-être que je peux utiliser la même méthode avec Malcolm Spencer.

Je ferme les yeux, mon corps tout entier luttant contre la mort. Le calme. Le calme, comme de la crème Chantilly, légère et aérienne sur mes papilles.

Malcolm me relâche, à peine, et un filet d'air se fraie un chemin jusqu'à mes poumons. Pourtant, il s'accroche toujours. Le calme, ça ne suffit pas, il faut que je trouve une émotion plus forte.

La culpabilité. Oui, il devrait se sentir coupable. La culpabilité a le même goût que les sardines à l'huile, elle enrobe la langue et la conscience de ses notes puissantes. Et là, ça marche. Malcolm détache ses mains de mon cou et s'éloigne en les contemplant, horrifié.

Je me mets en position accroupie et je reprends ma respiration par à-coups, ce qui dissipe le brouillard mental. Malcolm balaie les environs des yeux, puis il jette un regard par-dessus son épaule et reporte son attention sur moi. Il avance dans ma direction et je comprends que j'ai commis une grave erreur. Les gens refusent d'assumer leurs responsabilités et ils sont prêts à tout pour dissimuler la source de leur honte à la terre entière. Le maire préfère avoir un meurtre sur la conscience que de voir son secret éventé. Je m'écarte à reculons, les mains par terre, comme un insecte maladroit.

Lorsqu'il m'attrape la cheville, il est projeté vers l'arrière et une voix résonne dans les ténèbres qui nous entourent.

— Salut à toi, Malcolm Spencer. Cela fait bien longtemps que j'attends ce jour.

— Qui êtes-vous ? grommelle Malcolm, étendu par terre.

— Tu ne me reconnais pas ? Pas étonnant. Après tout, je n'avais que quatre ans quand tu m'as noyé en me tenant la tête sous l'eau.

— Ce n'est pas possible, murmure Malcolm. Tu es mort.

— En fait, c'est un peu plus compliqué que ça… (Les yeux d'Hadrian rougeoient et ses ailes se déploient dans son dos.) Tu as quelque chose à dire pour ta défense ?

Le remords. Malcolm Spencer n'a jamais exprimé de remords, pas une seule fois. Même quand j'ai dressé la liste de tous ses crimes, même quand il a reconnu à demi-mot être prêt à mettre à mort son fils pour prolonger sa propre vie. Il se croit au-dessus des lois, au-dessus de la morale.

Le remords, cela ressemble à la racine de réglisse. Amer et salé, végétal, avec une pointe de sucre presque écœurante.

Je vois précisément à quel instant Malcolm Spencer se le prend de plein fouet. Ses traits semblent s'affaisser et il recule d'un pas mal assuré.

Je me mets debout et je me dirige vers lui, en pensant à ceux qu'il a fait souffrir : Zéphyrine, Elam, Dahlia, Cole. Et à ceux qui ont souffert indirectement : Mamie ; Amos, Nora et Wyatt McCoy ; les Hinkle. Tous les habitants de Caball Hollow, qui ont cédé à la psychose, empoisonnés par ses mensonges. Le goût de réglisse devient de plus en plus puissant.

— Linden.

Hadrian me met en garde, mais je fais la sourde oreille et je me rapproche de Malcolm.

Le remords jaillit de ma bouche, suinte de mes pores, submerge tous mes sens.

— Je suis désolé, tellement désolé. Tous ces gens… Mais qu'est-ce que j'ai fait ? bafouille Malcolm Spencer.

Il se prend la tête à deux mains et recule, tentant de se soustraire à cette émotion puissante qui le taraude soudain. C'est l'impression que j'ai, en tout cas, avant de comprendre ce qu'il a réellement l'intention de faire. Et je hurle :

— Non !

Trop tard. Malcolm plonge dans le vide, les ténèbres de l'à-pic l'engloutissent.

Hadrian me ceinture et m'entraîne loin du bord, de peur que je suive Malcolm. Je m'enfouis le visage dans les mains.

— C'est fini. Il n'y a plus rien à faire.

— Oh non, tout est ma faute.

Je presse les mains contre mes yeux comme pour ne plus le voir tomber dans l'abîme.

— S'il a éprouvé du remords, c'est qu'il l'avait en lui, à l'état de graine. Un être humain n'est pas un jardin où tu plantes ce que tu veux. Tu ne peux cultiver que ce qui y existe déjà.

— Qu'est-ce que tu fais là, d'abord ? Comment tu m'as trouvée ?

— Une James a versé son sang au pied de l'Arbre-Squelette, récite Hadrian en montrant l'entaille que j'ai au bras.

— Cole !

Je rebrousse chemin à travers la forêt, talonnée par Hadrian.

Lorsque j'atteins l'Arbre-Squelette, j'aperçois Cole, étendu sur le dos, un bras lui barrant le torse, l'autre masquant son visage.

— Tu veux que je vérifie ? me propose Hadrian d'une voix douce.

— Non. C'est à moi de le faire.

Je me laisse tomber à genoux et je déplace le bras de Cole avec mille précautions. Le couteau dont son père s'est servi pour faire couler mon sang est fiché dans son flanc. Il a la peau glacée. Je palpe son cou, cherchant le pouls. Je le sens, presque imperceptible, comme le froufrou des ailes d'un colibri affolé. Cole ne va pas s'en sortir. Un sanglot me secoue les épaules. Pas question d'abandonner.

Pas maintenant.

— Hadrian ?

— Linden, non.

— J'aimerais sceller un pacte.

L'Homme-Papillon secoue la tête, incrédule.

— Tu n'as donc rien retenu des erreurs des autres ? soupire-t-il.

Puis il plante son regard dans le mien.

— Quel prix es-tu prête à payer ?

CHAPITRE VINGT-HUIT

Le hurlement des sirènes transperce le silence, des gyrophares déchirent les ténèbres. Lorsque j'atteins la lisière de la forêt, je suis aveuglée par l'éclat éblouissant des phares des véhicules de police braqués sur moi.

— Approchez-vous les mains en l'air, m'ordonne une voix *via* un mégaphone.

Je m'exécute.

— Tu ne risques plus rien, ma puce.

Je me retourne et je repère Papa parmi l'océan d'uniformes marron. Couverte de boue et de sueur, de sang et de larmes, je me jette dans ses bras. Il me serre contre lui aussi fort qu'il l'ose, puis il me conduit à l'arrière d'une ambulance.

À l'hôpital, Ethan m'explique chaque étape des recherches dans une tentative à peine voilée de détourner mon attention tandis qu'un médecin me suture le bras. Peut-être pour détourner sa propre attention, d'ailleurs, étant donné qu'il devient livide chaque fois qu'il baisse les yeux par mégarde.

— J'aurais bien aimé te dire que c'est grâce à mon phénoménal travail d'investigation, mais, en réalité, c'est Hillard Been qu'il faut remercier.

— Pardon, je crois que les antidouleurs m'ont ramolli le cerveau. Vous pouvez répéter ? Mr Been, vraiment ?

Son sourire creuse la fossette dans sa joue gauche qui doit lui valoir d'intarissables taquineries au poste de police.

— Hillard a pris l'habitude de venir s'asseoir tous les soirs devant le *diner*. Il a déclaré qu'hier, il a assisté à un phénomène très étrange. Une rafale de pétales de rhododendron rouges a traversé la route devant lui, il s'est retourné et il a vu le maire partir en direction de la forêt au volant de sa voiture. Tu occupais le siège passager. Il a trouvé ça curieux, alors il nous a appelés. Nous avons découvert le véhicule de Malcolm Spencer dans le fossé sur la route qui mène à l'ancienne mine et ton père a remonté ta trace dans la montagne.

Le meilleur pisteur du comté, associé à un sort de localisation tout simple activé par la magie de six sorcières.

Le médecin en finit avec moi et Papa arrive, accompagné de Maman qui me serre sur son cœur.

— Attends-toi à une petite discussion à notre retour à la ferme, me chuchote-t-elle à l'oreille. Ne me refais plus jamais un coup pareil.

Tandis que l'infirmière vient lui demander de signer le bulletin de sortie, je quitte mon box en catimini et je m'introduis dans une chambre tout au bout du couloir, où Cole dort paisiblement dans son lit. Appuyée au chambranle de la porte, je puise du réconfort dans le bip régulier du moniteur de fréquence cardiaque. Cole est déjà beaucoup moins pâle et je regarde la couverture se soulever, puis s'abaisser au rythme de sa respiration.

Vivian s'approche, un gobelet de café à la main, et me dévisage, les yeux voilés de larmes.

— Les médecins disent que c'est un autre miracle. Je ne sais pas quel pacte tu as dû conclure pour le sauver, mais j'espère que tu seras en paix avec ta conscience. Merci, conclut-elle d'une voix qui se brise.

De retour à la maison, je prends une douche brûlante et je reste sous le jet jusqu'à ce que le chauffe-eau déclare forfait, puis j'enfile un pyjama propre et je me traîne jusqu'à la cuisine. Maman, Mamie et Sissy m'y attendent déjà – je m'attends à un sermon mémorable.

Lorsque je m'installe à la table, Mamie me fourre une tasse de thé entre les mains. J'avale une gorgée en m'étouffant à moitié.

— Mamie, c'est de l'eau-de-vie.

— Comme si je ne le savais pas. Certaines situations exigent du thé. D'autres, un alcool fort. Une vraie montagnarde sait faire la différence.

— Linden, avant toute chose, me dit Maman, je te présente mes excuses.

Voilà qui me prend de court. Où est le sermon qu'elle m'a promis ?

— Pardon ?

— Nous te devons toutes des excuses, rectifie-t-elle en montrant Mamie et Sissy d'un signe de tête. J'étais furieuse que tu aies filé à l'anglaise et failli te faire tuer… avant de me rendre compte que tu ne faisais que reproduire ce que nous t'avons appris. À faire des cachotteries, et à essayer de tout gérer dans ton coin. C'est une leçon qui aurait pu te coûter la vie et, cela, je ne me le pardonnerai jamais.

— Les filles, lance Mamie, vous voulez bien descendre ?

Sorrel, Rowan et Juniper arrivent par l'escalier de derrière. Elles étaient forcément là, à ne rien rater de la conversation.

— Cela nous concerne toutes, alors prenez une chaise et servez-vous de l'eau-de-vie. Dans notre famille, chaque génération de femmes a affronté d'innombrables obstacles. Des obstacles dont bon nombre ne se relèveraient pas. C'est la solidarité qui nous a permis de les surmonter. Nous sommes plus fortes ensemble. Alors, fini les secrets.

— Et fini de baisser la tête, ajoute Maman avec un sourire.

Je me racle la gorge.

— Puisqu'on parle de secrets…

Je leur révèle la véritable identité d'Hadrian et elles se mettent toutes à parler en même temps. Seule la voix de Rowan se détache de la cacophonie, elle fanfaronne – « Je vous l'avais dit, que c'était un menteur ! » – et elle profite de ce que personne ne regarde pour se resservir de l'eau-de-vie.

Le lendemain matin, nous retrouvons Hillard Been assis sur les marches du perron, son couvre-chef entre les mains. Il se met debout.

— Bien le bonjour, Mesdames. Je sais que ces derniers jours n'ont pas été de tout repos, mais je me demandais si vous aviez fixé, à tout hasard, une date pour la réouverture du *diner*.

Mamie et Maman échangent un regard.

— La vérité, Hillard, c'est qu'il y a très peu de chances qu'on rouvre un jour, lui dit Mamie d'une voix égale.

— Pourquoi ? Sans vouloir être indiscret, bien sûr.

— On ne peut pas se le permettre financièrement, Hillard.

— Eh bien, j'ai réfléchi à votre situation, et j'aimerais vous aider, dit-il en se balançant d'avant en arrière, soudain intimidé.

— Oh, Hillard, c'est très gentil de votre part, le coupe Mamie, mais il nous faudrait beaucoup d'argent pour assurer la réouverture.

— C'est bien ce que je pensais, Apollonia. La vérité, c'est que je ne suis pas très dépensier. Je n'ai pas d'enfants, je ne me suis jamais marié. Je vis dans la maison qui m'a vu naître. Mon unique petit plaisir dans la vie, c'est de venir manger chez vous.

— Qu'est-ce que vous essayez de nous dire ?

— Ce que j'essaie de dire, c'est que j'ai mis de côté « beaucoup d'argent ». Et j'aimerais l'investir, dans votre équipe et dans La Lune des Moissons.

CHAPITRE VINGT-NEUF

Deux ou trois semaines plus tard, je fais un détour par le cimetière et je me rends sur la tombe de Nora McCoy. Le rhododendron flamboyant qui a poussé du jour au lendemain près de la plaque métallique marquant son lieu de repos éternel a perdu toutes ses fleurs rouges et en porte désormais aux pétales blanc crème.

Je ne peux m'empêcher de repenser à cette rafale étrange qui avait traversé la ville le jour de ses obsèques. Avait-elle jeté un mauvais sort à ceux qui étaient liés, de près ou de loin, à la mort de son fils cadet ? Ou s'agissait-il d'un avertissement ? Quoi qu'il en soit, je lui souhaite d'avoir enfin trouvé la paix.

Je pose à côté de la plaque le bouquet que j'ai composé ce matin, du romarin pour ne pas oublier, associé à du chèvrefeuille qui aide à lâcher prise.

— Ils ont découvert le cadavre de Malcolm à quelques kilomètres en aval. Quand ils l'ont sorti de l'eau, on aurait dit qu'il était déjà mort depuis vingt ans. Personne n'a d'explication sur le sujet.

Hadrian contourne le gommier et me rejoint, les mains fourrées dans les poches.

— Vingt ans, c'est le temps qu'il m'a volé. (Il se redresse et ajoute :) Tiens, je voulais te rendre ça, me dit-il en me tendant une petite clef, dont le J prouve qu'il s'agit du double de celle de Mamie, qui ouvre le tiroir contenant le grimoire. Je l'ai gardée sur moi après ma mort. Je me souviens presque du moment où je l'ai attrapée, Malcolm la portait au cou et j'ai essayé de m'y accrocher.

— Dommage que tu ne m'en aies pas parlé plus tôt, cela m'aurait épargné des ennuis.

— C'est le seul indice que j'avais et il me conduisait directement à ta famille. Je te présente mes excuses, malgré tout. Enfin, pour ce qu'elles valent.

— Zéphyrine nous a vraiment quittées, alors ?

D'après la légende, les papillons de nuit blancs représentent les esprits des proches décédés et j'ai pensé plus d'une fois que Tante Zéphyrine m'a envoyé ceux que j'ai vus dans la forêt, pour me guider, mais je me trompe peut-être. Si ça se trouve, un beau matin, elle va toquer à la porte de la ferme.

— Les choses ne sont jamais aussi tranchées, déclare Hadrian.

J'ébauche un hochement de tête. Il en est la preuve vivante.

— Ce matin, je suis allé à l'Arbre-Squelette, ajoute-t-il. Une brèche s'est ouverte en son cœur, si grande que le tronc est presque fendu.

— Qu'est-ce que ça signifie ? C'est une passerelle que plus personne ne peut emprunter, ou une porte qui restera ouverte ?

— Seul le temps nous le dira, répond-il en haussant les épaules.

Nous restons debout côte à côte un long moment, perdus lui comme moi dans nos pensées.

— Passe au *diner* tout à l'heure. J'ai préparé une fournée de biscuits relaxants à la lavande et au citron. Tu peux en apporter à Amos.

— Je suis sûr que ça lui fera plaisir.

L'émotion qui émane de cette réponse toute simple est désagréable, sans saveur, comme des fibres de viande coincées dans les dents. Ce sentiment, je le connais bien. C'est la solitude.

Je lui pose la question qui me turlupine depuis des semaines.

— Comment tu expliques que la vie d'Elam – la tienne – a pu être échangée contre celle de Cole ? La décision ne revenait pas à Vivian. Et je croyais que Malcolm n'avait jamais réussi à conclure de pacte avec l'Homme-Papillon, sauf quand il a forcé Zéphyrine à se sacrifier.

— Ce n'est pas ce qui s'est passé. Vivian n'a pas échangé ma vie contre celle de Cole. C'est la sienne dont elle a fait don. Après cette nuit-là, elle a arrêté de vivre, elle s'est repliée sur elle-même et s'est noyée dans sa culpabilité.

— Alors, tu n'aurais pas dû mourir… dis-je, la gorge nouée.

Quelle terrible injustice !

— Personne n'aurait dû mourir.

— Tu crois que tu vas révéler ta véritable identité à Amos un jour ?

— Elam McCoy n'est plus qu'un étranger pour moi. Je pense que ce serait immérité pour lui comme pour moi. Et je ne peux pas rester ici. En revanche, je peux l'aider à retaper sa maison et m'assurer qu'il mange un bon repas de temps en temps.

Il me met un petit coup d'épaule, m'adresse un clin d'œil et tourne les talons. Moi, je prends la direction du *diner*. C'est aujourd'hui le grand jour : La Lune des Moissons rouvre ses portes.

Tout Caball Hollow s'est donné rendez-vous au *diner* aujourd'hui. On se presse sur les banquettes, chaises et tabourets ont été pris d'assaut. Les gens attendent même sur le trottoir qu'une table se libère et le téléphone ne cesse de sonner – nous croulons sous les commandes à emporter.

— Quel goût ça a, les émotions ? me demande Juniper à voix basse.

— Un tas de goûts. Le citron a la saveur des nouveaux départs et des redémarrages à zéro. Et la joie est sucrée et croustillante, on croirait croquer dans une pomme. Le chagrin a un goût amer et terreux qui rappelle la racine de chicorée. La tristesse, c'est puissant et aigre comme du lait fermenté.

Je frotte le bandage qui entoure mon bras. Mes points de suture me démangent depuis le réveil.

— Ça sent bon quand on entre, dit Hillard en se glissant à sa place habituelle face à Buck Garland. Votre cuisine m'a drôlement manqué, Apollonia.

Nous avons mis de nouveaux desserts à la carte, des pâtisseries de mon invention, et ils partent comme des petits pains, pour ainsi dire. Il n'y a déjà plus de flans à la camomille qui apaisent les tempéraments nerveux, ni de sablés cardamome-pétales de rose qui adoucissent les cœurs. Plus de fondants au chocolat qui procurent de la joie, non plus.

Je jette un coup d'œil vers la vitrine, où Sissy a tracé notre nouveau logo. Un dessin à la peinture blanche qui représente, en médaillon, un cerf bondissant entre deux arbres, ses bois servant de cadre à la lune en arrière-plan.

Deux silhouettes dehors attirent mon attention. Sissy embrasse Vivian Spencer à pleine bouche, dans une étreinte qui a le goût des adieux. Vivian monte dans une berline noire et ma tante la regarde s'éloigner avant de revenir au *diner*. Lorsqu'elle atteint le comptoir, je lui jette un tablier. Nos voix couvrent la rumeur des conversations.

— Comment se porte Vivian ?

— Elle part quelque temps recevoir l'aide dont elle a besoin. Elle est enfin prête à tourner la page.

— Et toi ? Ça va ?

— Moi aussi, je suis prête à tourner la page, répond Sissy avec un sourire triste.

À cet instant, Rowan glisse un sac de vente à emporter dans le passe-plat.

— La commande est prête, annonce-t-elle.

Je vérifie la facture et je l'interpelle :

— Il n'y a pas de nom dessus.

Elle hausse les épaules. Je me tourne vers la salle et je lance d'une voix forte :

— Sandwich pain de mie, tomate et mayo ?

— C'est pour moi.

Je lève brusquement la tête et voilà Cole, la perfection incarnée, comme toujours. La nouvelle cicatrice qui barre son sourcil droit le rend encore plus irrésistible. Sissy le salue.

— Bonjour Cole. Alors, c'est bon, tu es complètement remis ?

— Oui, les médecins m'ont dit que j'étais un vrai sujet d'étude. Et toi, Linden, la forme ?

La trahison et le suicide de Malcolm Spencer ont envoyé une onde de choc à travers notre petite ville, mais, pour Cole, cela a été un véritable séisme. Il a renoncé à étudier à l'université de Georgetown et il envisage de quitter Caball Hollow temporairement. La semaine dernière, il m'a dit qu'il ne m'en voudrait pas si je décidais de fréquenter d'autres personnes. Nous ne nous sommes pas parlé depuis.

— Bien, mais je suis débordée. La réouverture nous a pris tout notre temps. Et on raccompagne Sorrel à la fac demain.

— Bon, eh bien, ça fait plaisir d'entendre ça. J'imagine qu'on va se croiser dans le coin.

Cole pose des billets à côté de la caisse enregistreuse et il s'apprête à repartir.

— Une guérison miraculeuse, hein ? me chuchote Sissy. Alors, tu es prête à me dire quel marché tu as passé ?

— Une vie pour une vie, dis-je sans détacher mes yeux de Cole.

— Tu veux bien être plus précise ?

— J'ai donné le grimoire à Hadrian. Plus personne dans notre famille ne sera capable de l'invoquer. Fini les pactes. Fini les faveurs. La vie d'Hadrian en échange de celle de Cole.

Sissy écarquille les yeux, puis elle hoche lentement la tête et elle me serre le bras.

Quand je me retourne, Cole a disparu. Je défroisse mon tablier pour me donner une contenance.

— Ils ont quel goût, les sentiments de Cole ? veut savoir Juniper. Quand vous n'êtes que tous les deux ?

Sa question fait remonter à ma mémoire cette soirée dans le champ, où nous étions entourés de lucioles, Cole et moi.

— Comme les premières pêches de l'été, tout juste cueillies et tiédies par le soleil. Mais ça n'a aucune importance, puisqu'il s'en va.

— Oh si, ça en a, de l'importance, répond Sissy. Qu'est-ce que l'amour, si ce n'est la magie la plus puissante de toutes ?

— Tu ferais quoi, toi, Sissy ?

— Au nom de l'amour ? dit-elle, et elle braque son regard dans le mien. Qu'est-ce que je refuserais de faire, plutôt ?

Je jette un coup d'œil à Juniper. Rowan et Sorrel m'adressent de grands sourires par le passe-plat.

— Qu'est-ce que tu attends ? Va chercher ton homme, m'encourage Rowan.

J'enlève mon tablier, puis je fonce vers la porte. Cole est en train d'ouvrir la portière de son nouveau pick-up.

— Cole !

Il se retourne, mais rien ne transparaît sur ses traits. Je le rejoins.

— Un problème ? s'inquiète-t-il.

— Non. Enfin, si. Je sais que tu quittes Caball Hollow dans pas longtemps.

— Demain, en réalité, me répond-il en se grattant le bras, manifestement gêné.

— Demain ?! couiné-je.

— Toute ma vie j'ai vu le soleil se coucher dans ces collines, Linden. Cela va me faire du bien de sortir des sentiers battus, d'explorer le vaste monde.

— Avant que tu partes, j'avais une chose à te dire. Je voulais que tu saches que je suis peut-être un peu amoureuse de toi. Et je comprendrais que tu n'aies pas les mêmes sentiments, mais je tenais à t'en parler, au cas où.

Un sourire étire ses lèvres et il me serre contre lui.

— Il était temps, bon sang. Je t'aime aussi, Linden James. J'aime l'énergie que tu dégages quand tu peaufines une nouvelle recette, ta façon de remuer ciel et terre pour aider une personne dans le besoin. Tu es douce comme le miel et résiliente comme le roseau. Et quand je t'embrasse, j'aime ce petit fredonnement qui monte de ta gorge.

Il prend ma main et l'appuie sur son cœur. Je me dresse sur la pointe des pieds, la bouche pleine du goût des pêches et du soleil. À la seconde où il pose ses lèvres contre les miennes, au beau milieu de la rue, les cieux s'ouvrent et la pluie s'abat sur nos têtes dans un crépitement de fraîcheur. La vapeur s'élève du trottoir brûlant et un front froid arrive, mettant fin à la canicule.

À la fin de cet été aussi suffocant qu'interminable, je peux ajouter quelques leçons durement apprises à la liste de ce en quoi je crois fermement : il y a toujours de la place à table pour accueillir un convive supplémentaire ; l'amour vaut la peine qu'on prenne les armes pour lui ; et, sans l'amertume, le sucré n'a plus la même magie.

REMERCIEMENTS

Merci d'abord à toi, cher lecteur, chère lectrice, d'avoir consacré un peu de ton temps à ces pages. Écrire est un processus solitaire, mais donner vie au livre que tu as entre les mains a demandé un travail collectif. Je ne sais pas trop comment adresser ma plus profonde gratitude à tous ceux qui m'ont aidée à concrétiser mon rêve, et j'espère n'oublier personne.

Merci à Pete Knapp, le meilleur agent littéraire au monde, de m'avoir encouragée et soutenue contre vents et marées. Tu as vu le potentiel contenu dans mon histoire, et je t'en serai éternellement reconnaissante. Quel soulagement de savoir que tu es là, à assurer mes arrières. Je ne vois pas comment j'arriverais à me repérer dans la jungle de l'édition sans toi. Mes remerciements les plus sincères, également, aux membres de #TeamPete pour leur accueil si chaleureux, en particulier Ayana Gray et Amélie Wen Zhao.

Merci à Polo Orozco, mon génialissime éditeur, qui a guidé mon histoire à travers les embûches du processus éditorial avec un soin exquis et m'a aidée à faire de la version finale la meilleure qui soit. Merci pour tes conseils avisés, ta patience inépuisable, ta présence. Grâce à toi, je m'améliore à chaque phrase.

Merci aux équipes des départements jeunesse de Penguin et de G.P. Putnam's Sons pour le travail phénoménal qu'elles ont fourni afin de produire le livre de mes rêves : Jennifer Loja, Amanda Close, Shanta Newlin, Elyse Marshall, Emily Romero, Christina Colangelo, Alex Garber, Carmela Iaria, Helen Boomer, Kim Ryan, Cindy Howle, Misha Kydd, Jacqueline Hornberger, Ana Deboo, Miranda Shulman, Nicole Rheingans, Shannon Spann, Felicity Vallence, James Akinaka, Liz Vaughan, et Natalie Vielkind. Des remerciements particuliers à Jessica Jenkins pour sa sublime illustration de couverture et à Imogen Oh pour sa réalisation.

Merci également à Jennifer Klonsky, directrice de collection, qui a adoré ces quatre sœurs depuis le début. J'espère t'avoir rendue fière.

Gratitude éternelle à l'équipe de Park & Fine Literary and Media, qui travaillent d'arrache-pied pour que mon roman aille à la rencontre de ses lecteurs aux quatre coins du globe : Abigail Koons, Kathryn Toolan et Ben Kaslow-Zieve. Stuti Telidevara, merci pour ton efficacité et pour ta merveilleuse personnalité.

Merci à Isabel Ibañez, la bonne fée de ce livre, de t'être coltinée la lecture de premiers jets illisibles et de m'avoir donné ces conseils inestimables en matière d'écriture, sans oublier de m'aider à traverser le monde de l'édition. Et merci d'avoir offert à Cole cette magnifique moto. Tu es un don du ciel, et je suis heureuse de pouvoir te compter parmi mes amis.

Kristin Dwyer, je suis si heureuse d'avoir fait un bout de chemin avec toi. Merci d'avoir toujours répondu à mes questions, même les plus ridicules, même quand j'oubliais que nous n'étions pas dans le même fuseau horaire.

Merci à Adrienne Young, Stephanie Garber, Erin Bowman, Alexandra Bracken, Sara Raasch, Siobhan Vivian, Andrea Hannah, Lindsay Eager et Shea Ernshaw de m'avoir accompagnée lors de certains des moments phares de cette aventure. Vous n'avez peut-être pas pris conscience du poids de vos mots, mais chacun d'entre eux m'aura menée jusqu'ici.

Merci aux parrains/marraines et aux candidats de Pitch Wars, millésime 2019, pour leur amitié et leur soutien. Tellement heureuse de faire partie de cette communauté.

Merci à Martin Vecchio pour ta patience, apparemment inépuisable, qui n'a d'égal que ton talent de photographe. Nick Katsarelas et Julie Bitely, merci pour vos encouragements constants. On se fait un dej' ? Amy Kukla Duwe, Erika Vecchio et Jessica Holmgren, je vous adore. Merci d'être toujours là pour moi.

Publier un premier livre, c'est long, c'est épuisant. À celles et ceux qui m'accompagnaient déjà alors que ce roman en était encore au stade de document Word bourré d'idées diverses et variées, merci. Vos paroles me sont allées droit au cœur.

Merci à ma famille pour son amour et son soutien sans faille. Ce roman, c'est le résultat d'une graine qui a été plantée en moi il y a bien longtemps, à l'époque où mes sœurs et moi, nous réclamions des histoires à notre mère à l'heure d'aller au lit et où elle nous racontait son enfance passée en Virginie-Occidentale, dans un milieu rural. Ces histoires avaient un rythme particulier qui offrait à l'imagination des montagnes aux cimes enveloppées de brume et des ombres charbonneuses. Elles ne m'ont jamais quittée.

Voilà pourquoi, au fond, ce roman parle avant tout de la famille.

Ava et Ellie, vous rendez ce monde meilleur. Merci d'être mes supportrices les plus ferventes. David, merci d'avoir alimenté le feu dans la cheminée les nuits où je restais debout à écrire, entourée de papillons de nuit. Papa et Maman, merci d'avoir rempli notre foyer de livres et de m'avoir montré la magie que contenaient ces pages. Ann et Joyce, mes deux mamies, merci pour tout ce que vous m'avez enseigné. Vous êtes une source d'inspiration perpétuelle et vous avez inspiré les femmes de ce roman. J'espère que vous sentirez à chaque ligne l'amour que j'éprouve pour vous. Et mes sœurs, Liberty Pearsall et Josie Castro, mes toutes premières lectrices, à une époque où l'intrigue et l'orthographe m'étaient des concepts parfaitement inconnus, je n'imagine pas ma vie sans vous. Merci de m'avoir acceptée telle que je suis et de ne pas me laisser m'en tirer à trop bon compte.

Composition et mise en pages
Nord Compo à Villeneuve-d'Ascq

#lisez! engagé
www.lisez.com
Pour plus d'information :
Imprimé sur du papier issu de forêts gérées durablement.

Achevé d'imprimer en août 2024
par Normandie Roto Impression s.a.s.
61250 Lonrai
N° d'édition : 67576/01 – N° d'impression : 2403391
Imprimé en France